중·고등학생이 꼭 알아야 할

# 교과서
# 단편소설
# 읽기

상

중·고등학생이 꼭 알아야 할

# 교고사서 단편소설 읽기

상

김동인 외 지음

평 단

■ **일러두기**

1. 중학교·고등학교 국어 교과서에 수록된 단편 소설 중에서 8작가의 18작품을 수록했습니다.
2. 잡지·신문·작품집은 《 》, 단편·중편·장편 소설 등 소설 작품은 〈 〉로 표기했습니다.
3. 소설 원문에 있는 한자는 모두 한글로 바꾸었고, 뜻을 명확히 하기 위한 단어는 한자를 병기했습니다.
4. 표기는 해당 소설 원문에 충실히 따르되, 맞춤법과 띄어쓰기는 현행 표기법에 따랐습니다.
5. 낱말 풀이는 각각의 소설이 끝나는 곳에 실었습니다.

## 차례

**김동인**
붉은 산 • 8

**김유정**
금 따는 콩밭 • 20
동백꽃 • 39
만무방 • 55
봄봄 • 95
낱말 퍼즐 • 114

**이태준**
꽃나무는 심어 놓고 • 118
달밤 • 133
돌다리 • 148
어린 수문장 • 161

**이해조**
자유종 • 170
낱말 퍼즐 • 208

**이효석**
메밀꽃 필 무렵 • 212
사냥 • 228

**채만식**
미스터 방 • 236
이상한 선생님 • 255

**현덕**
고구마 • 280
나비를 잡는 아버지 • 295
하늘은 맑건만 • 311
낱말 퍼즐 • 328

**현진건**
운수 좋은 날 • 332

단편 소설 수록 국어 교과서 보기 • 350

# 김동인

붉은 산

김동인 1900~1951년

한국 근대 문학, 특히 단편 소설의 개척자다. 호는 금동琴童, 춘사春士. 평양에서 대지주의 아들로 태어났다. 일본 도쿄 메이지학원 중학부를 졸업하고, 가와바타미술학교를 중퇴했다. 1919년 우리나라 최초의 문학동인지 《창조》를 발간하는 한편 첫 작품 〈약한 자의 슬픔〉을 발표해 등단했다. 이광수의 계몽주의 문학에 맞서 사실주의 수법을 썼으며, 신경향파와 프로문학에 맞서 예술지상주의를 표방하고 순수 문학 운동을 벌였다. 〈배따라기〉, 〈감자〉, 〈광염 소나타〉 같은 단편 소설을 통해 간결하고 현대적인 문체로 문장 혁신에 이바지했다. 〈운현궁의 봄〉을 비롯한 장편 역사소설도 썼다. 1955년 《사상계》에서 그를 기념하기 위해 '동인문학상'을 제정했는데, 1979년부터는 《조선일보》에서 시상하고 있다.

## 작품 해제

**갈래** 사실주의 소설, 액자 소설
**배경** 1930년대 만주 ××촌
**시점** 1인칭 관찰자 시점
**제재** 일제 강점기 만주 이주민들의 생활고
**주제** 한 떠돌이의 민족애
**출전** 《삼천리》 25호(1932년 4월)

## 줄거리

의사인 '여'가 만주를 돌아다니다가 들른 ××촌에서 겪은 일이다. 조선에서 이주한 소작인들이 모여 사는 동리에 '삵'으로 불리는 정익호가 흘러 들어온다. 동리에는 그의 고향과 이력을 아는 사람이 아무도 없다. 삵이라는 별명이 말해주듯, 그는 험상궂고 교활해 보이며 눈에 독한 기운이 서려 있다.

그가 잘하는 것은 투전, 싸움, 트집 잡기, 칼질, 여자에게 달려들기 따위다. 동네 사람들은 그를 싫어해 쫓아내고 싶어하지만, 자칫 무슨 변이라도 당할까봐 우선 피하고 본다. 그는 동리의 이 집 저 집을 제 집 드나들 듯하며 산다. 동리 사람들은 무뢰한인 그를 암종으로 취급해 뒤에서 욕이나 해댄다. 그러거나 말거나 삵은 태연자약하다.

어느 날 중국인 지주에게 갔던 송 첨지가 소출이 좋지 않다는 이유로 두들겨 맞아 초주검이 되어 돌아온다. 친척들이 나귀에서 그의 몸을 내릴 때 송 첨지는 숨을 거두고 만다. 분개한 동리 젊은이들은 무슨 일이라도 벌일 듯이 격앙하나, 막상 제 밥줄 떼일 걱정에 아무도 앞장서려고 하지 않는다. 조선 소작인들은 어찌할 수 없는 현실 앞에서 발을 구른다.

이튿날 아침, 동리 사람들이 여를 깨우러 온다. 동구 밖에 삵이 피투성이가 된 채 쓰러져 있다는 것이다. 삵이라는 말에 눈살부터 찌푸렸지만 의사라는 직업상 동구 밖으로 달려간 여는 동리 사람들과 함께 뜻밖의 사실을 알게 된다. 삵이 혼자 중국인 지주에게 가서 대들다가 변을 당했다는 것을. 삵은 여에게 붉은 산과 흰옷이 보고 싶다며 창가를 불러달라고 한다. 사람들이 부르는 노래 속에서 그는 서서히 죽어간다.

# 붉은 산
– 어떤 의사醫師의 수기手記

그것은 여余가 만주를 여행할 때 일이었다. 만주의 풍속도 좀 살필 겸 아직껏 문명의 세례를 받지 못한 그들의 사이에 퍼져 있는 병病을 조사할 겸해서 일 년의 기한을 예산하여 가지고 만주를 시시골골이 다 돌아온 적이 있었다. 그때에 ××촌이라 하는 조그만 촌에서 본 일을 여기에 적고자 한다.

××촌은 조선 사람 소작인만 사는 한 이십여 호 되는 작은 촌이었다. 사면을 둘러보아도 한 개의 산도 볼 수가 없는 광막한 만주 벌판 가운데 놓여 있는 이름도 없는 작은 촌이었다.
 몽고 사람 종자從者를 하나 데리고 노새를 타고 만주의 촌촌을 돌아다니던 여가 그 ××촌에 이른 때는 가을도 다 가고 어느덧 광포한\* 북극의 겨울이 만주를 찾아온 때였다.
 만주의 어느 곳이나 조선 사람이 없는 곳은 없지만 이러한 오지奧地에서 한 동리가 죄 조선 사람뿐으로 되어 있는 곳을 만나니 반가웠다. 더구나 그 동리는 비록 모두가 중국인의 소작인이라 하나 사람들이 비교적 온량하고 정직하며 장성한 이들은 그래도 모두 《천자문》 한 권쯤은 읽은 사람이었다. 살풍경한* 만주―그 가운데서 살풍경한 살림을 하는 중국인이며 조선 사람의 동리를 근 일 년이나 돌아다니다가 비교적 평화스런 이런 동리를 만나면, 그것이 비록 외국인의 동리라 하여도 반갑겠거든 하물며 우리 같은 동족임에랴. 여는 그 동리에서 한 십여 일 이상을 일없이 매일 호별 방문을 하며 그들과 이야기로 날을 보내며 오래간만에 맛보는 평화적 기분을 향락하고 있었다.

'삵'이라는 별명을 가지고 있는 정익호라는 인물을 본 것이 여기서이다.

익호라는 인물의 고향이 어디인지는 ××촌의 아무도 아는 사람이 없었다. 사투리로 보아서 경기사투리인 듯하지만 빠른 말로 죄죄거리는* 때에는 영남사투리가 보일 때도 있고, 싸움이라도 할 때에는 서북사투리가 보일 때도 있었다. 그런지라 사투리로써 그의 고향을 짐작할 수가 없었다. 쉬운 일본 말도 알고, 한문글자도 좀 알고, 중국 말은 물론 꽤 하고, 쉬운 러시아 말도 할 줄 아는 점 등등 이곳저곳 숱하게 주워 먹은 것은 짐작이 가지만 그의 경력을 똑똑히 아는 사람은 없었다.

그는 여가 ××촌에 가기 일 년 전쯤 빈손으로 이웃이라도 오듯 후덕덕 ××촌에 나타났다 한다. 생김생김으로 보아서 얼굴이 쥐와 같고 날카로운 이빨이 있으며 눈에는 교활함과 독한 기운이 늘 나타나 있으며 발룩한* 코에는 코털이 밖으로까지 보이도록 길게 났고,

몸집은 작으나 민첩하게 되었고 나이는 스물다섯에서 사십까지 임의로 볼 수 있으며 그 몸이나 얼굴 생김이 어디로 보든 남에게 미움을 사고 근접지 못할 놈이라는 느낌을 갖게 한다.

그의 장기는 투전이 일쑤며 싸움 잘하고 트집 잘 잡고 칼부림 잘하고 색시에게 덤벼들기 잘하는 것이라 한다.

생김생김이 벌써 남에게 미움을 사게 되었고 게다가 하는 행동조차 변변치 못한 일만이라, ××촌에서도 아무도 그를 대척하는 사람이 없었다. 사람들은 모두 그를 피하였다. 집이 없는 그였으나 뉘 집에 잠이라도 자러 가면 그 집 주인은 두말없이 다른 방으로 피하고 이부자리를 준비하여 주고 하였다. 그러면 그는 이튿날 해가 낮이 되도록 실컷 잔 뒤에 마치 제 집에서 일어나듯 느즉이 일어나서 조반을 청하여 먹고는 한마디의 사례도 없이 나가 버린다.

그리고 만약 누구든 그의 이 청구에 응하지 않으면 그는 그것을 트집으로 싸움을 시작하고 싸움을 하면 반드시 칼부림을 하였다.

동리의 처녀들이며 젊은 색시들은 익호가 이 동리에 들어온 뒤부터는 마음 놓고 나다니지를 못하였다. 철없이 나갔다가 봉변을 당한 사람도 몇이 있었다.

'삵.'

이 별명은 누가 지었는지 모르지만 어느덧 ××촌에서는 익호를 익호라 부르지 않고 삵이라고 부르게 되었다.

"삵이 뉘 집에서 묵었나?"

"김 서방네 집에서."

"다른 봉변은 없었다나?"

"요행히 없었다네."

그들은 아침에 깨면 서로 인사 대신으로 삵의 거취를 알아보고 하였다.

삵은 이 동리에는 커다란 암종癌腫이었다. 삵 때문에 아무리 농사에 사람이 부족한 때라도 젊고 든든한 몇 사람은 동리의 젊은 부녀를 지키기 위하여 동리 안에 머물러 있지 않을 수가 없었다. 삵 때문에 부녀와 아이들은 아무리 더운 여름 저녁에라도 길에 나서서 마음 놓고 바람을 쏘여 보지를 못하였다. 삵 때문에 동리에서는 닭의 어리\* 며 도야지우리를 지키기 위하여 밤을 새우지 않을 수가 없었다.

동리의 노인이며 젊은이들은 몇 번을 모여서 삵을 이 동리에서 내쫓기를 의논하였다. 물론 합의는 되었다. 그러나 내어 쫓는 데 선착수할\* 사람이 없었다.

"첨지가 선착수하면 뒤는 내 담당하마."

"뒤는 걱정 말고 형님 먼저 말해 보시오."

제각기 삵에게 먼저 달려들기를 피하였다.

이리하여 동리에서는 합의는 되었으나 삵은 그냥 태연히 이 동리에 묵어 있게 되었다.

"며늘년들이 조반이나 지었나?"

"손주놈들이 잠자리나 준비했나?"

마치 그 동리의 모두가 자기의 집안인 것같이 삵은 마음대로 이 집 저 집을 드나들었다.

××촌에서는 사람이라도 죽으면 반드시 조상弔喪 대신으로,

"삵이나 죽지 않고."

하는 한마디의 말을 잊지 않고 하였다.

누가 병이라도 나면,

"에익! 이놈의 병 삵한테로 가거라."

고 하였다.

암종……. 누구든 삵을 동정하거나 사랑하는 사람이 없었다.

삵도 남의 동정이나 사랑은 벌써 단념한 사람이었다. 누가 자기에게 아무런 대접을 하든 탓하지 않았다. 보이는 데서 보이는 푸대접을 하면 그 트집으로 반드시 칼부림까지 하는 그였지만 뒤에서 아무런 말을 할지라도, 그리고 그것이 삵의 귀에까지 갈지라도 탄하지* 않았다.

"흥……."

이 한마디는 그의 가장 큰 처세철학이었다.

흔히 곁동리 중국인들의 투전판에 가서 투전을 하였다. 때때로 두들겨 맞고 피투성이가 되어 돌아오는 일도 있었다. 그러나 그 하소연을 하는 일이 없었다. 한다 할지라도 들을 사람도 없거니와. 아무리 무섭게 두들겨 맞은 뒤라도 하루만 샘물에 상처를 씻고 절룩절룩한 뒤에는 또 이튿날은 천연히* 나다녔다.

여가 ××촌을 떠나기 전날이었다.

송 첨지라는 노인이 그해 소출을 나귀에 실어 가지고 중국인 지주가 있는 촌으로 갔다. 그러나 돌아올 때에는 송장이 되었다. 소출이 좋지 못하다고 두들겨 맞아서 부러져 꺾어진 송 첨지는 나귀 등에 몸이 결박되어서 겨우 ××촌으로 돌아왔다. 그리고 놀란 친척들이 나귀에서 몸을 내릴 때에 절명되었다. ××촌에서는 왁작하였다.

"원수를 갚자!"

명命 아닌 목숨을 끊은 송 첨지를 위하여 동리의 젊은이며 늙은이는 모두 흥분되었다. 제각기 이제라도 들고 일어설 듯하였다.

그러나 그뿐이었다. 누구든 앞장을 서려는 사람이 없었다. 만약 이때에 누구든 앞장을 서는 사람만 있었더라면 그들은 곧 그 지주에게로 달려갔을지 모른다. 그러나 제가 앞장을 서겠노라고 나서는 사람은 없었다. 제각기 곁사람을 돌아보았다.

발을 굴렀다. 부르짖었다. 학대받는 인종의 고통을 호소하며 울었다. 그러나 그뿐이었다. 남의 일로 지주에게 반항하여 제 밥자리까지 떼이기를 꺼림인지 어쩐지는 여로는 모를 배로되 용감히 앞서서 나가는 사람은 없었다.

의사라는 여의 직업상 송 첨지의 시체를 검분*을 한 뒤에 돌아오는 길에 여는 삵을 만났다.

키가 작은 삵을 여는 내려다보았다. 삵은 여를 쳐다보았다.

"가련한 인생아. 인종의 거머리야. 가치 없는 인생아. 밥버러지야. 기생충아!"

여는 삵에게 말하였다.

"송 첨지가 죽은 줄 아우?"

여의 말에 아직껏 여를 쳐다보고 있던 삵의 눈이 아래로 떨어졌다. 그리고 여가 발을 떼려는 순간 얼핏 삵의 얼굴에 나타난 비창한* 표정을 여는 넘길 수가 없었다.

고향을 떠난 만 리 밖에서 학대받는 인종의 가엾음을 생각하고 그 밤은 여도 잠을 못 이루었다.

그 억분함*을 호소할 곳도 못 가진 우리의 처지를 생각하고 여도 눈물을 금치를 못하였다.

이튿날 아침이었다.
여를 깨우러 달려오는 사람의 소리에 여는 반사적으로 일어났다.
삵이 동구 밖에서 피투성이가 되어 죽어 있다는 것이었다.
여는 삵이라는 말에 눈살을 찌푸렸다. 그러나 의사라는 직업상 곧 가방을 수습하여 가지고 삵이 넘어진 데까지 달려갔다. 송 첨지의 장례식 때문에 모였던 사람 몇은 여의 뒤를 따라왔다.
여는 보았다. 삵의 허리가 기역자로 뒤로 부러져서 밭고랑 위에 넘어져 있는 것을. 여는 달려가 보았다. 아직 약간의 온기는 있었다.
"익호! 익호!"
그러나 그는 정신을 못 차렸다. 여는 응급수단을 취하였다. 그의 사지는 무섭게 경련되었다.
이윽고 그가 눈을 번쩍 떴다.
"익호! 정신 드나?"
그는 여의 얼굴을 보았다. 끝이 없이 한참을 쳐다보았다.
그의 동자가 움직였다. 겨우 처지를 깨달은 모양이었다.
"선생님, 저는 갔었습니다."
"어디를?"
"그놈, 지주 놈의 집에……."
무얼? 여는 눈물 나오려는 눈을 힘 있게 닫았다. 그리고 덥석 그의 벌써 식어가는 손을 잡았다. 잠시의 침묵이 계속되었다. 그의 사지에서는 무서운 경련이 끊임없이 일었다. 그것은 죽음의 경련이었다.

붉은 산 15

듣기 힘든 작은 그의 소리가 또 그의 입에서 나왔다.

"선생님."

"왜?"

"보고 싶어요. 전 보고 시……."

"뭐이?"

그는 입을 움직이었다. 그러나 말이 안 나왔다. 기운이 부족한 모양이었다. 잠시 뒤에 그는 또다시 입을 움직이었다. 무슨 소리가 그의 입에서 나왔다.

"무얼?"

"보고 싶어요. 붉은 산이…… 그리고 흰옷이……."

아아 죽음에 임하여 그는 고국과 동포가 생각난 것이었다. 여는 힘 있게 감았던 눈을 고즈넉이 떴다. 그때에 삵의 눈도 번쩍 띄었다. 그는 손을 들려 하였다. 그러나 이미 부러진 그의 손은 들리지 않았다. 그는 머리를 돌이키려 하였다. 그러나 그 힘이 없었다.

그의 마지막 힘을 혀끝에 모아 가지고 입을 열었다.

"선생님!"

"왜?"

"저것…… 저것……."

"무얼?"

"저기 붉은 산이…… 그리고 흰옷이……. 선생님 저게 뭐예요?"

여는 돌아보았다. 그러나 거기는 황막한 만주의 벌판이 전개되어 있을 뿐이다.

"선생님, 창가를 불러 주세요. 마지막 소원…… 창가를 해주세요. 동해물과 백두산이 마르고 닳도록……."

여는 머리를 끄덕이고 눈을 감았다. 그리고 입을 열었다. 여의 입에서는 창가가 흘러나왔다.

여는 고즈넉이 불렀다.

"동해물과 백두산이……."

고즈넉이 부르는 여의 창가소리에 뒤에 둘러섰던 다른 사람의 입에서도 숭엄한 코러스는 울리어 나왔다.

"무궁화 삼천리 화려강산……."

광막한 겨울의 만주벌 한편 구석에서는 밥버러지 익호의 죽음을 조상하는 숭엄한 노래가 차차 크게 엄숙하게 울렸다. 그 가운데서 익호의 몸은 점점 식었다.

### 낱말 풀이

**검분** 참관하여 검사하다.

**광포하다** 미쳐 날뛰듯이 매우 거칠고 사납다.

**발룩하다** 탄력 있는 작은 물체의 틈이나 구멍이 조금 크게 벌어져 있다.

**비창하다** 마음이 몹시 상하고 슬프다.

**살풍경하다** 풍경이 메마르고 스산하다.

**선착수하다** 남보다 먼저 손을 대다.

**어리** 병아리 따위를 가두어 기르는 물건

**억분하다** 억울하고 분하다.

**죄죄거리다** 조금 수다스럽게 자꾸 지껄이다.

**천연하다** 시치미를 뚝 떼어 겉으로는 아무렇지 않다.

**탄하다** 남의 말을 탓하여 나무라다.

# 김유정

금 따는 콩밭

동백꽃

만무방

봄봄

### 김유정 1908~1937년

강원도 춘천 실레마을에서 8남매 중 일곱째로 태어났다. 어려서 몸이 허약하고 횟배를 앓았으며 말을 약간 더듬어 교정소에서 치료를 받기도 했다. 휘문고보를 거쳐 연희전문학교 문과를 다녔지만, 잦은 결석으로 제적 처분을 받았다. 1935년《조선일보》신춘문예에〈소낙비〉,《중외일보》신춘문예에〈노다지〉가 당선되었다. 29세라는 젊은 나이에 요절하기까지 30여 편의 작품을 남겼다. 김유정은 우직하고 순박한 주인공, 사건의 의외적인 전개와 엉뚱한 반전, 해학적이면서 토속적인 언어 구사 등으로 1930년대 한국 소설의 독특한 영역을 개척했다. 한때 당대 명창 박녹주에게 열렬히 사랑을 구했으나, 그 뜻을 이루지 못했다.

### 작품 해제

**갈래** 농촌 소설, 풍자 소설
**배경** 1930년대 강원도 산골 마을
**시점** 3인칭 관찰자 시점
**제재** 콩밭
**주제** 허황된 욕망을 추구하는 인간의 어리석음
**출전** 《개벽》 3월호(1935년 3월)

### 줄거리

깊은 구덩이 속에서 영식은 곡괭이질을 한다. 금을 캐기 위해 영식은 콩밭 하나를 잡쳤다. 약이 올라 죽을 둥 살 둥 눈이 뒤집혀 곡괭이질만 한다. 영식이 살기 띤 시선으로 수재를 노려본다. 이놈이 풍치는 바람에 애꿎은 콩밭 하나만 결딴을 냈다. 이 기미를 알고 지주는 크게 화를 냈다. 굴문 밖으로 나왔을 때, 산을 내려오는 지주와 맞닥뜨렸다. 지주는 구덩이를 묻지 않으면 징역 갈 줄 알라고 포악을 떤다. 구덩이 안에서 영식은 흙덩이를 집어 들어 수재의 머리를 내리친다.

어느 날, 콩밭에서 홀로 김을 매고 있는데 수재가 '이 밭에 금이 묻혔으니 파보자'고 했고, 몇 차례 거절을 했으나 아내의 부추김도 있고 하여 선뜻 응낙을 했던 것이다. 저녁도 먹지 않고 드러누운 영식은 산제를 지내기 위해 아내에게 쌀을 꿔오도록 한다. 닭이 두 홰를 치고 나서 떡 시루를 이고 콩밭으로 향한다. 영식은 밭 가운데에 시루를 놓고 산신에게 축원을 한다.

아내가 점심을 이고 콩밭으로 갔을 때 남편은 얼굴에 생채기가 나고 수재는 흙투성이에 코피가 흐르고 있었다. 아내가 분통을 건드리자, 영식은 아내의 머리를 후려친다. 콩밭에서 금을 따는 숙맥도 있느냐고 비아냥거리는 아내에게 영식은 발길질을 한다. 조바심이 난 수재가 "터졌네, 터졌어, 금줄 잡았어" 하고 황토 흙을 보이며 외친다. 영식이 아내가 너무 기뻐서 고래등 같은 집까지 연상할 때 수재는 오늘 밤에 꼭 달아나리라고 생각한다.

# 금 따는 콩밭

땅 속 저 밑은 늘 음침하다.

고달픈 간드렛불*. 맥없이 푸르끼하다*.

밤과 달라서 낮엔 되우* 흐릿하였다.

거칠은 황토 장벽으로 앞뒤 좌우가 콱 막힌 좁직한 구덩이, 흡사히 무덤 속같이 귀중중하다*. 싸늘한 침묵, 쿠더브레한* 흙내와 징그러운 냉기만이 그 속에 자욱하다.

곡괭이는 뻔질 흙을 이르집는다*. 암팡스러이* 내려쪼며,

퍽 퍽 퍽……

이렇게 메떨어진 소리뿐, 그러나 간간 우수수하고 벽이 헐린다. 영식이는 일손을 놓고 소맷자락을 끌어당기어 얼굴의 땀을 훑는다. 이놈의 줄이 언제나 잡힐는지 기가 찼다. 흙 한 줌을 집어 코밑에 바싹 들이대고 손가락으로 샅샅이 뒤져 본다. 완연히 버력*은 좀 변한 듯싶다. 그러나 볼통버력이 아주 다 풀린 것도 아니었다. 밑똥버력이라야 금이 나온다는데 왜 이리 안 나오는지.

곡괭이를 다시 집어 든다. 땅에 무릎을 꿇고 궁둥이를 번쩍 든 채 식식거린다. 곡괭이를 무작정 내려찍는다.

바닥에서 물이 스미어 무르팍이 흥건히 젖었다. 굿* 옆은 천판에서 흙방울은 내리며 목덜미로 굴러든다. 어떤 때에는 윗벽의 한쪽이 떨어지며 등을 탕 때리고 부서진다.

그러나 그는 눈도 하나 깜짝하지 않는다. 금을 캔다고 콩밭 하나를 다 잡쳤다. 약이 올라서 죽을 둥 살 둥, 눈이 뒤집힌 이 판이다. 손바닥에 침을 탁 뱉고 곡괭이 자루를 한 번 고쳐 잡더니 쉴 줄 모른다.

등뒤에서는 흙 긁는 소리가 드윽드윽 난다. 아직도 버력을 다 못 친 모양. 이 자식이 일을 하나 시졸* 하나. 남은 속이 바직 타는데 웬 뱃심이 이리도 좋아.

영식이는 살기 띤 시선으로 고개를 돌렸다. 암말 없이 수재를 노려본다. 그제야 꾸물꾸물 바지게에 흙을 담고 등에 메고 사다리를 올라간다.

굿이 풀리는지 벽이 우찔하였다. 흙이 부서져 내린다. 전날이라면 이곳에서 아내 한 번 못 보고 생죽음이나 안 할까 털끝까지 쭈뼛할 게다. 그러나 인젠 그렇게 되고 싶다. 수재란 놈하고 흙더미에 묻히어 한껍에 죽는다면 그게 오히려 날 게다.

이렇게까지 몹시 미웠다.

이놈 풍치는* 바람에 애꿎은 콩밭 하나만 결딴을 냈다. 뿐만 아니라 모두가 낭패다. 세벌 논도 못 맸다. 논둑의 풀은 성큼 자란 채 어지러이 널려져 있다. 이 기미를 알고 지주는 대노하였다. 내년부터는 농사질 생각 말라고 발을 굴렀다. 땅은 암만을 파도 지수*가 없다. 이만해도 다섯 길은 훨씬 넘었으리라. 좀더 깊어야 옳을지 혹은 북으로 밀어야 옳을지 우두커니 망설거린다. 금점일에는 풋둥이다. 입대껏 수재의 지휘를 받아 일을 하여 왔고 앞으로도 역시 그러해야 금을 딸 것이다. 그러나 그런 칙칙한 짓은 안 한다.

"이리 와, 이것 좀 파게."

그는 으쓱 위풍을 보이며 이렇게 분부하였다. 그리고 저는 일어나 손을 털며 뒤로 물러선다. 수재는 군말없이 고분하였다. 시키는 대로 땅에 무릎을 꿇고 벽채로 군버력을 긁어낸 다음 다시 파기 시작한다.

영식이는 치다 나머지 버력을 짊어진다. 커단 걸때를 뒤툭거리며 사다리로 기어오른다. 굿문을 나와 버력더미에 흙을 마악 내리려 할 제,

"왜 또 파. 이것들이 미쳤나 그래!"

산에서 내려오는 마름과 맞닥뜨렸다. 정신이 떠름하여 그대로 벙벙히 섰다. 오늘은 또 무슨 포악을 들으려는가.

"말라니까 왜 또 파는 거야."

하고 영식이의 바지게 뒤를 지팡이로 콱 찌르더니,

"갈아 먹으라는 밭이지 흙 쓰고 들어가라는 거야, 이 미친 것들아. 콩밭에서 웬 금이 나온다고 이 지랄들이야 그래."

하고 목에 핏대를 올린다. 밭을 버리면 간수 잘못한 자기 탓이다. 날마다 와서 그 북새*를 피고 금하여도 담날 보면 또 여전히 파는 것이다.

"오늘로 이 구덩이를 도로 묻어 놔야지 별로 당장 징역 갈 줄 알게."

너무 감정에 격하여 말도 잘 안 나오고 떠듬떠듬거린다. 주먹은

곧 날아들 듯이 허구리께서 불불 떤다.

"오늘 밤 좀 해보고 고만두겠어요."

영식이는 낯이 붉어지며 가까스로 한마디 하였다. 그리고 무턱대고 빌었다.

마름은 들은 체도 안 하고 가버린다.

그 뒷모양을 영식이는 멀거니 배웅하였다. 그러나 콩밭 낯짝을 들여다보니 무던히 화통 터진다. 멀쩡한 밭에 구멍이 사면 풍풍 뚫렸다. 예제없이* 버력은 무더기무더기 쌓였다. 마치 사태 만난 공동묘지와도 같이 귀살적고* 뒤우 을씨년스럽다.

그다지 잘 되었던 콩 포기는 거반 버력더미에 다아 깔려 버리고 군데군데 어쩌다 남은 놈들만이 고개를 나불거린다. 그 꼴을 보는 것은 자식 죽는 걸 보는 게 낫지 차마 못할 경상이었다.

농토는 모조리 떨어질 것이다. 그러나 대관절 올 밭도지* 벼 두 섬 반은 밀로 해내야 좋을지. 게다 밭을 망쳤으니 자칫하면 징역을 갈는지도 모른다.

영식이가 구덩이 안으로 들어왔을 때 동두는 땅에 주저앉아 쉬고 있었다. 태연무심히 담배만 뻑뻑 피는 것이다.

"언제나 줄을 잡는 거야."

"인제 차차 나오겠지."

"인제 나온다?"

하고 코웃음을 치고 엇먹더니* 조금 지나매,

"이 새끼."

흙덩이를 집어 들고 골통을 내려친다.

수재는 어쿠 하고 그대로 푹 엎어진다. 그러나 뻘떡 일어선다. 눈에 띄는 대로 곡괭이를 잡자 대뜸 달려들었다. 그러나 강약이 부동, 왁살스러운 팔뚝에 퉁겨서 벽에 가서 쿵 하고 떨어졌다. 그 순간에 제가 빼앗긴 곡괭이가 정수리를 겨누고 날아드는 걸 보았다. 고개를 홱 돌린다. 곡괭이는 흙벽을 퍽 찍고 다시 나간다.

수재 이름만 들어도 영식이는 이가 갈렸다. 분명히 홀딱 속은 것이다.
영식이는 본디 금점에 이력이 없었다. 그리고 흥미도 없었다. 다만 밭고랑에 웅크리고 땀을 흘려 가며 꾸벅꾸벅 일만 하였다. 올엔 콩도 뜻밖에 잘 열리고 맘이 좀 놓였다.
하루는 홀로 김을 매고 있노라니까,
"여보게 덥지 않은가, 좀 쉬었다 하게."
고개를 들어보니 수재다. 농사는 안 짓고 금점으로만 돌아다니더니 무슨 바람에 또 왔는지 싱글싱글한다. 좋은 수나 걸렸나 하고,
"돈 좀 많이 벌었나. 나 좀 줴주게*."
"벌구말구. 맘껏 먹고 맘껏 쓰고 했네."
술에 거나한 얼굴로 신껏 주절거린다. 그리고 밭머리에 쭈그리고 앉아 한참 객설을 부리더니,
"자네 돈벌이 좀 안 할려나, 이 밭에 금이 묻혔네 금이……."
"뭐?"
하니까,
바로 이 산 너머 큰 골에 광산이 있다. 광부를 3백여 명이나 부리는 노다지판인데 매일 소출되는 금이 70냥을 넘는다. 돈으로 치면 7천 원, 그 줄맥이 큰 산허리를 뚫고 이 콩밭으로 뻗어 나왔다는 것이다.

둘이서 파면 불과 열흘 안에 줄을 잡을 게고 적어도 하루 서 돈씩은 따리라. 우선 30원만 해두 얼마냐. 소를 산대두 반 필이 아니냐고.

그러나 영식이는 귀담아 듣지 않았다. 금점이란 칼 물고 뜀뛰기다. 잘되면이어니와 못 되면 신세만 조진다. 이렇게 전일부터 들은 소리가 있어서였다.

그 담날도 와서 꾀송거리다* 갔다.

세 번째에는 집으로 찾아왔는데 막걸리 한 병을 손에 떡 들고 영을 피운다. 몸이 달아서 또 온 것이었다. 봉당에 걸터앉아서 저녁상을 물끄러미 바라보더니 조당수는 몸을 흝인다는 둥, 일꾼은 든든히 먹어야 한다는 둥 남들이 논을 사느니 밭을 사느니 떠드는데 요렇게 지내다 그만둘 테냐는 둥 일쩌웁게* 지절거린다.

"아주머니, 이것 좀 먹게 해주시게유."

그리고 비로소 영식이 아내에게 술병을 내놓는다.

그들은 밥상을 끼고 앉아서 즐겁게 술을 마셨다. 몇 잔이 들어가고 보니 영식이의 생각도 적이 돌아섰다. 딴은 일 년 고생하고 기껏 콩 몇 섬 얻어먹느니보다는 금을 캐는 것이 슬기로운 짓이다. 하루에 잘만 캔다면 한 해 줄곧 공들인 그 수확보다 훨씬 이익이다. 올봄 보낼 제 비료값, 품삯, 빚진 7원 까닭에 나날이 졸리는 이 판이다. 이렇게 지지하게 살고 말 바에는 차라리 가로나 세로나 사내 자식이 한번 해볼 것이다.

"낼부터 우리 파보세, 돈만 있으면야 그까짓 콩은……."

수재가 안달스레 재우쳐 보챌 제 선뜻 응낙하였다.

"그래 보세, 배라먹을* 거 안 됨 고만이지."

그러나 꽁무니에서 죽을 마시고 있던 아내가 허구리를 쿡쿡 찔렀게 망정이지 그렇지 않았더면 좀 주저할 뻔도 하였다.
 아내는 아내대로의 셈이 빨랐다.
 시체時體는 금점이 판을 잡았다. 섣부르게 농사만 짓고 있다간 결국 비렁뱅이밖에는 더 못된다. 얼마 안 있으면 산이고 논이고 밭이고 할 것 없이 다 금장이 손에 구멍이 뚫리고 뒤집히고 뒤죽박죽이 될 것이다. 그때는 뭘 파먹고 사나. 자, 보아라. 머슴들은 짜기나 한 듯이 일하다 말고 후딱 하면 금점으로들 내빼지 않는가. 일꾼이 없어서 올엔 농사를 질 수 없으니 마느니 하고 동리에서는 떠들썩하다. 그리고 번동 포농이*조차 호미를 내어던지고 강변으로 개울로 사금을 캐러 달아난다. 그러나 며칠 뒤에는 다비신에다 옥당목을 떨치고 희짜를 뽑는 것이 아닌가.
 아내는 콩밭에서 금이 날 줄을 아주 꿈 밖이었다. 놀라고도 또 기뻤다. 올해는 노상 침만 삼키던 그놈 코다리를 짜장 먹어 보겠구나만 하여도 속이 메질 듯이 짜릿하였다. 뒷집 양근댁은 금점 덕택에 남편이 사다 준 흰 고무신을 신고 나릿나릿 걷는 것이 무척 부러웠다. 저도 얼른 금이나 펑펑 쏟아지면 흰 고무신도 신고 얼굴에 분도 바르고 하리라.
 "그렇게 해보지 뭐. 저 양반 하잔 대로만 하면 어련히 잘 될라구."
 얼떨하여 앉았는 남편을 이렇게 추겼던 것이다.

 동이 트기 무섭게 콩밭으로 모였다.
 수재는 진언이나 하는 듯이 이리 대고 중얼거리고 저리 대고 중얼거리고 하였다. 그리고 덤벙거리며 이리 왔다가 저리 갔다가 하였다. 제딴은 땅속에 누운 줄맥을 어림하여 보는 맥이었다.

한참을 밭을 헤매다가 산쪽으로 붙은 한구석에 딱 서며 손가락을 펴들고 설명한다. 큰 줄이란 본시 산운산을 끼고 도는 법이다. 이 줄이 노다지임에는 필시 이견으로 버듬히* 누웠으리라. 그러니 여기서부터 파들어 가자는 것이었다.

영식이는 그 말이 무슨 소린지 새기지는 못했다마는 금점에는 난다는 수재이니 그 말대로 하기만 하면 영락없이 금퇴*야 나겠지 하고 그것만 꼭 믿었다. 군말없이 지시해 받은 곳에다 삽을 푹 꽂고 파헤치기 시작하였다.

금도 금이면 앨 써 키워온 콩도 콩이었다. 거진 다 자란 허울 멀쑥한 놈들이 삽 끝에 으스러지고 흙에 묻히고 하는 것이다. 그걸 보는 것은 썩 속이 아팠다. 애틋한 생각이 물밀 때 가끔 삽을 놓고 허리를 구부려서 콩잎의 흙을 털어 주기도 하였다.

"아, 이 사람아, 맥적게* 그건 봐 뭘 해, 금을 캐자니깐."

"아니야, 허리가 좀 아파서!"

핀잔을 얻어먹고는 좀 열적었다. 하기는 금만 잘 터져 나오면 이까짓 콩밭쯤이야. 이 밭을 풀어 논도 만들 수 있을 것이다. 눈을 감아버리고 삽의 흙을 아무렇게나 콩잎 위로 획획 내어던진다.

"구구루* 땅이나 파먹지 이게 무슨 지랄들이야!"

동리 노인은 뻔질 찾아와서 귀 거친 소리를 하곤 하였다.

밭에 구멍을 셋이나 뚫었다. 그리고 대고 뚫는 길이었다. 금인가 난장을 맞을 건가 그것 때문에 농군은 버렸다. 이제 필연코 세상이 망하려는 징조이리라. 그 소중한 밭에다 구멍을 뚫고 이 지랄이니 그놈이 온전할 겐가.

노인은 제 울화에 지팡이를 들어 삿대질을 아니할 수 없었다.
"벼락맞느니, 벼락맞어……."
"염려 말아유, 누가 알래지유."
영식이는 그럴 적마다 데퉁스리* 쏘았다. 골김*에 흙을 되는대로 내꼰지고는* 침을 탁 뱉고 구덩이로 들어간다. 그러나 마음 한구석에는 언제나 끈하였다. 줄을 찾는다고 콩밭을 통이 뒤집어 놓았다. 그리고 줄이 언제나 나올지 아직 까맣다. 논도 못 매고 물도 못 보고 벼가 어이 되었는지 그것조차 모른다. 밤에는 잠이 안 와 멀뚱하니 애를 태웠다.
수재는 낙담하는 기색도 없이 늘 하냥이었다. 땅에 웅숭그리고 시적시적* 노량*으로 땅만 판다.
"줄이 꼭 나오겠나?"
하고 목이 말라서 물으면,
"이번에 안 나오거든 내 목일 베개."
서슴지 않고 장담을 하고는 꿋꿋하였다.
이걸 보면 영식이도 마음이 좀 뇌는 듯 싶었다. 전들 금이 없다면 무슨 멋으로 이 고생을 하랴. 반드시 금은 나올 것이다. 그제서는 이왕 손해는 하릴없거니와 고만두리라는 절망이 스스로 사라지고 다시금 주먹이 쥐어지는 것이었다.

캄캄하게 밤은 어두웠다. 어디선가 뭇 개가 요란히 짖어댄다.
남편은 진흙투성이를 하고 내려왔다. 풀이 죽어서 몸을 잘 가누지도 못하고 아랫목에 축 늘어진다.
이 꼴을 보니 아내는 맥이 다시 풀린다. 오늘도 또 글렀구나. 금이 터지면은 집을 한 채 사간다고 자랑을 하고 왔더니 이내 헛일이었다. 인제 좌기*가 나서 낯을 들고 나갈 염의念意조차 없어졌다.

남편에게 저녁을 갖다 주고 딱하게 바라본다.

"인제 꿔온 양식도 다 먹었는데……."

"새벽에 산제를 좀 지낼 턴데 한 번만 더 꿔와."

남의 말에는 대답 없고 유하게 흘개 늦은* 소리뿐. 그리고 드러누운 채 눈을 지그시 감아 버린다.

"죽거리두 없는데 산제는 무슨……."

"듣기 싫어. 요망 맞은 년 같으니."

이 호통에 아내는 고만 멈씰하였다. 요즘 와서는 무턱대고 공연스리 골만 내는 남편이 영 딱하였다. 환장을 하는지 밤잠도 아니 자고 소리만 빽빽 지르며 덤벼들려고 든다. 심지어 어린것이 좀 울어도 이 자식 갖다 내꾼지라고 북새를 피는 것이다.

저녁을 아니 먹으므로 그냥 치워 버렸다. 남편의 영令을 거역키 어려워 양근댁한테로 또다시 안 갈 수 없다. 그간 양식은 줄곧 꾸어다 먹고 갚지 못하였는데 또 무슨 면목으로 입을 벌릴지 난처한 노릇이었다.

그는 생각다 끝에 있는 염치를 보째 쏟아 던지고 다시 한 번 찾아가는 것이다마는 딱 맞닥뜨리어 입을 열고,

"낼 산제를 지낸다는데 쌀이 있어야지유."

하자니 영 낯이 화끈하고 모닥불이 날아든다.

그러나 그들은 어지간히 착한 사람이었다.

"암 그렇지요. 산신이 벗나면 죽도 그릅니다."

하고 말을 받으며 그 남편은 빙그레 웃는다. 워낙 금점에 장구 닳아

난 몸인 만큼 이런 일에는 적잖이 속이 틔었다. 손수 쌀 닷 되를 떠다 주며,

"산제라 안 지냄 몰라두 이왕 지낼래면 아주 정성껏 해야 됩니다. 산신이란 노하길 잘하니까유."

하고 그 비방까지 깨쳐 보낸다.

쌀을 받아 들고 나오며 영식이 처는 고마움보다 먼저 미안에 질리어 얼굴이 다시 빨갰다. 그리고 그들 부부 살아가는 살림이 참으로 참으로 몹시 부러웠다. 양근댁 남편은 날마다 금점으로 감돌며 버력더미를 뒤지고 토록*을 주워 온다. 그걸 온종일 장판 돌에다 갈면 수가 좋으면 2~3원, 옥아도* 70~80전 꼴은 매일 셈이 되는 것이었다. 그러면 쌀을 산다, 피륙을 끊는다, 떡을 한다, 장리를 놓는다……. 그런데 우리는 왜 늘 요 꼴인지. 생각만 하여도 가슴이 메이는 듯 맥맥 한숨이 연발을 하는 것이었다.

아내는 집에 돌아와 떡쌀을 담그었다. 낼은 뭘로 죽을 쑤어 먹을는지. 윗목에 웅크리고 앉아서 맞은쪽에 자빠져 있는 남편을 곁눈으로 살짝 할퀴어 본다. 남들은 돌아다니며 잘두 금을 주워 오련만 저 망나니 제 밭 하나를 다 버려도 금 한 톨 못 주워 오나. 에에, 변변치도 못한 사나이. 저도 모르게 얕은 한숨이 거푸 두 번을 터진다.

밤이 이슥하여 그들 양주는 떡을 하러 나왔다. 남편은 절구에 쿵쿵 빻았다. 그러나 체가 없다. 동네로 돌아다니며 빌어 오느라고 아내는 다리에 불풍이 났다.

"왜 이리 앉었수, 불 좀 지피지."

떡을 찌다가 얼이 빠져서 멍하니 앉았는 남편이 밉살스럽다. 남은 이래저래 애를 죄는데 저건 무슨 생각을 하고 저리 있는 건지, 낮으

로 삭정이를 탁탁 쪼개서 던져 주며 아내는 은근히 혹닥이었다*.

닭이 두 홰를 치고 나서야 떡은 되었다.

아내는 시루를 이고 남편은 겨드랑이에 자리때기를 꼈다. 그리고 캄캄한 산길을 올라간다. 비탈길을 얼마 올라가서야 콩밭은 놓였다. 전면에 우뚝한 검은 산에 둘리어 막힌 곳이었다. 가생이로 느티, 대추나무들은 머리를 풀었다.

밭머리 조금 못 미쳐 남편은 걸음을 멈추자 뒤의 아내를 돌아본다.

"인내, 그러구 여기 가만히 섰어."

시루를 받아 한 팔로 껴안고 그는 혼자서 콩밭으로 올라섰다. 앞에 쌓인 것이 모두 흙더미, 그 흙더미를 마악 돌아서려 할 제 아마 돌을 챘나 보다. 몸이 쓰러지려고 우찔근하니, 아내는 기겁을 하여 뛰어오르며 그를 부축하였다.

"부정 타라구 왜 올라와, 요망 맞은 년."

남편은 몸을 고루 잡자 소리를 빽 지르며 아내를 얼빰을 붙인다. 가뜩이나 죽으라 죽으라 하는데 불길하게도 계집년이. 그는 마뜩찮게 투덜거리며 밭으로 들어간다.

밭 가운데다 자리를 펴고 그 위에 시루를 놓았다. 그리고 시루 앞에다 공손하고 정성스리 재배를 커다랗게 한다.

"우리를 살펴줍시사. 산신께서 거들어 주지 않으면 저희는 죽을 밖에 꼼짝 할 수 없습니다유."

그는 손을 모으고 이렇게 축원하였다.

아내는 이 꼴을 바라보며 독이 뾰록같이* 올랐다. 금점을 합네하고 금 한 톨 못 캐는 것이 버릇만 점점 글러간다. 그전에는 없더니 요새로 건듯하면 탕탕 때리는 못된 버릇이 생긴 것이다. 금을 캐랬지 뺨을 치랬나. 제발 덕분에 고놈의 금 좀 나오지 말았으면. 그는 뺨 맞은 앙심으로 맘껏 방자하였다*.

하긴 아내의 말 고대로 되었다. 열흘이 썩 넘어도 산신은 깜깜 무소식이었다. 남편은 밤낮으로 눈을 까뒤집고 구덩이에 묻혀 있었다. 어쩌다 집엘 내려오는 때이면 얼굴이 헐떡하고 어깨가 축 늘어지고 거반 병객이었다. 그리고서 잠자코 커단 몸집을 방고래에다 쿵 하고 내던지곤 하는 것이다.

"제 에미 붙을, 죽어나 버렸으면……."

혹은 이렇게 탄식하기도 하였다.


아내는 바가지에 점심을 이고서 집을 나섰다. 젖먹이는 등을 두드리며 좋다고 끽끽거린다.

인젠 흰 고무신이고 코다리고 생각조차 물렸다. 그리고 금 하는 소리만 들어도 입에 신물이 날 만큼 되었다. 그건 고사하고 꿔다 먹은 양식에 졸리지나 말았으면 그만도 좋으련마는.

가을은 논으로 밭으로 누렇게 내리었다. 농군들은 기꺼운 낯을 하고 서로 만나면 흥겨운 농담, 그러나 남편은 앰한 밭만 망치고 논조차 건살 못하였으니 이 가을에는 뭘 거둬들이고 뭘 즐겨할는지. 그는 동네 사람의 이목이 부끄러워 산길로 돌았다.

솔숲을 나서서 멀리 밖에를 바라보니 둘이 다 나와 있다. 오늘도 또 싸운 모양. 하나는 이쪽 흙더미에 앉았고 하나는 저쪽에 앉았고 서로들 외면하여 담배만 뻑뻑 피운다.

"점심들 잡숫게유."

남편 앞에 바가지를 내려놓으며 가만히 맥을 보았다.

남편은 적삼이 찢어지고 얼굴에 생채기를 내었다. 그리고 두 팔을 걷고 먼 산을 향하여 묵묵히 앉았다.

수재는 흙에 박혔다 나왔는지 얼굴은커녕 귓속드리 흙투성이다. 코밑에는 피딱지가 말라붙었고 아직도 조금씩 흘러내린다. 영식이 처를 보더니 열적은 모양 고개를 돌리어 모로 떨어지며 입맛만 쩍쩍 다신다.

금을 캐라니까 밤낮 피만 내다 말라는가. 빚에 졸리어 남은 속을 볶는데 무슨 호강에 이지랄들인구. 아내는 못마땅하여 눈가에 살을 모았다.

"산제 지낸다구 꿔온 것은 언제나 갚는다지유……."

뚱 하고 있는 남편을 향하여 말끝을 꼬부린다. 그러나 남편은 눈썹 하나 까딱하지 않는다. 이번에는 어조를 좀 돋우며,

"갚지도 못할 걸 왜 꿔오라 했지유."

하고 얼추 호령이었다.

이 말은 남편의 채 가라앉지도 못한 분통을 다시 건드린다. 그는 벌떡 일어서며 황밤주먹을 쥐어 창망할 만큼 아내의 골통을 후렸다.

"계집년이 방정맞게……."

다른 것은 모르나 주먹에는 아찔이었다. 멋없게 덤비다간 골통이 부서진다. 암상*을 참고 바르르 하다가 이윽고 아내는 등에 업은 어린애를 끌러 들었다. 남편에게로 그대로 밀어 던지니 아이는 까르르 하고 숨 모으는 소리를 친다. 그리고 아내는 돌아서서 혼잣말로,

"콩밭에서 금을 딴다는 숙맥도 있담."

하고 빗대놓고 비양거린다.

"이년아, 뭐!"

남편은 대뜸 달려들며 그 볼치에다 다시 울찬 황밤을 주었다. 적이나하면 계집이니 위로도 하여 주련만 요건 분만 폭폭 질러 놓을려나. 예이 배라먹을 거, 이판사판이다.

"너허구 안 산다. 오늘루 가거라."

아내를 와락 떠다 밀어 논둑에 젖혀 놓고 그 허구리를 발길로 퍽 질렀다. 아내는 입을 헉 하고 벌린다.

"네가 허라구 옆구리를 쿡쿡 찌를 제는 언제냐. 요 집안 망할년."

그리고 다시 퍽 질렀다. 연하여 또 퍽.

이 꼴을 보니 수재는 조바심이 일었다. 저러다가 그 분풀이가 다시 제게로 슬그머니 옮아올 것을 지레 채었다.* 인제 걸리면 죽는다. 그는 비슬비슬하다 어느 틈엔가 구덩이 속으로 시나브로 없어져 버린다.

볕은 다스로운 가을 향취를 풍긴다. 주인을 잃고 콩은 무거운 열매를 둥글둥글 흙에 굴린다. 맞은쪽 산밑에서 벼들을 베며 기뻐하는 농군의 노래.

"터졌네, 터져."

수재는 눈이 휘둥그렇게 굿문을 뛰어나오며 소리를 친다. 손에는 흙 한 줌이 잔뜩 쥐였다.

"뭐?"

하다가,

"금줄 잡았어, 금줄."

"응!"

하고, 외마디를 뒤남기자 영식이는 수재 앞으로 살갈이 달려들었다. 허겁지겁 그 흙을 받아 들고 샅샅이 헤쳐 보니 딴은 재래에 보지 못

하던 불그죽죽한 향토이었다. 그는 눈에 눈물이 핑 돌며,

"이게 원 줄인가?"

"그럼, 이것이 곱색줄이라네. 한 포에 댓 돈씩은 넉넉 잡히지."

영식이는 기쁨보다 먼저 기가 탁 막혔다. 웃어야 옳을지 울어야 옳을지. 다만 입을 반쯤 벌린 채 수재의 얼굴만 멍하니 바라본다.

"이리 와봐. 이게 금이래."

이윽고 남편은 아내를 부른다. 그리고 내 뭐랬어, 그러게 해보라고 그랬지 하고 설면설면* 덤벼오는 아내가 한결 예뻤다. 그는 엄지가락으로 아내의 눈물을 지워 주고 그러고 나서 껑충거리며 구덩이로 들어간다.

"그 흙 속에 금이 있지요?"

영식이 처가 너무 기뻐서 코다리에 고래등 같은 집까지 연상할 제 수재는 시원스러이,

"네, 한 포대에 500원씩 나와유."

하고 대답하고 오늘 밤에는 정녕코 달아나리라 생각하였다.

거짓말이란 오래 못 간다. 뽕이 나서 뼈다귀도 못 추리기 전에 훨훨 벗어나는 게 상책이겠다.

## 낱말 풀이

**간드렛불** 광산에서 일할 때 켜들고 다니는 등불
**골김** 비위에 거슬리거나 마음이 언짢아서 성이 나는 김
**구구루** 국으로. 제 주제에 맞게
**굿** 광산에서 무너지지 않도록 손을 보아 놓은 구덩이
**귀살적다** 일이나 물건 따위가 마구 얼크러져 정신이 뒤숭숭하거나 산란하다.
**귀중중하다** 더럽고 지저분하다.
**금퇴** 금이 들어 있는 광석
**꾀송거리다** 달콤하거나 교묘한 말로 자꾸 꾀다.
**내꾼지다** 내버리다.
**노량** 어정어정 놀면서 느릿느릿
**데퉁스럽다** 말이나 행동이 거칠고 엉뚱하며 미련하게 보이다.
**되우** 아주 몹시
**맥적다** 심심하고 무름하다.
**밭도지** 남의 밭을 빌려서 부치고 그 삯으로 해마다 주인에게 내는 현물
**방자하다** 남이 못되거나 재앙을 받도록 저주하다.
**배라먹다** 남에게 구걸하여 거져 얻어먹다.
**버듬히** 조금 큰 물체가 밖으로 약간 벋은 듯하게
**버력** 광물 성분이 섞이지 않은 잡돌
**북새** 많은 사람이 야단스럽게 부산을 떨며 법석이다.
**뾰록같다** 성질이 고약하여 남을 톡톡 쏘기 잘한다.
**설면설면** 남의 눈치를 보며 슬그머니 하는 행동
**시적시적** 힘들이지 않고 느릿느릿 행동하거나 말하는 모양
**시조하다** 말이나 행동이 느릿느릿하게 하다.
**암상** 남을 시기하고 샘을 잘 내는 마음

**암팡스럽다**  몸은 작아도 야무지고 다부진 면이 있다.
**엇먹다**  사리에 맞지 않는 말과 행동으로 비꼬다.
**예제없이**  여기나 저기나 구별 없이
**옥다**  장사 따위에서 본전보다 밑지다.
**이르집다**  흙 따위를 파헤치다.
**일쩝다**  일거리가 되어 귀찮거나 불편하다.
**죄기**  기세가 꺾이다.
**지수**  땅속의 물
**채다**  어떤 사정이나 형편을 재빨리 미루어 짐작하다.
**췌주다**  꾸어주다. 돈 따위를 나중에 받기로 하고 빌려 주다.
**쿠더브레하다**  상하고 찌들어 비위가 상할 정도로 쿠더분하다.
**토록**  광맥의 원줄기와 떨어져 다른 잡석과 섞여 있는 광석
**포농이**  채소밭을 부치던 사람
**푸르끼하다**  푸르다.
**풍치다**  허풍치다.
**훅닥이다**  다그치며 들볶다.
**흘개 늦다**  느슨하거나 단단하지 못하다.

### 작품 해제

**갈래** 순수 소설, 농촌 소설, 애정 소설
**배경** 1930년대 어느 봄 강원도 산골 마을
**시점** 1인칭 주인공 시점
**제재** 사춘기 남녀의 사랑
**주제** 산골 마을 남녀의 순박한 사랑
**출전** 《조광》 7호(1936년 5월)

### 줄거리

　내가 점심을 먹고 나무를 하러 산으로 올라서려는데, 점순네 수탉이 우리 닭을 다시 쪼아서 선혈이 낭자했다. 나는 작대기를 들고 헛매질을 해서 떼어 놓았다. 나흘 전에 점순이는 울타리 엮는 내 등 뒤로 와서 더운 김이 홱 끼치는 감자를 내밀었다. 나는 그녀의 손을 밀어 버렸다.
　다음날 점순이는 자기 집 봉당에 홀로 걸터앉아 우리 집 씨암탉을 붙들어 놓고 때리고 있었다. 점순이는 사람들이 없으면 수탉을 몰고 와서 우리 집 수탉과 싸움을 붙였다. 하루는 나도 우리 집 수탉에게 고추장을 먹이고 점순네 닭과 싸움을 붙였다. 그 보람으로 우리 닭은 발톱으로 점순네 닭의 눈을 후볐다. 그러나 점순네 닭이 한 번 쪼인 앙갚음으로 우리 닭을 쪼았다. 점순이가 싸움을 붙일 것을 안 나는 우리 닭을 잡아다 놓았다.
　소나무 삭정이를 따면서 나는 고년의 목쟁이를 돌려놓고 싶은 충동을 느낀다. 점순이가 바윗돌 틈에 앉아서 닭싸움을 보며 청승맞게 호드기를 불고 있다. 약이 오른 나는 지게막대기로 점순네 큰 수탉을 때려죽였다. 그러자 점순이가 눈을 홉뜨고 내게 달려든다. 다음부터는 그러지 않겠느냐고 다짐하는 점순이에게 그러마고 약속한다. 노란 동백꽃 속에 함께 파묻힌 나는 점순이의 향긋한 냄새에 정신이 아찔해진다. 이때 점순이는 어머니가 부르자 겁을 먹고 꽃 밑을 살금살금 기어서 내려가고 나는 산으로 내뺀다.

# 동백꽃

 오늘도 또 우리 수탉이 막 쪼이었다. 내가 점심을 먹고 나무를 하러 갈 양으로 나올 때이었다. 산으로 올라서려니까 등 뒤에서 푸드덕푸드덕 하고 닭의 횃소리가 야단이다. 깜짝 놀라서 고개를 돌려 보니 아니나 다르랴, 두 놈이 또 얼리었다*.

 점순네 수탉(은 대강이가 크고 똑 오소리같이 실팍하게* 생긴 놈)이 덩저리 작은 우리 수탉을 함부로 해내는 것이다. 그것도 그냥 해내는 것이 아니라 푸드덕하고 면두*를 쪼고 물러섰다가 좀 사이를 두고 또 푸드덕하고 모가지를 쪼았다. 이렇게 멋을 부려가며 여지없이 닦아* 놓는다. 그러면 이 못생긴 것은 쪼일 적마다 주둥이로 땅을 받으며 그 비명이 킥, 킥 할 뿐이다. 물론 미처 아물지도 않은 면두를 또 쪼이어 붉은 선혈은 뚝뚝 떨어진다.

 이걸 가만히 내려다보자니 내 대강이가 터져서 피가 흐르는 것같이 두 눈에서 불이 버쩍 난다. 대뜸 지게막대기를 메고 달려들어 점순네 닭을 후려칠까 하다가 생각을 고쳐먹고 헛매질로 떼어만 놓았다.

이번에도 점순이가 쌈을 붙여 놨을 것이다. 바짝바짝 내 기를 올리느라고 그랬음에 틀림없을 것이다.

고놈의 계집애가 요새로 들어서서 왜 나를 못 먹겠다고 고렇게 아르렁거리는지 모른다.

나흘 전 감자 쪼간만 하더라도 나는 저에게 조금도 잘못한 것은 없다.

계집애가 나물을 캐러 가면 갔지 남 ⓐ울타리 엮는 데 ㉠쌩이질*을 하는 것은 다 뭐냐. 그것도 발소리를 죽여 가지고 등 뒤로 살며시 와서

"얘! 너 혼자만 일하니?"

하고 긴치 않은 수작을 하는 것이었다.

어제까지도 저와 나는 이야기도 잘 않고 서로 만나도 본척만척하고 이렇게 점잖게 지내던 터이련만 오늘로 갑작스레 대견해졌음은 웬일인가. 항차* 망아지만 한 계집애가 남 일하는 놈보고…….

"그럼 혼자 하지 떼루 하디?"

내가 이렇게 내뱉은 소리를 하니까

"너 일하기 좋니?"

또는

"한여름이나 되거던 하지 벌써 울타리를 하니?"

잔소리를 두루 늘어놓다가 남이 들을까봐 손으로 입을 틀어막고는 그 속에서 깔깔댄다. 별로 우스울 것도 없는데 날씨가 풀리더니 이놈의 계집애가 미쳤나 하고 의심하였다. 게다가 조금 뒤에는 즈 집께를 할금할금 돌아보더니 행주치마의 속으로 꼈던 바른손을 뽑아서 나의 턱 밑으로 불쑥 내미는 것이다. 언제 구웠는지 아직도 더운 김이 홱 끼치는 굵은 감자 세 개가 손에 뿌듯이 쥐었다.

"느 집인 이거 없지?"

하고 생색 있는 큰소리를 하고는 제가 준 것을 남이 알면은 큰일 날 테니 여기서 얼른 먹어 버리란다. 그리고 또 하는 소리가

"너 봄감자가 맛있단다."

"난 감자 안 먹는다, 니나 먹어라."

ⓒ 나는 고개도 돌리려 않고 일하던 손으로 그 감자를 도로 어깨 너머로 쑥 밀어 버렸다.

그랬더니 그래도 가는 기색이 없고, 뿐만 아니라 쌔근쌔근하고 심상치 않게 숨소리가 점점 거칠어진다. 이건 또 뭐야 싶어서 그때에야 비로소 돌아다보니 나는 참으로 놀랐다. 우리가 이 동리에 들어온 것은 근 삼 년째 되어 오지만 여지껏 가무잡잡한 점순이의 얼굴이 이렇게까지 홍당무처럼 새빨개진 법이 없었다. 게다 눈에 독을 올리고 한참 나를 요렇게 쏘아보더니 나중에는 눈물까지 어리는 것이 아니냐. 그리고 바구니를 다시 집어 들더니 이를 꼭 악물고는 엎더질* 듯 자빠질 듯 논둑으로 횡허케 달아나는 것이다.

어쩌다 동리 어른이

"너 얼른 시집을 가야지?"

하고 웃으면

"염려 마서유. 갈 때 되면 어련히 갈라구!"

이렇게 천연덕스레 받는 점순이였다. 본시 부끄럼을 타는 계집애도 아니거니와 또한 분하다고 눈에 눈물을 보일 얼병이*도 아니다. 분하면 차라리 나의 등어리를 바구니로 한 번 모질게 후려쌔리고 달아날지언정.

그런데 고약한 그 꼴을 하고 가더니 그 뒤로는 나를 보면 잡아먹으려고 기를 복복 쓰는 것이다.

　설혹 주는 감자를 안 받아먹은 것이 실례라 하면, 주면 그냥 주었지 "느 집엔 이거 없지"는 다 뭐냐. 그러잖아도 즈이는 마름이고 우리는 그 손에서 배재\*를 얻어 땅을 부치므로 일상 굽실거린다. 우리가 이 마을에 처음 들어와 집이 없어서 곤란으로 지낼 제 집터를 빌리고 그 위에 집을 또 짓도록 마련해준 것도 점순네의 호의이었다. 그리고 우리 어머니 아버지도 농사 때 양식이 달리면 점순네한테 가서 부지런히 꾸어다 먹으면서 인품 그런 집은 다시없으리라고 침이 마르도록 칭찬하고 하는 것이다. 그러면서도 열일곱씩이나 된 것들이 수군수군하고 붙어 다니면 동리의 소문이 사납다고 주의를 시켜준 것도 또 어머니였다. 왜냐하면 내가 점순이하고 일을 저질렀다는 점순네가 노할 것이고, 그러면 우리는 땅도 떨어지고 집도 내쫓기고 하지 않으면 안되는 까닭이었다.

(나)

　그런데 이놈의 계집애가 까닭 없이 기를 복복 쓰며 나를 말려 죽이려고 드는 것이다.

　눈물을 흘리고 간 그담 날 저녁 나절이었다. 나무를 한 짐 잔뜩 지고 산을 내려오려니까 어디서 닭이 죽는 소리를 친다. 이거 뉘 집에서 닭을 잡나 하고 점순네 울 뒤로 돌아오다가 나는 고만 두 눈이 뚱그랬다. 점순이가 즈 집 봉당에 홀로 걸터앉았는데, 아 이게 치마 앞에다 우리 씨암탉을 꼭 붙들어 놓고는

　"이놈의 닭! 죽어라, 죽어라."

　요렇게 암팡스레\* 패주는 것이 아닌가. 그것도 대가리나 치면 모른다. 마는 아주 알도 못 낳으라고 그 볼기짝께를 주먹으로 콕콕 쥐어박는 것이다.

(다)

동백꽃 43

　나는 눈에 쌍심지가 오르고 사지가 부르르 떨렸으나 사방을 한 번 휘돌아보고야 그제서 점순이 집에 아무도 없음을 알았다. 잡은 참 지게막대기를 들어 울타리의 중턱을 후려치며
　"이놈의 계집애! 남의 닭 알 못 나라구 그러니?"
하고 소리를 뻑 질렀다.
　그러나 점순이는 조금도 놀라는 기색이 없고 그대로 의젓이 앉아서 제 닭 가지고 하듯이 또 죽어라, 죽어라 하고 패는 것이다. 이걸 보면 내가 산에서 내려올 때를 겨냥해 가지고 미리부터 닭을 잡아가지고 있다가 네 보란 듯이 내 앞에 줴지르고* 있음이 확실하다.
　그러나 나는 그렇다고 남의 집에 뛰어들어가 계집애하고 싸울 수도 없는 노릇이고 형편이 썩 불리함을 알았다. 그래 닭이 맞을 적마다 지게막대기로 ⓑ울타리나 후려칠 수밖에 별도리가 없다. 왜냐하면 울타리를 치면 칠수록 울섶*이 물러앉으며 뼈대만 남기 때문이다. 하나 아무리 생각하여도 나만 밑지는 노릇이다.
　"아, 이년아! 남의 닭 아주 죽일 터이냐?"
　내가 도끼눈을 뜨고 다시 꽥 호령을 하니까 그제야 울타리께로 쪼르르 오더니 울 밖에 섰는 나의 머리를 겨누고 닭을 내팽개친다.
　"예이 더럽다! 더럽다!"
　"더러운 걸 널더러 입때* 끼고 있으랬니? 망할 계집애년 같으니."
하고 나도 더럽단 듯이 울타리께를 횡허케 돌아내리며 약이 오를 대로 다 올랐다, 라고 하는 것은 암탉이 풍기는 서슬에 나의 이마빼기에다 물찌똥을 찍 깔겼는데 그걸 본다면 알집만 터졌을 뿐 아니라 골병은 단단히 든 듯싶다.
　그리고 나의 등 뒤를 향하여 나에게만 들릴듯말듯한 음성으로

"이 바보 녀석아!"

"얘! 너 배냇병신*이지?"

그만도 좋으련만

"얘! 너 느 아버지가 고자라지?"

"뭐? 울 아버지가 그래 고자야?"

할 양으로 열벙거지*가 나서 고개를 홱 돌리어 바라봤더니 그때까지 울타리 위로 나와 있어야 할 점순이의 대가리가 어디 갔는지 보이지를 않는다. 그러다 돌아서서 오자면 아까에 한 욕을 울 밖으로 또 퍼붓는 것이다. 욕을 이토록 먹어가면서도 대거리 한마디 못하는 걸 생각하니 돌부리에 채어 발톱 밑이 터지는 것도 모를 만치 분하고 급기야는 두 눈에 눈물까지 불끈 내솟는다.

그러나 점순이의 침해는 이것뿐이 아니다.

사람들이 없으면 틈틈이 즈 집 수탉을 몰고 와서 우리 수탉과 쌈을 붙여 놓는다. 즈 집 수탉은 썩 험상궂게 생기고 쌈이라면 홰를 치는 고로 으레 이길 것을 알기 때문이다. 그래서 툭하면 우리 수탉이 면두며 눈깔이 피로 흐드르하게 되도록 해놓는다. 어떤 때에는 우리 수탉이 나오지를 않으니까 요놈의 계집애가 모이를 쥐고 와서 꾀여 내다가 쌈을 붙인다.

이렇게 되면 나도 다른 배채*를 차리지 않을 수 없었다. 하루는 우리 수탉을 붙들어 가지고 넌지시 장독께로 갔다. 쌈닭에게 고추장을 먹이면 병든 황소가 살모사를 먹고 용을 쓰는 것처럼 기운이 뻗친다 한다. 장독에서 고추장 한 접시를 떠서 닭 주둥아리께로 들이밀고 먹여 보았다. 닭도 고추장에 맛을 들였는지 거스르지 않고 거진 반 접시 턱이나 곧잘 먹는다.

그리고 먹고 금세는 용을 못 쓸 터이므로 얼마쯤 기운이 들도록 홰* 속에다 가두어 두었다.

밭에 두엄을 두어 짐 져내고 나서 쉴 참에 그 닭을 안고 밖으로 나왔다. 마침 밖에는 아무도 없고 점순이만 즈 울 안에서 헌 옷을 뜯는지 혹은 솜을 터는지 옹크리고 앉아서 일을 할 뿐이다.

나는 점순네 수탉이 노는 밭으로 가서 닭을 내려놓고 가만히 맥을 보았다. 두 닭은 여전히 얼리어 쌈을 하는데 처음에는 아무 보람이 없었다. 멋지게 쪼는 바람에 우리 닭은 또 피를 흘리고 그러면서도 날갯죽지만 푸드덕푸드덕하고 올라 뛰고 뛰고 할 뿐으로 제법 한 번 쪼아보도 못한다.

그러나 한번엔 어쩐 일인지 용을 쓰고 펄쩍 뛰더니 발톱으로 눈을 하비고* 내려오며 면두를 쪼았다. 큰 닭도 여기에는 놀랐는지 뒤로 멈씰하며* 물러난다. 이 기회를 타서 작은 우리 수탉이 또 날쌔게 덤벼들어 다시 면두를 쪼니 그제서는 감때사나운* 그 대강이에서도 피가 흐르지 않을 수 없다.

옳다 알았다. 고추장만 먹이면은 되는구나 하고 나는 속으로 아주 쟁그라워* 죽겠다. 그때에는 뜻밖에 내가 닭쌈을 붙여 놓는 데 놀라서 울 밖으로 내다보고 섰던 점순이도 입맛이 쓴지 눈살을 찌푸렸다.

나는 두 손으로 볼기짝을 두드리며 연방

"잘한다! 잘한다!"

하고 신이 머리끝까지 뻗치었다.

그러나 얼마 되지 않아서 나는 넋이 풀리어 기둥같이 묵묵히 서 있게 되었다. 왜냐면 큰 닭이 한 번 쪼인 앙갚음으로 호들갑스레 연거푸 쪼는 서슬에 우리 수탉은 찔끔 못하고 막 곯는다. 이걸 보고서 이번에는 점순이가 깔깔거리고 되도록 이쪽에서 많이 들으라고 웃는 것이다.

나는 보다 못하여 덤벼들어서 우리 수탉을 붙들어 가지고 도로 집으로 들어왔다. 고추장을 좀더 먹였더라면 좋았을걸, 너무 급하게 쌈을 붙인 것이 퍽 후회가 난다. 장독께로 돌아와서 다시 턱 밑에 고추장을 들이댔다. 흥분으로 말미암아 그런지 당최 먹질 않는다.

나는 하릴없이 닭을 반듯이 눕히고 그 입에다 쿨렁 물부리*를 물리었다. 그리고 고추장물을 타서 그 구멍으로 조금씩 들이부었다. 닭은 좀 괴로운지 킥킥 하고 재채기를 하는 모양이나 그러나 당장의 괴로움은 매일같이 피를 흘리는 데 댈 게 아니라 생각하였다.

그러나 한 두어 종지 가량 고추장물을 먹이고 나서는 나는 고만 풀이 죽었다. 싱싱하던 닭이 왜 그런지 고개를 살며시 뒤틀고는 손아귀에서 뻐드러지는 것이 아닌가. 아버지가 볼까봐서 얼른 홰에다 감추어 두었더니 오늘 아침에서야 겨우 정신이 든 모양 같다.

그랬던 걸 이렇게 오다 보니까 또 쌈을 붙여 놨으니 이 망한 계집애가, 필연 우리 집에 아무도 없는 틈을 타서 제가 들어와 홰에서 꺼내 가지고 나간 것이 분명하다.

나는 다시 닭을 잡아다 가두고 염려는 스러우나 그렇다고 산으로 나무를 하러 가지 않을 수도 없는 형편이었다.

소나무 삭정이를 따며 가만히 생각해 보니 암만해도 고년의 목쟁이*를 돌려놓고 싶다. 이번에 내려가면 망할 년 등줄기를 한 번 되게 후려치겠다 하고 싱둥겅둥* 나무를 지고는 부리나케 내려왔다.

거지반 집에 다 내려와서 나는 호드기* 소리를 듣고 발이 딱 멈추었다. 산기슭에 널려 있는 굵은 바윗돌 틈에 노란 동백꽃이 소보록

하니 깔리었다. 그 틈에 끼여 앉아서 점순이가 청승맞게시리 호드기를 불고 있는 것이다. 그보다 더 놀란 것은 그 앞에서 또 푸드덕푸드덕 하고 들리는 닭의 횃소리다. 필연코 요년이 나의 약을 올리느라고 또 닭을 집어내다가 내가 내려올 길목에다 쌈을 시켜 놓고 저는 그 앞에 앉아서 천연스레 호드기를 불고 있음에 틀림없으리라.

나는 약이 오를 대로 다 올라서 두 눈에서 불과 함께 눈물이 퍽 쏟아졌다. 나뭇지게도 벗어놀 새 없이 그대로 내동댕이치고는 지게막대기를 뻗치고 허둥지둥 달려들었다.

가차이 와보니 과연 나의 짐작대로 우리 수탉이 피를 흘리고 거의 빈사지경에 이르렀다. 닭도 닭이려니와 그러함에도 불구하고 눈 하나 깜짝 없이 고대로 앉아서 호드기만 부는 그 꼴에 더욱 치가 떨린다. 동리에서도 소문이 났거니와 나도 한때는 걱실걱실히* 일 잘하고 얼굴 이쁜 계집애인 줄 알았더니 시방 보니까 그 눈깔이 꼭 여우새끼 같다.

나는 대뜸 달려들어서 나도 모르는 사이에 큰 수탉을 단매*로 때려 엎었다. 닭은 푹 엎어진 채 다리 하나 꼼짝 못하고 그대로 죽어 버렸다. 그리고 나는 멍하니 섰다가 점순이가 매섭게 눈을 홉뜨고 닥치는 바람에 뒤로 벌렁 나자빠졌다.

"이놈아! 너 왜 남의 닭을 때려죽이니?"

"그럼 어때?"

하고 일어나다가

"뭐 이 자식아! 누 집 닭인데?"

하고 복장*을 떠미는 바람에 다시 벌렁 자빠졌다. 그러고 나서 가만히 생각을 하니 분하기도 하고 무안도 스럽고 또 한편 일을 저질렀으니 인젠 땅이 떨어지고 집도 내쫓기고 해야 될는지 모른다.

　나는 비슬비슬 일어나며 소맷자락으로 눈을 가리고는 얼김에 엉 하고 울음을 놓았다. 그러다 점순이가 앞으로 다가와서

　"그럼, 너 이담부텀 안 그럴 터냐?"

하고 물을 때에야 비로소 살길을 찾은 듯싶었다. 나는 눈물을 우선 씻고 뭘 안 그러는지 명색도 모르건만

　"그래!"

하고 무턱대고 대답하였다.

　"요담부터 또 그래 봐라, 내 자꾸 못살게 굴 터니."

　"그래 그래, 인젠 안 그럴 테야!"

　"닭 죽은 건 염려 마라. 내 안 이를 테니."

　그리고 뭣에 떠다밀렸는지 나의 어깨를 짚은 채 그대로 픽 쓰러진다. 그 바람에 나의 몸뚱이도 겹쳐서 쓰러지며 한창 피어 퍼드러진 노란 동백꽃 속으로 폭 파묻혀 버렸다.

　알싸한 그리고 향긋한 그 냄새에 나는 땅이 꺼지는 듯이 온 정신이 고만 아찔하였다.

　"너 말 마라."

　"그래!"

　조금 있더니 요 아래서

　"점순아! 점순아! 이년이 바누질을 하다 말구 어딜 갔어!"

하고 어딜 갔다 온 듯싶은 그 어머니가 역정이 대단히 났다.

　점순이가 겁을 잔뜩 집어먹고 꽃 밑을 살금살금 기어서 산 아래로 내려간 다음 나는 바위를 끼고 엉금엉금 기어서 산 위로 치빼지 않을 수 없었다.

## 낱말 풀이

**감때사납다** 매우 억세고 사납다.
**걱실걱실히** 성질이 너그러워 말과 행동을 시원시원하게 하는 모양
**닦다** 거세게 몰아붙여 꼼짝 못하게 하다.
**단매** 대매. 단 한 번 때리는 매
**멈씰하다** 멈칫하다.
**면두** '볏'의 방언. 닭이나 새 따위의 이마 위에 세로로 붙은 살 조각
**목쟁이** '목'의 비속어
**물부리** 담배를 끼워서 빠는 물건
**배냇병신** '선천성 기형'을 일상적으로 이르는 말
**배재** 땅을 소작할 수 있는 권리
**배채** '배추'의 방언
**복장** 가슴 한복판. 속으로 품고 있는 생각
**실팍하다** 사람이나 물건 따위가 보기에 매우 든든하고 튼튼하다.
**싱둥겅둥** 대충대충
**쌩이질** '씨양이질'의 준말. 한창 바쁠 때에 쓸데없는 일로 남을 귀찮게 굴다.
**암팡스레** 야무지고 다부지게
**얼리다** '어울리다'의 준말
**얼병이** 얼뱅이. 겁이 많고 어리석으며 다부지지 못해 어수룩하고 얼빠져 보이는 사람을 낮잡아 이르는 말
**엎더지다** '엎드러지다'의 준말
**열벙거지** '열화熱火'를 속되게 이르는 말. 매우 급하게 치밀어 오르는 화증
**울섶** 울타리를 만드는 데 쓰는 섶나무
**입때** 여태
**쟁그랍다** 보거나 만지기에 소름이 끼칠 정도로 조금 흉하거나 끔찍하다.

**줴지르다** '쥐어지르다'의 준말. 주먹으로 힘껏 내지르다.

**하비다** 손톱이나 날카로운 물건 따위로 조금 긁어 파다.

**항차** 하물며

**호드기** 봄철에 물오른 버드나무 가지의 껍질을 고루 비틀어 뽑은 껍질이나 짤막한 밀짚 토막 따위로 만든 피리

**홰** 새장이나 닭장 속에 새나 닭이 올라앉게 가로질러 놓은 나무 막대

55. ⓐ, ⓑ의 '울타리'에 대한 해석으로 가장 적절한 것은? [2점]
① ⓐ는 화자와 점순네의 심리적 거리감을 상징한다.
② ⓐ는 화자의 생활 공간이 고립되어 있음을 말한다.
③ ⓐ와 ⓑ의 역할과 의미는 동일하다.
④ ⓑ와 감자는 동일한 감정을 매개하고 있다.
⑤ ⓑ는 화자의 행동을 제약하는 심리적 금기와도 같다.

56. ㉠'쌩이질을 하는 것'과 가장 유사한 것은?
① 토라지는 것        ② 이죽거리는 것
③ 역성을 드는 것     ④ 귀찮게 구는 것
⑤ 거들먹거리는 것

57. '나(화자)'가 점순의 마음을 안다고 가정할 때, ㉡ 바로 뒤에 들어갈 수 있는 '나'의 생각으로 어울리지 않는 것은?
① 내가 무관심한 척하니까 곰같이 미련하다고 생각하겠지.
② 내가 전혀 못 알아듣는 척하니까 벽창호라고 생각하겠지.
③ 내가 자기 의도대로 움직이지 않으니까 목석 같다고 생각하겠지.
④ 내가 알면서도 모르는 척하니까 너구리처럼 의뭉스럽다고 생각하겠지.
⑤ 내가 자꾸 거절하니까 겨울 다람쥐처럼 모아둔 게 많다고 생각하겠지.

58. (가)에서 유추할 수 있는 '점순'의 심정과 가장 유사한 것은?
① 잎이 푸르러 가시던 님이 백설이 흩날려도 아니 오시네
② 아주까리 동백아 피지를 마라 산골의 큰애기 봄바람 난다
③ 날 좀 보소 날 좀 보소 날 좀 보소 동지 섣달 꽃 본 듯이 날 좀 보소
④ 산천의 초목은 달이 달달 변해도 우리들 먹은 마음 변치를 말자
⑤ 춘산에 지는 꽃이 지고 싶어 지느냐 사세가 부득하여 지는 꽃이로구나

59. (나)의 ▨▨를 〈보기〉로 바꾸었을 때 독자가 얻을 수 있는 효과로 적절한 것은? [2점]

───〈 보기 〉───

그의 부모가 이 마을에 처음 들어왔을 때는 아무 거처도 없는 매우 곤란한 상황이었다. 그때 그들을 구해준 것은 바로 점순네였다. 점순네의 도움으로 그들은 집터를 마련할 수 있었고, 또 양식이 떨어지면 곧바로 빌려다 먹을 수 있었다. 그 은혜에 감복하여 그의 부모는 늘 고마워 했고 인품으로는 그런 집이 없다고 칭찬을 아끼지 않았다. 그래서 어머니는 점순네의 고마움에 보답하기 위해서라도 쓸데없는 행동을 삼가라고 주의를 주었던 것이다. 더구나 나이가 열일곱이나 되는 그가 동갑인 점순과 어울려 다닌다면 동네에 나쁜 소문이 나는 것은 불을 보듯 뻔한 노릇이고, 또 자칫 마름집을 노엽게 할 수도 있다고 우려했기 때문이었다. 무례한 행동으로 소작지가 떨어지고 집에서도 쫓겨날지 모른다고 생각한 것이다.

① 극적 긴장감을 뚜렷이 느낄 수 있다.
② 인물의 육성을 생생하게 느낄 수 있다.
③ 서술자와 독자의 거리가 더 가까워진다.
④ 인물의 내면 심리를 정밀하게 파악할 수 있다.
⑤ 인물이 처한 상황을 좀더 객관적으로 볼 수 있다.

60. 윗글을 바탕으로 '나(화자)'가 50년 후에 자서전을 쓴다고 할 때, 그 내용으로 적절하지 않은 것은?
① 점순이가 봉당에 걸터앉아 우리 집 씨암탉을 쥐어박던 일을 생각하면 내 입가에는 웃음이 번지곤 한다.
② 농촌 생활을 소재로 한 드라마를 볼 때마다 새빨개진 얼굴로 논둑을 달려가던 점순이의 모습이 떠오르곤 한다.
③ 소작인의 아들로서 감정조차 마음대로 드러낼 수 없었던 힘든 때였으나 되돌아보면 그래도 순박했던 시절로 기억되곤 한다.

④ 요즘 젊은이들의 대담한 감정 표현을 볼 때 점순이가 그때 좀더 적극적이었더라면 내가 그토록 숙맥처럼 행동하지는 않았으리라는 생각이 든다.
⑤ 마름집의 인품을 늘 칭찬하셨지만 그래도 불이익을 당하지 않을까 우려하셨던 어머니의 근심 어린 얼굴이 지금도 아련하게 머리 속을 맴돌곤 한다.

memo

## 작품 해제

**갈래** 농촌 소설
**배경** 1930년대 어느 가을 강원도 농촌 마을
**시점** 3인칭 관찰자 시점
**제재** 만무방의 삶
**주제** 식민지 농촌의 궁핍한 실상과 그것으로 인한 왜곡된 삶
**출전** 《조선일보》(1935년 7월)

## 줄거리

산골에 가을은 무르녹았다. 응칠은 한가롭게 송이 파적을 나왔다. 전과자요 만무방인 그는 송이 파적이나 할 수밖에 없는 떠돌이 신세다. 응칠은 시장기를 느끼며 송이를 캐어 먹고, 고기 생각이 나서 남의 닭을 잡아먹는다.

숲 속을 빠져나온 응칠은 성팔이를 만나 응오네 논의 벼가 도둑맞았다는 이야기를 듣고 성팔이를 의심해본다. 응칠도 5년 전에는 처자가 있던 성실한 농꾼이었다. 그러나 빚을 갚을 길이 없어 야반도주한 응칠은 동기간이 그리워 응오를 찾아왔다. 진실한 모범 청년인 응오는 벼를 베지 않고 있다. 그런데 베지도 않은 논의 벼가 닷 말쯤 도적을 맞은 것이다.

응칠은 주막에서 막걸리를 마시고 송이로 값을 치른다. 동생 응오는 병을 앓아 반송장이 된 아내에게 먹일 약을 달이고 있다. 아내 병을 낫게 하기 위해 산치성을 올리려 하기에 극구 말렸으나 그는 대꾸도 않고 반발한다. 응칠은 오늘 밤에는 도둑을 잡은 후 이곳을 뜨기로 결심한다.

응칠은 응오의 논으로 도둑을 잡으러 산고랑 길을 오른다. 바위 굴 속에서 노름판이 벌어졌다. 응칠도 노름판에 끼었다가 서낭당 앞 돌에 앉아 덜덜 떨며 도둑을 잡기 위해 잠복한다. 닭이 세 홰를 울 때, 흰 그림자가 눈 속에 다가든다. 복면을 한 도적이 나타나자 응칠은 몽둥이로 허리께를 내리친다. 놈의 복면을 벗기고 나서 응칠은 망연자실한다. 동생 응오였던 것이다.

눈을 적시는 것은 눈물뿐이었다. 응칠은 황소를 훔치자고 동생을 달랬지만, 부질없다는 듯 형의 손을 뿌리치고 달아나는 동생을 보고 응칠은 대뜸 몽둥이질을 한다. 땅에 쓰러진 아우를 등에 업고 고개를 내려온다.

# 만무방*

산골에 가을은 무르녹았다.
아름드리 노송은 빽빽이* 늘어박혔다. 무거운 송낙을 머리에 쓰고 건들건들. 새새이 끼인 도토리, 벚, 돌배, 갈잎 들은 울긋불긋. 잔디를 적시며 맑은 샘이 쫄쫄거린다. 산토끼 두 놈은 한가로이 마주 앉아 그 물을 할짝거리고. 이따금 정신이 나는 듯 가랑잎은 부수수하고 떨린다. 산산한 산들바람. 귀여운 들국화는 그 품에 새뜻새뜻 넘논다*. 흙내와 함께 향긋한 땅김*이 코를 찌른다. 요놈은 싸리버섯, 요놈은 잎 썩은 내, 또 요놈은 송이―아니, 아니, 가시넝쿨 속에 숨은 박하풀 냄새로군.

응칠이는 뒷짐을 딱 지고 어정어정 노닌다. 유유히 다리를 옮겨 놓으며 이 나무 저 나무 사이로 홀라들인다*. 코는 공중에서 벌렸다 오므렸다, 연신 이러며 훅 훅. 구붓한 한 송목松木 밑에 이르자 그는 발을 멈춘다. 이번에는 지면에 코를 얕이 갖다 대고 한 바퀴 비잉 나물 끼고 돌았다.

'아하, 요놈이로군!'

썩은 솔잎에 덮이어 흙이 봉곳이 돋아 올랐다.

그는 손가락을 꾸짖으며 정성스레 살살 헤쳐 본다. 과연 귀여운 송이. 망할 녀석, 조금만 더 나오지. 그걸 뚝 따들곤 뒷짐을 지고 다시 어슬렁어슬렁. 가끔 선하품*은 터진다. 그럴 적마다 두 팔을 떡 벌리곤 먼 하늘을 바라보고 늘어지게도 기지개를 늘인다.

때는 한창 바쁠 추수 때이다. 농군치고 송이 파적* 나올 놈은 생겨나도 않았으리라. 하나 그는 꼭 해야만 할 일이 없었다. 싶으면 하고 말면 말고 그저 그뿐. 그러함에는 먹을 것이 더럭 있느냐면 있기커녕 부쳐 먹을 농토조차 없는, 계집도 없고 집도 없고 자식도 없고. 방은 있대야 남의 곁방이요 잠은 새우잠이오. 하지만 오늘 아침만 해도 한 친구가 찾아와서 벼를 털 텐데 일 좀 와 해달라는 걸 마다하였다. 몇 푼 바람에 그까짓 걸 누가 하느냐. 보다는 송이가 좋았다. 왜냐면 이 땅 삼천리강산에 늘어놓인 곡식이 말짱 누 거람. 먼저 먹는 놈이 임자 아니냐. 먹다 걸릴 만치 그토록 양식을 쌓아 두고 일이 다 무슨 난장 맞을 일이람. 걸리지 않도록 먹을 궁리나 할 게지. 하기는 그도 한 세 번이나 걸려서 구메밥*으로 사관을 텄다*. 마는 결국 제 밥상 위에 올라앉은 제 몫도 자칫하면 먹다 걸리긴 매일반…….

올라갈수록 덤불은 욱었다*. 머루며 다래, 칡, 게다 이름 모를 잡초. 이것들이 위아래로 이리저리 서리어 좀체 길을 내지 않는다. 그는 잔딧길로만 돌았다. 넓적다리가 벌쭉이는 찢어진 고의 자락을 아끼며 조심조심 사려 딛는다. 손에는 칡으로 엮어 든 일곱 개 송이. 늙은 소나무마다 가선 두리번거린다. 사냥개 모양으로 코로 쿡, 쿡 내를 한다. 이것도 송이 같고 저것도 송이. 어떤 게 알짜 송이인지 분간을 모른다. 토끼똥이 소보록한데 갈잎이 한 잎 뚝 떨어졌다. 그 잎을 살며시 들어보니 송이 대구리가 불쑥 올라왔다. 매우 큰 송이인 듯. 그는 반색하여 그 앞에 무릎을 털썩 꿇었다. 그리고 그 위에 두 손을 내들며 열 손가락을 다 펴들었다. 가만가만히 살살 흙을 헤쳐 본다. 주먹만 한 송이가 나타난다. 얘 이놈 크구나. 손바닥 위에 따 올려놓고는 한참 들여다보며 싱글벙글한다. 우중충한 구석으로 바위는 벽같이 깎아질렀다. 그 중턱을 얽어나간 칡잎에서는 물이 쪼록쪼록 흘러내린다. 인삼이 썩어내리는 약수라 한다. 그는 돌 위에 걸터앉으며 또 한 번 하품을 하였다. 간밤 쓸데없는 노름에 밤을 팬\* 것이 몹시 나른하였다. 다사로운 햇발이 숲을 새어든다. 다람쥐가 솔방울을 떨어치며. 어여쁜 할미새는 앞에서 알씬거리고. 동리에서는 타작을 하느라고 와글거린다. 흥겨워 외치는 목성, 그걸 억누르고 공중에 웅, 웅, 진동하는 벼 터는 기계 소리. 맞은쪽 산속에서 어린 목동들의 노래는 처량히 울려 온다. 산속에 묻힌 마을의 전경을 멀리 바라보다가 그는 눈을 찌긋하며 다시 한 번 하품을 뽑는다. 이 웬놈의 하품일까. 생각해 보니 어제저녁부터 여태껏 창자가 곯림 든 것이다. 불현듯 송이 꾸럼에서 그중 크고 먹음직한 놈을 하나 뽑아들었다.

응칠이는 그 송이를 물에 써억써억 비벼서는 떡 벌어진 대구리부터 걸쌍스레\* 덥석 물어떼었다. 그리고 넓죽한 입이 움질움질 씹는다. 혀가 녹을 듯이 만질만질하고 향기로운 그 맛. 이렇게 훌륭한 놈을 입맛만 다시고 못 먹다니. 문득 옛 추억이 혀끝에 뱅뱅 돈다. 이놈을 맛보는 것도 참 근자의 일이다. 감불생심\*이지 어디 냄새나 똑똑히 맡아보리. 산속으로 쏘다니다 백판\* 못 따기도 하려니와 더러 딴다는 놈은 행여 상할까봐 손도 못 대게 하고 집에 내려다 모고 모고 하는 것이다. 그러나 요행히 한 꾸러미 차면 금시로 장에 가져다 판다. 이틀 사흘씩 공때린 거로되 잘 되면 사십 전, 못 받으면 이십오 전. 저녁거리를 기다리는 아내를 생각하며 좁쌀 서너 되를 손에 사들고 어두운 고개티\*를 터덜터덜 올라오는 건 좋으나 이 신세를 뭣에 쓰나 하고 보면 을프냥궂기\*가 짝이 없겠고…… 이까짓 걸 못 먹어, 그래 홧김에 또 한 놈을 뽑아들고 이번엔 물에 흙도 씻을 새 없이 그대로 텁석거린다. 그러나 다른 놈들도 별수 없으렷다. 이 산골이 송이의 본고향이로되 아마 일 년에 한 개조차 먹는 놈이 드물리라.

'흠, 썩어진 두상들!'

그는 폭넓은 얼굴을 일그리며 남이나 들으란 듯이 이렇게 비웃는다. 썩었다 함은 데생겼다\* 모멸하는 그의 언투\*이었다. 먹다 나머지 송이꽁댕이를 바로 자랑스러이 입에다 치뜨리곤\* 트림을 섞어가며 우물거린다.

송이 두 개가 들어가니 인제는 더 먹을 재미가 없다. 뭔가 좀 든든한 걸 먹었으면 좋겠는데. 떡, 국수, 말고기, 개고기, 돼지고기, 그렇지 않으면 쇠고기냐. 아따 궁한 판이니 아무거나 있으면 속종으로 여러 가질 먹으며 시름없이 앉았다. 그는 눈꼴이 슬그머니 돌아간다. 웬놈의 닭인지 암탉 한 마리가 조 아래 무덤 앞에서 뺑뺑 맨다. 골골거리며 감도는 걸 보매 아마 알자리를 보는 맥이라. 그는 돌에서 궁둥이를 들었다. 낮은 하늘로 외면하여 못 본 척하고 닭을 향하여 저편으로 널찍이 돌아내린다. 그러나 무덤까지 왔을 때 몸을 돌리며,

"후, 후, 후, 이 자식이 어딜 가 후!"

두 팔을 벌리고 쫓아간다. 산꼭대기로 치모니* 닭은 하동지동* 갈 길을 모른다. 요리 매끈 조리 매끈, 꼬꼬댁거리며 속만 태울 뿐. 그러나 바위틈에 끼여 왁살스러운 그 주먹에 모가지가 둘로 나기에는 불과 몇 분 못 걸렸다.

그는 으슥한 숲 속으로 찾아들었다. 닭의 껍질을 홀랑 까고서 두 다리를 들고 찢으니 배창*이 옆구리로 꿰진다. 그놈을 긁어 뽑아서 껍질과 한데 뭉치어 흙에 묻어 버린다.

고기가 생기고 보니 연하여 나느니 막걸리 생각. 이걸 부글부글 끓여 놓고 한 사발 떡 켰으면 똑 좋을 텐데 제기. 응칠이의 고기는 어디 떨어졌는지 술집까지 못 가는 고기였다. 아무려나 고기 먹고 술 먹고 거꾸론 못 먹느냐. 그는 닭의 가슴패기를 입에 들이대고 쭉쭉 찢어가며 먹기 시작한다. 쭐깃쭐깃한 놈이 제법 맛이 들었다. 가슴을 먹고 넓적다리, 볼기짝을 먹고 거반 반쯤을 다 해내고 나니 어쩐지 맛이 좀 적었다. 결국 음식이란 양념을 해야 하는군.

수풀 속으로 그냥 내던지고 그는 설렁설렁 내려온다. 솔숲을 빠져 화전火田께로 내리려 할 제 별안간 등 뒤에서,

"여보게, 거 응칠이 아닌가?"

고개를 돌려보니 대장간 하는 성팔이가 작달막한 체수*에 들갑작거리며* 고개를 넘어온다. 그런데 무슨 긴한 일이나 있는지 부리나케 달려들더니

"자네 응고개 논의 벼 없어진 거 아나?"

응칠이는 고만 가슴이 덜컥 내려앉았다. 이 바쁜 때 농군의 몸으로 응고개까지 앨 써 갈 놈도 없으려니와 또한 하필 절 보고 벼의 없

어짐을 말하는 것이 여간 심상치 않은 일이었다.

　잡담 제하고 응칠이는

　"자넨 어째서 응고개까지 갔던가?"

하고 대담스레도 그 눈을 쏘아보았다. 그러나 성팔이는 조금도 겁먹은 기색 없이

　"아 어쩌다 지냈지 뭘 그래."

하며 도리어 얼레발*을 치고 덤비는 수작이다. 고얀 놈, 응칠이는 입때 다녀야 동무를 팔아 배를 채우고 그런 비열한 짓은 안한다. 낯을 붉히자 눈에 불이 보이며

　"어쩌다 지냈다?"

　응칠이가 이 동리에 들어온 것은 어느덧 달이 넘었다. 인제는 물릴 때도 되었고, 좀 떠보고자 생각은 간절하나 아우의 일로 말미암아 망설거리는 중이었다.

　그는 오라는 데는 없어도 갈 데는 많았다. 산으로 들로 해변으로 발부리 놓이는 곳이 즉 가는 곳이었다.

　그러나 저물면은 그대로 쓰러진다. 남의 방앗간이고 헛간이고 혹은 강가, 시새장. 물론 수가 좋으면 괴때기* 위에서 밤을 편히 잘 적도 있었다. 이렇게 하여 강원도 어수룩한 산골로 이리 넘고 저리 넘고 못 간 데 별로 없이 유람 겸 편답遍踏하였다.

　그는 한구석에 머물러 있음은 가슴이 답답할 만치 되우 괴로웠다.

　그렇다고 응칠이가 본시 역마직성*이냐 하면 그런 것도 아니다. 그도 오 년 전에는 사랑하는 아내가 있었고 아들이 있었고 집도 있었고, 그때야 어딜 하루라도 집을 떨어져 보았으랴. 밤마다 아내와 마주 앉으면 어찌하면 이 살림이 좀 늘어볼까 불어볼까, 애간장을 태우

며 같은 궁리를 되하고 되하였다. 마는 별 뾰족한 수는 없었다. 농사는 열심히 하는 것 같은데 알고 보면 남는 건 겨우 남의 빚뿐. 이러다가는 결말엔 봉변을 면치 못할 것이다. 하루는 밤이 깊어서 코를 골며 자는 아내를 깨웠다. 밖에 나가 우리의 세간이 몇 개나 되는지 세어 보라 하였다. 그리고 저는 벼루에 먹을 갈아 붓에 찍어 들었다. 벽에 바른 신문지는 누렇게 그을었다. 그 위에다 아내가 불러주는 물목대로 일일이 내리 적었다. 독이 세 개, 호미가 둘, 낫이 하나로부터 밥사발, 젓가락, 짚이 석 단까지. 그담에는 제가 빚을 얻어온 데, 그 사람들의 이름을 쭉 적어 놓았다. 금액은 제각기 그 아래다 달아 놓고. 그 옆으론 조금 사이를 떼어 역시 조선문으로 나의 소유는 이것밖에 없노라, 나는 오십사 원을 갚을 길이 없으매 죄진 몸이라 도망하니 그대들은 아예 싸울 게 아니겠고 서로 의논하여 억울치 않도록 분배하여 가기 바라노라 하는 의미의 성명서를 벽에 남기자 안으로 문들을 걸어 닫고 울타리 밑구멍으로 세 식구가 빠져나왔다.

이것이 응칠이가 팔자를 고치던 첫날이었다.

그들 부부는 돌아다니며 밥을 빌었다. 아내가 빌어다 남편에게, 남편이 빌어다 아내에게. 그러자 어느 날 밤 아내의 얼굴이 썩 슬픈 빛이었다. 눈보라는 살을 엔다. 다 쓰러져 가는 물방앗간 한구석에서 섬*을 두르고 언내*에게 젖을 먹이며 떨고 있더니 여보게유 하고 고개를 돌린다. 왜, 하니까 그 말이, 이러다간 우리도 고생일뿐더러 첫대 언내를 잡겠수, 그러니 서로 갈립시다 하는 것이다. 하긴 그럴 법한 말이다. 쥐뿔도 없는 것들이 붙어다닌댔자 별수는 없다. 그보다는 서로 갈리어 제 맘대로 빌어먹는 것이 오히려 가뜬하리라. 그는 선뜻 응낙하였다. 아내의 말대로 개가를 해가서 젖먹이나 잘 키우고 몸 성히 있으면 혹 연분이 닿아 다시 만날지도 모르니깐 마지막으로 아내와 같이 땅바닥에서 나란히 누워 하룻밤을 떨고 나서 날이 훤해지자 그는 툭툭 털고 일어섰다.

매팔자*란 응칠이의 팔자이겠다.

그는 버젓이 게트림*으로 길을 걸어야 걸릴 것은 하나도 없다. 논 맬 걱정도, 호포 바칠 걱정도, 빚 갚을 걱정, 아내 걱정, 또는 굶을 걱정도. 회동그라니 털고 나서니 팔자 중에는 아주 상팔자다. 먹고만 싶으면 도야지고, 닭이고, 개고, 언제나 옆을 떠날 새 없겠지. 그리고 돈, 돈도…….

그러나 주재소는 그를 노려보았다. 툭하면 오라, 가라 하는데 학질이었다. 어느 동리고 가 있다가 불행히 일만 나면 누구보다도 그부터 붙들려 간다. 왜냐면 그는 전과 사범이었다. 처음에는 도박으로, 다음엔 절도로, 또 고담에는 절도로, 절도로…….

그러나 이번 멀리 아우를 방문함은 생활이 궁하여 근대러* 왔다거나 혹은 일을 해보러 온 것은 결코 아니었다. 혈족이라곤 단 하나의 동생이요, 또한 오래 못 본지라 때 없이 그리웠다. 그래 모처럼 찾아온 것이 뜻밖에 덜컥 일을 만났다.

지금까지 논의 벼가 서 있다면 그것은 성한 사람의 짓이라 안할 것이다.

응오는 응고개 논의 벼를 여태 베지 않았다. 물론 응오가 베어야 할 것이나 누가 듣든지 그 형 응칠이를 먼저 의심하리라. 그럼 여기에 따르는 모든 책임을 응칠이가 혼자 지지 않으면 안될 것이다.

응오는 진실한 농군이었다. 나이 서른하나로 무던히 철났다 하고 동리에서 ⓐ쳐주는 모범 청년이었다. 그런데 벼를 베지 않는다. 남

은 다들 거둬들였고 털기까지 하련만 그는 ㉠벨 생각조차 않는 것이다.

지주라든 혹은 그에게 장리를 놓은 김 참판이든 뻔찔* 찾아와 벼를 베라 독촉하였다.

"얼른 털어서 낼 건 내야지."

하면 그 대답은

"계집이 죽게 됐는데 벼는 다 뭐지유."

하고 한결같이 내뱉는 소리뿐이었다.

하기는 응오의 아내가 지금 기지사경*이매 틈은 없었다 하더라도 돈이 놀아서 약을 못 쓰는 이 판이니 진시* 벼라도 털어야 할 것이다. 그러면 왜 안 털었던가.

그것은 작년 응오와 같이 지주 문전에서 타작을 하던 친구라면 묻지는 않으리라. 한 해 동안 애를 ⓑ졸이며 홀자식 모양으로 알뜰히 가꾸던 그 벼를 거둬들임은 기쁨에 틀림없었다. 꼭두새벽부터 엣, 엣 하며 괴로움을 모른다. 그러나 캄캄하도록 털고 나서 지주에게 도지를 제하고, 장리쌀을 제하고, 삭초*를 제하고 보니 남은 것은 ㉡등줄기를 흐르는 식은땀이 있을 따름. 그것은 슬프다 하기보다 끝없이 부끄러웠다. 같이 털어 주던 동무들이 뻔히 보고 섰는데 빈 지게로 덜렁거리며 집으로 돌아오는 건 진정 열쩍기* 짝이 없는 노릇이었다. 참다 참다 응오는 눈에 눈물이 흘렀던 것이다.

가뜩한데 엎치고 덮치더라고 올에는 고나마 흉작이었다. 샛바람과 비에 벼는 깨깨* 배틀렸다. 이놈을 가을하다간* 먹을 게 남지 않음은 물론이요, 빚도 다 못 ⓒ가릴 모양. 에라, 빌어먹을 거. 너들끼리 캐다 먹든 말든 멋대로 하여라 하고 내던져 두지 않을 수 없다. (A)

벼를 거뒀다고 말만 나면 빚쟁이들은 우우 몰려들 거니깐.

응칠이의 죄목은 여기에서도 또렷이 드러난다. 국으로 가만만 있었다면 좋은 걸, 이 사품*에 뛰어들어 지주의 뺨을 제법 갈긴 것이 응칠이였다.

처음에야 그럴 작정이 아니었다. 그는 여러 곳 물을 마시니만치 어지간히 속이 튄 건달이었다. 지주를 만나 까놓고 썩 좋은 소리로 의논하였다. 올 농사는 반실*이니 도지도 좀 감해 주는 게 어떠냐고. 그러나 지주는 암말 없이 고개를 ⓓ모로 흔들었다. 정 이러면 하여튼 일 년 품은 빼야 할 테니 나는 그 논에다 불을 지르겠수 하여도 잠자코 응치 않는다. 지주로 보면 자기로도 그 벼는 넉넉히 거둬들일 수는 있다. 마는 한 번 버릇을 잘못 해놓으면 여느 작인까지 행실을 버릴까 염려하여 겉으로 독촉만 하고 있는 터이었다. 실상이야 고까짓 벼쯤 있어도 고만, 없어도 고만. 그 심보를 눈치 채고 응칠이는 화를 벌컥 낸 것만은 좋으나 저도 모르게 대뜸 주먹뺨이 들어갔던 것이다.

이렇게 문제 중에 있는 벼인데 ⓒ귀신의 놀음 같은 변괴가 생겼다. 다시 말하면 벼가 없어졌다. 그것도 병들어 쓰러진 쭉정이는 제쳐놓고 무얼로 그랬는지 알짬* 이삭만 따갔다. 그 면적으로 어림하면 아마 못돼도 한 댓 말 가량은 될는지!

응칠이가 아침 일찍이 그 논께로 노닐자 이걸 발견하고 기가 막혔다. 누굴 성가시게 굴려고 그러는지. 산속에 파묻힌 논이라 아직은 본 사람이 없는 모양 같다. 하나 동리에 이 소문이 퍼지기만 하면 저는 어느 모로든 혐의를 받아 폐는 좋이* 입어야 될 것이다.

응칠이는 송이도 송이려니와 실상은 궁리에 바빴다. 속종으로 지목 갈 만한 놈을 여럿 들어 보았으나 이렇다 찍을 만한 증거가 없다. 어쩌면 재성이나 성팔이 이 둘 중의 짓이리라 하고 결국 이렇게 생각던 것도 응칠이가 아니면 안될 것이다.

　원수는 외나무다리에서 만났다.

　응칠이는 저의 짐작이 들어맞음을 알고 당장에 일을 낼 듯이 성팔이의 눈을 들이노렸다.

　성팔이는 신이 나서 떠들다가 그 눈총에 어이가 질리어 고만 벙벙하였다. 그리고 얼굴이 해쓱하여 마주 대고 쳐다보더니

　"그래 자네 왜 그케 노하나. 지내다 보니깐 그렇길래 일테면 자네 보구 얘기지 뭐……."

하고 뒷갈망을 못하여 우물쭈물한다.

　"노하긴 누가 노해!"

　응칠이는 버팅겼던 몸에 좀더 힘을 올리며

　"응고개를 어째 갔더냐 말이지?"

　"놀러 갔다 오는 길인데 우연히……."

　"놀러 갔다, 거기가 노는 덴가?"

　"글쎄, 그렇게까지 물을 게 뭔가. 난 응고개 아니라 서울은 못 갈 사람인가?"

하다가 성팔이는 속이 타는지 코로 흐응 하고 날숨을 길게 뽑는다.

　이렇게 나오는 데는 더 물을 필요가 없었다. 성팔이란 놈도 여간내기가 아니요, 구장네 솥인가 뭔가 떼다 먹고 한 번 다녀온 놈이었다. 많이 사귀지는 못했으나 동리 평판이 그놈과 같이 다니다가는 엉뚱한 일 만난다 한다. 이번에 응칠이 저 역 그 섭수에 걸렸음을 알고,

　"그야 응고개라구 못 갈 리 없을 테……."

하고 한 번 엇먹다. 그러나 자네도 알다시피 거 어디야, 거기 바로 길이 있다든지 사람 사는 동리라면 혹 모른다 하지마는 성한 사람이야 응고개엘 뭘 먹으러 가나. 그렇지 자네야 심심하니까 하고 앞을 꽉 눌러 등을 떠본다.

　여기에는 대답 없고 성팔이는 덤덤히 쳐다만 본다. 무엇을 생각했는가 한참 있더니 호주머니에서 단풍갑을 꺼낸다. 우선 제가 한 개를 물고 또 하나를 뽑아 내대며

　"궐련 하나 피게."

　매우 든직한* 낯을 해 보인다.

　이놈이 이에 밝기가 몹시 밝은 성팔이다. 턱없이 궐련 하나라도 선심을 쓸 궐자厥者가 아니리라 생각은 하였으나 그렇다고 예까지 부르대는 건 도리어 저의 처지가 불리하다. 그것은 짜장 그 손에 넘는 짓이니

　"아, 웬 궐련은 이래."

하고 슬쩍 눙치며

　"성냥 있겠나?"

　일부러 불까지 거대게 하였다.

　응칠이에게 액을 떠넘기어 이용하려는 고 야심을 생각하면 곧 달려들어 다리를 꺾어 놔야 옳을 것이다. 그러나 이 마당에 떠들어 대고 보면 저는 드러누워 침 뱉기. 결국 도적은 뒤로 잡지 앞에서 으르는 법이 아니다. 동리에 소문이 퍼질 것만 두려워하며

　"여보게 자네가 했건 내가 했건 간."

하고 과연 정다이 그 등을 툭 치고 나서

　"우리 둘만 알고 동리에 말을 내지 말게."

하다가 성팔이가 이 말에 되우 놀라며 눈을 말똥말똥 뜨니
　"그까진 벼쯤 먹으면 어떤가!"
하고 껄껄 웃어 버린다.
　성팔이는 한 굽 접히어* 말문이 메였는지 얼떨하여 입맛만 다신다.
　"아예 말은 내지 말게, 응 알지."
하고 다시 다질 때에야 겨우 주저주저 입을 열어
　"내야 무슨 말을 내겠나?"
하고 조금 사이를 떼어 또
　"내야 무슨 말을⋯⋯ 그건 염려 말게."
하더니 비실비실 몸을 돌리어 저 갈 길을 내걷는다. 그러나 저 앞고개까지 가는 동안에 두 번이나 돌아다보며 이쪽을 살피고 살피고 한 것만은 사실이다.
　응칠이는 그 꼴을 이윽히 바라보고 입 안으로 죽일 놈 하였다. 아무리 도적이라도 같은 동료에게 제 죄를 넘겨씌려 함은 도저히 의리가 아니다.
　그건 그렇다 치고 응오가 더 딱하지 않은가. 기껏 힘들여 지어 놓았다 남 존 일 한 것을 안다면 눈이 뒤집힐 일이겠다.
　이래서야 어디 이웃을 믿어 보겠는가.
　확적히* 증거만 있어 이놈을 잡으면 대번에 요절을 내리라 결심하고 응칠이는 침을 탁 뱉어 던지고 산을 내려온다.
　그런데 그놈의 행티*로 가늠 보면 응칠이 저만치는 때가 못 벗은 도적이다. 어느 미친놈이 논두렁에까지 가새를 들고 오는가. 격식도 모르는 풋둥이*가. 그러려면 바로 조낟가리나 수수낟가리 말이지. 그 속에 들어앉아 가새로 속닥거려야 들킬 리도 없고 일도 편하고.

두 포대고 세 포대고 마음껏 딸 수도 있다. 그러다 틈 보고 집으로 나르면 고만이지만 누가 논의 벼를 다. 그렇게도 벼에 걸신이 들렸다면 바로 남의 집 머슴으로 들어가 한 달포 동안 주인 앞에 얼렁거리는 거이거니와 신용을 얻어 놨다가 주는 옷이나 얻어 입고 다들 잠들거든 볏섬이나 두둑이 짊어 메고 덜렁거리면 그뿐이다. 이건 맥도 모르는 게 남도 못살게 굴려고. 에이 망할 자식도. 그는 분노에 살이 다 부들부들 떨리는 듯싶었다. 그러나 이런 좀도적이란 뽕이 나기* 전에는 바짝 물고 덤비는 법이었다. 오늘 밤에는 요놈을 지켰다 꼭 붙들어 가지고 정강이를 분질러 놓으리라. 밥을 먹고는 태연히 막걸리 한 사발을 껄떡껄떡 들이켜자

"켜, 가을이 되니깐 맛이 행결 낫군!"

그는 주먹으로 입가를 쓱쓱 훔친 다음 송이 꾸럼에서 세 개를 뽑는다. 그리고 그걸 갈퀴같이 마른 주막 할머니 손에 내어 주며

"옛수, 송이나 잡숫게유."

하고 술값을 치렀으나

"아이 송이두 고놈 참."

간사를 피는 것이 겉으로는 반기는 척하면서도 좀 시쁜* 모양이다. 제 딴은 한 개에 삼 전씩 치더라도 구 전밖에 안되니깐.

응칠이는 슬며시 화가 나서 그 얼굴을 유심히 들여다보았다. 옴폭 들어간 볼때기에 저건 또 왜 저리 멋없이 불거졌는지 톡 나온 광대뼈하고 치마 아래로 남실거리는 발가락은 자칫 잘못 보면 황새 발목이니 이건 언제 잡아가려고 남겨 두는 거야. 보면 볼수록 하나 이쁜 데가 없다. 한두 번 먹은 것도 아니요 언젠가 울타리께 풀을 베어 주고 술사발이나 얻어먹은 적도 있었다. 고렇게 야멸치게 따질 건 뭔

가. 그는 눈살을 흘낏 맞추고는 하나를 더 꺼내어
　"옜수, 또 하나 잡숫게유."
내던져주곤 댓돌에 가래침을 탁 뱉었다.
　그제야 식성이 좀 풀리는지 그 가죽으로 웃으며
　"아이그 이거 자꾸 줌 어떡해."
　"어떡하긴, 자꾸 살찌게유."
하고 한마디 툭 쏘고 일어서다가 무엇을 생각함인지 다시 툇마루에 주저앉는다.
　"그런데 참 요즘 성팔이 보셨수?"
　"아니, 당최 볼 수가 없더구면."
　"술도 안 먹으러 와유?"
　"안 와!"
하고는 입속으로 뭐라고 종잘거리며 의아한 낯을 들더니
　"왜, 또 뭐 일이……?"
　"아니유, 본 지가 하 오래닌깐!"
응칠이는 말끝을 얼버무리고 고개를 돌리어 한데를 바라본다. 벌써 점심때가 되었는지 닭들이 요란히 울어 댄다. 논둑의 미루나무는 부 하고 또 부 하고 잎이 날리며 팔랑팔랑 하늘로 올라간다.
　"성팔이가 이 말에서 얼마나 살았지유?"
　"글쎄, 재작년 가을이지 아마."
하고 장죽을 빡빡 빨더니
　"근데 또 떠난대든걸, 홍천인가 어디 즈 성님한터로 간대."
하고 그게 옳지 여기서 뭘 하느냐. 대장간이라고 일이나 많으면 모르거니와 밤낮 파리만 날리는걸. 그보다는 즈 형이 크게 농사를 짓는대니 그 뒤나 거들어 주고 국으로 얻어먹는 게 신상에 편하겠지. 그래 불일간* 처자식을 데리고 아마 떠나리라고 하고

"농군은 그저 농사를 지야 돼."

"낼 술 먹으러 또 오지유."

간단히 인사만 하고 응칠이는 다시 일어났다.

주막을 나서니 옷깃을 스치는 개운한 바람이다. 밭 둔덕의 대추는 척척 늘어진다. 멀지 않아 겨울은 또 오렷다. 그는 응오의 집을 바라보며 그간 죽었는지 궁금하였다.

응오는 봉당에 걸터앉았다. 그 앞 화로에는 약이 바글바글 끓는다. 그는 정신없이 들여다보고 앉았다.

우중충한 방에서는 아내의 가쁜 숨소리가 들린다. 색, 색 하다가 아이구 하고는 까부라지게 콜록거린다. 가래가 치밀어 몹시 괴로운 모양―뽑아줄 사이가 없이 풀들은 뜰에 엉켰다. 흙이 드러난 지붕에서 망초가 휘어청휘어청. 바람은 가끔 찾아와 싸리문을 흔든다. 그럴 적마다 문은 을씨년스럽게 삐꺽삐꺽. 이웃의 발바리는 벆에서 한창 바쁘게 달그락거린다. 마는 아침에 아내에게 먹이고 남은 조죽밖에야. 아니 그것도 참 남편마저 긁었으니 사발에 붙은 찌꺼기뿐이리라…….

"거, 다 졸았나 부다."

응칠이는 약이란 너무 졸면 못쓰니 고만 짜 먹이라 하였다. 약이라야 어제저녁 울 뒤에서 욂아 들인 구렁이지만…….

그러나 응오는 듣고도 흘렸는지 혹은 못 들었는지 잠자코 고개도 안 든다.

"옛다, 송이 맛이나 봐라."

하고 형이 손을 내밀 제야 겨우 시선을 들었으나 술이 거나한 그 얼굴을 거북살스레 훑어본다. 그리고 송이를 고맙지 않게 받아 방에 치트리고는

"이거나 먹어."

하다가

"뭐?"

소리를 크게 질렀다. 그래도 잘 들리지 않으므로

"뭐야 뭐야, 좀 똑똑히 하라니깐?"

하고 골피를 찌푸린다.

그러나 아내는 손짓만으로 무슨 소린지 알 수가 없다. 음성으로 치느니보다 종이 부비는 소리랄지, 그걸 듣기에는 지척도 멀었다.

가만히 보다 응칠이는 제가 다 불안하여

"뒤보겠다는 게 아니냐!"

"그럼 그렇다 말이 있어야지."

남편은 이내 짜증을 내며 몸을 일으킨다. 병약한 아내의 음성이 날로 변하여감을 시방 안 것도 아니련만…….

그는 방바닥에 늘어져 꼬치꼬치 마른 반송장을 조심히 일으키어 등에 업었다.

울 밖 밭머리에 잿간*은 놓였다. 머리가 눌릴 만치 납작한 갑갑한 굴속이다. 게다 거미줄은 예제없이 엉키었다. 부춛돌* 위에 내려놓으니 아내는 벽을 의지하여 웅크리고 앉는다. 그리고 남편은 눈을 멀뚱멀뚱 뜨고 지키고 섰는 것이다.

이 꼴들을 멀거니 바라보다 응칠이는 마뜩찮게 코를 휑 풀며 입맛을 다시었다. 응오의 짓이 어리석고 울화가 터져서이다. 요즘 응오

가 형에게 잘 말도 않고 왜 어뜩비뜩*하는지 그 속은 응칠이도 모르는 바 아닐 것이다.

　응오가 이 아내를 찾아올 때 꼭 삼 년간을 머슴을 살았다. 그처럼 먹고 싶던 술 한잔 못 먹었고, 그처럼 침을 삼키던 그 개고기 한 매 물론 못 샀다. 그리고 사경을 받는 대로 꼭꼭 장리를 놓았으니 후일 선채*로 썼던 것이다. 이렇게까지 근사를 모아* 얻은 계집이련만 단 두 해가 못 가서 이 꼴이 되고 말았다.

　그러나 이 병이 무슨 병인지 도시 모른다. 의원에게 한 번이라도 변변히 뵈본 적이 없다. 혹 안다는 사람의 말인즉 노점*이니 어렵다 하였다. 돈만 있으면이야 노점이고 염병이고 알 바가 못될 거로되 사날 전 거리로 쫓아 나오며

　"성님!"

하고 팔을 챌 적에는 응오도 어지간히 급한 모양이었다.

　"왜?"

　응칠이가 몸을 돌리니 허둥지둥 그 말이 인제는 별도리가 없다. 있다면 꼭 한 가지가 남았으나 그것은 엊그저께 산신을 부리는 노인이 이 마을에 오지 않았는가. 그 노인이 응오를 특히 동정하여 십오 원만 들이어 산치성山致誠을 올리면 씻은 듯이 낫게 해주리라는데

　"성님은 언제나 돈 만들 수 있지유?"

　"거, 안된다. 치성 드려 날 병이 그냥 안 낫겠니."

하여 여전히 딱 떼고, 그러게 내 뭐래던, 애전에 계집 다 내버리고 날 따라나서랬지 하고

　"그래 농군의 살림이란 제 목매기라지!"

　그러나 아우가 암말 없이 몸을 홱 돌리어 집으로 들어갈 제 응칠

이는 속으로 또 괜한 소리를 했구나 하였다.

응오는 도로 아내를 업어다 방에 뉘었다. 약은 다 졸았다. 물이 식기 전 짜야 할 것이다. 식기를 기다려 약사발을 입에 대어 주니 아내는 군말 없이 그 구렁이물을 껄떡껄떡 들이마신다.

응칠이는 마당에 우두커니 앉았다. 사람의 목숨이란 과연 중하군, 하였다. 그러나 계집이라는 저 물건이 그렇게 떼기 어렵도록 중할까 하니 암만해도 알 수 없고

"너 참 요 건너 성팔이 알지?"

"……."

"너하고 친하냐?"

"……."

"성이 뭐래는데 거 대답 좀 하렴."

하고 소리를 빽 질러도 아우는 대답은 말고 고개도 안 든다.

그러나 응칠이는 하늘을 쳐다보고 트림만 끄윽 하고 말았다. 술기가 코를 꽉꽉 찔러야 할 터인데 이건 풋김치 냄새만 코밑에서 뱅뱅 돈다. 공짜 김치만 퍼먹을 게 아니라 한잔 더 했더면 좋았을걸. 그는 일어서서 대를 허리에 꽂고 궁둥이의 흙을 털었다. 벼 도둑맞은 이야기를 할까 하다가 아서라 가뜩이나 울상이 속이 쓰릴 것이다. 그보다는 이놈을 잡아 놓고 나중 희자를 뽑는* 것이 점잖겠지.

그는 문 밖으로 나와 버렸다.

답답한 아우의 살림을 보니 역 답답하던 제 살림이 연상되고 가슴이 두 몫 답답하였다.

이런 때에는 무가 십상이다. 사실 하느님이 무를 마련해낸 것은 참으로 은혜로운 일이다. 맥맥할 때 한 개를 씹고 보면 꿀꺽하고 쿡

치는 그 맛이 좋고, 남의 무밭에 들어가 하나를 쑥 뽑으니 가랑무. 이키, 이거 오늘 운수 대통이로군. 내던지고 그담 놈을 뽑아 들고 개울로 내려온다. 물에 쓱쓱 닦아서는 꽁지는 이로 베어 던지고 어썩 깨물어 붙인다.

개울 둔덕에 포플러는 호젓하게도 매초롬히* 컸다. 자갈돌은 고 밑에 옹기종기 모였다. 가생이로 잔디가 소보록하다. 응칠이는 나가자 빠져 마을을 건너다보며 눈을 멀뚱멀뚱 굴리고 누웠다. 산이 뺑뺑 둘리어 숨이 콕 막힐 듯한 그 마을…….

    아리랑 아리랑 아라리요
    아리랑 띄어라 노다 가세
    증기차는 가자고 왼고동 트는데
    정든 님 품 안고 낙루*낙루
    아리랑 아리랑 아라리요
    아리랑 띄어라 노다 가세
    낼 갈지 모래 갈지 내 모르는데
    옥씨기* 강낭이는 심어 뭐 하리
    아리랑 아리랑 아라리요
    아리랑 띄어라……

그는 콧노래로 이렇게 흥얼거리다 갑작스레 강릉이 그리웠다. 펄펄 뛰는 생선이 좋고, 아침 햇살이 비끼어 힘차게 출렁거리는 그 물결이 좋고. 이까짓 둠 구석에서 쪼들리는 데 대다니. 그래도 제 딴은 무어 농사 좀 지었답시고 악을 복복 쓰며 잘도 떠들어 댄다. 하지만 그런 중에도 어디인가 형언치 못할 쓸쓸함이 떠돌지 않는 것도 아니다. 삼십여 년 전 술을 빚어 놓고 쇠를 울리고 흥에 질리어 어깨춤을 덩실거리고 이러던 가을과는 저 딴 쪽이다. 가을이 오면 기쁨에 넘쳐야 될 시골이 점점 살기만 띠어옴은 웬일일꼬. 이렇게 보면 재작년 가을 어느 밤 산중에서 낫으로 사람을 찍어 죽인 강도가 문득 머리에 떠오른다. 장을 보고 오는 농군을 농군이 죽였다. 그것도 많이나 되었으면 모르되 빼앗은 것이 한껏 동전 네 닢에 수수 일곱 되. 게다 흔적이 탄로 날까 하여 낫으로 그 얼굴의 껍질을 벗기고 조깃대강이 이기듯 끔찍하게 남기고 조긴* 망나니다. 흉악한 자식. 그 알량한 돈 사 전에 나 같으면 가여워 덧돈을 주고라도 왔으리라. 이번 놈은 그따위 각다귀*나 아닐는지 할 때 찬 김과 아울러 치미는 소름에 머리끝이 다 쭈뼛하였다. 그간 아우의 농사를 대신 돌봐주기에 이럭저럭 날이 늦었다. 오늘 밤에는 이놈을 다리를 꺾어 놓고 내일쯤은 봐서 설렁설렁 뜨는 것이 옳은 일이겠다. 이 산을 넘을까 저 산을 넘을까 주저거리며 속으로 점을 치다가 슬그머니 코를 골아 올린다.

밤이 내리니 만물은 고요히 잠이 든다. 검푸른 하늘에 산봉우리는 울퉁불퉁 물결을 치고 흐릿한 눈으로 별은 떴다. 그러다 구름떼가 몰려 닥치면 깜깜한 절벽이 된다. 또한 마을 한복판에는 거친 바람이 오락가락 쓸쓸히 궁굴고* 이따금 코를 찌름은 후련한 산사 냄새. 북쪽 산 밑 미루나무에 싸여 주막이 있는데 유달리 불이 반짝인다. 노세, 노세, 젊어서 놀아, 노랫소리는 나직나직 한산히 흘러온다. 아마 벼를 뒷심* 대고 외상이리라.

응칠이는 잠자코 벌떡 일어나 바깥으로 나섰다. 그리고 다 나와서

야 그 집 친구에게 눈치를 안 채이도록

"내 잠깐 다녀옴세!"

"어딜 가나?"

친구는 웬 영문을 몰라서 뻔히 치어다보다 밤이 이렇게 늦었으니 나갈 생각 말고 어여 이리 들어와 자라 하였다. 기껏 둘이 앉아서 개코쥐코 떠들다가 급자기 일어서니깐 꽤 이상한 모양이었다.

"건넛말 가 담배 한 봉 사올라구."

"담배 여깄는데 또 사 뭐 하나?"

친구는 호주머니에서 굳이 희연봉을 꺼내어 손에 들어 보이더니

"이리 들어와 섬이나 좀 쳐주게."

"아 참 깜빡……."

하고 응칠이는 미안스러운 낯으로 뒤통수를 긁죽긁죽한다. 하기는 섬을 좀 쳐달라고 며칠째 당부하는 걸 노름에 몸이 팔리어 고만 잊고 잊고 했던 것이다. 먹고 자고 이렇게 신세를 지면서 이건 썩 안 됐다 생각은 했지마는

"내 곧 다녀올걸 뭐……."

어정쩡하게 한마디 남기곤 그 집을 뒤에 남긴다.

그러나 이 친구는

"그럼 곧 다녀오게!"

하고 때를 재치는\* 법이 없었다. 언제나 여일같이

"그럼 잘 다녀오게!"

이렇게 그 신상만 편하기를 비는 것이다.

응칠이는 모든 사람이 저에게 그 어떤 경의를 갖고 대하는 것을 가끔 느끼고 어깨가 으쓱거린다. 백판 모르던 사람도 데리고 앉아서

만무방 77

몇 번 말만 좀 하면 대번 구부러진다. 그렇게 장한 것인지 그 일을 하다가, 그 일이라야 도적질이지만, 들어가 욕보던 이야기를 하면 그들은 눈을 커다랗게 뜨고

"아이구, 그걸 어떻게 당하셨수!"

하고 적이 놀라면서도

"그래 그 돈은 어떡했수?"

"또 그랠 생각이 납디까유?"

"참, 우리 같은 농군에 대면 호강살이유!"

하고들 한편 썩 부러운 모양이었다. 저들도 그와 같이 진탕 먹고 살고는 싶으나 주변 없어 못하는 그 울분에서 그런 이야기만 들어도 다소 위안이 되는 것이다. 응칠이는 이걸 잘 알고 그 누구를 논에다 거꾸로 박아 놓고 달아나다가 붙들리어 경치던 이야기를 부지런히 하며

"자네들은 안적 멀었네, 멀었어."

하고 흰소리*를 치면 그들은, 옳다는 뜻이겠지, 묵묵히 고개만 꺼떡꺼떡하며 속없이 술을 사주고 담배를 사주고 하는 것이다.

그런데 이번 벼를 훔쳐간 놈은 응칠이를 마구 넘보는 모양 같다.

이렇게 생각하면 응칠이는 더욱 괘씸하였다. 그는 물푸레 몽둥이를 벗 삼아 논둑길을 질러서 산으로 올라간다.

이슥한 그믐 칠야漆夜…….

길은 어둡고 흐릿한 언저리만 눈앞에 아물거린다.

그 논까지 칠 마장*은 느긋하리라. 이 마을을 벗어나는 어귀에 고개 하나를 넘는다. 또 하나를 넘는다. 그러면 그담 고개와 고개 사이에 수목이 울창한 산중턱을 비껴대고 몇 마지기의 논이 놓였다. 응

오의 논은 그 중의 하나이었다. 길에서 썩 들어앉은 곳이라 잘 뵈도 않는다. 동리에 그런 소문이 안 났을 때에는 천행天幸으로 본 놈이 없을 것이나 반드시 성팔이의 성행임에는…….

응칠이는 공동묘지의 첫 고개를 넘었다. 그리고 다음 고개의 마루턱을 올라섰을 때 다리가 주춤하였다. 저 왼편 높은 산고랑에서 불이 반짝하다 꺼진다. 짐승 불로는 너무 흐리고…… 아하, 이놈들이 또 왔군. 그는 가던 길을 옆으로 새었다. 더듬더듬 나뭇가지를 짚으며 큰 산으로 올라탄다. 바위는 미끌리어 내리며 발등을 찧는다. 딸기 가시에 종아리는 따갑고 엉금엉금 기어서 바위를 끼고 감돈다.

산, 거반 꼭대기에 바위와 바위가 어깨를 겯고 움쑥 들어간 굴이 있다. 풀들은 뻗치어 굴문을 막는다.

그 속에 돌라앉아서 다섯 놈이 머리를 맞대고 수군거린다. 불빛이 샐까 염려다. 남폿불을 앞에 달아 놓고 몸들을 바싹바싹 여미어 가린다.

"어서 후딱후딱 쳐, 갑갑해서 온."

"이번엔 누가 빠지나?"

"이 사람이지 뭘 그래."

"다시 섞어, 어서 이따위 수작이야."

하고 한 놈이 골을 내고 화투를 빼앗아 제 손으로 섞다가 깜짝 놀란다. 그리고 버썩 대드는 응칠이를 벙벙히 치어다보며 얼떨한다.

그들은 응칠이가 오는 것을 완고척히* 싫어하는 눈치이었다. 이런 애송이 노름판인데 응칠이를 들였다는 맥을 못 쓸 것이다. 속으로는 되우 꺼렸다. 마는 그렇다고 응칠이의 비위를 건드림은 더욱 좋지 못하므로

"아, 응칠인가? 어서 들어오게."

하고 선웃음을 치는 놈에

"난 올 듯하게, 자넬 기다렸지."

하며 어수대는 놈.

"하여튼 한 케 떠보세."

이놈들은 손을 잡아들이며 썩들 환영이었다.

응칠이는 그 속으로 들어서며 무서운 눈으로 좌중을 한번 훑어보았다.

그런데 재성이도 그 틈에 끼여 있는 것이 아닌가. 사날 전만 해도 응칠이더러 먹을 양식이 없으니 돈 좀 취하라던 놈이. 의심이 부쩍 일었다. 도둑이란 흔히 이런 노름판에서 씨가 퍼진다. 고 옆으로 기호도 앉았다. 이놈은 며칠 전 제 계집을 팔았다. 그 돈으로 영동 가서 장사를 하겠다던 놈이 노름을 왔다. 제깟 주제에 딸 듯싶은가. 하나는 용구. 농사엔 힘 안 쓰고 노름에 몸이 달았다. 시키는 부역도 안 나온다고 동리에서 손도를 맞을\* 놈이다. 그리고 남의 집 머슴 녀석. 뽐을 내고 멋없이 점잔을 피우는 중늙은이 상투쟁이. 이 물건은 어서 날아왔는지 보도 못하던 놈이다. 체, 이것들이 뭘 한다고.

응칠이는 기호의 등을 꾹 찍어 가지고 밖으로 나왔다.

외딴곳으로 데리고 와서

"자네 돈 좀 없겠나?"

하고 돌아서다가

"웬걸 돈이 어디……."

눈치만 남고 어름어름\*하니

"아내와 갈렸다지, 그 돈 다 뭐 했나?"

"아 이 사람아, 빚 갚았지."

기호는 눈을 내리깔며 매우 거북한 모양이다.

오른편 엄지로 한 코를 막고 흥 하고 내뿜더니 이번 빚에 졸리어 죽을 뻔했네 하고 묻지 않은 발뺌까지 얹어서 설대*로 등어리를 긁죽긁죽한다.

그러나 응칠이는 속으로 이놈 하였다.

응칠이는 실눈을 뜨고 기호를 유심히 쏘아 주었더니

"꼭 사 원 남았네."

하고 선뜻 알리고

"빚 갚고 뭣 하고 흐지부지 녹았어."

어색하게도 혼잣말로 우물쭈물 웃어 버린다.

응칠이는 퉁명스러이

"나 이 원만 최게*."

하고 손을 내대다 그래도 잘 듣지 않으매

"따서 둘이 노늘 테야, 누가 떼먹나."

하고 소리가 한 번 뻑 아니 나올 수 없다.

이 말에야 기호도 비로소 안심한 듯, 저고리 섶을 쳐들고 훔척거리다 주뼛주뼛 꺼내 놓는다. 딴은 응칠이의 솜씨면 낙자는 없을 것이다. 설혹 재간이 모자라 잃는다면 우격이라도 도로 몰아갈 게니깐……

"나두 한 케 떠보세."

응칠이는 우자스레* 굴로 기어든다. 그 콧등에는 자신 있는 그리고 흡족한 미소가 떠오른다. 사실이지 노름만치 그를 행복하게 하는 건 다시없었다. 슬프다가도 화투나 투전장을 손에 들면 공연스레 어깨가 으쓱거리고 아무리 일이 바빠도 노름판은 옆에 못 두고 지난다. 그는 이놈 저놈의 눈치를 슬쩍 한 번 훑고

"두 패루 너느지?"

응칠이는 재성이와 용구를 데리고 한옆으로 비켜 앉았다. 그리고 신바람이 나서 화투를 섞다가 손을 따악 짚으며

"튀전이래지 이깐 화투는 하튼 뭘 할 텐가, 녹빼낀가 켤 텐가?"

"약단*이나 그저 보지!"

사방은 매섭게 조용하였다. 바위 위에서 혹 바람에 모래 구르는 소리뿐이다. 어쩌다

"옜다 봐라."

하고 화투짝이 쩔꺽 한다. 그리곤 다시 쥐죽은 듯 잠잠하다.

그들은 이욕*에 몸이 달아서 이야기고 뭐고 할 여지가 없다. 행여 속지나 않는가 하여 눈들이 빨개서 서로 독을 올린다. 어떤 놈이 뜨는 놈이고 어떤 놈이 뜯기는 놈인지 영문 모른다.

응칠이가 한 장을 내던지고 명월공산*을 보기 좋게 떡 젖혀 놓으니

"이거 왜 수짜질*이야!"

용구는 골을 벌컥 내며 치어다본다.

"뭐가?"

"뭐라니, 아 이 공산 자네 밑에서 빼내지 않었나?"

"봤으면 고만이지 그렇게 노할 건 또 뭔가!"

응칠이는 어설피 입맛을 쩍쩍 다시다

"그럼 이번엔 파토*지?"

하고 손의 화투를 땅에 내던지며 껄껄 웃어 버린다.

이때 한옆에서 별안간

"이 자식, 죽인다!"

악을 쓰는 것이니 모두들 놀라며 시선을 몬다. 머슴이 마주 앉은 상투의 뺨을 갈겼다. 말인즉 매조* 다섯 끗을 엎어쳤다고…….

하나 정말은 돈을 잃은 것이 분한 것이다. 이 돈이 무슨 돈이냐 하면 일 년 품을 판 피 묻은 사경이다. 이런 돈을 송두리 먹다니…….

"이 자식, 너는 야마시꾼*이지. 돈 내라."

멱살을 훔켜잡고 다시 두 번을 때린다.

"허, 이놈이 왜 이래누, 어른을 몰라보구."

상투는 책상다리를 잡숫고 허리를 쓰윽 펴더니 점잖이 호령한다. 자식뻘 되는 놈에게 뺨을 맞는 건 말이 좀 덜 된다. 약이 올라서 곧 일을 칠 듯이 엉덩이를 번쩍 들었으나 그러나 그대로 주저앉고 말았다. 악에 바짝 받친 놈을 건드렸다는 결국 이쪽이 손해. 더럽단 듯이 허허 웃고

"버릇없는 놈 다 봤고!"

하고 꾸짖은 것은 잘됐으나 기어이 어이쿠 하고 그 자리에 푹 엎드러진다. 이마가 터져서 피는 흘렀다. 어느 틈엔가 돌멩이가 날아와 이마의 가죽을 터친 것이다.

응칠이는 싱글거리며 굴을 나섰다. 공연스레 쑥스럽게 일어나 벌어지면 성가신 노릇이다. 그리고 돈백이나 될 줄 알았더니 다 봐야 한 사십 원 될까말까. 그걸 바라고 어느 놈이 앉았는가…….

그가 딴 것은 본밑*을 알라 구 원하고 팔십 전이다. 기호에게 오 원을 내주고

"자, 반이 넘네, 자네 계집 잃고 돈 잃고 호강이겠네."

농담으로 비웃어 던지고는 숲속으로 설렁설렁 내려온다.

"여보게, 자네에게 청이 있네."

재성이 목이 말라서 바득바득 따라온다. 그 청이란 묻지 않아도 알 수 있었다. 저에게 돈을 다 빼앗기곤 구문*이겠지. 시치미를 딱 떼고 나 갈 길만 걷는다.

"여보게 응칠이, 아 내 말 좀 들어……."

그제서는 팔을 잡아낚으며 살려달라 한다. 돈을 좀 늘릴까 하고 벼 열 말을 팔아 해보았더니 다 잃었다고. 당장 먹을 게 없어 죽을 지경이니 노름 밑천이나 하게 몇 푼 달라는 것이다. 그러나 벼를 털었으면 거저먹을 게지 어쭙잖게 노름은…….

"그런 걸 왜 너보고 하랬어?"

하고 돌아서며 소리를 뻑 지르다가 가만히 보니 눈에 눈물이 글썽하다. 잠자코 돈 이 원을 꺼내 주었다.

응칠이는 돌에 앉아서 팔짱을 끼고 덜덜 떨고 있다.

사방은 뺑 돌리어 나무에 둘러싸였다. 거무투룩한 그 형상이 헐없이 무슨 도깨비 같다. 바람이 불 적마다 쏴 하고 쏴 하고 음충맞게* 건들거린다. 어느 때에는 쨱쨱 하고 목을 따는지 비명도 울린다.

그는 가끔 뒤를 돌아보았다. 별일은 없을 줄 아나 혹 뭐가 덤벼들지도 모른다. 서낭당은 바로 등 뒤다. 족제빈지 뭔지, 요동* 통에 돌이 무너지며 바스락바스락 한다. 그 소리가 묘하게도 등줄기를 쪼옥 긋는다. 어두운 꿈속이다. 하늘에서 이슬은 내리어 옷깃을 축인다. 공포도 공포려니와 냉기로 하여 좀체로 견딜 수가 없었다.

산골은 산신까지도 주렸으렷다. 아들 낳아 달라고 떡 갖다 바칠 이 없을 테니까. 이놈의 영감님 홧김에 덥석 달려들면. 앞뒤를 다시 한 번 휘돌아본 다음 설대를 뽑는다. 그리고 오금팽이*로 불을 가리고는 한 대 뻑뻑 피워 물었다. 논은 여남은 칸 떨어져 고 아래 누웠다. 일심정기를 다하여 나무 틈으로 뚫어 보고 앉았다. 그러나 땅에 대를 털려니깐 풀숲이 이상스러이 흔들린다. 뱀, 뱀이 아닌가. 구시월 뱀이라니 물리면 고만이다. 자리를 옮겨앉으며 손으로 입을 막고 하품을 터친다.

아마 두어 시간은 더 넘었으리라. 이놈이 필연코 올 텐데 안 오니 또 무슨 조활까. 이 짓이란 소문이 나기 전에 한 번 더 와보는 것이 원칙이다. 잠을 못 자서 눈이 뻑뻑한 것이 제물에 슬금슬금 감긴다. 이를 악물고 눈을 뒵쓰면 이번에는 허리가 노글거린다. 속은 쓰리고 골치는 때리고. 불꽃같은 노기가 불끈 일어서 몸을 옥죈다. 이놈의 다리를 못 꺾어놔도 애비 없는 호래자식이겠다.

닭들이 세 홰를 운다. 멀리 산을 넘어오는 그 음향이 퍽은 서글프다. 큰비를 몰아드는지 검은 구름이 잔뜩 낀다. 하긴 지금도 빗방울이 뚝뚝 떨어진다.

그때 논둑에서 흐끄무레한 허깨비 같은 것이 얼씬거린다. 정신을 바짝 차렸다. 영락없이 성팔이, 재성이, 그들 중의 한 놈이리라. 이 고생을 시키는 그놈! 이가 북북 갈리고 어깨가 다 식식거린다. 몽둥이를 잔뜩 우려쥐었다. 그리고 벌떡 일어나서 나무줄기를 끼고 조심조심 돌아내린다. 하나 도랑쯤 내려오다가 그는 멈씰하여* 몸을 뒤로 물렸다. 늑대 두 놈이 짝을 짓고 이편 산에서 저편 산으로 설렁설렁 건너가는 길이었다. 빌어먹을 늑대, 이것까지 말썽이람. 이마의 식은땀을 씻으며 도로 제자리로 돌아온다. 어쩌면 이번 이놈도 재작년 강도 짝이나 안될는지. 급시로 불길한 예감이 뒤통수를 탁 치고 지나간다.

그는 옷깃을 여미며 한 대를 더 붙였다. 돌연히 풍세風勢는 심하여진다. 산골짜기로 몰아드는 억센 놈이 가끔 발광이다. 다시금 더르르 몸을 떨었다. 가을은 왜 이 지경인지. 여기에서 밤새울 생각을 하니 기가 찼다.

얼마나 되었는지 몸을 좀 녹이고자 일어나서 서성서성할 때이었다. 논으로 다가오는 희미한 그림자를 분명히 두 눈으로 보았다. 그러고 보니 피로고, 한고\*이고 다 딴소리다. 고개를 내대고 딱 버티고 서서 눈에 쌍심지를 올린다.

흰 그림자는 어느 틈엔가 어둠 속에 사라져 보이지 않는다. 그리고 다시 나올 줄을 모른다. 바람소리만 웽웽 칠 뿐이다. 다시 암흑 속이 된다. 확실히 벼를 훔치러 논 속으로 들어갔을 것이다. 여깽이\* 같은 놈이 궂은 날씨를 기화 삼아 맘껏 하겠지. 의리 없는 썩은 자식, 격장\*에서 같이 굶는 터에……. 오냐 대거리만 있어라. 이를 한 번 부욱 갈아붙이고 차츰차츰 논께로 내려온다.

응칠이는 논께로 바특이\* 내려서 소나무에 몸을 착 붙였다. 섣불리 서둘다간 낫의 횡액을 입을지도 모른다. 다 훔쳐 가지고 나올 때만 기다린다. 몸뚱이는 잔뜩 힘을 올린다.

한 식경쯤 지났을까, 도적은 다시 나타난다. 논둑에 머리만 내놓고 사면을 두리번거리더니 그제야 기어 나온다. 얼굴에는 눈만 내놓고 수건인지 뭔지 헝겊이 가리었다. 봇짐을 등에 짊어 메고는 허리를 구붓이 뺑소니를 ⓔ놓는다. 그러자 응칠이가 날쌔게 달려들며

"이 자식, 남우 벼를 훔쳐 가니!"

하고 대포처럼 고함을 지르니 논둑으로 고대로 데굴데굴 굴러서 떨어진다. 얼결에 호되게 놀란 모양이다.

응칠이는 덤벼들어 우선 허리께를 내려조겼다. 어이쿠쿠, 쿠 하고 처참한 비명이다. 이 소리에 귀가 번쩍 띄어 그 고개를 들고 팔부터 벗겨 보았다. 그러나 너무나 어이가 없었음인지 시선을 치걷으며 그 자리에 우두망찰한다.

그것은 ㉣무서운 침묵이었다. 살똥맞은* 바람만 공중에서 북새를 논다*.

한참을 신음하다 도적은 일어나더니

"성님까지 이렇게 못살게 굴기유?"

제법 눈을 부라리며 몸을 휙 돌린다. 그리고 느끼며 울음이 복친다. 봇짐도 내버린 채

"내 것 내가 먹는데 누가 뭐래?"

하고 데퉁스러이* 내뱉고는 비틀비틀 논 저쪽으로 없어진다.

형은 너무 ㉤꿈속 같아서 멍하니 섰을 뿐이다.

그러다 얼마 지나서 한 손으로 그 봇짐을 들어 본다. 가뿐하니 끽 말가웃*이나 될는지. 이까짓 걸 요렇게까지 해가려는 그 심정은 실로 알 수 없다. 벼를 논에다 도로 털어 버렸다. 그리고 아내의 치마이겠지, 검은 보자기를 척척 개서 들었다. 내 걸 내가 먹는다. 그야 이를 말이랴. 하나 내 걸 내가 훔쳐야 할 그 운명도 얄궂거니와 형을 배반하고 이 짓을 벌인 아우도 아우이렷다. 에이 고얀 놈, 할 제 볼을 적시는 것은 눈물이다. 그는 주먹으로 눈물을 쓱 비비고 머리에 번쩍 떠오르는 것이 있으니 두리두리한 황소의 눈깔. 시오 리를 남쪽 산속으로 들어가면 어느 집 바깥뜰에 밤마다 늘 매여 있는 투실투실*한 그 황소. 아무렇게 따지든 칠십 원은 갈데없으리라. 그는 부리나케 아우의 뒤를 밟았다.

(B)

공동묘지까지 거반 왔을 때에야 가까스로 만났다. 아우의 등을 탁 치며

"얘, 존 수 있다. 네 원대로 돈을 해줄게 나구 잠깐 다녀오자."

씩씩한 어조로 기쁘도록 달랬다. 그러나 아우는 입 하나 열려 하지 않고 그대로 실쭉하였다. 뿐만 아니라 어깨 위에 올려놓은 형의 손을 부질없단 듯이 몸으로 털어 버린다. 그리고 삐익 달아난다. 이걸 보니 하 엄청이 나고 기가 꽉 막히었다.

"이놈아!"

하고 악에 받치어

"명색이 성이라며?"

대뜸 몽둥이는 들어가 그 볼기짝을 후려갈겼다. 아우는 모로 몸을 꺾더니 시나브로 찌그러진다. 뒤미처 앞정강이를 때렸다, 등을 팼다. 일지 못할 만치 매는 내리었다. 체면을 불고하고 땅에 엎드리어 엉엉 울도록 매는 내리었다.

홧김에 하긴 했으되 그 꼴을 보니 또한 마음이 편할 수 없다. 침을 퇘 뱉어 던지곤 팔자 드센 놈이 그저 그렇지 별수 있냐. 쓰러진 아우를 일으키어 등에 업고 일어섰다. 언제나 철이 날는지 딱한 일이었다. 속 썩는 한숨을 후 하고 내뿜는다. 그리고 어청어청* 고개를 묵묵히 내려온다. (부득이한 사정으로 전회에 수십 행 약略하였습니다.)

## 낱말 풀이

**가웃** 수량을 나타내는 표현에 사용된 단어의 절반 정도 분량의 뜻을 더하는 접미사

**가을하다** 벼나 보리 따위의 농작물을 거두어 들이다.

**각다귀** 남의 것을 뜯어먹고 사는 사람을 비유적으로 이르는 말

**감불생심敢不生心** 감히 엄두도 내지 못하다.

**걸쌍스럽다** 일솜씨가 뛰어나거나 먹음새가 좋아서 탐스러운 데가 있다.

**게트림** 거만스럽게 거드름을 피우며 하는 트림

**격장** 담을 사이에 두고 서로 이웃하다.

**고개티** 고개를 넘는 가파른 비탈길

**괴때기** '괴꼴'의 잘못. 타작을 할 때에 생기는 벼 낱알이 섞인 짚북데기

**구메밥** 예전에 옥에 갇힌 죄수에게 벽 구멍으로 몰래 들여보내던 밥

**구문** 흥정을 붙여주고 그 보수로 받는 돈

**굽(을) 접다** 남의 약점이나 단점을 잡아서 기를 펴지 못하게 하다.

**궁굴다** 뒹굴다.

**근대다** 몹시 성가시게 하다. 남을 비웃고 놀리다.

**근사(를) 모으다** 부지런히 힘을 쓰는 일을 오랫동안 계속하여 공을 들이다.

**기지사경幾至死境** 거의 죽을 지경에 이르다.

**깨깨** 몹시 여위어 마른 모양

**낙루** 눈물을 흘리다.

**넘놀다** 넘나들며 놀다.

**노점** 몸이 점점 수척하고 쇠약해지는 증상

**데생기다** 생김새나 됨됨이가 완전하게 이루어지지 못해 못나게 생기다.

**데퉁스럽다** 말과 행동이 거칠고 미련한 데가 있다.

**뒷심** 당장은 내비치지 않으나 뒷날에 이룰 수 있는 어떤 일을 기대하는 마음

**든직한** 듬직한

**들갑작거리다** 방정맞게 까불대다.

**땅김** 땅에서 올라오는 수증기

**마장** 거리의 단위. 오 리나 십 리가 못 되는 거리를 이른다.

**만무방** 염치가 없이 막된 사람

**매조** 매화가 그려져 있는 화투짝. 2월을 의미한다.

**매초롬히** 싱싱하고 아름다운 태가 있다.

**매팔자** 빈들빈들 놀면서도 먹고사는 걱정이 없는 경우를 이르는 말

**멈씰하다** '멈칫하다'의 방언

**명월공산** 화투에서 빈 산의 모양이 그려져 있는 화투짝. 8월을 의미한다.

**바특이** 바싹 다가서

**반실** 절반 가량 잃거나 손해를 보다.

**밤을 패다** 잠을 자지 않고 지새우다.

**배창** '배창자'의 북한말

**백판** 전혀

**본밑** '본밑천'의 준말

**부출돌** 예전에 부출 대신 놓아서 발로 디디고 앉아서 뒤를 보게 한 돌

**북새를 놓다** 여러 사람이 부산하게 법석이다.

**불일간** 며칠 걸리지 않는 동안

**뻔찔** 어떤 행동이 자주 일어나는 모양

**뽕이 나다** 비밀이 탄로나다.

**삑삑하다** 사이가 비좁게 촘촘하다.

**사관을 트다** 매우 고생하다.

**사품** 어떤 동작이나 일이 진행되는 바람이나 겨를

**삭초** 관아에 매달 바치던 담배

**살똥맞다** 말이나 하는 짓이 당돌하고 독살스럽다.

**선채** 이전에 진 빚

**선하품**  몸에 이상이 있거나 흥미 없는 일을 할 때에 나오는 하품
**설대**  '담배 설대'의 준말. 담배통과 물부리 사이에 맞추는 가느다란 대통
**섬**  곡식을 담는, 짚으로 엮는 그릇
**손도를 맞다**  오륜에 벗어난 행실 때문에 그 지방에서 쫓겨나거나 남에게 배척당하다.
**수짜질**  수작질
**시쁘다**  마음에 차지 않아 시들하다.
**알짬**  여럿 중 핵심이 될 만한 가장 요긴한 내용
**야마시꾼**  사기꾼.
**약단**  화투에서 약約과 단短을 아울러 이르는 말
**어뜩비뜩**  행동이 바르지 못한 모양
**어름어름**  말이나 행동을 똑똑하게 분명히 하지 못하고 우물쭈물하는 모양
**어청어청**  키가 큰 사람이나 짐승이 자꾸 이리저리 천천히 걷는 모양
**언내**  '젖먹이'의 방언
**언투**  말투
**얼레발**  '엉너리'의 잘못. 남의 환심을 사기 위해 어벌쩡하게 서두르는 짓
**여깽이**  '여우'의 방언
**역마직성**驛馬直星  늘 분주하게 이리저리 떠돌아다니는 사람을 이르는 말
**열쩍다**  '열없다'의 잘못. 좀 겸연쩍고 부끄럽다.
**오금팽이**  '오금'을 낮추어 이르는 말. 무릎의 구부러지는 안쪽의 오목한 부분
**옥씨기**  '옥수수'의 방언
**완고척히**  완고하게
**요동**  흔들리어 움직이다. 또는 흔들어 움직이다.
**우자스레**  어리석어 신분에 맞지 않은 태도로
**욱었다**  우거졌다.
**을프냥궂다**  을씨년스럽다.
**음충맞다**  성질이 음충한 데가 있다.

**이욕** 사사로운 이익을 탐내는 욕심

**재치다** '재우치다'의 북한말. 무엇을 빨리 몰아치거나 재촉하다.

**잿간** 거름으로 쓸 재료를 모아두는 헛간

**조기다** 마구 두들기거나 패다.

**좋이** 족히

**진시** 진작

**체수** 몸의 크기

**최다** 빌려 주다

**치뜨리다** 아래에서 위로 향해 던져 올리다.

**치모니** 모르는 사이에 조금씩조금씩

**투실투실** 보기 좋을 정도로 살이 쪄서 통통하다.

**파적** 심심풀이

**파토** '파투破鬪'의 잘못. 화투 놀이에서 잘못되어 판이 무효가 되다.

**풋둥이** 풋내기

**하동지동** 정신을 차릴 수 없을 만큼 갈팡질팡하며 다급하게 서두르는 모양

**한고** 심한 추위로 인한 괴로움

**행티** 행짜, 즉 심술을 부려 남을 해롭게 하는 행위

**홀라들이다** 함부로 마구 쑤시거나 훑다.

**확적하다** 틀림없이 들어맞다.

**희자(를) 뽑다** 가진 것이 없으면서 짐짓 분수에 넘치게 굴다.

**흰소리** 터무니없이 자랑으로 떠벌리거나 거드럭거리며 허풍을 떠는 말

2007년 대학수학능력시험   **언어 영역**

15. 위 글에 대한 설명으로 적절한 것은? [1점]
① 인물의 행동과 심리를 따라가며 서사를 전개하고 있다.
② 다양한 인물들의 경험을 삽화 형식으로 나열하고 있다.
③ 장황한 해설을 통해 작가 의식을 표출하고 있다.
④ 인물의 외양 묘사를 통해 성격을 드러내고 있다.
⑤ 회상을 통해 서정적 분위기를 자아내고 있다.

16. (A)와 (B)에 대한 설명으로 적절한 것을 〈보기〉에서 골라 바르게 묶은 것은?

〈 보기 〉
ㄱ. (A)는 (B)의 사건이 일어나게 된 상황적 배경이 된다.
ㄴ. (A)에 드러나 있는 갈등은 (B)에서 극적으로 해소된다.
ㄷ. (A)와 (B)가 묶여 당시의 궁핍한 현실을 역설적으로 드러낸다.
ㄹ. (A)에서는 불만의 대상이 개인이었다가 (B)에서는 사회로 확대된다.

① ㄱ, ㄴ  ② ㄱ, ㄷ  ③ ㄴ, ㄷ  ④ ㄴ, ㄹ  ⑤ ㄷ, ㄹ

17. '응칠'의 행동을 〈보기〉와 같이 정리하였다. 〈보기〉를 토대로 위 글을 감상한 내용으로 적절하지 않은 것은? [3점]

〈 보기 〉
ㄱ. 응칠이는 먼 곳에서 동생을 찾아온다.
ㄴ. 응칠이는 담판을 지으려고 지주를 만난다.
ㄷ. 응칠이는 지주의 뺨을 때린다.
ㄹ. 응칠이는 논에 가서 도적을 기다린다.
ㅁ. 응칠이는 도적을 잡기 위해 다짜고짜로 달려든다.

① ㄱ, ㄴ을 통해 동생을 생각하는 응칠이의 마음을 읽을 수 있어.
② ㄱ, ㄹ에서 응칠이가 동생을 찾아온 일이 도적과 관계됨을 알

수 있어.
③ ㄴ, ㄷ, ㅁ을 통해 호락호락하지 않은 응칠이의 성격을 알 수 있어.
④ ㄴ, ㄹ을 통해 문제를 적극적으로 해결하고자 하는 응칠이의 의지를 볼 수 있어.
⑤ ㄹ, ㅁ은 응칠이가 자신에게 미칠지 모를 혐의를 벗기 위해 한 행위일 수 있어.

18. ㉠~㉤에 대한 설명으로 적절하지 않은 것은?
① ㉠ : '진실한 농군'의 행위인 점에 비추어, 의도가 단순치 않음을 짐작할 수 있다.
② ㉡ : 노동의 결과가 남지 않았다는 점에서 쓸쓸함과 안타까움이 느껴진다.
③ ㉢ : 새로운 문제의 발생으로 사건이 의외의 방향으로 흘러갈 것이라 예상된다.
④ ㉣ : 싸움 중에 잠시 찾아온 침묵으로, 상대방에 대한 경계심이 표현되어 있다.
⑤ ㉤ : 뜻밖의 상황을 당해 당혹스러워 하는 인물의 모습을 떠올리게 한다.

19. ⓐ~ⓔ를 바꿔 쓴 말로 적절하지 않은 것은? [1점]
① ⓐ : 알아주는   ② ⓑ : 태우며   ③ ⓒ : 갚을
④ ⓓ : 거칠게   ⑤ ⓔ : 친다

정답 : 15-①, 16-②, 17-②, 18-④, 19-④

### 작품 해제

**갈래** 순수 소설, 농촌 소설
**배경** 1930년대 강원도 산골 마을
**시점** 1인칭 주인공 시점
**제재** 어느 농촌 총각의 혼인 문제
**주제** 교활한 장인과 우직한 데릴사위 간의 해학적 갈등과 대립
**출전** 《조광》 2호(1935년 12월)

### 줄거리

　나는 점순이와 혼인시켜 준다는 주인의 말만 믿고 사경 한 푼 안 받고 머슴살이를 한다. 주인에게 딸의 나이가 찼으니 성례를 시켜 달라고 하면, 그는 점순이의 키가 미처 자라지 않아서 성례를 시켜줄 수 없다고 한다. 어제 화전밭을 갈 때 점순이는 밤낮 일만 할 것이냐고 따졌다. 나는 아프다는 핑계를 대며 일을 하지 않으려고 했다가 오히려 장인에게 뺨을 맞는다.
　나는 장인을 구장 댁으로 끌고 가 혼인 문제에 대해 해결을 보려고 한다. 구장은 빨리 성례를 시켜주라고 하지만 장인은 점순이가 덜 컸다는 핑계를 또 한 번 내세운다. 그날 밤, 뭉태에게서 내가 주인의 세 번째 데릴사윗감이며, 재작년 가을에 시집 간, 주인의 맏딸이 머슴 대신 데릴사위를 10명이나 갈아 치웠다는 사실을 알게 된다. 아내 될 점순에게 병신이란 말을 들은 나는 일터로 나가다 말고 멍석 위에 드러눕는다. 이를 본 장인은 징역을 보내겠다고 겁을 주지만, 징역 가는 것이 병신이란 말을 듣는 것보다 낫다고 생각한 나는 그저 말대꾸만 한다.
　화가 난 장인은 지게막대기로 나의 손과 발을 마구 때린다. 점순이가 보고 있음을 의식한 나는 장인의 수염을 잡아챘다. 바짝 약이 오른 장인이 나의 바짓가랑이를 잡고 늘어졌고 내가 까무러치자 장인은 나의 바짓가랑이를 놓아주었다. 내가 엉금엉금 기어가서 다시 장인의 바짓가랑이를 잡고 늘어지자 장인은 점순이를 불렀고, 내게 달려들어 귀를 잡아당기며 우는 점순이를 보면서, 나는 그녀의 알 수 없는 태도에 넋을 잃는다.

# 봄봄

"장인님! 인젠 저……."

내가 이렇게 뒤통수를 긁고 나이가 찼으니 성례를 시켜줘야 하지 않겠느냐고 하면 그 대답이 늘

"이 자식아! 성례구 뭐구 미처 자라야지!"

하고 만다. 이 자라야 한다는 것은 내가 아니라 내 아내가 될 점순이의 키 말이다.

내가 여기에 와서 돈 한 푼 안 받고 일하기를 삼 년하고 꼬박이 일곱 달 동안을 했다. 그런데도 미처 못 자랐다니까 이 키는 언제야 자라는 겐지 짜장 영문 모른다. 일을 좀더 잘해야 한다든지, 혹은 밥을 (많이 먹는다고 노상 걱정이니까) 좀 덜 먹어야 한다든지 하면 나도 얼마든지 할 말이 많다. 하지만 점순이가 아직 어리니까 더 자라야 한다는 여기에는 어째 볼 수 없이 고만 벙벙하고 만다.

이래서 나는 애최* 계약이 잘못된 걸 알았다. 이태면 이태, 삼 년이면 삼 년, 기한을 딱 작정하고 일을 해야 원 할 것이다. 덮어놓고

딸이 자라는 대로 성례를 시켜주마 했으니 누가 늘 지키고 섰는 것도 아니고, 그 키가 언제 자라는지 알 수 있는가. 그리고 난 사람의 키가 무럭무럭 자라는 줄만 알았지 붙박이 키에 모로*만 벌어지는 몸도 있는 것을 누가 알았으랴. 때가 되면 장인님이 어련하랴 싶어서 군소리 없이 꾸벅꾸벅 일만 해왔다. 그럼 말이다, 장인님이 제가 다 알아차려서

"어 참, 너 일 많이 했다. 고만 장가들어라."

하고 살림도 내주고 해야 나도 좋을 것이 아니냐. 시치미를 딱 떼고 도리어 그런 소리가 나올까 봐서 지레 펄펄 뛰고 이 야단이다. 명색이 좋아 데릴사위지 일하기에 싱겁기도 할뿐더러 이건 참 아무것도 아니다. 숙맥이 그걸 모르고 점순이의 키 자라기만 까맣게 기다리지 않았나.

언젠가는 하도 갑갑해서 자를 가지고 덤벼들어서 그 키를 한번 재볼까 했다. 마는 우리는 장인님이 내외*를 해야 한다고 해서 마주서 이야기도 한마디 하는 법 없다. 우물길에서 언제나 마주칠 적이면 겨우 눈어림으로 재보고 하는 것인데 그럴 적마다 나는 저만치 가서

"제—미 키두!"

하고 논둑에다 침을 퉤 뱉는다. 아무리 잘 봐야 내 겨드랑(다른 사람보다 좀 크긴 하지만) 밑에서 넘을락말락 밤낮 요 모양이다. 개돼지는 푹푹 크는데 왜 이리도 사람은 안 크는지, 한동안 머리가 아프도록 궁리도 해보았다. 아하, 물동이를 자꾸 이니까 뼈다귀가 옴츠러드나 보다 하고 내가 넌즛넌즛이 그 물을 대신 길어도 주었다. 뿐만 아니라 나무를 하러 가면 서낭당에 돌을 올려놓고

봄봄 97

"점순이의 키 좀 크게 해줍소사. 그러면 담엔 떡 갖다 놓고 고사드립죠니까."

하고 치성도 한두 번 드린 것이 아니다. 어떻게 돼먹은 킨지 이래도 막무가내니……. 그래 내 어저께 싸운 것이지 결코 장인님이 밉다든가 해서가 아니다.

모를 붓다가* 가만히 생각을 해보니까 또 싱겁다. 이 벼가 자라서 점순이가 먹고 좀 큰다면 모르지만 그렇지도 못한 걸 내 심어서 뭘 하는 거냐. 해마다 앞으로 축 거불지는 장인님의 아랫배(가 너무 먹은 걸 모르고 내병이라나. 그 배)를 불리기 위하여 심곤 조금도 싶지 않다.

"아이구 배야!"

난 몰 붓다 말고 배를 쓰다듬으면서 그대로 논둑으로 기어올랐다. 그리고 겨드랑에 꼈던 벼 담긴 키를 그냥 땅바닥에 털썩 떨어뜨리며 나도 털썩 주저앉았다. 일이 암만 바빠도 나 배 아프면 고만이니까. 아픈 사람이 누가 일을 하느냐. 파릇파릇 돋아 오른 풀 한 숲을 뜯어들고 다리의 거머리를 쑥쑥 문대며 장인님의 얼굴을 쳐다보았다.

논 가운데서 장인님도 이상한 눈을 해가지고 한참 날 노려보더니

"너 이 자식, 왜 또 이래 응?"

"배가 좀 아파서유!"

하고 풀 위에 슬며시 쓰러지니까 장인님은 약이 올랐다. 저도 논에서 철벙철벙 둑으로 올라오더니 잡은 참 내 멱살을 움켜잡고 뺨을 치는 것이 아닌가.

"이 자식아, 일허다 말면 누굴 망해놀 속셈이냐. 이 대가릴 까놀 자식!"

우리 장인님은 약이 오르면 이렇게 손버릇이 아주 못됐다. 또 사

위에게 이 자식 저 자식 하는 이놈의 장인님은 어디 있느냐. 오죽해야 우리 동리에서 누굴 물론하고 그에게 욕을 안 먹는 사람은 명이 짧다 한다. 조그만 아이들까지도 그를 돌아세놓고 욕필이(본 이름이 봉필이니까) 욕필이 하고 손가락질을 할 만치 두루 인심을 잃었다. 하나 인심을 정말 잃었다면 욕보다 읍의 배 참봉댁 마름으로 더 잃었다. 번히 마름이란 욕 잘하고, 사람 잘 치고, 그리고 생김 생기길 호박개* 같아야 쓰는 거지만 장인님은 외양이 똑 됐다. 작인이 닭 마리나 좀 보내지 않는다든가 애벌논* 때 품을 좀 안 준다든가 하면 그해 가을에는 영락없이 땅이 뚝뚝 떨어진다. 그러면 미리부터 돈도 먹이고 술도 먹이고 안달재신*으로 돌아치던 놈이 그 땅을 슬쩍 돌라안는다*. 이 바람에 장인님 집 빈 외양간에는 눈깔 커다란 황소 한 놈이 절로 엉금엉금 기어들고, 동리 사람은 그 욕을 다 먹어가면서도 그래도 굽실굽실하는 게 아닌가.

그러나 내겐 장인님이 감히 큰소리할 계제가 못된다.

뒷생각은 못하고 뺨 한 개를 딱 때려 놓고는 장인님은 무색해서 덤덤히 쓴침만 삼킨다. 난 그 속을 퍽 잘 안다. 조금 있으면 갈도 꺾어야 하고 모도 내야 하고, 한참 바쁜 때인데 나 일 안하고 우리 집으로 그냥 가면 고만이니까. 작년 이맘때도 트집을 좀 하니까 늦잠 잔다고 돌멩이를 집어던져서 자는 놈의 발목을 삐게 해놨다. 사날씩이나 건성 끙끙 앓았더니 종당에는 거반 울상이 되지 않았는가.

"얘, 그만 일어나 일 좀 해라. 그래야 올 갈에 벼 잘되면 너 장가들지 않니?"

그래 귀가 번쩍 띄어서 그날로 일어나서 남이 이틀 품 들일 논을 혼자 삶아놓으니까 장인님도 눈깔이 커다랗게 놀랐다. 그럼 정말로 가을에 와서 혼인을 시켜줘야 온 경위가 옳지 않겠나. 볏섬을 척척 들여쌓아도 다른 소리는 없고 물동이를 이고 들어오는 점순이를 담배통으로 가리키며

"이 자식아, 미처 커야지 조걸 데리구 무슨 혼인을 한다구 그러니 온!" 하고 남 낯짝만 붉게 해주고 고만이다. 골김*에 그저 이놈의 장인님 하고 댓돌에다 메꽂고 우리 고향으로 내뺄까 하다가 꾹꾹 참고 말았다.

참말이지 난 이 꼴 하고는 집으로 차마 못 간다. 장가를 들러 갔다가 오죽 못났어야 그대로 쫓겨왔느냐고 손가락질을 받을 테니까.

논둑에서 벌떡 일어나 한풀 죽은 장인님 앞으로 다가서며

"난 갈 테야유. 그동안 사경 쳐내슈 뭐."

"너 사위로 왔지 어디 머슴 살러 왔니?"

"그러면 얼찐* 성렬 해줘야 안하지유, 밤낮 부려만 먹구 해준다, 해준다……."

"글쎄, 내가 안하는 거냐, 그년이 안 크니까."

하고 어름어름* 담배만 담으면서 늘 하는 소리를 또 늘어놓는다.

이렇게 따져나가면 언제든지 늘 나만 밑지고 만다. 이번엔 안된다 하고 대뜸 구장님한테로 담판 가자고 소맷자락을 내끌었다.

"아, 이 자식이 왜 이래 어른을."

안 간다고 뻗디디고 이렇게 호령은 제 맘대로 하지만 장인님 제가 내 기운은 못 당한다. 막 부려 먹고 딸은 안 주고, 게다 땅땅 치는 건 다 뭐야.

그러나 내 사실 참 장인님이 미워서 그런 것은 아니다.

그 전날 왜 내가 새고개 맞은 봉우리 화전밭을 혼자 갈고 있지 않

았느냐. 밭 가생이로 돌 적마다 야릇한 꽃내가 물컥물컥 코를 찌르고 머리 위에서 벌들은 가끔 붕붕 소리를 친다. 바위틈에서 샘물소리밖에 안 들리는 산골짜기니까 맑은 하늘의 봄볕은 이불 속같이 따스하고 꼭 꿈꾸는 것 같다. 나는 몸이 나른하고 몸살(을 아직 모르지만 병)이 나려고 그러는지 가슴이 울렁울렁하고 이랬다.

"이러이! 말이! 맘 마 마……."

이렇게 노래를 하며 소를 부리면 여느 때 같으면 어깨가 으쓱으쓱한다. 웬일인지 밭 반도 갈지 않아서 온몸의 맥이 풀리고 대고 짜증만 난다. 공연히 소만 들입다 두들기며

"안야! 안야! 이 망할 자식의 소(장인님의 소니까) 대리를 꺾어 들라."

그러나 내 속은 정말 안야 때문이 아니라 점심을 이고 온 점순이의 키를 보고 울화가 났던 것이다.

점순이는 뭐 그리 썩 이쁜 계집애는 못된다. 그렇다고 또 개떡이냐 하면 그런 것도 아니고, 꼭 내 아내가 돼야 할 만치 그저 툽툽하게* 생긴 얼굴이다. 나보다 십 년이 아래니까 올해 열여섯인데 몸은 남보다 두 살이나 덜 자랐다. 남은 잘도 헌칠히들 크건만 이건 위아래가 몽톡한 것이 내 눈에는 헐없이 감참외 같다. 참외 중에는 감참외가 젤 맛 좋고 이쁘니까 말이다. 둥글고 커단 눈은 서글서글하니 좋고, 좀 짓쳐 찢어졌지만 입은 밥술이나 혹혹히 먹음직하니 좋다. 아따, 밥만 많이 먹게 되면 팔자는 고만 아니냐. 헌데 한 가지 파* 가 있다면 가끔가다 몸이(장인님은 이걸 채신이 없이 들까분다고 하지만) 너무 빨리빨리 논다. 그래서 밥을 나르다가 때 없이 풀밭에다 깨빡을 쳐서* 흙투성이 밥을 곧잘 먹인다. 안 먹으면 무안해할까 봐서 이걸

씹고 앉았노라면 으적으적 소리만 나고 돌을 먹는 겐지 밥을 먹는 겐지…….

그러나 이날은 웬일인지 성한 밥째로 밭머리에 곱게 내려놓았다. 그리고 또 내외를 해야 하니까 저만큼 떨어져 이쪽으로 등을 향하고 옹크리고 앉아서 그릇 나기를 기다린다.

내가 다 먹고 물러섰을 때 그릇을 와서 챙기는데 그런데 난 깜짝 놀라지 않았느냐. 고개를 푹 숙이고 밥함지에 그릇을 포개면서 나더러 들으라는지, 혹은 제 소린지

"밤낮 일만 하다 말 텐가!"

하고 혼자서 쫑알거린다. 고대 잘 내외하다가 이게 무슨 소린가 하고 난 정신이 얼떨떨했다. 그러면서도 한편 무슨 좋은 수가 있는가 싶어서 나도 공중을 대고 혼잣말로

"그럼 어떡해?"

하니까

"성례시켜 달라지 뭘 어떻게……."

하고 되알지게* 쏘아붙이고 얼굴이 발개져서 산으로 그저 도망질을 친다. 나는 잠시 동안 어떻게 되는 심판인지 맥을 몰라서 그 뒷모양만 덤덤히 바라보았다.

봄이 되면 온갖 초목이 물이 오르고 싹이 트고 한다. 사람도 아마 그런가 보다 하고 며칠 내에 부쩍 (속으로) 자란 듯싶은 점순이가 여간 반가운 것이 아니다.

이런 걸 멀쩡하게 아직 어리다고 하니까…….

우리가 구장님을 찾아갔을 때 그는 싸리문 밖에 있는 돼지우리에서 죽을 퍼주고 있었다. 서울엘 좀 갔다 오더니 사람은 점잖아야 한

다고 윗수염이(얼른 보면 지붕 위에 앉은 제비 꼬랑지 같다) 양쪽으로 뾰족이 뻗치고 그걸 애햄 하고 늘 쓰담는 손버릇이 있다. 우리를 멀뚱히 쳐다보고 미리 알아챘는지

"왜 일들 허다 말구 그래?"

하더니 손을 올려서 그 애햄을 한 번 후딱 했다.

"구장님! 우리 장인님과 츰에 계약하기를……."

먼저 덤비는 장인님을 뒤로 떠다밀고 내가 허둥지둥 달려들다가 가만히 생각하고

"아니 우리 빙장*님과 츰에."

하고 첫번부터 다시 말을 고쳤다. 장인님은 빙장님 해야 좋아하고 밖에 나와서 장인님 하면 괜스레 골을 내려고 든다. 뱀도 뱀이라야 좋냐구, 창피스러우니 남 듣는 데는 제발 빙장님, 빙모*님 하라고 일상 말 조짐을 받아오면서 난 그것도 자꾸 잊는다. 당장도 장인님 하다 옆에서 내 발등을 꾹 밟고 곁눈질을 흘기는 바람에야 겨우 알았지만…….

구장님도 내 이야기를 자세히 듣더니 퍽 딱한 모양이었다. 하기야 구장님뿐만 아니라 누구든지 다 그럴 게다. 길게 길러둔 새끼손톱으로 코를 후벼서 저리 탁 튀기며

"그럼, 봉필 씨! 얼른 성렐 시켜 주구려, 그렇게까지 제가 하구 싶다는걸."

하고 내 짐작대로 말했다. 그러나 이 말에 장인님이 삿대질로 눈을 부라리고

"아 성례구 뭐구 기집애년이 미처 자라야 할 게 아닌가?"

하니까 고만 멀쑥해서 입맛만 쩍쩍 다실 뿐이 아닌가.

"그것두 그래!"

"그래, 거진 사 년 동안에도 안 자랐다니 그 킨 은제 자라지유? 다 그만두구 사경 내슈."

"글쎄, 이 자식아! 내가 크질 말라구 그랬니, 왜 날 보구 떼냐?"

"빙모님은 참새만 한 것이 그럼 어떻게 얠 낳지유?"(사실 장모님은 점순이보다도 귓배기 하나가 작다.)

장인님은 이 말을 듣고 껄껄 웃더니(그러나 암만해도 돌 씹은 상이다) 코를 푸는 척하고 날 은근히 곯리려고 팔꿈치로 옆 갈비께를 퍽 치는 것이다. 더럽다. 나도 종아리의 파리를 쫓는 척하고 허리를 구부리며 어깨로 그 궁둥이를 콱 떠밀었다. 장인님은 앞으로 우찔근하고 싸리문께로 쓰러질 듯하다 몸을 바로 고치더니 눈총을 몹시 쏘았다. 이런 쌍년의 자식, 하곤 싶으나 남의 앞이라니 차마 못하고 섰는 그 꼴이 보기에 퍽 쟁그라웠다*.

그러나 이 말에는 별반 신통한 귀정歸正을 얻지 못하고 도로 논으로 돌아와서 모를 부었다. 왜냐면 장인님이 뭐라고 귓속말로 수군수군하고 간 뒤다. 구장님이 날 위해서 조용히 데리고 아래와 같이 일러주었기 때문이다(뭉태의 말은 구장님이 장인님에게 땅 두 마지기 얻어 부치니까 그래 꾀었다고 하지만 난 그렇게 생각 않는다).

"자네 말두 하기야 옳지. 암, 나이 찼으니까 아들이 급하다는 게 잘못된 말은 아니야. 허지만 농사가 한층 바쁜 때 일을 안한다든가 집으로 달아난다든가 하면 손해죄루 그것두 징역을 가거든!(여기에 그만 정신이 번쩍 났다) 왜 요전에 삼포말서 산에 불 좀 놓았다구 징역 간 거 못 봤나. 제 산에 불을 놓아도 징역을 가는 이땐데 남의 농사를 버려주니 죄가 얼마나 더 중한가. 그리고 자넨 정장*을 (사경 받으러 정장 가겠다 했다) 간대지만 그러면 괜시리 쬘 들쓰고 들어가는 걸세. 또 결혼두 그렇지. 법률에 성년이란 게 있는데 스물하나가 돼야지 비로소 결혼을 할 수가 있는 걸세. 자넨 물론 아들이 늦을 걸 염려하지만 점순이루 말하면 인제 겨우 열여섯이 아닌가. 그렇지만 아까 빙장님의 말씀이 올 갈에는 열 일을 제치고라두 성례를 시켜 주겠다 하시니 좀 고마울 겐가. 빨리 가서 모 붓든 거나 마저 붓게. 군소리 말구 어서 가!"

그래서 오늘 아침까지 끽소리 없이 왔다.

장인님과 내가 싸운 것은 지금 생각하면 전혀 뜻밖의 일이라 안할 수 없다. 장인님으로 말하면 요즈막 작인들에게 행세를 좀 하고 싶다고 해서

"돈 있으면 양반이지 별 게 있느냐!"

하고 일부러 아랫배를 툭 내밀고 걸음도 뒤틀리게 걷고 하는 이 판이다. 이까진 나쯤 뚜들기다 남의 땅을 가지고 모처럼 닦아 놓았던 가문을 망친다든지 할 어른이 아니다. 또 나로 논지면* 아무쪼록 잘 봬서 점순이에게 얼른 장가를 들어야 하지 않느냐.

이렇게 말하자면 결국 어젯밤 뭉태네 집에 마을 간 것이 썩 나빴다. 낮에 구장님 앞에서 장인님과 내가 싸운 것을 어떻게 알았는지 대고 빈정거리는 것이 아닌가.

"그래 맞구두 그걸 가만둬?"

"그럼 어떡허니?"

"임마, 봉필일 모판에다 거꾸루 박아 놓지 뭘 어떡해?"

하고 괜히 내 대신 화를 내가지고 주먹질을 하다 등잔까지 첬다. 놈이 본시 괄괄은 하지만 그래 놓고 나더러 석윳값을 물라고 막 지다

위*를 붙는다. 난 어안이 벙벙해서 잠자코 앉았으니까 저만 연신 지껄이는 소리가

"밤낮 일만 해주구 있을 테냐?"

"영득이는 일 년을 살구두 장갈 들었는데 넌 사 년이나 살구두 더 살아야 해?"

"네가 세 번째 사원 줄이나 아니? 세 번째 사위."

"남의 일이라두 분하다 이 자식아, 우물에 가 빠져 죽어."

나중에는 겨우 손톱으로 목을 따라고까지 하고, 제 아들같이 함부로 혹닥이었다*. 별의별 소리를 다 해서 그대로 옮길 수는 없으나 그 줄거리는 이렇다.

우리 장인님이 딸이 셋이 있는데 맏딸은 재작년 가을에 시집을 갔다. 정말은 시집을 간 것이 아니라 그 딸도 데릴사위를 해가지고 있다가 내보냈다. 그런데 딸이 열 살 때부터 열아홉 즉 십 년 동안에 데릴사위를 갈아들이기를, 동리에선 사위부자라고 이름이 났지마는 열네 놈이란 참 너무 많다. 장인님이 아들은 없고 딸만 있는 고로 그담 딸을 데릴사위를 해올 때까지는 부려 먹지 않으면 안된다. 물론 머슴을 두면 좋지만 그건 돈이 드니까, 일 잘하는 놈을 고르느라고 연방 바꿔들였다. 또 한편 놈들이 욕만 줄창 퍼붓고 심히도 부려 먹으니까 밸이 상해서 달아나기도 했겠지. 점순이는 둘째 딸인데 내가 일테면 그 세 번째 데릴사위로 들어온 셈이다. 내 담으로 네 번째 놈이 들어올 것을 내가 일도 참 잘하고 그리고 사람이 좀 어수룩하니까 장인님이 잔뜩 붙들고 놓질 않는다. 셋째 딸이 인제 여섯 살, 적어도 열 살은 돼야 데릴사위를 할 테므로 그동안은 죽도록 부려 먹어야 된다. 그러니 인제는 속 좀 차리고 장가를 들여달라고 떼를 쓰

고 나자빠져라, 이것이다.

　나는 건으로 엉, 엉 하며 귓등으로 들었다. 뭉태는 땅을 얻어 부치다가 떨어진 뒤로는 장인님만 보면 공연히 못 먹어서 으릉거린다. 그것도 장인님이 저 달라고 할 적에 제집에서 위한다는 그 감투(예전에 원님이 쓰던 것이라나, 옆구리에 뽕뽕 좀먹은 걸레)를 선뜻 주었더면 그럴 리도 없었던 걸…….

　그러나 나는 뭉태란 놈의 말을 전수이* 곧이듣지 않았다. 꼭 곧이들었다면 간밤에 와서 장인님과 싸웠지 무사히 있었을 리가 없지 않은가. 그러면 딸에게까지 인심을 잃은 장인님이 혼자 나빴다.

　실토*이지, 나는 점순이가 아침상을 가지고 나올 때까지는 오늘은 또 얼마나 밥을 담았나 하고 이것만 생각했다. 상에는 된장찌개하고 간장 한 종지, 조밥 한 그릇, 그리고 밥보다 더 수부룩하게 담은 산나물이 한 대접, 이렇다. 나물은 점순이가 틈틈이 해오니까 두 대접이고 네 대접이고 멋대로 먹어도 좋으나 밥은 장인님이 한 사발 외엔 더 주지 말라고 해서 안된다. 그런데 점순이가 그 상을 내 앞에 내려놓으며 제 말로 지껄이는 소리가

　"구장님한테 갔다 그냥 온담 그래!"

하고 엊그제 산에서와 같이 되우 쫑알거린다. 딴은 내가 더 단단히 덤비지 않고 만 것이 좀 어리석었다. 속으로 그랬다. 나도 저쪽 벽을 향하여 외면하면서 내 말로

　"안된다는 걸 그럼 어떡헌담!"

하니까

　"쇰을 잡아채지 그냥 둬, 이 바보야?"

하고 또 얼굴이 빨개지면서 성을 내며 안으로 샐쭉하니 튀들어가지

않느냐. 이때 아무도 본 사람이 없었게 망정이지 보았다면 내 얼굴이 에미 잃은 황새 새끼처럼 가엾다 했을 것이다.

사실 이때만치 슬펐던 일이 또 있었는지 모른다. 다른 사람은 암만 못생겼다 해도 괜찮지만 내 아내 될 점순이가 병신으로 본다면 참 신세는 따분하다. 밥을 먹은 뒤 지게를 지고 일터로 가려 하다 도로 벗어던지고 바깥마당 공석* 위에 드러누워서 나는 차라리 죽느니만 같지 못하다 생각했다.

내가 일 안하면 장인님 저는 나이가 먹어 못하고 결국 농사 못 짓고 만다. 뒷짐으로 트림을 꿀꺽 하고 대문 밖으로 나오다 날 보고서

"이 자식아! 너 웨 또 이러니?"

"관객*이 났어유, 아이구 배야!"

"기껀 밥 처먹구 무슨 관객이야, 남의 농사 버려주면 이 자식 징역 간다 봐라!"

"가두 좋아유, 아이구 배야!"

참말 난 일 안해서 징역 가도 좋다 생각했다. 일후日後 아들을 낳아도 그 앞에서 바보, 바보 이렇게 별명을 들을 테니까 오늘은 열 쪽이 난대도 결정을 내고 싶었다.

장인님이 일어나라고 해도 내가 안 일어나니까 눈에 독이 올라서 저편으로 횡허케 가더니 지게막대기를 들고 왔다. 그리고 그걸로 내 허리를 마치 돌 떠넘기듯이 쿡 찍어서 넘기고 넘기고 했다. 밥을 잔뜩 먹고 딱딱한 배가 그럴 적마다 퉁겨지면서 밸창이 꼿꼿한 것이 여간 켕기지 않았다. 그래도 안 일어나니까 이번에는 배를 지게막대기로 위에서 쿡쿡 찌르고 발길로 옆구리를 차고 했다. 장인님은 원체 심청*이 궂어서 그러지만 나도 저만 못하지 않게 배를 채웠다.

아픈 것을 눈을 꽉 감고 넌 해라 난 재미난 듯이 있었으나 볼기짝을 후려갈길 적에는 나도 모르는 결에 벌떡 일어나서 그 수염을 잡아챘다. 마는 내 골이 난 것이 아니라 정말은 아까부터 뷕 뒤 울타리 구멍으로 점순이가 우리들의 꼴을 몰래 엿보고 있었기 때문이다. 가뜩이나 말 한마디 톡톡히 못한다고 바라보는데 매까지 잠자코 맞는 걸 보면 짜장 바보로 알 게 아닌가. 또 점순이도 미워하는 이까짓 놈의 장인님, 나곤 아무것도 안 되니까 막 때려도 좋지만 사정 보아서 수염만 채고(제 원대로 했으니까 이때 점순이는 퍽 기뻤겠지) 저기까지 잘 들리도록

"이걸 까셀라부다*!"

하고 소리를 쳤다.

장인님은 더 약이 바짝 올라서 잡은 참 지게막대기로 내 어깨를 그냥 내리갈겼다. 정신이 다 아찔하다. 다시 고개를 들었을 때 그때엔 나도 온몸에 약이 올랐다. 이 녀석의 장인님을, 하고 눈에서 불이 퍽 나서 그 아래 밭 있는 낭* 아래로 그대로 떠밀어 굴려 버렸다. 조금 있다가 장인님이 씩씩하고 한번 해보려고 기어오르는 걸 얼른 또 떠밀어 굴려 버렸다.

기어오르면 굴리고 굴리면 기어오르고 이러길 한 너덧 번을 하며 그럴 적마다

"부려만 먹구 왜 성례 안하지유!"

나는 이렇게 호령했다. 하지만 장인님이 선뜻 오냐 낼이라두 성례시켜 주마 했으면 나도 성가신 걸 그만두었을지 모른다. 나야 이러면 때린 건 아니니까 나중에 장인 쳤다는 누명도 안 들을 터이고 얼마든지 해도 좋다.

한번은 장인님이 헐떡헐떡 기어서 올라오더니 내 바짓가랑이를 요렇게 노리고서 단박 움켜잡고 매달렸다. 악, 소리를 치고 나는 그만 세상이 다 팽그르 도는 것이

"빙장님! 빙장님! 빙장님!"

"이 자식! 잡아먹어라, 잡아먹어!"

"아! 아! 할아버지! 살려줍쇼, 할아버지!"

하고 두 팔을 허둥지둥 내절 적에는 이마에 진땀이 쭉 내솟고 인젠 참으로 죽나보다 했다. 그래도 장인님은 놓질 않더니 내가 기어이 땅바닥에 쓰러져서 거진 까무러치게 되니까 놓는다. 더럽다, 더럽다. 이게 장인님인가, 나는 한참을 못 일어나고 쩔쩔맸다. 그러나 얼굴을 드니(눈에 참 아무것도 보이지 않았다) 사지가 부르르 떨리면서 나도 엉금엉금 기어가 장인님의 바짓가랑이를 꽉 움키고 잡아낚았다.

내가 머리가 터지도록 매를 얻어맞은 것이 이 때문이다. 그러나 여기가 또한 우리 장인님이 유달리 착한 곳이다. 어느 사람이면 사경을 주어서라도 당장 내쫓았지 터진 머리를 불솜*으로 손수 지져주고, 호주머니에 희연 한 봉을 넣어주고 그리고

"올 갈엔 꼭 성례를 시켜 주마. 암만 말구 가서 뒷골의 콩밭이나 얼른 갈아라."

하고 등을 뚜덕여줄 사람이 누구냐.

나는 장인님이 너무나 고마워서 어느덧 눈물까지 났다. 점순이를 남기고 인젠 내쫓기려니 하다 뜻밖의 말을 듣고

"빙장님! 인제 다시는 안 그러겠어유!"

이렇게 맹서를 하며 부랴사랴 지게를 지고 일터로 갔다.

그러나 이때는 그걸 모르고 장인님을 원수로만 여겨서 잔뜩 잡아

당겼다.

"아! 아! 이놈아! 놔라, 놔, 놔."

장인님은 헛손질을 하며 솔개미에 챈 닭의 소리를 연해 질렀다. 놓긴 왜, 이왕이면 호되게 혼을 내주리라 생각하고 짖궂이 더 댕겼다. 마는 장인님이 땅에 쓰러져서 눈에 눈물이 피잉 도는 것을 알고 좀 겁도 났다.

"할아버지! 놔라, 놔, 놔, 놔놔."

그래도 안되니까

"얘, 점순아! 점순아!"

이 악장*에 안에 있었던 장모님과 점순이가 헐레벌떡하고 단숨에 뛰어나왔다.

나의 생각에 장모님은 제 남편이니까 역성을 할는지도 모른다. 그러나 점순이는 내 편을 들어서 속으로 고소해하겠지. 대체 이게 웬 속인지(지금까지도 난 영문을 모른다) 아버질 혼내주기는 제가 내래놓고 이제 와서는 달려들며

"에그머니! 이 망할 게 아버지 죽이네!"

하고 내 귀를 뒤로 잡아당기며 마냥 우는 것이 아니냐. 그만 여기에 기운이 탁 꺾이어 나는 얼빠진 등신이 되고 말았다. 장모님도 덤벼들어 한쪽 귀마저 뒤로 잡아채면서 또 우는 것이다.

이렇게 꼼짝도 못하게 해놓고 장인님은 지게막대기를 들어서 사뭇 내리조겼다. 그러나 나는 구태여 피하려지도 않고 암만해도 그 속 알 수 없는 점순이의 얼굴만 멀거니 들여다보았다.

"이 자식! 장인 입에서 할아버지 소리가 나오도록 해?"

### 낱말 풀이

**골김** 비위에 거슬리거나 마음이 언짢아서 성이 나는 김
**공석** 아무것도 담지 않은 빈 섬
**관객** 먹은 음식이 체해 가슴이 꽉 막히고 정신을 잃는 병
**까실르다** '그슬리다'의 방언
**깨빡을 치다** 무엇에 걸려 넘어져서 머리에 이고 있거나 들고 있던 것을 동댕이를 치다.
**낭** 낭떠러지
**내외** 남녀 사이에 서로 얼굴을 마주 대하지 않고 피하다.
**논지면** 말하자면
**돌라안다** 가로채다.
**되알지다** 몹시 올차고 야무지다.
**모로** 비껴서. 또는 대각선으로. 옆쪽으로
**모를 붓다** 못자리를 만들어 씨를 뿌리다.
**불솜** 상처를 소독하기 위해 불에 그을린 솜방망이
**빙모** 장모
**빙장** 장인
**실토** 거짓 없이 사실대로 말하다.
**심청** '마음보'의 잘못. '심술'의 잘못
**악장** 발악. 악을 쓰다.
**안달재신** 몹시 속을 태우며 여기저기로 다니는 사람
**애벌논** 첫 번째 매는 논
**애최** '애초에'가 줄어든 말
**어름어름** 말이나 행동을 똑똑하게 분명히 하지 못하고 우물쭈물하는 모양
**얼찐** 얼른

**쟁그랍다** 보거나 만지기에 소름이 끼칠 정도로 조금 흉하거나 끔찍하다.

**전수이** 오로지. 오직

**정장** 소장訴狀을 관청에 내다.

**지다위** 자기의 허물을 남에게 덮어씌우다.

**툽툽하다** 꾸밈없이 자연스럽다.

**파** 깨어지거나 상한 물품. 사람의 결점

**호박개** 뼈대가 굵고 털이 북슬북슬한 개

**훅닥이다** 윽박질러 억누르다.

김유정의 〈금 따는 콩밭〉, 〈동백꽃〉, 〈만무방〉, 〈봄봄〉에 나오는 단어를 활용하여 낱말 퍼즐을 풀어 보세요(낱말 풀이 참조).

## 🗝 가로 열쇠

1. 일이나 물건 따위가 마구 얼크러져 정신이 뒤숭숭하거나 산란하다.
2. 말이나 행동이 느릿느릿하게 하다.
3. 심심하고 무름하다.
4. 땅속의 물
5. 심심풀이
6. 봄철에 물오른 버드나무 가지의 껍질을 고루 비틀어 뽑은 껍질이나 짤막한 밀짚 토막 따위로 만든 피리
7. 매우 고생하다.
8. 장사 따위에서 본전보다 밑지다.
9. 염치가 없이 막된 사람
10. 손톱이나 날카로운 물건 따위로 조금 긁어 파다.
11. 모르는 사이에 조금씩조금씩
12. 장모

## 🗝 세로 열쇠

1. 남의 것을 뜯어먹고 사는 사람을 비유적으로 이르는 말
2. 힘들이지 않고 느릿느릿 행동하거나 말하는 모양
4. 자기의 허물을 남에게 덮어씌우다.
5. '파투破鬪'의 잘못. 화투 놀이에서 잘못되어 판이 무효가 되다.
6. 뼈대가 굵고 털이 북슬북슬한 개
7. 거의 죽을 지경에 이르다.
8. 벼나 보리 따위의 농작물을 거두어 들이다.
9. 남이 못되거나 재앙을 받도록 저주하다.
10. 못자리를 만들어 씨를 뿌리다.
12. 장인

# 이태준

꽃나무는 심어 놓고

달밤

돌다리

어린 수문장

### 이태준 1904~?

강원도 철원에서 태어났다. 이태준은 어린 시절 아버지를 따라 러시아 블라디보스토크에 갔다가 아버지가 사망하자 고향으로 돌아왔다. 1921년 휘문고보에 입학했으나 동맹휴교 주모자로 지목되어 퇴학당했다. 1925년 《시대일보》에 〈오몽녀〉를 발표해 등단했다. 1927년에 도쿄 조치대학에 입학했다가 다음 해에 중퇴했으며, 1933년 박태원, 이효석, 정지용 등과 '구인회'를 결성해 활동했다. 1946년 조선문학가동맹에서 활동하면서 〈해방전후〉로 제1회 해방기념 조선문학상을 수상하기도 했다. 그 해 그는 7~8월경 월북한 것으로 알려졌으며, 이후의 행적에 대해서는 잘 알려져 있지 않다. 그는 향토적이며 서정적인 문체로 세태 변화에 따라 소외된 자의 아픔을 잔잔하게 그려내는 데 탁월했다.

### 작품 해제

- **갈래** 농민 소설
- **배경** 1930년대 경치가 뛰어난 시골과 서울
- **시점** 전지적 작가 시점
- **제재** 일제의 착취와 횡포로 인한 농민의 궁핍한 삶
- **주제** 일제 강점기의 터전을 잃고 방황하는 농민의 비참한 삶
- **출전** 《신동아》 17호(1933년 3월)

### 줄거리

　방 서방은 김 의관네 땅을 소작하며 그럭저럭 살아 왔는데, 일본인이 새로운 땅 주인으로 오자 온갖 텃세와 비료 대금과 세금 등을 물리는 바람에 농사를 지어도 굶주리게 되었다. 이 때문에 농민이 하나둘 마을을 떠나자 군에서는 이를 막으려 마을에 벚꽃나무를 심으라고 한다. 방 서방은 꽃나무를 심고 잘 가꾸며 어떻게든 살아 보려 한다.

　그러나 겨울을 이기지 못할 것을 알고는 방 서방네 일가는 집을 팔아 빚을 갚고, 고향을 떠나 무작정 서울을 향해 떠난다. 서울에 온 이들은 돈을 아끼려 다리 아래에서 자면서 일거리를 찾으며 며칠을 버틴다. 일을 찾지 못하자 이에 굶주리고 만다. 하는 수 없이 아내는 남편과 딸이 자는 동안에 바가지를 들고 구걸을 나왔다가 그만 길을 잃고 만다. 그리고 한 노파의 꼬임에 빠져 술집으로 팔려 간다.

　한편 방 서방은 어린 딸까지 두고 없어진 아내를 원망하고, 엄마의 품을 잃은 딸은 굶주림과 추위를 견디지 못하고 죽고 만다. 화창한 봄날, 방 서방은 짐을 져 주고 받은 돈으로 술을 마신다. 방 서방은 우연히 일본 집 뜰에서 본 젊은 여인을 아내인 듯 싶어 화가 치밀었으나 자신의 가난한 꼴을 보이기 싫어 모른 척한다.

# 꽃나무는 심어 놓고

"자꾸 돌아봔 뭘 해. 어서 바람을 졌을 때 횡하니 걸어야지……."
하면서 아내를 돌아보는 그도 말소리는 천연스러우나 눈에는 눈물이 다시 핑그르 돌았다. 이 고갯마루만 넘어서면 저 동리는 다시 보려야 안 보이려니 생각할 때 발도 천 근이나 무거워지는 것 같았다.
　이 고개, 집에서 오 리밖에 안 되는 고개, 나무를 해 지고 이 고개 턱을 넘어설 때마다 제일 먼저 눈에 띄곤 하던 저 우리 집, 집에서 연기가 떠오르는 것을 볼 때마다 허리띠를 조르고 다시 나뭇짐을 지고 일어서곤 하던 이 고개, 이 고개에선 넘어가는 햇볕에 우리 집 울타리에 빨아 넌 아내의 치마까지 빤히 보이곤 했다. 이젠 이 고개에서 저 집, 저 노랗게 갓 깐 병아리처럼 새로 이엉을 인 저 집을 바라보는 것도 마지막이로구나!
　그는 고개 마루턱에 올라서더니 질빵*을 치키며, 다시 한 번 돌아서서 동네를 바라보았다. 아무 델 가도 저런 동네는 없을 것이다. 읍엘 갔다 와도 성황당 턱만 내려서면 바람 한 점 없이 아늑하고, 빨래

하기 좋고 먹어도 좋은 앞 개울물이며, 날이 추우면 뒷산에 올라 솔잎만 긁어도 며칠씩은 염려 없이 때더니……, 이젠 남의 동네 이야기로구나!

"어서 갑시다."

하면서 이번에는 뒤에 떨어졌던 아내가 눈물 콧물을 풀어 던지며 앞을 섰다.

그들은 고개를 넘어서선 보잘것없이 달아났다. 사내는 이불보, 옷꾸러미, 솥부등갱이, 바가지쪽 해서 한 짐 꾸역꾸역 걸머지고, 여편네는 어린애를 머리도 안 보이게 이불에 꿍쳐서 업은데다 무슨 기름병 같은 것을 들고 앞서거니 뒤서거니 하여 도랑이면 건너뛰고 굽은 길이면 논틀밭틀\*로 질러가면서 귀에서 바람이 씽씽 나게 달아났다.

장날이 아니라 길에는 만나는 사람도 별로 없었다. 이따금 발밑에서 모초리\*가 포드득 하고 날고 밭고랑에서 꿩이 놀라서 꺽꺽거리며 산으로 달아나는 밖에 아무것도 없었다.

"길이나 잘못 들면 어째……."

"밤낮 나무 다니던 데를 모를까……."

조그만 갈래길을 지날 때 이런 말을 주고받은 것뿐. 다시는 입이 붙은 듯 묵묵히 걸어 그들은 점심때가 훨씬 지나서야 서울 가는 큰길에 들어섰다.

큰길에는 바람이 제법 세차게 불었다. 전봇줄이 앵앵 울었다. 동지가 내일인가 모렌가 하는 때라 얼음같이 날카로운 바람결에 그들의 옷깃은 다시금 떨리었다.

바람이 차서도 떨리었거니와 그보다도 기리고 어마어마하게 넓은 길, 그리고 눈이 모자라게 아득하니 깔려 있는 긴 길, 그 길은 그들에게 눈에도 설거니와 발에도, 마음에도 선 길이었다. 논틀과 밭둑으로 올 때에는 그래도 그런 줄은 몰랐는데 척 신작로에 올라서니 그젠 정말 낯선 데로 가는 것 같고 허턱 산길을 찾아 떠나는 불안스러운 걱정이 와짝* 치밀었던 것이다. 그래서 앵앵 하는 전봇줄 소리도 멧새나 꿩의 소리보다는 엄청나게 무서웠다. 서로 말은 하지 않았어도 사내나 아내나 다 같이 그랬다.

그들은 그 길을 그저 십 리, 이십 리 걸어 나가는 수밖에 없었다. 자동차가 지날 때는 물론, 자전차만 때르릉 하고 와도 허둥거리고 한데 모여 길 아래로 내려서면서 서울을 향하고 타박타박 걸을 뿐이었다.

그들은 세 식구였다. 저희 내외, 방 서방과 김씨와 김씨의 등에 업혀가는 두 돌 되는 딸애 정순이었다. 며칠 전까지는 방 서방의 아버지 한 분까지 네 식구로서 그가 나서 서른두 해 동안 살아온, 이번에는 떠나는 그 동리에서 그리운 게 없이 살았다. 남의 땅이나마 몇 대째 눌러 부쳐 오던 김 진사네 땅은 내 땅이나 다름없이 알고 마음 놓고 부쳐 먹었다. 김 진사 당내*에는 온 동리가 텃세 한 푼도 물지 않고 지냈으며 김 진사가 돌아간 후에도 다른 지방에 대면 그리 심한 지주는 아니었다. 김 진사의 아들 김 의관도 돌아간 아버지의 덕성을 본받아 작인네가 혼상간에 큰일을 치르는 해면 으레 타작에서 두 섬, 석 섬씩은 깎아 주었다. 이렇게 착한 김 의관이 무엇에 써버리느라고 그 좋은 땅들을 잡혀 버렸는지, 작인들의 무딘 눈치로는 내용을 알 수가 없었다. 더러 읍엣 사람들이 지껄이는 소리에 무슨 일본 사람과 금광을 했느니, 회사를 했느니 하는 것을 들은 사람은 있고,

또 아닌 게 아니라 한동안 일본 사람과 양복쟁이 몇이 김 의관네 집을 드나들어 김 의관네 큰 개 두 마리가 늘 컹컹거리고 짖던 것은 지금도 어저께 같은 일이었다.

아무튼 김 의관네가 안성인가 어디로 떠나가고, 지주가 일본 사람의 회사로 갈린 다음부터는 제 땅마지기나 따로 가진 사람 전에는 배겨 나기가 어려웠다. 텃세가 몇 갑절이나 올라가고 논에는 금비金肥를 써라 하고, 그것을 대어 주고는 가을에 비싼 이자를 쳐서 벼는 헐값으로 따져가고 무슨 세납 무슨 요금 하고 이름도 모르던 것을 다 물리어 나중에 따지고 보면 농사 진 품값은커녕 도리어 빚을 지게 되었다. 그들이 지는 빚은 달리 도리가 없었다. 소가 있으면 소를 팔고 집이 있으면 집을 팔아 갚는 것밖에. 그래서 한 집 떠나고 두 집 떠나고 하는 것이 삼 년 안에 오륙 호가 떠난 것이었다.

군청에서는 이것을 매우 걱정하였다. 전에는 모범촌으로 치던 동리가 폐동이 될 징조를 보이는 것은 군으로서 마땅히 대책을 세워야 될 일이었다.

그래서 지난봄에는 군으로부터 이 동리에 사쿠라나무 이백여 주가 나왔다. 집집마다 두 나무씩 나눠 주고 길에도 심고 언덕에도 심어 주었다. 그래서 그 사쿠라나무들이 꽃이 구름처럼 피면 무지한 이 동리 사람들이라도 자기 동리를 사랑하는 마음이 깊어져서 함부로 타관으로 떠나가지 않으리라 생각했던 것이다.

사쿠라나무들은 몇 나무 죽지 않고 모두 잘 살아났다. 방 서방네가 심은 것도 앞마당엣것 뒷동산엣것 싱싱하게 잘 자랐다. 군에서 나와 보고 내년이면 모두 꽃이 피리라 했다.

그러나 떠날 사람은 자꾸 떠나고야 말았다.

방 서방네도 허턱 타관으로 떠나기는 처음부터 싫었다. 동리를 사랑하는 마음, 자연을 사랑하는 것이나 이웃을 사랑하는 것이나 모두 사쿠라를 심어 주는 그네들보다는 몇 배 더 간절한 뼛속에서 우러나는 것이었다. 사쿠라나무를 심었을 때도 혹시 죽은 나무나 있을까 하여 조석으로 들여다보면서 애를 쓴 사람들이요, 그것들이 가지에 윤이 나고 싹이 트는 것을 볼 때는 자연 속에 묻혀 사는 그들로서도 그때처럼 자연의 신비, 봄의 희열을 느껴 본 적은 일찍 없었던 것이다.

"내년이면 꽃이 핀다지?"

"글쎄, 꽃이 어떤지 몰라?"

"아무튼 이눔의 꽃이 볼 만은 하다는데."

"글쎄 그렇대……."

그러나 떠날 사람은 자꾸 떠나고야 말았다. 올 겨울에 들어서도 방 서방네가 두 집째다.

그들은 사흘 만에야 부르튼 다리를 절룩거리며 희끗희끗 나부끼는 눈발 속으로 저녁 연기에 싸인 서울을 바라보았다. 그들은 날이 아주 어두워서야 서울문안에 들어섰다.

서울에는 그들을 반가이 맞아 주는 사람이 없지도 않았다.

"어디서 오십니까? 어디로 가시는 길입니까? 우리 여관으로 가십시다."

그러나,

"돈이 있나요, 어디……."

하면 그 친절하던 사람들은 벌에 쏘인 것처럼 달아나곤 했다.

돈이 아주 없지는 않았다. 집을 팔아 빚을 갚고 남은 것이 몇 원은 되었다. 그러나 그 돈이 편안히 여관에 들어 밥을 사 먹을 돈은 아니었다.

고달픈 다리를 끌고 교통 순사들에게 핀잔을 맞으며 정처 없이 거리에서 거리로 헤매던 그들은 밤이 훨씬 늦어서야 한곳에 짐을 벗어 놓았다. 아무리 찾아다니어도 그들을 위해서 눈발을 가려 주는 데는 무슨 다리인지 이름은 몰라도 이 다리 밑밖에는 없었다.

"그년을 젖을 좀 물리구려."

"그까짓 빈 젖을 물려선 뭘 하오."

아이가 하 우니까 지나던 사람들이 다리 아래를 기웃거려 보기 때문이었다.

그들은 어두움 속에서 짐을 끄르고 굳은 범벅과 삶은 달걀을 물도 없이 먹었다. 그리고 그 저리고 쑤시는 다리 오금을 한 번 펴볼 데도 없이 앉아서, 정 못 견디겠으면 일어서서 어정거리며 긴 밤을 밝히었다.

이튿날은 그래도 거기를 한데보다는 낫답시고, 거적을 사다 두르고 냄비를 걸고 쌀을 사드리고 물을 길어 들이고 나무도 사들였다. 그리고 세 식구가 우선 하루를 푹 쉬었다.

눈발은 이날도 멎지 않았다. 밤이 되어서는 함박송이로 쏟아지기 시작했다. 방 서방은 쏟아지는 눈을 바라보고 이 눈이 그치고는 무서운 추위가 오려니 생각했다. 그리고 또 싸리비를 한 자루 가져왔다면 하고도 생각했다.

그는 새벽같이 일어났다. 발등이 묻히는 눈 위로 한참 찾아다녀서 다람쥐 꽁지만 한 싸리비 하나를 그것도 오 전이나 주고 사기는 했다. 그리고 큰 밑천이나 잡은 듯이 집집마다 다니며 아직 열지도 않은 대문을 두드렸다.

"댁에 눈 쳐 드릴까요?"

"우리 칠 사람 있소."

"댁에 눈 안 치시렵니까?"

"어련히 칠까 봐 걱정이오."

방 서방은 어이가 없어,

"허! 마당도 없는 녀석이 괜히 비만 샀군!"

하고 다리 밑으로 돌아오고 말았다.

그는 직업소개소도 가보았다. 행랑도 구해 보았다. 지게를 지고 삯짐도 져 보려고 싸다녀 보았으나 지게를 부르는 사람은 없었다. 한 학생이 고리짝을 지고 정거장까지 가자고 했지만, 막상 닥뜨리고* 보니 나중에 저 혼자 다리 밑으로 찾아올 수가 있을까가 걱정되었다. 그래서,

"거기 갔다가 제가 여기까지 혼자 찾어올까요!"

하고 어름거렸더니* 그 학생은 무어라고 일본 말로 핀잔을 주며 가 버린 것이었다.

하루는 다리 밑으로 순사가 찾아왔다. 거기로 호구 조사를 온 것은 아니었다.

"다리 밑에서 불을 때면 어떻게 할 테야, 응. 날마다 이 밑에서 연기가 났어……. 다시 불을 때다가는 이 밑에서 자지도 못하게 할 터이니 그리 알어……."

정말 그날 저녁부터는 연기가 나지 않았다. 끓일 것만 있으면 다리 밖에 나가서라도 못 끓일 바 아니었지만 그날은 아침부터 양식이 떨어진 것이다.

"어떡하우?"

꽃나무는 심어 놓고

아내는 맥이 풀려 울 기운도 없었다. 어린것만이 빈 젖을 물고 두어 번 빨아 보다가 울곤 울곤 하였다. 방 서방은 아무런 대답도 없이 앉았다가 이따금,

"정칠* 놈의 세상!"
하고 입맛을 다실 뿐이었다.

이튿날 이른 아침, 어린것은 아범의 품에서 잘 때다. 초저녁엔 어멈이 품속에 넣고 자다가 오줌을 싸면 그다음엔 아범이 새 품을 헤치고 안고 자는 것이었다. 밤새도록 궁리에 묻혀 잠을 이루지 못하던 아범이 새벽녘에야 잠이 들어 어린것과 함께 쿨쿨 잘 때였다.

김씨는 남편이 한없이 불쌍해 보였다. 술 한 잔 허투루 먹는 법 없고 담배도 일하는 날이나 일꾼들을 주려고만 살 줄 알던 남편이 어쩌다 저 지경이 되었나 생각할 때 세상이 원망스러울 뿐이었다. 그리고 굶고 앉았더라도 그 집만 팔지 말고 그냥 두었던들 하고, 고향에만 돌아가고 싶은 생각뿐이었다.

김씨는 생각다 못해 바가지를 집어든 것이다. 고향을 떠날 때 이웃집에서,

"서울 가면 이런 것도 산다는데."
하고 짐에 달아 주던, 잘 굳고 커다란 새 바가지였다.

그는 서울 와서 다리 밑을 처음 나선 것이다. 그리고 바가지를 들고 나서기는 생전 처음이었다. 다리가 후들후들하였다. 꼭 일주야*를 굶었고 어린것에게 시달린 그의 눈엔 다 밝은 하늘에서 뻔쩍뻔쩍하는 별이 보였다. 그러나 눈을 가다듬으면서 그는 부잣집을 찾았다. 보매 모두 부잣집 같았으나 모두 대문이 굳게 닫혀 있었다. 대문

을 연 집, 그는 이것을 찾고 헤매기에 그만 뒤를 돌아다보지 못하고 이 골목 저 골목으로 앞으로만 나간 것이었다. 다행히 문을 연 집이 있었고, 그런 집 중에도 다 주는 것이 아니었지만 열 집에 한 집으로 식은 밥, 더운밥 해서 한 바가지를 얻었을 때는 돌아올 길을 잃어버리고 만 것이다. 이 길로 나가 보아도 딴 거리, 저 길로 나가 보아도 딴 세상, 어디로 가야 그 개천 그 다리가 나올는지 알 재주가 없었다. 기가 막히었다. 물어볼 행인은 많았으나, 개천 이름이나 다리 이름을 모르고는 헛일이었다. 해가 높아 갈수록 길에는 사람이 들끓었고 그럴수록 김씨는 마음과 다리가 더욱 갈팡질팡하고 있을 때 한 노파가 친절한 손길로 김씨의 등을 두드렸다.

"어딜 찾소?"

김씨는 울음부터 왈칵 나왔다.

"염려할 것 없소. 내 서울 장안엔 모르는 데가 없소, 내 찾아 주지……."

그 친절한 노파는 김씨를 데리고 곧 그 앞에 있는 제 집으로 들어가 뜨끈한 숭늉에 조반까지 먹으라 했다.

"염려 말고 좀 자시우. 그새 내 부엌을 좀 치고 같이 나갑시다."

김씨는 서울도 사람 사는 데라 인정이 있구나 하고, 그 노파만 하늘 같이 믿고 감격한 눈물을 밥상에 떨구며 사양하지 않고 밥술을 들었다. 그러나 굶은 남편과 어린것을 두고 제 목에만 밥이 넘어가지 않았다. 숭늉만 두어 모금 마시고 이내 술을 놓고 노파를 따라나섰다.

그러나 친절한 노파는 김씨를 당치 않은 곳으로만 끌고 다녔다. 진고개로 백화점으로 개천이라도 당치 않은 개천으로만 한나절 끌

고 다니고는,

"오늘은 다리가 아프니 내일 찾읍시다."

하였다. 김씨는 가슴이 찢어지는 것 같았으나, 그 친절한 노파의 힘을 버리고 혼자 나설 자신은 없었다. 밤을 꼬박 앉아 새우고 은근히 재촉을 하여 이튿날 아침에도 또 일찌거니 나섰으나 노파는 그저 당치 않은 데로만 끌고 다녔다.

노파는 애초부터 계획이 있었던 것이다. 김씨의 멀끔한 얼굴과 살의 젊음을 그는 삶이 살찐 암탉을 본 격으로 보았던 것이다.

'어떻게 돈냥이나 만들어 써볼 거리가 되면……'

이것이 그 노파가 김씨를 발견하자 세운 뜻이었다.

김씨는 다시 다리 밑으로 돌아올 리가 없었다. 방 서방은 눈에서 불이 났다.

"죽일 년이다! 이 어린것을 생각해선들 달아나다니! 고약한 년! 찢어 죽일 년."

하고 이를 갈았다.

방 서방은 이틀이나 굶은 아이를 보다 못해 안고 나서서, 매운 것 짠 것 할 것 없이 얻는 대로 주워 먹였다. 날은 갑자기 추워졌다. 어린애는 감기가 들고 설사까지 났다.

밤새도록 어두움 속에서 오줌똥을 받은 이불과 아범의 저고리 섶, 바지 자락은 얼어서 왈가닥거리고, 그 속에서도 어린애 몸은 들여다보는 눈이 뜨겁게 펄펄 달았다.

"어찌하나! 하느님, 이렇게 무심하십니까?"

하고 중얼거려도 보았으나 새벽 찬바람만 윙 하고 뺨을 갈길 뿐이었다.

날이 밝기를 기다려 아이를 꾸려 안고 병원을 물어서 찾아갔다.
"이 애 좀 살려 주십시오."
"선생님이 아직 안 나오셨소. 그런데 왜 이렇게 되도록 두었소. 진작 데리고 오지?"
"돈이 있어야죠니까……."
"지금은 있소?"
"없습니다. 그저 살려만 주시면 그거야 제 벌어서 갚지요. 그걸 안 갚겠습니까!"
"다른 큰 병원에 가보시우……."

방 서방은 이렇게 병원집 문간으로만 한나절을 돌아다니다가 그냥 다리 밑으로 돌아오고 말았다.

방 서방은 또 배가 고팠다. 그러나 앓는 것을 혼자 두고 단 한 걸음이 나가지지 않았다. 그래도 저녁때가 되어서는 그냥 밤을 새울 수는 없어, 보지 않으리라는 듯이 눈을 딱 감고 일어서 나왔던 것이다.

방 서방이 얼마 만에 찬밥 몇 술 얻어먹고 부랴부랴 돌아왔을 때는 날이 아주 어두웠다. 다리 밑은 캄캄한데 한참 들여다보니 아이는 자리에서 나와 언 맨땅에 목을 늘어뜨리고 흐득흐득 느끼었다. 끌어안고 다리 밖으로 나가 보니 경련이 일어나 눈을 뒤집어쓰고 있는 것이었다.

"죽을 테면 진작 죽어라! 고약한 년! 네년이 이걸 버리고 가 얼마나 잘 되겠니……."

방 서방은 몇 번이나,
"어서 죽어라!"

하고 아이를 밀어 던지었다가도 얼른 다시 끌어당겨 들여다보곤 했
다. 그럴 때마다 아이의 숨소리는 자꾸 가빠만 갔다.
 그러나 야속한 것은 잠. 어느 때쯤 되었을까 깜박 잠이 들었다가
놀라 깨었을 제는 그동안이 잠시 같았으나 주위에는 큰 변화가 생기
었다. 날이 환하게 새고 아이에게서는 그 가쁘게 일어나던 숨소리가
뚝 그쳐 있었다. 겨우 겨드랑 밑에만 미온이 남았을 뿐, 그 불덩어리
같던 얼굴과 손발을 어느 틈에 언 생선처럼 싸늘하였다.

 봄이 왔다. 그렇게 방 서방을 춥게 굴던 겨울은 다 지나가고 그 대
신 방 서방을 슬프게는 더 구는 봄이 왔다. 진달래와 개나리 꽃가지
들은 전차마다 자동차마다 젊은 새악시들처럼 오락가락하고, 남산
과 창경원엔 사쿠라꽃이 구름처럼 핀 때였다. 무딘 힘줄로만 얼기설
기한 방 서방의 가슴에도 그 고향, 그 딸, 그 아내를 생각하기에는
너무나 슬픈 시인이 되게 하는 때였다.
 하루 아침, 그날따라 재수는 있어 식전바람에 일본 사람의 짐을
지고 남산정 막바지까지 가서 어렵지 않게 오십 전 한 닢이 들어왔
다. 부리나케 술집을 찾아 내려오느라니 일본 집 뜰 안마다 가지가
휘어지게 열린 사쿠라 꽃송이. 그는 그림을 구경하듯 멍하니 서서
바라보았다. 불현듯 고향 생각이 난 것이었다.
 '우리가 심은 사쿠라나무도 저렇게 피었으려니…… 동네가 온통
꽃투성이려니…….'
 그때 마침 일본 여자 하나가 꽃그늘에서 거닐다가 방 서방과 눈이
마주쳤다. 방 서방은 무슨 죄나 지은 듯이 움찔하고 돌아섰다. 꽃 결
같이 빛나는 그 젊은 여자의 얼굴! 방 서방은 찌르르 하고 가슴을

진동시키는 무엇을 느끼며 내려왔다.

　우선 단골집으로 가서 얼근한 술국에 곱빼기로 두어 잔 들이켰다. 그리고 늙수그레한 주모와 몇 마디 농담까지 주거니 받거니 하다 나서니, 세상은 슬프다면 온통 슬픈 것도 같고 즐겁다면 온통 즐거운 것 같기도 했다.

　그러나 술만 깨면 역시 세상엔 견딜 수 없이 슬픈 세상이었다.

　"젠칠 놈의 세상 같으니!"

하고 아무 데나 주저앉아 다리를 뻗고 울고 싶었다.

### 낱말 풀이

**논틀밭틀**  논두렁과 밭두렁을 따라서 난 꼬불꼬불하고 좁은 길

**닥뜨리다**  닥쳐오는 일 따위에 직접 맞서다.

**당내**  자신이 살아 있는 동안

**모초리**  '메추라기'의 방언

**와짝**  갑자기 많이씩 늘어나거나 줄어드는 모양

**어름거리다**  말이나 행동을 분명히 하지 못하고 우물쭈물하다.

**일주야**  하루 24시간

**정치다**  경치다. 아주 심한 상태를 못마땅하게 여기다.

**질빵**  짐 따위를 질 수 있도록 어떤 물건 따위에 연결한 줄

### 작품 해제

**갈래** 순수 소설
**배경** 1930년대 서울 성북동
**시점** 1인칭 관찰자 시점
**제재** 세상사에 적응하지 못하는 못난이의 삶
**주제** 각박한 현실에 부딪혀 아픔을 겪는 삶의 모습
**출전** 《중앙》 1호(1933년 11월)

### 줄거리

성북동으로 이사 온 나는 시냇물 소리와 쏴 하는 솔바람 소리 때문에, 그리고 황수건이란 사람을 만나고부터 이곳이 시골이란 느낌을 받는다. 우둔하고 천진한 품성을 지닌 황수건은 아내까지 거느리고 형님의 집에 얹혀살면서 학교 급사로 일하던 중 일 처리를 잘못하는 바람에 쫓겨난다. 그는 현재 원 배달원이 떼어 주는 20여 부의 신문을 배달하고 월 3원 정도의 보수를 받는 보조 배달원으로, 그의 유일한 희망은 원 배달원이 되는 것이다.

그는 나와 가깝게 지내면서, 집을 구하는 것에서부터 우두를 맞지 마라, 개를 키우지 마라는 등 여러 가지 실속 없는 참견을 한다. 그러나 그의 순진한 성격을 아는 나는 그의 참견을 끝까지 받아 준다.

그런데 성북동이 따로 한 구역이 되었으니 원 배달은커녕 똑똑하지가 못하니까 보조 배달원 자리마저 떨어지고 만다. 황수건은 나에게 하소연을 한다. 나는 그의 처지가 하도 딱해서 참외 장사라도 해보라고 돈 3원을 준다. 한동안 그는 참외도 가져오고 포도도 훔쳐 오는 등 나의 집에 잘 들렀으나, 참외 장사도 실패하고 끝내는 동서의 등쌀을 견디지 못한 그의 아내마저 달아난다.

어느 늦은 밤, 그는 달만 쳐다보며 서툰 노래를 부른다. 전에 볼 수 없던 모습으로 담배를 피우면서……. 나는 그를 부를까 하다가 그가 무안해 할까봐 나무 그늘에 몸을 숨긴다.

# 달밤

성북동으로 이사 나와서 한 대엿새 되었을까, 그날 밤 나는 보던 신문을 머리맡에 밀어 던지고 누워 새삼스럽게,

"여기도 정말 시골이로군!"

하였다.

무어 바깥이 컴컴한 걸 처음 보고 시냇물 소리와 쏴 하는 솔바람 소리를 처음 들어서가 아니라 황수건이라는 사람을 이날 저녁에 처음 보았기 때문이다.

그는 말 몇 마디 사귀지 않아서 곧 못난이란 것이 드러났다. 이 못난이는 성북동의 산들보다, 물들보다, 조그만 지름길들보다, 더 나에게 성북동이 시골이란 느낌을 풍겨 주었다.

서울이라고 못난이가 없을 리야 없겠지만 대처에서는 못난이들이 거리에 나와 행세를 하지 못하고, 시골에선 아무리 못난이라도 마음 놓고 나와 다니는 때문인지, 못난이는 시골에만 있는 것처럼 흔히 시골에서 잘 눈에 뜨인다. 그리고 또 흔히 그는 태고太古 때 사람처

럼 그 우둔하면서도 천진스런 눈을 가지고, 자기 동리에 처음 들어서는 손에게 가장 순박한 시골의 정취를 돋워 주는 것이다.

그런데 그날 밤 황수건이는 열 시나 되어서 우리 집을 찾아왔다.

그는 어두운 마당에서 꽥 지르는 소리로,

"아, 이 댁이 문안서……."

하면서 들어섰다. 잡담 제하고 큰일이나 난 사람처럼 건넌방 문 앞으로 달려들더니,

"저, 저…… 문안 서대문 거리라나요, 어디선가 나오신 댁입쇼?"

한다.

보니, 핫피\*는 안 입었으되 신문을 들고 온 것이 신문 배달부다.

"그렇소, 신문이오?"

"아, 그런 걸 사흘이나 저, 저 건너 쪽에만 가 찾았습죠. 제가……."

하더니 신문을 방에 들이뜨리며,

"그런뎁쇼, 왜 이렇게 쬐꼬만 집을 사구 와 곕쇼? 아, 내가 알았더면 이 아래 큰 개와집\*도 많은걸입쇼……."

한다. 하 말이 황당스러 유심히 그의 생김을 내다보니 눈에 얼른 두드러지는 것이 빡빡 깎은 머리로되 보통 크다는 정도 이상으로 골이 크다. 그런데다 옆으로 보니 짱구 대가리다.

"그렇소? 아무튼 집 찾느라고 수고했소."

하는 그는 큰 눈과 큰 입이 일시에 히죽거리며,

"뭘입쇼, 이게 제 업인뎁쇼."

하고 날래 물러서지 않고 목을 길게 빼어 방 안을 살핀다. 그러더니 묻지도 않는데,

"저는입쇼, 이 동네 사는 황수건이라 합니다……."
하고 인사를 붙인다. 나도 깍듯이 내 성명을 대었다. 그는 또 싱글벙글하면서,

"댁엔 개가 없구먼입쇼."
한다.

"아직 없소."
하니,

"개 그까짓 거 두지 마십쇼."
한다.

"왜 그렇소?"
물으니 그는 얼른 대답하는 말이,

"신문 보는 집엔입쇼, 개를 두지 말아야 합니다."
한다. 이것 재미있는 말이다 하고 나는,

"왜 그렇소?"
하고 또 물었다.

"아, 이 뒷동네 은행소에 댕기는 집엔입쇼, 망아지만 한 개가 있는뎁쇼, 아, 신문을 배달할 수가 있어얍죠."

"왜?"

"막 깨물랴고 덤비는걸입쇼."
한다. 말 같지 않아서 나는 웃기만 하니 그는 더욱 신을 낸다.

"그눔의 개 그저 한 번, 양떡을 멕여 대야 할 텐데……."
하면서 주먹을 부르대는데 보니, 손과 팔목은 머리에 비기어 반비례로 작고 가느다랗다.

"어서 곤할 텐데 가 자시오."

하니 그는 마지못해 물러서며,

"선생님, 참 이 선생님 편안히 주뭅쇼. 저이 집은 여기서 얼마 안 되는 걸입쇼."

하더니 돌아갔다.

그는 이튿날 저녁, 집을 알고 오는데도 아홉 시가 지나서야,

"신문 배달해 왔습니다."

하고 소리를 치며 들어섰다.

"오늘은 왜 늦었소?"

물으니,

"자연 그럽죠."

하고 다른 이야기를 꺼냈다.

자기는 워낙 이 아래 있는 삼산 학교에서 일을 보다 어떤 선생하고 뜻이 덜 맞아 나왔다는 것, 지금은 신문 배달을 하나 원 배달이 아니라 보조 배달이라는 것, 저희 집엔 양친과 형님 내외와 조카 하나와 저희 내외까지 식구가 일곱이라는 것, 저희 아버지와 저희 형님의 이름은 무엇 무엇이며, 자기 이름은 황가인데다가 목숨 수壽 자 하고 세울 건建 자로 황수건이기 때문에, 아이들이 노랑 수건이라고 놀리어서 성북동에서는 가가호호에서 노랑 수건 하면, 다 자긴 줄 알리라고 자랑스럽게 이야기하다가 이날도,

"어서 그만 다른 집에도 신문을 갖다 줘야 하지 않소?"

하니까 그때서야 마지못해 나갔다.

우리 집에서는 그까짓 반편*과 무얼 대꾸를 해가지고 그러느냐 하되, 나는 그와 지껄이기가 좋았다.

그는 아무것도 아닌 것을 가지고 열심스럽게 이야기하는 것이 좋

달밤 137

왔고, 그와는 아무리 오래 지껄이어도 힘이 들지 않고, 또 아무리 오래 지껄이고 나도 웃음밖에는 남는 것이 없어 기분이 거뜬해지는 것도 좋았다. 그래서 나는 무슨 일을 하는 중만 아니면 한참씩 그의 말을 받아 주었다.

어떤 날은 서로 말이 막히기도 했다. 대답이 막히는 것이 아니라 무슨 말을 해야 할까 하고 막히었다. 그러나 그는 늘 나보다 빠르게 이야깃거리를 잘 찾아냈다. 오뉴월인데도 '꿩고기를 잘 먹느냐?'고도 묻고 '양복은 저고리를 먼저 입느냐 바지를 먼저 입느냐?'고도 묻고 '소와 말과 싸움을 붙이면 어느 것이 이기겠느냐?'는 둥, 아무튼 그가 얘깃거리를 취재하는 방면은 기상천외로 여간 범위가 넓지 않은 데는 도저히 당할 수가 없었다. 하루는 나는 '평생 소원이 무엇이냐?'고 그에게 물어보았다. 그는 '그까짓 것쯤 얼른 대답하기는 누워서 떡먹기'라고 하면서 평생 소원은 자기도 원 배달이 한번 되었으면 좋겠다는 것이었다.

남이 혼자 배달하기 힘들어서 한 이십 부 떼어 주는 것을 배달하고 월급이라고 원 배달에게서 한 삼 원 받는 터이라, 월급을 이십여 원을 받고 신문사 옷을 입고 방울을 차고 다니는 원 배달이 제일 부럽노라 하였다. 그리고 방울만 차면 자기도 뛰어다니며 빨리 돌릴 뿐 아니라 그 은행소에 다니는 집 개도 조금도 무서울 것이 없겠노라 하였다.

그래서 나는 '그럴 것 없이 아주 신문사 사장쯤 되었으면 원 배달도 바랄 것 없고 그 은행소에 다니는 집 개도 상관할 바 없지 않겠느냐?' 한즉 그는 뚱그레지는 눈알을 한참 굴리며 생각하더니 '딴은 그렇겠다'고 하면서, 자기는 경난\*이 없어 거기까지는 바랄 생각도 못하였다고 무릎을 치듯 가슴을 쳤다.

　그러나 신문 사장은 이내 잊어버리고 원 배달만 마음에 박혔던 듯, 하루는 바깥마당에서부터 무어라고 떠들어 대며 들어왔다.
　"이 선생님? 이 선생님 곕쇼? 아, 저도 내일부턴 원 배달이올시다. 오늘 밤만 자면 입쇼……."
한다. 자세히 물어보니 성북동이 따로 한 구역이 되었는데, 자기가 맡게 되었으니까 내일은 배달복을 입고 방울을 막 떨렁거리며 올 테니 보라고 한다. 그리고 '사람이란 게 그렇게 무어든지 끝을 바라고 붙들어야 한다'고 나에게 일러주면서 신이 나서 돌아갔다.
　우리도 그가 원 배달이 된 것이 좋은 친구가 큰 출세나 하는 것처럼 마음속으로 진실로 즐거웠다. 어서 내일 저녁에 그가 배달복을 입고 방울을 차고 와서 쭐렁거리는 것을 보리라 하였다.

　그러나 이튿날 그는 오지 않았다. 밤이 늦도록 신문도 그도 오지 않았다. 그 다음날도 신문도 그도 오지 않다가 사흘째 되는 날에야, 이날은 해도 지기 전인데 방울 소리가 요란스럽게 우리 집으로 뛰어들었다.
　"어디 보자!"
하고 나는 방에서 뛰어나갔다.
　그러나 웬일일까, 정말 배달복에 방울을 차고 신문을 들고 들어서는 사람은 황수건이가 아니라 처음 보는 사람이다.
　"왜 전엣 사람은 어디 가고 당신이오?"
물으니 그는,
　"제가 성북동을 맡았습니다."

달밤　139

한다.

"그럼, 전엣 사람은 어디를 맡았소?"
하니 그는 픽 웃으며,

"그까짓 반편을 어딜 맡깁니까? 배달부로 쓸랴다가 똑똑지가 못하니까 안 쓰고 말았나 봅니다."
한다.

"그럼 보조 배달도 떨어졌소?"
하니,

"그럼요, 여기가 따루 한 구역이 된걸요."
하면서 방울을 울리며 나갔다.

이렇게 되었으니 황수건이가 우리 집에 올 길은 없어지고 말았다. 나도 가끔 문안엔 다니지만 그의 집은 내가 다니는 길 옆은 아닌 듯 길가에서도 잘 보이지 않았다.

나는 가까운 친구를 먼 곳에 보낸 것처럼, 아니 친구가 큰 사업에 나 실패하는 것을 보는 것처럼, 못 만나는 섭섭뿐이 아니라 마음이 아프기도 하였다. 그 당자와 함께 세상의 야박함이 원망스럽기도 하였다.


한데 황수건은 그의 말대로 노랑 수건이라면 온 동네에서 유명은 하였다. 노랑 수건 하면 누구나 성북동에서 오래 산 사람이면 먼저 웃고 대답하는 것을 나는 차츰 알았다.

내가 잠깐씩 며칠 보기에도 그랬거니와 그에겐 우스운 일화도 한두 가지가 아니었다.

삼산 학교에 급사로 있을 시대에 삼산 학교에다 남겨 놓고 나온 일화도 여러 가지라는데, 그중에 두어 가지를 동네 사람들의 말대로 옮겨 보면, 역시 그때부터도 이야기하기를 대단 즐기어 선생들이 교실에 들어간 새, 손님이 오면 으레 손님을 앉히고는 자기도 걸상을 갖다 떡 마주 놓고 앉는 것은 물론, 마주 앉아서는 곧 자기류의 만담 삼매로 빠지는 것인데, 한번은 도 학무국에서 시학관이 나온 것을 이따위로 대접하였다. 일본 말을 못 하니까 만담은 할 수 없고 마주 앉아서 자꾸 일본 말을 연습하였다.

"센세이 히, 오하요고자이마스카(선생님, 안녕하세요)? …… 히히 아메가 후리마스(비가 옵니다). 유키가 후리마스카(눈이 옵니까)? 히히……."

시학관도 인정이라 처음엔 웃었다. 그러나 열 번 스무 번을 되풀이하는 데는 성이 나고 말았다. 선생들은 아무리 기다려도 종소리가 나지 않으니까, 한 선생이 나와 보니 종 칠 것도 잊어버리고 손님과 마주 앉아서 '오하요 유키가 후리마스카……' 하는 판이었다.

그날 수건이는 선생들에게 단단히 몰리고 다시는 안 그러겠노라고 했으나, 그 버릇을 고치지 못해서 그예 쫓겨나오고 만 것이다.

그는,

"너의 색시 달아난다."

하는 말을 제일 무서워했다 한다. 한 번은 어느 선생이 장난말로,

"요즘 같은 따뜻한 봄날엔 옛날부터 색시들이 달아나기를 좋아하는데 어제도 저 아랫말에서 둘이나 달아났다니까 오늘은 이 동리에서 꼭 달아나는 색시가 있을걸……."

했더니 수건이는 점심을 먹다 말고 눈이 휘둥그레졌다 한다. 그리고 그날 오후에는 어서 바삐 하학을 시키고 집으로 갈 양으로 오십 분

만에 치는 종을 이십 분 만에 삼십 분 만에 함부로 다가서 쳤다는 이야기도 있다.

하루는 나는 거의 그를 잊어버리고 있을 때,

"이 선생님 곕쇼?"

하고 수건이가 찾아왔다. 반가웠다.

"선생님, 요즘 신문이 거르지 않고 잘 옵죠?"

하고 그는 배달 감독이나 되어 온 듯이 묻는다.

"잘 오우, 왜 그러우?"

한즉 또,

"늦지도 않굽쇼, 일쪽이 제때마다 꼭꼭 옵죠?"

한다.

"당신이 돌 때보다 세 시간을 일쪽이 오고 날마다 꼭꼭 잘 오우."

하니 그는 머리를 벅적벅적 긁으면서,

"하루라도 거르기만 해라. 신문사에 가서 대뜸 일러바치지……."

하고 그 빈약한 주먹을 부르댄다.

"그런뎁쇼, 선생님?"

"왜 그러우?"

"삼산 학교에 말씀예요, 그 제 대신 들어온 급사가 저보다 근력이 세게 생겼습죠?"

"나는 그 사람을 보지 못해서 모르겠소."

하니 그는 은근한 말소리로 히죽거리며,

"제가 거길 또 들어가 볼랴굽쇼, 운동을 합죠."

한다.

"어떻게 운동을 하오?"

"그까짓 거 날마다 사무실로 갑죠. 다시 써달라고 졸라 댑죠. 아, 그랬더니 새 급사란 녀석이 저보다 크기도 무척 큰뎁쇼, 이 녀석이 막 불근댑니다그려. 그래 한번 쌈을 해야 할 텐뎁쇼, 그 녀석이 근력이 얼마나 센지 알아야 뎀벼들 턴뎁쇼, 허……."

"그렇지, 멋모르고 대들었다 매만 맞지."

하니 그는 한 걸음 다가서며 또 은근한 말을 한다.

"그래섭죠, 엊저녁엔 큰 돌멩이 하나를 굴려다 삼산 학교 대문에다 놨습죠. 그리구 오늘 아침에 가보니깐 없어졌는뎁쇼. 이 녀석이 나처럼 억지루 굴려다 버렸는지, 뻔쩍 들어다 버렸는지 그만 못 봤거든입쇼, 제길……."

하고 머리를 긁는다. 그러더니 갑자기 무얼 생각한 듯 손뼉을 탁 치더니,

"그런뎁쇼, 제가 온 건입쇼, 댁에선 우두를 넣지 마시라구 왔습죠."

한다.

"우두를 왜 넣지 말란 말이오?"

한즉,

"요즘 마마가 다닌다구 모두 우두들을 넣는뎁쇼, 우두를 넣으면 사람이 근력이 없어지는 법인뎁쇼."

하고 자기 팔을 걷어 올려 우두 자리를 보이면서,

"이걸 봅쇼. 저두 우두를 이렇게 넣기 때문에 근력이 줄었습죠."

한다.

"우두를 넣으면 근력이 준다고 누가 그립디까?"

달밤

물으니 그는 싱글거리며,

"아, 제가 생각해냈습죠."

한다.

"왜 그렇소?"

하고 캐니,

"뭘…… 저 아래 윤금보라고 있는데 기운이 장산뎁쇼. 아 삼산 학교 그 녀석두 우두만 넣었다면 그까짓 것 무서울 것 없는뎁쇼, 그걸 모르겠거든입쇼……."

한다. 나는,

"그렇게 용한 생각을 하고 일러주러 왔으니 아주 고맙소."

하였다. 그는 좋아서 벙긋거리며 머리를 긁었다.

"그래 삼산 학교에 다시 들기만 기다리고 있소?"

물으니 그는,

"돈만 있으면 그까짓 거 누가 고즈카이* 노릇을 합쇼. 밑천만 있으면 삼산 학교 앞에 가서 뻐젓이 장사를 할 턴뎁쇼?"

한다.

"무슨 장사?"

"아, 방학될 때까지 차미 장사도 하굽쇼, 가을부턴 군밤 장사, 왜떡 장사, 습자지, 도화지 장사 막 합죠. 삼산 학교 학생들이 저를 어떻게 좋아하겠쇼. 저를 선생들보다 낫게 치는 뎁쇼."

한다.

나는 그날 그에게 돈 삼 원을 주었다. 그의 말대로 삼산 학교 앞에 가서 버젓이 참외 장사라도 해보라고. 그리고 돈은 남지 못하면 돌려오지 않아도 좋다 하였다.

그는 삼 원 돈에 덩실덩실 춤을 추다시피 뛰어나갔다. 그리고 그 이튿날,

"선생님 잡수시라굽쇼."

하고 나 없는 때 참외 세 개를 갖다 두고 갔다.

그러고는 온 여름 동안 그는 우리 집에 얼른하지 않았다.

들으니 참외 장사를 해보긴 했는데 이내 장마가 들어 밑천만 까먹었고, 또 그까짓 것보다 한 가지 놀라운 소식은 그의 아내가 달아났단 것이다. 저희끼리 금슬은 괜찮았건만 동서가 못 견디게 굴어 달아난 것이라 한다. 남편만 남 같으면 따로 살림 나는 날이나 기다리고 살 것이나 평생 동서 밑에 살아야 할 신세를 생각하고 달아난 것이라 한다.

그런데 요 며칠 전이었다. 밤인데 달포 만에 수건이가 우리 집을 찾아왔다. 웬 포도를 큰 것으로 대여섯 송이를 종이에 싸지도 않고 맨손에 들고 들어왔다. 그는 벙긋거리며 첫마디로,

"선생님 잡수라고 사왔습죠."

하는 때였다. 웬 사람 하나가 날쌔게 그의 뒤를 따라 들어오더니 다짜고짜로 수건이의 멱살을 움켜쥐고 끌고 나갔다. 수건이는 그 우둔한 얼굴이 새하얗게 질리며 꼼짝 못하고 끌려 나갔다.

나는 수건이가 포도원에서 포도를 훔쳐 온 것을 직각 直覺 하였다. 쫓아나가 매를 말리고 포도값을 물어 주었다. 포도값을 물어 주고 보니 수건이는 어느 틈에 사라지고 보이지 않았다.

나는 그 다섯 송이의 포도를 탁자 위에 얹어 놓고 오래 바라보며 아껴 먹었다. 그의 은근한 순정의 열매를 먹듯 한 알을 가지고도 오래 입 안에 굴려 보며 먹었다.

어제다. 문안에 들어갔다 늦어서 나오는데 불빛 없는 성북동 길 위에는 밝은 달빛이 깁을 깐 듯하였다.

그런데 포도원께를 올라오노라니까 누가 맑지도 못한 목청으로,
"사……케……와 나……미다카 다메이 ……키……카……(술은 눈물인가 한숨인가)."

를 부르며 큰길이 좁다는 듯이 휘적거리며 내려왔다. 보니까 수건이 같았다. 나는,

"수건인가?"

하고 아는 체하려다 그가 나를 보면 무안해할 일이 있는 것을 생각하고, 휙 길 아래로 내려서 나무 그늘에 몸을 감추었다.

그는 길은 보지도 않고 달만 쳐다보며, 노래는 그 이상은 외우지도 못하는 듯 첫 줄 한 줄만 되풀이하면서 전에는 본 적이 없었는데 담배를 다 퍽퍽 빨면서 지나갔다.

달밤은 그에게도 유감한* 듯하였다.

## 낱말 풀이

**개와집** 기와집

**경난** 어려운 일이나 그 일을 겪다.

**고즈카이こづかい** 잔심부름을 하는 남자 고용인

**반편** 지능이 보통 사람보다 모자란 사람

**유감하다** 마음에 차지 않아 섭섭하다.

**핫피はっぴ** 가게 이름이나 상표 등을 옷이나 옷깃에 찍은 겉옷을 이르는 일본 말

### 작품 해제

**갈래** 농촌 소설
**배경** 일제 강점기 시골 농촌
**시점** 전지적 작가 시점
**제재** 돌다리
**주제** 땅에 대한 신구 세대의 갈등과 물질주의 가치관 비판
**출전** 《국민문학》 13호(1943년 1월)

### 줄거리

　창섭은 누이가 의사의 오진으로 죽자 농업학교로 진학하라는 아버지의 뜻을 어기고 서울로 가서 의전에 들어가 의사가 된다. 그는 열심히 노력하여 맹장 수술 분야에서 최고의 권위자가 되고 병원을 운영하여 성공한다. 창섭은 병원을 확장하기로 하고 모자라는 돈을 고향의 땅을 팔아 채우고, 부모를 서울에서 모시리라 결심하면서 고향으로 내려오지만, 그 계획은 의외로 완강한 부친의 반대로 직면한다.

　창섭의 부친은 동네에서 근검하기로 소문난 사람인데, 부지런히 일할 뿐만 아니라 논과 밭을 가꾸는 일에 모든 정성을 들이고 아들 학비로 동네 길은 물론 읍내 길과 정거장 길까지 닦는 사람이다. 창섭이 고향에 도착했을 때 부친은 장마에 내려앉은 돌다리를 보수하고 있었는데, 창섭이 서울로 올라가자는 제안을 단호하게 거절한다.

　부친은 창섭이 땅을 허술히 생각하고 있는 것에 가슴 아파하지만, 창섭은 자기 세계와 아버지 세계가 다르다는 것을 체험하고 서울로 다시 올라간다. 아버지는 다음날 새벽이 되자마자 보수한 다리로 나가 세수를 한다.

# 돌다리

정거장에서 샘말 십 리 길을 내려오노라면 반이 될락 말락 한 데서부터 샘말 동네보다는 그 건너편 산기슭에 놓인 공동묘지가 먼저 눈에 뜨인다.

창섭은 잠깐 걸음을 멈추고까지 바라보았다.

봄에 올 때 보면, 진달래가 불붙듯 피어 올라가는 야산이다. 지금은 단풍철도 지나고 누르테테한* 가닥나무들만 묘지를 둘러, 듣지 않아도 적막한 버스럭 소리만 울릴 것 같았다. 어느 것이라고 집어낼 수는 없어도, 창옥의 무덤이 어디쯤이라고는 짐작이 된다. 창섭은 마음으로 '창옥아' 불러 보며 묵례黙禮를 보냈다.

다만 오뉘뿐으로 나이가 훨씬 떨어진 누이였다. 지금도 눈에 선하다. 자기가 마침 방학으로 와 있던 여름이었다. 창옥은 저녁 먹다 말고 갑자기 복통으로 뒹굴었다. 읍으로 뛰어 들어가 의사를 청해 왔다. 의사는 주사를 놓고 들어갔다. 그러나 밤새도록 열은 내리지 않았고 새벽녘엔 아파하는 것도 더해 갔다. 다시 의사를 데리러 갔으나 의사는 바쁘다고 환자를 데려오라 하였다. 하라는 대로 환자를 데리고 들어갔으나 역시 오진誤診을 했다. 다시 하루를 지나 고름이 터지고 복막이 절망적으로 상해 버린 뒤에야 겨우 맹장염인 것을 알아낸 눈치였다.

그때 창섭은, 자기도 어른이기만 했으면 필시 의사의 멱살을 들었을 것이었다. 이런, 누이의 허무한 죽음에서 창섭은 뜻을 세워, 아버지가 권하는 고농高農을 마다하고 의전醫專으로 들어갔고, 오늘에 이르러는, 맹장 수술로는 서울서도 정평이 있는 한 권위가 된 것이다.

'창옥아, 기뻐해 다오. 이번에 내 병원이 좋은 건물을 만나 커지는 거다. 개인 병원으론 제일 완비한 수술실이 실현될 거다! 입원실 부족도 해결될 거다. 네 사진을 크게 확대해 내 새 진찰실에 걸어 노마…….'

창섭은 바람도 쌀쌀할 뿐 아니라, 오후 차로 돌아가야 할 길이라 걸음을 재우쳤다.

길은 그 전보다 넓어도 졌고 바닥도 평탄하였다. 비나 오면 진흙에 헤어날 수 없었는데 복판으로는 자갈이 깔리고 어떤 목은 좁아서 소바리*가 논으로 미끄러져 들어가기 십상이었는데 바위를 갈라내어서까지 일매지게* 넓은 길로 닦아졌다. 창섭은, '이럴 줄 알았더면 정거장에서 자전거라도 빌려 타고 올 걸' 하였다.

눈에 익은 정자나무 선 논이며 돌각담을 두른 밭들도 나타났다. 자기 집 논과 밭들이었다. 논둑에 선 정자나무는 그전부터 있은 것이나 밭에 돌각담들은 아버지께서 손수 쌓으신 것이다.

창섭의 아버지는 근검으로 근방에 소문난 영감이다. 그러나 자기 대에 와서는 밭 하루갈이도 늘쿠지는* 못한 것으로도 소문난 영감이다. 곡식 값보다는 다른 물가들이 높아졌을 뿐 아니라 전대前代에는 모르던 아들의 유학이란 것이 큰 부담인데다가,

"할아버니와 아버지께서 나를 부자 소린 못 들어도 굶는단 소린 안 듣고 살도록 물려주시구 가셨다. 드럭드럭 탐내 모아선 뭘 허니, 할아버니께서 쇠똥을 맨손으로 움켜다 너시던 논, 아버지께서 멍덜*을 손수 이룩허신 밭을 더 건 논으로 더 기름진 밭이 되도록, 닦달만 해 가기에도 내겐 벅찬 일일 게다."

하고 절용해 쓰고 남는 돈이 있으면 그 돈으로는 품을 몇씩 들여서까지 비뚠 논배미를 바로잡기, 밭에 돌을 추려 바람맞이로 담을 두르기, 개울엔 둑막이하기, 그러다가 아들이 의사가 된 후로는, 아들 학비로 쓰던 몫까지 들여서 동네 길들은 물론, 읍 길과 정거장 길까지 닦아 놓았다. 남을 주면 땅을 버린다고 여간 근실한 자국이 아니면 소작을 주지 않았고, 소를 두 필이나 매고 일꾼을 세 명씩이나 두고 적지 않은 전답을 전부 자농自農으로 버티어 왔다. 실속이 타작打作만 못하다는 둥, 일꾼 셋이 저희 농사해 가지고 나간다는 둥 이해만을 따져 비평하는 소리가 많았으나 창섭의 아버지는 땅을 위해서는 자기의 이해만으로 타산하려 하지 않았다. 이와 같은 임자를 가진 땅들이라 곡식은 거둔 뒤, 그루만 남은 논과 밭이되, 그 바닥들의 고름, 그 언저리들의 바름, 흙의 부드러움이 마치 시루떡 모판이나 대하는 것처럼 누구의 눈에나 탐스럽게 흐뭇해 보였다.

이런 땅을 팔기에는, 아무리 수입은 몇 배 더 나은 병원을 늘쿠기 위해서나 아버지께 미안하지 않을 수 없었다. 그러나 잡히기나 해가지고는 삼만 원 돈을 만들 수가 없었고, 서울서 큰 양관洋館을 손에 넣기란 돈만 있다고도 아무 때나 될 일이 아니었다.

돌다리 151

'아버지께선 내년이 환갑이시다! 어머니께선 겨울이면 해마다 기침이 도지신다. 진작부터 내가 모셔야 했을 거다. 그런데 내가 시골로 올 순 없고, 천생 부모님이 서울로 가시어야 한다. 한 동네서도 땅을 당신만치 못 거둘 사람에겐 소작을 주지 않으셨다. 땅 전부를 소작을 내어 맡기고는 서울 가 편안히 계실 날이 하루도 없으실 게다. 아버님의 말년을 편안히 해드리기 위해서도 땅은 전부 없애 버릴 필요가 있는 거다!'

창섭은 샘말에 들어서자 동구에서 이내 아버지를 뵐 수가 있었다. 아버지는, 가에는 살얼음이 잡힌 찬물에 무릎까지 걷고 들어서서 동네 사람들을 축추겨* 돌다리를 고치고 계시었다.

"어떻게 갑재기 오느냐?"

"네, 좀 급히 여쭤 봐야 할 일이 생겼습니다."

"그래? 먼저 들어가 있거라."

동네 사람 수십 명이 쇠고삐 두 기장은 흘러 내려간 다릿돌을 동아줄에 얽어 끌어 올리고 있었다. 개울은 동네 복판을 흐르고 있어 아래위로 징검다리는 서너 군데나 놓였으나 하룻밤 비에도 일쑤 넘치어 모두 이 큰 돌다리로 통행하던 것이었다. 창섭은 어려서 아버지께 이 큰 돌다리의 내력을 들은 것이 아직도 기억에 남아 있다.

"너이 증조부님 돌아가시어서다. 산소에 상돌을 해오시는데 징검다리로야 건네올 수가 있니? 그래 너이 조부님께서 다리부터 이렇게 넓구 튼튼한 돌루 노신 거란다."

그 후 오륙십 년 동안 한 번도 무너진 적이 없었는데 몇 해 전 어느 장마엔 어찌된 셈인지 가운뎃 제일 큰 장이 내려앉아 떠내려갔던 것이다. 두께가 한 자는 실하고 폭이 여섯 자, 길이는 열 자가 넘는 자연석 그대로라 여간 몇 사람의 힘으로는 손을 댈 염두부터 나지 못하였다. 더구나 불과 수십 보 이내에 면面의 보조를 얻어 난간까지 달린 한다한 나무다리가 놓인 뒤의 일이라 이 돌다리는 동네 사람들에게 완전히 잊어버린 채 던져져 있던 것이었다.

집에 들어가니, 어머니는 다리 고치는 사람들 점심을 짓느라고, 역시 여러 명의 동네 여편네들과 허둥거리고 계시었다.

"웬일인데 어째 혼자만 오느냐?"

어머니는 손자 아이들부터 보이지 않음을 물으신다.

"오늘루 가야겠어서 아무두 안 데리구 왔습니다."

"오늘루 갈 걸 뭘허 오우?"

"인전 어머니서껀 서울로 모셔 갈 채빌 하러 왔다우."

"서울루! 제발 아이들허구 한데서 살아봤음 원이 없겠다."

하고 어머니는 땅보다, 조상님들 산소나 사당보다 손자 아이들에게 더 마음이 끌리시는 눈치였다. 그러나 아버지만은 그처럼 단순히 들떠질 마음이 아니었다.

아버지는 아들의 뒤를 쫓아 이내 개울에서 들어왔다. 아들은, 의사인 아들은, 마치 환자에게 치료 방법을 이르듯이, 냉정히 차근차근히 이야기를 시작하였다. 외아들인 자기가 부모님을 진작 모시지 못한 것이 잘못인 것, 한집에 모이려면 자기가 병원을 버리기보다는 부모님이 농토를 버리시고 서울로 오시는 것이 순리인 것, 병원은 나날이 환자가 늘어가나 입원실이 부족되어 오는 환자의 삼분지 일밖에 수용 못하는 것, 지금 시국에 큰 건물을 새로 짓기란 거의 불가능의 일인 것, 마침 교통 편한 자리에 3층 양옥이 하나 난 것, 인쇄소였던 집인데 전체가 콘크리트여서 방화 방공으로 가치가 충분한 것, 3층은 살림집과 직공들의 합숙실로 꾸미었던 것이라 입원실로 변장하기에 용이한 것, 각 층에 수도·가스가 다 들어온 것, 그러면서도 가격은 염한 것, 염하기는 하나 삼만 이천 원이라, 지금의 병원을 팔면 일만 오천 원쯤은 받겠지만 그것은 새 집을 고치는 데와, 수술실의 기계를 완비하는 데 다 들어갈 것이니 집값 삼만 이천 원은 따로 있어야 할 것, 시골에 땅을 둔대야 일 년에 고작 삼천 원의 실리가 떨어질지 말지 하지만 땅을 팔아다 병원만 확장해 놓으면, 적어도 일 년에 만 원 하나씩은 이익을 뽑을 자신이 있는 것, 돈만 있으면 땅은 이담에라도, 서울 가까이라도 얼마든지 좋은 것으로 살 수 있는 것……. 아버지는 아들의 의견을 끝까지 잠잠히 들었다. 그리고,

"점심이나 먹어라. 나두 좀 생각해 봐야 대답허겠다."

하고는 다시 개울로 나갔고, 떨어졌던 다릿돌을 올려놓고야 들어와 그도 점심상을 받았다.

점심을 자시면서였다.

"원, 요즘 사람들은 힘두 줄었나 봐! 그 다리 첨 놀 제 내가 어려서 봤는데 불과 여남은이서 거들던 돌인데 장정 수십 명이 한나잘을 씨름을 허다니!"

"나무다리가 있는데 건 왜 고치시나요?"

"너두 그런 소릴 허는구나. 나무가 돌만 허다든? 넌 그 다리서 고기 잡던 생각두 안 나니? 서울루 공부 갈 때 그 다리 건너서 떠나던 생각 안 나니? 시쳇 사람들은 모두 인정이란 게 사람헌테만 쓰는 건 줄 알드라! 내 할아버니 산소에 상돌을 그 다리로 건네다 모셨구, 내가 천잘* 끼구 그 다리루 글 읽으러 댕겼다. 네 어미두 그 다리루

가말 타구 내 집에 왔어. 나 죽건 그 다리루 건네다 묻어라……. 난 서울 갈 생각 없다."

"네?"

"천금이 쏟아진대두 난 땅은 못 팔겠다. 내 아버님께서 손수 이룩허시는 걸 내 눈으루 본 밭이구, 내 할아버님께서 손수 피땀을 흘려 모신 돈으루 장만허신 논들이야. 돈 있다구 어디가 느르지논 같은 게 있구, 독시장밭 같은 걸 사? 느르지논둑에 선 느티나문 할아버님께서 심으신 거구, 저 사랑 마당엣 은행나무는 아버님께서 심으신 거다. 그 나무 밑에를 설 때마다 난 그 어룬들 동상銅像이나 다름없이 경건한 마음이 솟아 우러러보군 헌다. 땅이란 걸 어떻게 일시 이해를 따져 사구 팔구 허느냐? 땅 없어 봐라, 집이 어딨으며 나라가 어딨는 줄 아니? 땅이란 천지만물의 근거야. 돈 있다구 땅이 뭔지두 모르구 욕심만 내 문서쪽으로 사 모기만 하는 사람들, 돈놀이처럼 변리*만 생각허구 제 조상들과 그 땅과 어떤 인연이란 건 도시 생각지 않구 헌신짝 버리듯 하는 사람들, 다 내 눈엔 괴이한 사람들루밖엔 뵈지 않드라."

"……."

"네가 뉘 덕으루 오늘 의사가 됐니? 내 덕인 줄만 아느냐? 내가 땅 없이 뭘루? 밭에 가 절하구 논에 가 절해야 쓴다. 자고로 하눌 하눌 허나 하눌의 덕이 땅을 통허지 않군 사람헌테 미치는 줄 아니? 땅을 파는 건 그게 하눌을 파나 다름없는 거다."

"……."

"땅을 밟구 다니니까 땅을 우섭게들 여기지? 땅처럼 응과應果가 분명헌 게 무어냐? 하눌은 차라리 못 믿을 때두 많다. 그러나 힘들이는 사람에겐 힘들이는 만큼 땅은 반드시 후헌 보답을 주시는 거다. 세상에 흔해 빠진 지주들, 땅은 작인들헌테나 맡겨 버리구, 떡 도회지에 가 앉어 소출은 팔어다 모다 도회지에 낭비해 버리구, 땅 가꾸는 덴 단돈 일 원을 벌벌 떨구, 땅으루 살며 땅에 야박한 놈은 자식으로 치면 후레자식 셈이야. 땅이 말을 할 줄 알어 봐라? 배가 고프단 땅이 얼마나 많을 테냐? 해마다 걷어만 가구, 땅은 자갈밭이 되니 아냐? 둑이 떠나가니 아냐? 거름 한번을 제대로 넣나? 정 급허게 돼 작인이 우는 소리나 해야 요즘 너이 신의新醫들 주사침 놓듯, 애꿎인 금비만 갖다 털어 넣지. 그렇게 땅을 홀댈 허군 인제 죽어서 땅이 무서서 어디루들 갈 텐구!"

창섭은 입이 얼어 버리었다. 손만 비비었다. 자기의 생각은 너무나 자기 본위였던 것을 대뜸 깨달았다. 땅에는 이해를 초월한 일종 종교적 신념을 가진 아버지에게 아들의 이단적인 계획이 용납될 리 만무였다. 아버지는 상을 물리고도 말을 계속하였다.

"너루선 어떤 수단을 쓰든지 병원부터 확장허려는 게 과히 엉뚱헌 욕심은 아닐 줄두 안다. 그러나 욕심을 부련 못쓰는 거다. 의술은 예로부터 인술仁術이라지 않니? 매살 순탄허게 진실허게 해라."

"……."

"네가 가업을 이어 나가지 않는다군 탄허지* 않겠다. 넌 너루서 발전헐 길을 열었구, 그게 또 모리지배*의 악업이 아니라 활인허는* 인술이구나! 내가 어떻게 불평을 말허니? 다만 삼사대 집안에서 공들여 이룩해 논 전장을 남의 손에 내맡기게 되는 게 저윽 애석헌 심사가 없달 순 없구……."

"팔지 않으면 그만 아닙니까?"

"나 죽은 뒤에 누가 거두니? 너두 이제두 말했지만 너두 문서쪽만 쥐구 서울 앉어 지주 노릇만 허게? 그따위 지주허구 작인 틈에서 땅들만 얼말 곯는지 아니? 안 된다. 팔 테다. 나 죽을 임시엔 다 팔 테다. 돈에 팔 줄 아니? 사람헌테 팔 테다. 건너 용문이는 우리 느르지논 같은 건 한 해만 부쳐보구 죽어두 농군으로 태났던 걸 한허지 않겠다구 했다. 독시장밭을 내논다구 해봐라, 문보나 덕길이 같은 사람은 길바닥에 나앉드라두 집을 팔아 살려구 덤빌 게다. 그런 사람들이 땅 임자 안 되구 누가 돼야 옳으냐? 그러니 아주 말이 난 김에 내 유언이다. 그런 사람들 무슨 돈으로 땅값을 한몫 내겠니? 몇몇 해구 그 땅 소출을 팔아 연년이 갚어 나가게 헐 테니 너두 땅값을랑 그렇게 받어갈 줄 미리 알구 있거라. 그리구 네 모가 먼저 가면 내가 묻을 거구, 내가 먼저 가게 되면 네 모만은 네가 서울루 그때 데려가렴. 난 샘말서 이렇게 야인野人으로 나 죄 없는 밥을 먹다 야인인 채 묻힐 걸 흡족히 여긴다."

"……."

"자식의 젊은 욕망을 들어 못 주는 게 애비 된 맘으루두 섭섭허다. 그러나 이 늙은이헌테두 그만 신념쯤 지켜 오는 게 있다는 걸 무시하지 말어다구."

아버지는 다시 일어나 담배를 피우며 다리 고치는 데로 나갔다. 옆에 앉았던 어머니는 두 눈에 눈물을 쭈루루 흘리었다.

"너이 아버지가 여간 고집이시냐?"

"아뇨, 아버지가 어떤 어룬이신 건 오늘 제가 더 잘 알었습니다. 우리 아버진 훌륭헌 인물이십니다."

그러나 창섭도 코허리가 찌르르하였다. 자기가 계획하고 온 일이 실패한 것쯤은 차라리 당연하게 생각되었고, 아버지와 자기의 세계가 격리되는 일종의 결별의 심사를 체험하는 때문이었다.

　아들은 아버지가 고쳐 놓은 돌다리를 건너 저녁차를 타러 가버리었다. 동구 밖으로 사라지는 아들의 뒷모양을 지키고 섰을 때, 아버지의 마음도, 정말 임종에서 유언이나 하고 난 것처럼 외롭고 한편 불안스러운 심사조차 설레었다.

　아버지는 종일 개울에서 허덕였으나 저녁에 잠도 달게 오지 않았다. 젊어서 서당에서 읽던 백낙천白樂天의 시가 다 생각이 났다. 늙은 제비 한 쌍을 두고 지은 노래였다. 제 배 속이 고픈 것은 참아가며 입에 얻어 문 것은 새끼들부터 먹여 길렀으나, 새끼들은 자라서 나래에 힘을 얻자 어디로인지 저희 좋을 대로 다 날아가 버리어, 야위고 늙은 어버이 제비 한 쌍만 가을바람 소슬한 추녀 끝에 쭈그리고 앉았는 광경을 묘사하였고, 나중에는, 그 늙은 어버이 제비들을 가리켜, 새끼들만 원망하지 말고, 너희들이 새끼 적에 역시 그러했음도 깨달으라는 풍자의 시였다.

　'흥!'
　노인은 어두운 천장을 향해 쓴웃음을 짓고 날이 밝기를 기다려 누구보다도 먼저 어제 고쳐 놓은 돌다리를 보러 나왔다.
　흙탕이라고는 어느 돌 틈에도 남아 있지 않았다. 첫곬으로도, 가운뎃곬으로도, 끝엣곬으로도 맑기만 한 소담한 물살이 우쭈우쭈 춤추며 빠져 내려갔다. 가운뎃장으로 가 쾅 굴러 보았다. 발바닥만 아플 뿐 끄떡이 있을 리 없다. 노인은 쭈르르 집으로 들어와 소금 접시와 낯수건을 가지고 나왔다. 제일 낮은 받침돌에 내려앉아 양치를 하고 세수를 하였다. 나중에는 다시 이가 저린 물을 한입 물어 마시며 일어섰다. 속의 모든 게 씻기는 듯 시원하였다. 그리고 수염의 물을 닦으며 이렇게 생각하였다.

'비가 아무리 쏟아져도 어떤 한정을 넘는 법은 없다. 물이 분수없이 늘어 떠내려갔던 게 아니라 자갈이 밀려 내려와 물구멍이 좁아졌든지, 그렇지 않으면, 어느 받침돌의 밑이 물살에 궁굴러 쓰러졌던 그런 까닭일 게다. 미리 바닥을 치고 미리 받침돌만 제대로 보살펴 준다면 만년을 간들 무너질 리 없을 게다. 그저 늘 보살펴야 하는 거다. 사람이란 하늘 밑에 사는 날까진 하루라도 천리天理에 방심을 해선 안 되는 거다……'

## 낱말 풀이

**누르테테하다** 낡고 오래되어 누른빛을 띠면서 탁하고 조금 검다.
**늘쿠다** '늘리다'의 평북 방언
**멍덜** 험한 바위나 돌 따위가 뻬죽뻬죽 나온 곳
**모리지배** 이익만을 꾀하는 무리
**변리** 이자
**소바리** 소의 등에 짐을 싣고 나르는 일, 또는 그 짐
**일매지다** 모두 다 고르고 가지런하다.
**천자** '천자문千字文'의 준말
**축추기다** 남을 부추겨 어떤 일을 하게 하다.
**탄하다** 남의 말을 탓하여 나무라다.
**활인하다** 사람의 목숨을 구하여 살리다.

### 작품 해제

**갈래** 자연 소설
**배경** 일제 강점기 농촌 마을
**시점** 1인칭 주인공 시점
**제재** 어린 강아지
**주제** 인간의 이기심과 생명의 소중함
**출전** 《어린이》

### 줄거리

　아버지가 없는 가족을 이끌고 있는 나는 어머니와 누이동생만 있는 집이 걱정되어 윗마을 할머니 댁에서 어린 강아지를 얻어 왔다. 가족들은 강아지에게 맛난 밥을 주고 따뜻한 담요도 덮어 주지만, 강아지는 어미가 생각나는지 밤새 낑낑대었다.
　다음날 아침, 강아지는 어디론가 사라져 버렸다. 아무리 찾아보아도 강아지는 없었다. 나중에야 강아지가 돌다리를 건너다 물에 빠져 죽은 것을 알았다. 어미 개를 찾아가려고 징검다리를 건너려고 했던 것이다. 이런 줄 알았으면 누이동생 말대로 눈이라도 감게 해서 데리고 올 걸 그랬나 하고 후회한다.

# 어린 수문장

여름이었으나 장마 끝에 바람 몹시 부는 어느 날 밤이었습니다.
어머니는 이런 말씀을 하셨습니다.
"웃집에 장군네가 살 때는 장군 아버지가 술이 골망태* 가 되어도 우리 마당을 지날 때마다 기침 소리를 내어 한결 든든하더니……, 그이가 떠난 후에는 그 소리나마 들을 수가 없구나. 이제는 개라도 한 마리 길러야지 문간이 너무 휑— 해서 어디 적적해 견디겠니."
자는 줄 알았던 누이동생이 이 말을 기다리고 있었던 것처럼,
"참, 어머니 저— 윗말 할먼네 개가 새끼를 났데요. 다섯 마리나 났다는 걸요."
실상 이 집의 대주는 나였으나, 늘 집을 나가 있으니까 겨울이나 되어 눈이 강산처럼 쌓이고, 지친 대문짝이 바람에 찌걱거리는 밤에는 어머님 한 분이 어린 누이동생만 데리고 얼마나 헛헛하실* 것을 생각하니, 어머님 말씀과 같이 튼튼한 개 한 마리라도 문간에 두는 것이 집에서도 얼마간 든든하실 것 같고, 나가 있는 나도 속 모르는

사람 둬 두는 것보다 그것이 더 믿어워질 것 같이 생각되었습니다.

"그럼 어미 젖 떨어지거든 한 마리 얻어 오지요."

물론 어머니나 누이동생이나 내 말에 일치 찬성이었습니다.

그 후 삼칠일이 지난 어느 날이었습니다. 나는 누이동생과 함께 윗말 할머님 댁으로 미리 약조가 있던 강아지 한 마리를 가지러 갔습니다.

홀쭉해진 뱃가죽을 축— 늘어뜨리고, 뒷다리들은 짝 바리고* 앙그라지게* 앉아서 젖 빠는 새끼들을 번갈아 내려다보는 어미 개의 알른거리는 눈알은 비록 짐승일망정, 개에게도 손만 있으면 이 새끼 저 새끼 쓰다듬어 줄 듯이 남의 어머니로서의 따뜻한 애정을 가지고 있는 것같이 보였습니다.

대낮에 남의 새끼를 빼앗으러 간 우리는 궁기*에 밥을 주어 어미를 부르게 하고, 그 틈을 타서 철없는 새끼들만 서로 밀치고 밟고 희롱하는 틈에서 첫째 체격을 보고, 둘째 빛깔을 보고, 암·수는 상관할 것 없이 그중에서 제일 똑똑한 놈으로 한 마리를 골라서 좋다구나 하고 안고 나왔습니다.

"업바* 눈을 감겨야 한다우. 길을 보면 도루 온다는데."

"뭘 이까짓 게 징검다리나 건너겠니."

새로 취임하는 우리 집 어린 수문장은 울지도 않고 안겨 왔습니다. 그리고 좌우를 두리번거리며 살펴보더니 이만한 집은 넉넉히 수비할 수 있다는 듯이 꼬리를 흔들며 좋아하였습니다.

어머님은 그의 밥그릇을 따로 정하시고, 나는 대문간에 아늑한 곳으로 그의 목걸이를 만들어 걸어 주었습니다.

이렇게 우리 집에선 새 식구 하나를 맞이하기에 부족함이 없이 만반의 준비가 된 것이었습니다.

　저녁때였습니다. 어머님보다도 늘 나중 먹던 누이동생이 나보다도 먼저 숟가락을 놓고 나갔습니다.

　"어머니, 강아지가 밥을 안 먹었어요."

　"가만 둬라. 첫날은 먹지 않는단다. 젖 생각이 나는 게지."

　나도 얼른 나가 보았습니다. 고소한 냄새가 나면 먹을까 해서 깨 부스러기를 섞어 주어도 웬일인지 그는 먹지 않았습니다. 이웃 아이들도 쭉 돌아서서 이 광경을 보다가,

　"하룻밤 자야 먹어요. 배가 고파야."

　우리는 경험자들의 말을 듣고 '그럼 뜻뜻하게나 재우리라' 하고, 정해 놓은 자리로 안고 가서, 부드러운 담요 쪽으로 한 끝은 깔아 주고 한 끝은 덮어 주었습니다. 이제부터는 이 문간에서 자고 있으며 사람이나 짐승이나 주인을 해치러 오는 자면 밤낮을 가림 없이 방어할 것이 그의 고마운 직무인 것을 생각할 때, 나는 그의 등을 똑똑 두드려 주고 들어왔습니다.

　그러나 밤이 그리 깊지도 않아서 그는 괴로운 소리로 끙끙거리기 시작하였습니다.

　어머님은,

　"저게 에미 품이 생각나는 게로군."

　"사람도 난 해가 제일 춥다는데."

　나는 "추워서 정말 그러나 봅니다" 하고 불을 켜 들고 나가 보았습니다.

　그는 내가 깔아준 자리에서 기어 나와 바르르 떨고 앉아서 어미 부르듯 끙끙 소리를 지르고 있습니다. 나는 얼른 좋은 궁리 하나를

생각해내었습니다. 아궁이를 말짱히 쓸어내고 따뜻한 편으로 그의 자리를 옮겨다 뉘었습니다. 떨리던 몸이라 따뜻한 기운에 취한 탓인지 아무 소리가 없이 잠잠히 누워 있었습니다. 나는 한참이나 들여다보다가 그가 눈을 감는 것까지 보고 겨우 안심이 되어서 들어왔습니다.

"아궁이에서 자면 버릇이 될걸" 하시는 어머님도 "울지나 말었으면" 하시었습니다.

우리는 모처럼 온 손님에게 후의껏 대접이나 한 듯이 마음 편히 잠이 들었습니다.

이튿날 아침이었습니다. 어머님이 먼저 나가 보시더니,

"얘, 강아지가 없어졌다. 담요 조각만 있는데 그래."

정말 강아지는 있지 않았습니다. 아무리 찾아도 눈에 띄지 않았습니다. 길은 안다 하더라도 누이동생을 윗말로 보내고도 혹시 아궁이가 점점 식어가니까 방고래 속으로 기어 들어가지 않았나 하고 불러보고, 장대로 쑤셔까지 보아도 강아지는 나오지 않았습니다. 누이동생의 보고도 제 어미에게는 가지 않았다는 것입니다.

불안스러운 일이나 어쩔 수 없이 아궁이에다 불을 때는 수밖에 없었습니다.

어린 수문장이 취임하자마자 행방불명이 된 것이 우리 집에는 그리 큰 변은 아니었으나, 내 마음은 종일 불안스러웠습니다. 밤중에 아궁이가 점점 식어 들어 가니까 방고래 속으로 들어 갔다가, 굶은 창자에 기운은 없고 소리도 못 지르고 타죽지 않았나, 혹은 어미에게로 가려고 개구멍으로 기어 나가서 징검다리를 건너 뛰다가 물에 떨어져 죽지나 않았을까······.

어린 수문장

이런 끔직스런 생각도 그의 신상에 비춰보았습니다. 과연 이 불길한 추상은 들어맞고 말았습니다. 저녁때 누이동생이 이런 소식을 가져 왔습니다.

"옵바, 강아지가 물에 빠져 죽었더래. 저 동리 아이들이 고기 잡으러 나갔다가, 저— 아래 철로 밑에서 봤다는데……."

나는 그가 죽음의 나라로 떨어진 징검다리로 쫓아 나갔습니다.

그가 웬만큼만 다리에 힘이 있었던들 요만 돌다리야 뛰어 건널 수도 있었을 것이요, 혹시 발이 모자라 떨어진다 하더라도 요만 물은 헤여 건널 수도 있었으련만. 그가 우리 집에서 이 개울까지 나온 것이 아무 힘없는, 아무 위험도 모르는 그의 난생 첫걸음이었을 것입니다. 어느 돌과 어느 돌 사이에서 떨어졌는지는 모르나 첫째 돌과 둘째 돌 사이를 건너 뛴 것이 그의 난생 첫 모험이었을 것입니다.

그 어린 목숨의 가련한 죽음은 그 날 밤새도록 나의 꿈자리를 산란하게 하였습니다.

그 후 며칠 못 되어 나는 윗말에 갔다가 그 어미 개와 마주치게 되었습니다. 그는 자기 자식 하나를 그처럼 비참한 운명으로 끌어내인 나임을 아는 듯이 불덩어리 같은 눈알을 알른거리며 앙상한 이빨을 벌리고 한 걸음 나섰다 한 걸음 물러섰다 하면서 원수를 갚으려는 듯한 자세를 돋구고 있었습니다.

그때 마침 그 댁 할머님이 나오시다가,

"네가 양복을 입고 와서 그렇게 짖는구나. 이게 이게."

하고 개를 쫓아 주셨습니다.

딴은 내가 양복을 입고 가기는 하였습니다.

## 낱말 풀이

**골망태** '고주망태'의 잘못된 표현. 술을 너무 많이 마셔 정신을 차리지 못하는 상태

**궁기** 궁한 기색

**바리다** '바르집다'의 잘못된 표기. 오므라진 것을 벌려 펴다.

**앙그러지다** 보기에 잘 어울리게

**업바** 오빠

**헛헛하다** 허전하다.

이해조

자유종

이해조 1869~1927년

신소설의 개척자 가운데 한 사람이다. 호는 동농東濃, 열재悅齋. 구한말 《제국신문》 기자, 대한협회 간부 등을 지내며 국채 보상 운동에 참여하고 여성의 권리신장에도 나서는 등 다양한 활동을 했다. 초기에는 애국 계몽 운동과 맞닿은 작품 활동을 했으나 후기 작품들은 흥미와 오락 위주로 흘렀다. 《제국신문》, 《황성신문》 같은 매체에 이름을 밝히지 않고 여러 신소설을 연재했으며, 쥘 베른의 〈인도 왕녀의 5억 프랑〉을 〈철세계〉로 번안해내기도 했다. 판소리계 고대소설인 〈춘향전〉, 〈심청전〉, 〈별주부전〉을 〈옥중화〉, 〈강상련〉, 〈토의 간〉 같은 신소설로 고쳐 썼다. 이 밖의 주요 작품으로 〈월하가인〉, 〈탄금대〉, 〈봉선화〉 등이 있다.

## 작품 해제

**갈래** 신소설, 계몽 소설, 정치 소설
**배경** 1908년 음력 1월 16일 이매경 부인의 집
**시점** 전지적 작가 시점
**제재** 생일잔치에서 벌인 토론
**주제** 인습 타파와 신학문 장려, 애국과 자주 독립
**출전** 〈자유종〉(1910년)

## 줄거리

생일을 맞은 이매경 부인이 신설헌, 강금운, 홍국란 등 여러 부인을 집으로 초대한다. 이 자리에서 신설헌 부인은 일본에 뒤처진 우리의 현실을 지적하며 모처럼 여자끼리 토론회를 열자고 제의한다. 집주인인 이매경 부인이 찬성하자 그 자리에 모인 부인들은 여권 문제, 자녀 교육, 한문 폐지, 신분 제도 타파, 유교 개혁, 미신 척결 등에 관한 이야기를 펼친다.

이매경 부인은 여성 교육을 강조하고 종교와 신교육에 관해 설파하는 한편 반상과 지역 차별의 폐지를 주장한다. 신설헌 부인은 학문의 중요성과 남녀 동등 이야기를 꺼내고 태교를 비롯한 자녀 교육을 강조한다. 강금운 부인은 한문 폐지와 자국 교과 우선과 다음 세대 교육의 중요성을 이야기한다. 홍국란 부인은 한문 폐지는 아직 때가 이르다고 비판하는 한편 자식을 공물로 볼 필요가 있으며 적서 차별을 없애야 한다고 말한다.

이어 부인들은 강금운 부인의 제안으로 대보름날 밤에 꾼 꿈 이야기를 나눈다. 꿈은 모두 대한제국의 자주 독립과 부국 번영을 바라는 내용인데, 듣고 있던 한 부인이 문득 일어나 밤이 깊었으니 다음에 더 이야기하자고 하면서 토론은 끝난다.

# 자유종

**설헌**　"천지간 만물 중에 동물 되기 희한하고, 천만 가지 동물 중에 사람 되기 극난하다*. 그같이 희한하고 그같이 극난한 동물 중 사람이 되어 압제를 받아 자유를 잃게 되면 하늘이 주신 사람의 직분을 지키지 못함이어늘, 하물며 사람 사이에 여자 되어 남자의 압제를 받아 자유를 빼앗기면 어찌 희한코 극난한 동물 중 사람의 권리를 스스로 버림이 아니라 하리요.

여보, 여러분, 나는 옛날 태평시대에 숙부인淑夫人까지 바쳤더니 지금은 가련한 민족 중의 한 몸이 된 신설헌이올시다. 오늘 이매경 씨 생신에 청첩을 인하여 왔더니 마침 홍국란 씨와 강금운 씨와 그 외 여러 귀중하신 부인들이 만좌하셨으니* 두어 말씀 하오리다.

이전 같으면 오늘 이러한 잔치에 취하고 배부르면 무슨 걱정 있으리까마는, 지금 시대가 어떠한 시대며 우리 민족은 어떠한 민족이오? 내 말이 연설 체격과 흡사하나 우리 규중 여자도 결코 모를 일이 아니올시다.

일본도 삼십 년 전 형편이 우리나라보다 우심하여* 혹 천하대세라 혹 자국전도라 말하는 자는, 미친 자라 괴악한 사람이라 지목하고 인류로 치지 않더니, 점점 연설이 크게 열리매 전도하는 교인같이 거리거리 떠드나니 국가 형편이요, 부르나니 민족 사세라, 이삼 인 뭇거지라도 술잔을 대하기 전에 소회를 말하고 마시니, 전국 남녀들이 십여 년을 한담도 끊고 잡담도 끊고 언필칭 국가라 민족이라 하더니, 지금 동양에 제일 제이 되는 일대 강국이 되었습니다.

오늘 우리나라는 어떠한 비참 지경이오? 세월은 물같이 흘러가고 풍조는 날로 닥치는데, 우리 비록 아홉 폭 치마는 둘렀으나 오늘만도 더 못한 지경을 또 당하면 상전벽해桑田碧海가 눈결*에 될지라. 하늘을 부르면 대답이 있나, 부모를 부르면 능력이 있나, 가장을 부르면 무슨 방책이 있나, 고대광실 뉘가 들며 금의옥식* 내 것인가? 이 지경이 이마에 당도했소. 우리 삼사 인이 모였든지 오륙 인이 모였든지 어찌 심상한 말로 좋은 음식을 먹으리까? 승평무사* 할 때에도 유의유식*은 금법禁法이어든 이 시대에 두 눈과 두 귀가 남과 같이 총명한 사람이 어찌 국가 의식만 축내리까? 우리 재미있게 학리상으로 토론하여 이날을 보냅시다."

**매경** "절당切當 절당하오이다. 오늘이 참 어떠한 시대요? 이같은 수참하고* 통곡할 시대에 나 같은 요마한 여자의 생일잔치가 왜 있겠소마는 변변치 못한 술잔으로 여러분을 청하기는 심히 부끄럽고 죄송하나 본의인즉 첫째는 여러분 만나 뵈옵기를 위하고, 둘째는 좋은 말씀을 듣고자 함이올시다.

남자들은 자주 상종하여 지식을 교환하지마는 우리 여자는 한번 만나기 졸연하오니이까*?《예기禮記》에 가로되, 여자는 안에 있어

밖의 일을 말하지 말라 하였고, 《시전詩傳》에 가로되 오직 술과 밥을 마땅히 할 뿐이라 하였기로 층암절벽 같은 네 기둥 안에서 나고 자라고 늙었으니, 비록 사마자장*의 재주 있을지라도 보고 듣는 것이 있어야 아는 것이 있지요.

이러므로 신체 연약하고 지각이 몽매하여 쌀이 무슨 나무에 열리는지, 도미를 어느 산에서 잡는지 모르고, 다만 가장의 비위만 맞춰 앉으라면 앉고 서라면 서니, 진소위眞所謂 밥 먹는 안석案席이요, 옷 입은 퇴침退枕이라, 어찌 인류라 칭하리까? 그러나 그는 오히려 현철한 부인이라, 행검行檢 있는 부인이라 하겠지마는, 성품이 괴악하고 행실이 불미하여 시앗에 투기하기, 친척에 이간하기, 무당 불러 굿하기, 절에 가서 불공하기, 제반 악징은 소위 대갓집 부인이 더합디다. 가도家道가 무너지고 수욕羞辱이 자심하니* 이것이 제 한 집안일인 듯하나 그 영향이 실로 전국에 미치니 어찌 한심치 않으리까?

그런 부인이 생산도 잘 못하고 혹 생산하더라도 어찌 쓸 자식을 낳으리오? 태내 교육부터 가정교육까지 없으니 제가 생지生知의 바탕이 아닌 바에 맹모孟母의 삼천三遷하시던 교육이 없이 무슨 사람이 되리오? 그러나 재상도 그 자제이요, 관찰군수도 그 자제니 국가의 정치가 무엇인지, 법률이 무엇인지 어찌 알겠소? 우리 비록 여자나 무식을 면치 못함을 항상 한탄하더니, 다행히 오늘 여러분 고명하신 부인께서 왕림하여 좋은 말씀을 들려주시니 대단히 기꺼운 일이올시다."

**설헌** "변변치 못한 구변이나 내 먼저 말씀하오리다. 우리 대한의 정계가 부패함도 학문 없는 연고요, 민족의 부패함도 학문 없는 연고요, 우리 여자도 학문 없는 연고로 기천 년 금수 대우를 받았으니 우리나라에도 제일 급한 것이 학문이요, 우리 여자 사회도 제일 급한 것이 학문인즉 학문 말씀을 먼저 하겠소. 우리 이천만 민족 중에 일천만 남자들은 응당 고명한 학교를 졸업하여 정치, 법률, 군제, 농, 상, 공 등 만 가지 사업이 족하겠지마는, 우리 일천만 여자들은 학문이 무엇인지 도무지 모르고 유의유식으로 남자만 의뢰하여 먹고 입으려 하니 국세가 어찌 빈약지 아니하겠소? 옛말에, 백지장도 맞들어야 가볍다 하였으니 우리 일천만 여자도 일천만 남자의 사업을 백지장과 같이 거들었으면 백 년에 할 일을 오십 년에 할 것이요, 십 년에 할 일을 다섯 해면 할 것이니 그 이익이 어떠하고, 나라의 독립도 거기 있고 인민의 자유도 거기 있소.

세계 문명국 사람들은 남녀의 학문과 기예가 차등이 없고, 여자가 남자보다 해산하는 재주 한 가지가 더하다 하며, 혹 전쟁이 있어 남자가 다 죽어도 겨우 반구비\*라 하니, 그 여자의 창법 검술까지 통투\*함을 가히 알겠도다.

사람마다 대성인 공부자孔夫子 아니거든 어찌 생이지지\*하리요. 법국\* 파리대학교에서 토론회를 열매, 가편\*은 사람을 가르치지 못하면 금수와 같다 하고, 부편\*은 사람이 천생 한 성질이니 비록 가르치지 아니할지라도 어찌 금수와 같으리요 하여 경쟁이 대단하되 귀결치 못하였더니, 학도들이 실지를 시험코자 하여 무부모한 아이들을 사다가 심산궁곡深山窮谷에 집 둘을 짓되 네 벽을 다 막고 문하나만 뚫어 음식과 대소변을 통하게 하고 그 아이를 각각 그 속에서 기를 새, 칠팔 년이 된 후 그 아이를 학교로 데려오니 제가 평생에 사람 많은 것을 보지 못하다가 육칠 층 양옥에 인산인해됨을 보고 크게 놀라 서로 돌아보며 하나는 꼭고댁꼭고댁 하고 하나는 끼익끼익 하니, 이는 다름 아니라 제 집에 아무것도 없고 다만 닭과 돼지만 있는데, 닭이 놀라면 꼭고댁 하고 돼지가 놀라면 끼익끼익 하는 고로 그 아이가 지금 놀라운 일을 보고, 그 소리가 각각 본 대로 난 것이니 그것도 닭과 돼지의 교육을 받음이라. 학생들이 이것을 본 후에 사람을 가르치지 아니하면 금수와 다름없음을 깨달아 가편이 득승하였다 하니, 이로 보건대 우리 여자가 그와 다름이 무엇이오? 일용범절에 여간 안다는 것이 저 아이의 꼭고댁 끼익보다 얼마나 낫소이까? 우리 여자가 기천 년을 암매하고* 비참한 경우에 빠져 있었으니, 이렇고야 자유권이니 자강력이니 세상에 있는 줄이나 알겠소? 일생에 생사고락이 다 남자 압제 아래 있어, 말하는 제웅*과 숨쉬는 송장을 면치 못하니 옛 성인의 법제가 어찌 이러하겠소.《예기》에도 여인 스승이 있고 유모를 택한다 하였고,《소학小學》에도 여자 교육이 첫 편이니 어찌 우리나라 여자 같은 자고송*이 있단 말이오?

우리나라 남자들이 아무리 정치가 밝다 하나 여자에게는 대단히 적악*하였고, 법률이 밝다 하나 여자에게는 대단히 득죄하였습니다*. 우리는 기왕이라 말할 것 없거니와 후생이나 불가불 교육을 잘하여야 할 터인데 권리 있는 남자들은 꿈도 깨지 못하니 답답하오. 남자들 마음에는 아들만 귀하고 딸은 귀치 아니한지 일 분자라도 귀한 생각이 있으면 사지오관*이 구비한 자식을 어찌 차마 금수와 같이 길러 이 같은 고해에 빠지게 하는고? 그 아들 가르치는 법도 별수는 없습니다.《사략통감史略通鑑》으로 제일등 교과서를 삼으니 자국 정신은 간데없고 중국혼만 길러서, 언필칭 좌전左傳이라 강목綱目이라 하여 남의 나라 기천 년 흥망성쇠만 의논하고 내 나라 빈부강약은 꿈도 아니 꾸다가 오늘 이 지경을 하였소.

이태리국 역비다산에 올차학이라는 구멍이 있어 해수로 통하였더니 홀연 산이 무너져 구멍 어구가 막힌지라, 그 속이 칠야같이 캄캄한데 본래 있던 고기들이 나오지 못하고 수백 년을 생장하여 눈이 있으나 쓸 곳이 없더니, 어구의 막혔던 흙이 해마다 바닷물에 패여 가며 일조에 궁기 도로 열리매, 밖의 고기가 들어와 수없이 잡아먹되, 그 안에 있던 고기는 눈을 멀뚱멀뚱 뜨고도 저해하려는 것을 전연 모르고 절로 밀려 어구 밖을 혹 나왔으나 못 보던 눈이 졸지에 태양을 당하매 현기가 나며 정신이 없어 어릿어릿하더라 하니, 그와 같이 대문 중문 꽉꽉 닫고 밖에 눈이 오는지 비가 오는지 도무지 알지 못하고 살던 우리나라, 이왕 교육은 올차학 교육이라 할 만하니 그 교육받은 남자들이 무슨 정신으로 우리 정치를 생각하겠소? 우리 여자의 말이 쓸데없을 듯하나 자국의 정신으로 하는 말이니, 오히려 만국공사의 헛담판보다 낫습니다. 여러분 부인들은 대한 여자 교육계의 별 방침을 연구하시오."

**금운** "여보, 설헌 씨는 학문 설명을 자세히 하셨으나 그 성질과 형편이 그래도 미진한 곳이 있습니다.

우리나라 지식을 보통케 하려면 그 소위 무슨 변에 무슨 자, 무슨 아래 무슨 자라는, 옛날 상전으로 알던 중국 글을 폐지하여야 필요하겠소. 대저 글이라 하는 것은 말과 소와 같아서 그 나라의 범백 정신을 실어두나니, 우리나라 소위 한문은 곧 지나\*의 말과 소라. 다만 지나의 정신만 실었으니 우리나라 사람이야 평생을 끌고 당긴들 무슨 이익이 있겠소? 그런 중에 그 말과 소가 대단히 사나워 좀체 사람은 끝지 못하오.

　그 글은 졸업 기한이 없고 일평생을 읽을지라도 이태백 한퇴지*는 못 되며, 혹 상등으로 총명한 자가 물 쥐어 먹고 십 년 이십 년을 읽어서 실재實才라, 거벽*이라 하여 눈앞에 영웅이 없고, 세상이 돈짝만하여 내가 내노라고 돌이질치더라도 그 사람더러 정치를 물으면 모른다, 법률을 물으면 모른다, 철학 화학 이화학을 물으면 모르노라, 농학 상학 공학을 물으면 모르노라. 그러면 우리 대종교 공부자 도학의 성질은 어떠하냐 묻게 되면 그 신성하신 진리는 모르고 다만 아노라 하는 것은, 공자님은 꿇어앉으셨지, 공자님은 광수의* 입으셨지 하여 가장 도통道統을 이은 듯이 여기니, 다만 광수의만 입고 꿇어만 앉았으면 사람마다 천만 년 종교 부자가 되오리까?

　공자님은 춤도 추시고, 노래도 하시고, 풍류도 하시고, 선배도 되시고, 문장도 되시고, 장수가 되셔도 가하고, 천자天子도 가히 되실 신성하신 우리 공부자님을, 어찌하여 속은 컴컴하고 외양만 번주그레한* 위인들이 광수의만 입고 꿇어만 앉아 공자님 도학이 이뿐이라 하여 고담준론을 하면서 이렇게 하여야 집을 보존하고 인군을 섬긴다 하여 자기 자손뿐 아니라 남의 자제까지 연골*에 버려 골생원*님이 되게 하니, 그런 자들은 종교에 난적亂賊이요, 교육에 공적公敵이라 공자님께서 대단히 욕보셨소. 설사 공자님이 생존하셨을지라도 오히려 북을 울려 그자들을 벌하셨으리라.

　그만도 못한 승부군이라 일차군이라 하는 자는 천시도 모르고, 지리도 모르고, 다만 의취* 없는 강남풍월한 다년이라. 뜻도 모르는 것은 원코 형코라 하여 국가의 수용하는 인재 노릇을 하였으니 그렇고야 어찌 나라가 이 지경이 아니 되겠소?

대체 글을 무엇에 쓰자고 읽소? 사리를 통하려고 읽는 것인데 내 나라 지지와 역사를 모르고서 《제갈량전》과 《비사맥전》*을 천만 번이나 읽은들 현금 비참한 지경을 면하겠소? 일본 학교 교과서를 보시오. 소학교 교과하는 것은 당초에 대한이라 청국이라는 말도 없이 다만 자국 인물이 어떠하고 자국 지리가 어떠하다 하여 자국 정신이 굳은 후에 비로소 만국 역사와 만국 지지를 가르치니, 그런고로 물론 남녀하고 자국의 보통 지식 없는 자가 없어 오늘날 저러한 큰 세력을 얻어 나라의 영광을 내었소.

우리나라 남자들은 거룩하고 고명한 학문이 있는 듯하나 우리 여자 사회에야 그 썩고 냄새나는 천지현황* 글자나 아는 사람이 몇이나 되오? 남자들도 응당 귀도 있고 눈도 있으리니, 타국 남자와 같이 학문을 힘쓰려니와 우리 여자도 타국 여자와 같이 지식이 있어야 우리 대한 삼천리강토도 보전하고, 우리 여자 누백 년 금수도 면하리니, 지식을 넓히려면 하필 어렵고 어려운 십 년 이십 년 배워도 천치를 면치 못할 학문이 쓸데 있소? 불가불 자국 교과를 힘써야 되겠다 합니다."

**국란**   "아니오, 우리나라가 가뜩 무식한데 그나마 한문도 없어지면 수모* 세계를 만들려오? 수모란 것은 눈이 없이 새우를 따라다니면서 새우 눈을 제 눈같이 아니 수모 세계가 되면 새우는 어디 있나? 아니될 말이오. 졸지에 한문을 없이하고 국문만 힘쓰면 무슨 별 지식이 나리까? 나도 한문을 좋다 하는 것은 아니나 형편으로 말하면 요순 이래 치국평천하하는 법과 수신제가하는 천사만사가 모두 한문에 있으니 졸지에 한문을 없애고 국문만 쓰면, 비유컨대 유리창을 떼어버리고 흙벽 치는 셈이오. 국문은 우리나라 세종대왕

께서 만드실 때 적공\*이 대단하셨소. 사신을 여러 번 중국에 보내어 그 성음 이치를 알아다가 자모음을 만드시니, 반절反切이 그것이오.

　우리 세종대왕 근로하신 성덕은 다 말씀할 수 없거니와 반절 몇 줄에 나라 돈도 많이 들었소. 그렇건마는 백성들은 죽도록 한문자만 숭상하고 국문은 버려두어서 암글이라 지목하여 부인이나 천인이 배우되 반절만 깨치면 다시 읽을 것이 없으니 보는 것은 다만〈춘향전〉·〈심청전〉·〈홍길동전〉 등물뿐이라,〈춘향전〉을 보면 정치를 알겠소?〈심청전〉을 보고 법률을 알겠소?〈홍길동전〉을 보아 도덕을 알겠소? 말할진대〈춘향전〉은 음탕 교과서요,〈심청전〉은 처량 교과서요,〈홍길동전〉은 허황 교과서라 할 것이니, 국민을 음탕 교과로 가르치면 어찌 풍속이 아름다우며, 처량 교과로 가르치면 장진지망\*이 있으며, 허황 교과서로 가르치면 어찌 정대한 기상이 있으리까? 우리나라 난봉 남자와 음탕한 여자의 제반 악징이 다 이에서 나니 그 영향이 어떠하오?

　혹 발명하려면〈춘향전〉을 누가 가르쳤나,〈심청전〉을 누가 배우라나,〈홍길동전〉을 누가 읽으라나, 비록 읽으라 할지라도 다 제게 달렸지 할 터이나, 이것이 가르친 것보다 더하지, 휘문의숙 같은 수층 양옥과 보성학교 같은 너른 교장에 칠판·괘종·책상·걸상을 벌여 놓고 고명한 교사를 월급 주어 가르치는 것보다 더 심하오. 그것은 구역과 시간이나 있거니와 이것은 구역도 없고 시간도 없이 전국 남녀들이 자유권으로 틈틈이 보고 곳곳이 읽으니 그 좋은 몇 백만 청년을 음탕하고 처량하고 허황한 구멍에 쓸어 묻는단 말이오.

　그나 그뿐이오? 혹 기도하면 아이를 낳는다, 혹 산신이 강림하여 복을 준다, 혹 면례\*를 잘하여 부귀를 얻는다, 혹 불공하여 재액을 막았다, 혹 돌구멍에서 용마가 났다, 혹 신선이 학을 타고 논다, 혹 최 판관이 붓을 들고 앉았다 하는 제반 악징의 괴괴망측한 말을 다 국문으로 기록하여 출판한 판책도 많고 등출謄出한* 세책貰冊도 많아 경향 각처에 불똥 뛰어 박이듯 없는 집이 없으니 그것도 오거서 五車書라 평생을 보아도 못 다 보오.

그 책을 나도 여간 보았거니와 좋은 종이에 주옥 같은 글씨로 세세성문하여 혹 이삼 권 혹 수십여 권 되는 것이 많고 백 권 내외 되는 것도 있으니, 그 자본은 적으며 그 세월은 얼마나 허비하였겠소? 백해무익한 그 책을 값을 주고 사며 세를 주고 얻어 보니 그 돈은 헛돈이 아니오? 국문 폐단은 그러하지마는 지금 금운 씨의 말과 같이 한문을 전폐하고 국문만 쓸진대 〈춘향전〉·〈심청전〉·〈홍길동전〉이 되겠소? 괴악망측한 소설이 제자백가가 되겠소? 그는 다 나의 분격한* 말이라, 나도 항상 말하기를 자국 정신을 보존하려면 국문을 써야 되겠다 하지마는 그 방법은 졸지에 계획할 수 없습니다.

가령 남의 큰 집에 들었다가 그 집이 본래 남의 집이라 믿음성이 없다 하고 떠나려면, 한편으로 차차 재목을 준비하고 목수, 석수를 불러 시역할새*, 먼저 배산임류 좋은 곳에 터를 닦아 모월 모일 모시에 입주하고, 일대 문장에게 상량문을 받아 아랑위아랑위 하는 소리에 수십 척 들보를 높이 얹고 정당 몇 간, 침실 몇 간, 행랑 몇 간을 예산대로 세워 놓으니, 차방 다락 조밀하고 도배 장판 정쇄한데, 우리나라 효자 열녀의 좋은 말씀을 문장 명필의 고명한 솜씨로 기록하여 부벽주련*으로 여기저기 붙이고 나도 내 집 사랑한다는 대자 현판을 정당에 높이 단 연후에 그제야 세간 즙물을 옮겨다가 쌓을 데 쌓고 놓을 데 놓아 질자배기* 부지깽이 한 개라도 서실*이 없어야 이사한 해가 없나니, 만일 옛집을 남의 집이라 하여 졸지에 몸만 나오든지 세간 즙물을 한데 내어놓든지 하고 그 집을 비워 주인을 맡기면 어디로 가자는 말이오?

우리나라 국문은 미상불 좋은 글이나 닦달 아니한 재목과 같으니, 만일 한문을 버리고 국문만 쓰려면 한문에 있는 천만사와 천만법을 국문으로 번역하여 유루한* 것이 없은 연후에 서서히 한문을 폐하여 지나 사람을 되주든지 우리가 휴지로 쓰든지 하고, 그제야 국문을 가위 글이라 할 것이니, 이 일을 예산한즉 오십 년 가량이라야 성공하겠소.

만일 졸지에 한문을 없이하려면 남의 집이라고 몸만 나오는 것과 무엇이 다르오? 남의 집은 주인이 있어 혹 내어놓으라고 독촉도 하려니와 한문이야 누가 내어놓으라 하는 말이 있소? 서서히 형편을 보아 폐지함이 가할 것이오. 국문만 쓸지라도 옛날 보던 〈춘향전〉이니 〈홍길동전〉이니 〈심청전〉이니 그 외에 여러 가지 음담패설을 다 엄금하여야 국문에 영향이 정대하고 광명하지, 그렇지 못하면 수천 년 숭상하던 한문만 잃어버리리니 정대한 국문만 쓸진대 누가 편리치 않다 하오리까?

가령 한문의 부자 군신이 국문의 부자 군신과 경중이 있소? 국문의 백 냥 천 냥이 한문의 백 냥 천 냥과 다소가 있소? 국문으로 패독산* 방문方文을 내어도 발산되기는 일반이요, 국문으로 삼해주* 방법을 빙거憑據하여도 취하기는 한 모양이오. 국문으로 욕설하면 탄하지 않겠소? 한문으로 칭찬하면 더 좋아하겠소? 국문의 호랑이도 무섭고, 국문의 원앙새도 어여쁘다.

국문과 한문이 다름없으나 어찌 우리 여자 권리로 연혁을 확정하리요. 문부관리들 참 딱한 것이, 국문은 쓰든지 아니 쓰든지 그 잡담소설이나 금하였으면 좋겠소. 그것 발매하는 자들이 투전 장사나 다름없나니 투전은 재물이나 상하려니와 음담소설은 정신조차 버리오. 문부관리들 그 아니 답답하오? 청년 남녀의 정신 잃는 것을 어찌 차마 앉아 보기만 하오?

학무국은 무슨 일들 하며, 편집국은 무슨 일들 하는지 저러한 관리를 믿다가는 배꼽에 노송나무가 나겠소. 우리 여자 사회가 단체하여 문부관리에게 질문 한번 하여보옵시다."

**매경** "여보, 사회 단체가 그리 용이하오? 우리나라 백 년 이하 각항 단체를 내 대강 말하오리다. 관인 사회는 말할 것이 없거니와 종교 사회로 말할지라도 물론 어느 나라하고 종교 없이 어찌 사오? 야만부락의 코끼리에게 절하는 것과, 태양에게 비는 것과, 불과 물을 위하는 것을 웃기는 웃거니와 그 진리를 연구하면 용혹무괴*요. 만일 다수한 국민이 겁내는 것도 없고 의귀할 곳도 없고 존칭할 것도 없으면 어찌 국민의 질서가 있겠소? 약육강식하는 금수세계만도 못하리다.

그런고로 태서泰西 정치가에서 남의 나라의 강약허실을 살피려면 먼저 그 나라 종교 성질을 본다 하니 그 말이 유리하오. 만일 종교에 의귀할 바 없으면 비록 인물이 번성하고 토지가 강대한 나라로 군부에 대포가 가득하고 탁지에 금전이 가득하고 공부에 기재가 가득할지라도 수백 년 전 남미 인종과 다름없으리라.

동서양 종교 수효와 범위를 말씀하건대 회회교* · 희랍교 · 토숙탄교* · 천주교 · 기독교 · 석가교와 그 외에 여러 교가 각각 범위를 넓혀 세계에 세력을 확장하되 저 교는 그르다, 이 교는 옳다 하여 경쟁

하는 세력이 대포·장창보다 맹렬하니, 그 중에 망하는 나라도 많고 흥하는 사람 많소.

　우리 동양 제일 종교는 세계의 독일무이하신 대성지성하신 공부자 아니시오? 그 말씀에 정대한 부자·군신·부부·형제·붕우에 일용 상행하는 일을 의론하사 사람으로 하여금 사람 되는 도리를 가르치시니, 그 성덕이 거룩하시고 융성하시며 향념하시는* 마음이 일광과 같으사 귀천남녀 없이 다 비추건마는 우리나라는 범위를 좁혀서 남자만 종교를 알지 여자는 모를 게라, 귀인만 종교를 알지 천인은 모를 게라 하여 대성전大成殿에 제관 싸움이나 하고 시골 향교에 재임齋任이나 팔아먹고 소민小民들은 향교출렴이나 물으니 공자님의 도하는 것이 무엇이오?

　도포나 입고 쌍상토나 틀고 혁대와 중영이나 달고 꿇어앉아서 마음이 어떠한 것이라, 성품이 어떠한 것이라 하며 진리는 모르고 죽 들은 풍월같이 지껄이면서 이만하면 수신제가도 자족하지, 치국평천하도 자족하지, 세상도 한심하지, 나 같은 도학군자를 아니 쓰기로 이렇다 하여 백 가지로 개탄하다가 혹 세도재상에게 소개하여 좨주 찬선으로 초선抄選이나 되면, 공자님이 당시의 자기로만 알고 도태를 뽑아내며 괴팍한 위인에 야매한 언론으로 천하대세도 모르고 척양斥洋합시다, 척외斥外합시다, 상소나 요명要名 차로 눈치 보아 가며 한두 번 하여 시골 선배의 칭찬이나 듣는 것이 대욕소관大慾所關이지.

　옛적 정자산*의 외교 수단을 공자님도 칭찬하셨으니 공자님은 척화를 모르시오. 척화도 형편대로 하는 것이지 붓끝으로만 척화척화하면 척화가 되오? 또 고상하다 자칭하는 자는 당초 사직으로 장기

자유종　183

를 삼아 나라가 내게 무슨 상관있나? 백성이 내게 무슨 이해 있나? 독선기신*이 제일이지, 자질도 이렇게 가르치고 문인도 이렇게 어거하여* 혹 총명재자가 있어 각국 문명을 흠선하여 정치가 어떠하다, 법률이 어떠하다, 교육이 어떠하다, 언론을 하게 되면 자세히 듣지는 아니하고 돌려세우고 고담준론으로 아무 집 자식도 버렸다, 그 조상도 불쌍하다 하여 문인 자제를 엄하게 신칙하되*, 아무개와 상종을 말라, 그 말을 듣다가는 너희가 내 눈앞에 보이지 말라 하니, 우리 이천만 인이 다 그 사람의 제자 되면 나라꼴은 잘되겠지요.

　그만도 못한 시골고라리* 사회는 더구나 장관이지. 공자님 성씨가 누구신지요, 휘자*가 무엇인지 알지도 못하는 인류들이 향교와 서원은 자기들의 밥자리로 알고 사돈 여보게, 출표하러 가세. 생질 너도 술 먹으러 오너라. 돼지나 잡았는지. 개장국도 꽤 먹겠네. 수복아, 추렴통문 놓아라. 고직아, 별하기 닭아라. 아무가 문필은 똑똑하지마는 지체가 나빠 봉향*감 못 되어, 아무는 무식하지마는 세력을 생각하면 대축大祝이야 갈 데 있나. 명륜당明倫堂이 견고하여 술주정 좀 하여도 무너질 바 없지. 교궁校宮은 이렇게 위하여야 종교를 밝히지. 아무 골 향교에는 학교를 설시하였다 하고, 아무 골 향교 전답을 학교에 붙였다 하니, 그 골에는 사람의 새끼 같은 것이 하나 없어. 그러한 변이 어디 또 있나? 아무 골 향족이 명륜당에 앉았다니 그 마룻장은 대패질을 하여라. 아무 집 일명이 색장色掌을 붙었다니 그 재판을 수세미질이나 하여라 하여, 종교라는 종 자는 무슨 종 자며, 교 자는 무슨 교 자인지 착착 접어 먼지 속에 파묻고, 싸우나니 양반이요, 다투나니 재물이라. 이것이 우리 신성하신 대종교라 하오. 한심하고 통곡할 만도 하오. 종교가 이렇듯 부패하니 국세가 어찌 강성하겠소? 학교와 서원 성질을 말하리다. 서원은 소학교 자격이요, 향교는 중학교 자격이요, 태학은 대학교 자격이라. 서원은 선현 화상을 봉안하여 소학 동자로 하여금 자국 인물을 기념케 함이요, 향교에는 대성인 위패를 봉안하여 중학 학생으로 하여금 종교를 경앙케 함이요, 태학에는 예악 문물을 더 융성히 하여 태학 학생으로 하여금 종교 사상이 더욱 견고케 함이니, 어찌 다만 제사만 소중이라 하여 사당집과 일반으로 돌려보내리요? 교육을 주장하는 고로 향교와 서원을 당초에 설시하였고, 종교를 귀중하는 고로 대성인과 명현을 뫼셨고, 성현을 뫼신 고로 제례를 행하나니 교육과 종교는 주체가 되고 제사는 객체가 되거늘, 근래는 주체는 없어지고 객체만 숭상하니 어찌 열성조列聖朝의 설시하신 본의라 하리요?

제사만 위한다 할진대 태묘太廟도 한 곳뿐이어늘 아무리 성인을 존봉할지라도 어찌 삼백육십여 군의 골골마다 향화를 받들리까? 저 무식한 자들이 교육과 종교는 버리고 제사만 위중한다 한들 성현의 마음이 어찌 편안하시리까?

종교에야 어찌 귀천과 남녀가 다르겠소? 지금이라도 종교를 위하려면 성경현전\*을 알아보기 쉽도록 국문으로 번역하여 거리거리 연설하고, 성묘와 서원에 무애희\* 농용하며, 가령 제사로 말할지라도 귀인은 귀인 예복으로 참사하고, 천인은 천인 의관으로 참사하고, 여자는 여자 의복으로 참사하여, 너도 공자님 제자, 나도 공자님 제자 되기 일반이라 하면 종교 범위도 넓고, 사회 단체도 굳으리다. 또 사회의 폐습을 말할진대 확실한 단체는 못 보겠습디다. 상업 사회는 에누리 사회요, 공장 사회는 날림 사회요, 농업 사회는 야매 사회라, 하나도 진실하고 기묘하여 외국 문명을 당할 것은 없으니 무슨 단체가 되겠소? 근래 신교육 사회는 구교육 사회보다는 낫다 하나 불심상원*이오.

관공립은 화욕 학교라 실상은 없고 문구뿐이요, 각처 사립은 단명학교라 기본이 없어 번차례로 폐지할 뿐 아니라, 물론 아무 학교든지 그중에 열심한다는 교장이니 찬성장이니 하는 임원더러 묻되, 이 학교에 제갈량과 이순신과 비사맥과 격란사돈* 같은 인재를 교육하여 일후의 국가 대사를 경륜하려오 하면 열에 한둘도 없고, 또 묻되 이 학교에 인재 성취는 이다음 일이요, 교육사회에 명예나 취하려오 하면 열에 칠팔이 더 되니 그 성의가 그러하고야 어찌 장구히 유지하겠소? 교원 강사도 한만閑漫한 출입을 아니하고 시간을 지키어 왕래한다니 그 열심은 거룩하오. 공익을 위함인지, 명예를 위함인지, 월급을 위함인지, 명예도 아니요, 월급도 아니요, 실로 공익만 위한다 하는 자, 몇이나 되겠소?

물론 공사 관립하고 여러 학생들에게 묻되, 학문을 힘써 일후에 사환仕宦을 하든지 일신쾌락을 희망하느냐, 국가에 몸을 바치는 정신 얻기를 주의하느냐 하게 되면, 대중소 학교 몇만 명 학도 중에 국가 정신이라고 대답하는 자 몇몇이나 되겠소?

또 여자 교육회니 여학교니 하는 것도 권리 없고 자본 없는 부인에게만 맡겨두니 어찌 흥왕興旺하리오? 물론 아무 사회하고 이익만 위하고 좀 낫다는 자는 명예만 위하고, 진실한 성심으로 나라를 위하여 이것을 한다든가, 백성을 위하여 이것을 한다는 자 역시 몇이나 되겠소?

이렇게 교육 교육 할지라도 십 년 이십 년에 영향을 알리니 그중에도 몇 사람이야 열심 있고 성의 있어 시사時事를 통곡할 자가 있겠지요마는 단체 효력을 오히려 못 보거든 하물며 우리 여자에 무슨 단체가 조직되겠소? 아직 가정 여러 자녀를 잘 가르치고 정분 있는 여자들에게 서로 권고하여 십 인이 모이고 이십 인이 모여 차차 단정히 설립하여야 사회든지 교육이든지 하여보지, 졸지에 몇백 명 몇천 명을 모아도 실효가 없어 일상 남자 사회만 못하리다."

**설헌** "그러하오마는 세상일이 어찌 아무것도 아니하고 앉아서 기다리기만 하리까? 여보, 우리 여자 몇몇이 지껄이는 것이 풀벌레 같을지라도 몇 사람이 주창하고 몇 사람이 권고하면 아니될 일이 어디 있소? 석 달 장마에 한 점 볕이 갤 장본이요, 몇 달 가물에 한 조각 구름이 비 올 장본이니, 우리 몇 사람의 말로 천만 인 사회가 되지 아니할지 뉘 알겠소?

청국 명사 양계초*梁啓超* 씨 말씀에 하였으되, 대저 사람이 일을 하려면 이기려다가 패함도 있거니와 패할까 염려하여 당초에 하지 아니하면 이는 당초에 패한 사람이라 하니, 오늘 시작하여 내일 성공할 일이 우리 팔자에 왜 있겠소? 그러나 우리가 우쭐거려야 우리 자식 손자들이나 행복을 누리지. 일향 우리나라 사람을 부패하다, 무식하다 조롱만 하면 똑똑하고 요요한 남의 나라 사람이 우리에게 소용 있소?

우리나라 삼백 년 이전이야 어떠한 정치며 어떠한 문물이오? 일본이 지금 아무리 문명하다 하여도 범백 제도를 우리나라에서 많이 배워 갔소. 그 나라 국문도 우리나라 왕인*王仁* 씨가 지은 것이니, 근일 우리나라가 부패치 아니한 것은 아니나 단군기자 이후로 수천 년 이래에 어떠한 민족이오?

철학가 말에, 편안한 것이 위태한 근본이라 하니, 우리나라 사람이 기백 년 편안하였은즉 한번 위태한 일이 어찌 없겠소? 또 말하였으되, 무식은 유식의 근원이라 하였으니 우리나라 사람이 오래 무식하였으니 한번 유식하지 아니할 이유가 있겠소?

가령 남의 집에 가서 보고 그 집 사람들은 음식도 잘하더라, 의복도 잘하더라, 내 집에서는 의복 음식 솜씨가 저러하지 못하니 무엇에 쓸꼬 하고 가속家屬을 박대하면 남의 좋은 의복 음식이 내게 무슨 상관있소? 차라리 저 음식은 어떠하니 좋지 아니하다, 이 의복은 어떠하니 좋지 아니하다 하여 제도를 자세히 가르쳐서 남의 것과 같이하는 것만 못하니, 부질없이 내 집안 사람만 불만히 여기면 기도가 바로잡힐 리가 있으리까?

《소학》에 가로되, 좋은 사람이 없다 함은 덕 있는 말이 아니라 하였으니, 내 나라 사람을 무식하다고 능멸하여 권고 한마디 없으면 유식하신 매경 씨만 홀로 살으시려오? 여보 여보, 열심을 잃지 말고 어서어서 잡지도 발간, 교과서도 지어서 우리 일천만 여자 동포에게 돌립시다.

우리 여자의 마음이 이러하면 남자도 응당 귀가 있겠지. 십 년 이십 년을 멀다 마오. 산림 어른이 연설꾼 아니될지 뉘 알며, 향교 재임이 체조 교사 아니될지 뉘 알겠소? 속담에 이른 말에 뜬 쇠가 달면 더 뜨겁다 하였소.

지금은 범백 권리가 다 남자에게 있다 하나 영원한 권리는 우리 여자가 차지합시다. 매경 씨 말씀에, 자녀를 교육하자 함이 진리를 알으시는 일이오. 우리 여자만 합심하고 자녀를 잘 교육하면 제 이세의 문명은 우리 사업이라 할 수 있소.

자식 기르는 방법을 대강 말하오리다. 자식을 낳은 후에 가르칠 뿐 아니라 탯속에서부터 가르친다 하였으니, 그런고로 《예기》에 태육법을 자세히 말하였으되, 부인이 잉태하매 돗자리가 바르지 아니하거든 앉지 아니하며, 벤 것이 바르지 아니하거든 먹지 말라 하였으니, 그 앉는 돗, 먹는 음식이 탯덩이에 무슨 상관이 있겠소마는 바른 도리로만 행하여 마음에 잊지 말라 함이오. 의원의 말에도 자식 밴 부인이 잡것을 먹지 말라 하고, 음식의 차고 더운 것을 평균케 하고, 배를 항상 더웁게 하고, 당삭하거든* 약간 노동하여야 순산한다 하였소.

뱃속에서도 이렇게 조심하거든 나온 후에 어찌 범연히 양육하오리까? 제가 비록 지각이 없을 때라도 어찌 그 앞에서 터럭만치 그른 일을 행하겠소. 밥 먹는 법, 잠자는 법, 말하는 법, 걸음 걷는 법 일동 일정을 가르치되, 속이지 아니함을 주장하여 정대한 성품을 양육한즉 대인 군자가 어찌하여 되지 못하리까?

맹자님 모친께서 맹자님 기르실 때에 마침 동편 이웃집에서 돼지를 잡거늘 맹자께서 물으시되, 저 돼지는 어찌하야 잡나니까? 맹모 희롱으로, 너를 먹이려고 잡는다 하셨더니 즉시 후회하시되, 어린아이를 속이는 법을 가르쳤다 하고 그 고기를 사다가 먹이신 일이 있고, 맹자 점점 자라실새 장난이 심하여 산 밑에서 살 때에 상두꾼 흉내를 내시거늘 맹모가 가라사대, 이곳이 아이 기를 곳이 못된다 하시고 저자 근처로 이사하였더니, 맹자께서 또 물건 매매하는 형용을 지으시니 맹모가 또 집을 떠나 학궁學宮 곁에 거하시매 그제야 맹자 예절 있는 희롱을 하시는지라 맹모 말씀이, 이는 참 자식 기를 곳이라 하시고 가르쳐 만세 아성이 되셨소. 한 아들을 가르쳐 억조창생에게 무궁한 도학이 있게 하시니 교육이란 것이 어떠하오? 만일 맹자께서 상두나 메시고 물건이나 팔러 다니셨다면 오늘날 맹자님을 누가 알겠소?

《비유요지》라 하는 책에 말하였으되, 서양에 한 부인이 그 아들을 잘 교육할새 그 아들이 장성하여 장사치로 나아가거늘 그 부인이 부탁하되, 너는 어디 가든지 남 속이지 아니하기로 공부하라. 그 아들이 대답하고 지화 몇백 원을 옷깃 속에 넣고 행하다가 중로에서 도적을 만나니 그 도적이 묻되, 너는 무슨 업을 하며 무슨 물건을 몸에 지녔느냐 하되, 그 아이는 대답하되, 나는 장사하는 사람이니 지화 몇백 원이 옷깃 속에 있노라 하니, 도적이 그 정직함을 괴히 여겨 뒤져본즉 과연 있는지라. 당초에 깊이 감추고 당장에 은휘치* 아니하는 이유를 물은즉 그 사람이 대답하되, 내 모친이 남을 속이지 말라 경계하셨으니 어찌 재물을 위하여 친교를 어기리요. 도적이 각각 탄복하여 말하되, 너는 효성 있는 사람이라. 우리 같은 자는 어찌 인류라 하리오. 그 지화를 다시 옷깃에 넣어 주고 그 후로는 다시 도적질도 아니하였다 하였소.

그 부인이 자기 아들을 잘 교육하여 남의 자식까지 도적의 행위를 끊게 하니 교육이라는 것이 어떠하오? 송나라 구양수歐陽修 씨도 과부의 아들로 자라매, 집이 심히 가난하여 서책과 필묵이 없거늘 그 모친이 갈대로 땅을 그어 글을 가르쳐 만고 문장이 되었고, 우리나라 퇴계 이 선생도 어릴 때 그 모친이 말씀하되, 내 일찍 과부 되어 너희 형제만 있으니 공부를 잘하라, 세상 사람이 과부의 자식은 사귀지 아니한다니 너희는 그 근심을 면하게 하라 하고, 평상시에 무슨 물건을 보면 이치를 가르치며 아무 일이고 당하면 사리를 분석하여 순순히 교훈하사 동방 공자가 되셨으니 교육이라는 것이 어떠하오?

예로부터 교육은 어머니께 받는 일이 많으니 우리도 자식을 그런 성력과 그런 방법으로 교육하였으면 그 영향이 어떠하겠소? 우리 여자 사회에 큰 사업이 이에서 더한 일이 있겠소? 여러분 여자들, 지금 남자와 지금 여자를 조롱 말고 이다음 남자와 이다음 여자나 교육 좀 잘하여봅시다."

**국란** "그 말씀 대단히 좋소. 자식 기르는 법과 가르치는 공효를 많이 말씀하셨으나 자식 사랑하는 이유가 미진한 고로 여러분 들으시기 위하여 그 진리를 말씀하오리다.

세상 사람들이 자식을 사랑한다 하나 실상은 자기 일신을 사랑함이니, 자식이 나매 좋아하고 기꺼하는 마음을 궁구하면, 필경은 저 자식이 있으니 내 몸이 의탁할 곳이 있으며 내 자식이 자라니 내 몸 봉양할 자가 있도다 하고, 혹 자식이 병이 들면 근심하고, 혹 자식이 불행하면 설워하니, 근심하고 설워하는 마음을 궁구하면 필경은 내 자식이 병들었으니 누가 나를 봉양하며, 내 자식이 없었으니 내가 누구를 의탁하리요 하나, 그 마음이 하나도 자식을 위한다는 자도 없고 국가를 위한다는 자도 없으니 사람마다 자식 자식 하여도 진리는 실상 모릅디다.

자식의 효도를 받는 것이 어찌 내 몸만 잘 봉양하면 효도라 하리오? 증자 말씀에 인군을 잘못 섬겨도 효가 아니요, 전장에 용맹이 없어도 효가 아니라 하셨으니, 이 말씀을 생각하면 자식이라는 것이 내 몸만 위하여 낳은 것이 아니요, 실로 나라를 위하여 생긴 것이니 자식을 공물이라 하여도 합당하오.

혹 모르는 사람은 이 말을 들으면 필경 대경소괴하여 말하되, 실로 그러할진대 누가 자식 있다고 좋아하며 자식 없다고 설워하리요? 청국 강남해* 말에, 대동 세계에는 자식 못 낳은 여자는 벌이 있다 하더니, 과연 벌하기 전에야 생산하려는 자가 있겠소? 혹 생산하더라도 내 몸은 봉양하여 주지 아니하고 국가만 위하여 교육을 받으라 하겠소? 이러한 말이 널리 들리면 윤리상에 대단 불행하겠다 하여 중언부언할 터이지마는, 지금 내 말이 윤리상의 불행함이 아니라 매우 다행하오리다.

자식을 공물로 인정하더라도 그렇지 아니한 소이연이 있으니, 가령 우마牛馬를 공물이라 하면 농업가와 상업가에서 우마를 부리지 아니하리까? 저 집에 우마가 있으면 내 집에 없어도 관계가 없다 하여 사람마다 마음이 그러하면 우마가 이미 절종되었을 터이나, 비록 공물이라도 우마가 있어야 농업과 상업에 낭패가 없은즉, 자식은 공물이라고 있는 것을 귀히 여기지 아니하리요? 기왕 자식이 있는 이상에는 공물이라고 교육 아니하다가는 참말 윤리에 불행한 일이오.

가령 어부가 동무를 연합하여 고기를 잡되, 남의 그물에 걸린 것이 내 그물에 걸린 것만 못하다 하니, 국가 대사업을 바라는 마음은 같으나 어찌 남의 자식 성취한 것이 내 자식 성취한 것만 하오리까? 그러한즉 불가불 자식을 교육할 것이요, 자식이 나서 나라의 사업을 성취하고 국민에 이익을 끼치면 그 부모는 어찌 영광이 없으리까?

옛날 사파달*이라 하는 땅에 한 노파가 여덟 아들을 낳아서 교육을 잘하여 여덟이 다 전장에 갔다가 죽은지라, 그 살아 돌아오는 사람더러 묻되, 이번 전장에 승부가 어떠한고? 그 사람이 대답하되, 전쟁은 이기었으나 노인의 여러 아들은 다 불행하였나이다 하거늘, 노구 즉시 일어나 춤을 추며 노래를 불러 가로되, 사파달아, 사파달아, 내 너를 위하여 아들 여덟을 낳았도다 하고 슬퍼하는 빛이 없으니, 그 노구가 참 자식을 공물로 인정하는 사람이니, 그는 생산도 잘하고 교육도 잘하고 영광도 대단하오이다.

우리나라 사람들이 자식의 진리를 몇이나 알겠소? 제일 가관의 일이, 정처正妻에 자식이 없으면 첩의 소생은 비록 여룡여호*하여 문장은 이태백이요, 풍채는 두목지요, 사업은 비사맥이라도 서자라 얼자라 하여 버려두고, 정도 없고 눈에도 서투른 남의 자식을 솔양率養하여 아들이라 하는 것이 무슨 일이오?

성인의 법제가 어찌 그같이 효박淆薄할 이유가 있으리까? 적서嫡庶라는 말씀은 있으나 근래 적서와는 대단히 다르오. 정처의 소생이라도 장자 다음에는 다 서자라 하거늘, 우리나라는 남의 정처 소생을 서자라 하면 대단히 뛰겠소. 양자법으로 말할지라도 적서에 자녀가 하나도 없어야 양자를 하거늘 서자라 바리고 남의 자식을 솔양하니 하나도 성인의 법제는 아니오. 자식을 부모가 이같이 대우하니 어찌 세상에서 대우를 받겠소?

그 서자이니 얼자이니 하는 총중叢中에 영웅이 몇몇이며, 문장이 몇몇이며, 도덕군자가 몇몇인지 누가 알겠소? 그 사람도 원통하거니와 나랏일이야 더구나 말할 것이 있소? 남의 나라 사람도 고문이니 보좌니 쓰는 법도 있거든 우리나라 사람에 무엇을 그리 많이 고르는지 이성호李星湖는 적서 등분을 혁파하자, 서북 사람을 통용하자 하여 열심으로 의논하였고, 조은당의 부인 김씨는 자제를 경계하되, 너희가 서모를 경대敬待하지 아니하니 어찌 인사라 하리오? 아비의 계집은 다 어머니라 하셨나니 이 두 말씀이 몇백 년 전에 주창하였으니 그 아니 고명하오?

또 남의 후취로 들어가서 전취 소생에게 험히 구는 자 있으니 그것은 무슨 지각이오? 아무리 나의 소생은 아니나 남편의 자식은 분명하니 양자보다는 매우 긴절하오. 사람의 전조모와 후조모라 하여 자손의 마음에 후박이 있으리까? 그렇건마는 몰지각한 후취 부인들은 내 속으로 낳지 아니하였으니 내 자식이 아니라 하여 동네 아이만도 못하고 종의 자식만도 못하게 대우하니 어찌 그리 박정하고 무식하오? 아무리 원수 같은 자식이라도 내 몸이 늙어지면 소생 자식 열보다 나으며, 그 손자로 말할지라도 큰자식의 손자가 소생 손자 열보다 낫지 아니하오?

원수같이 알고 도척盜跖같이 알던 그 자식 그 손자가 일후에 만반진수를 차려 놓고, 유세차 효자모 · 효손모는 감소고우 현비 · 현조비 모 봉 모 씨라 하면 아마 혼령이라도 무안하겠지. 또 자식을 기왕 공물로 인정할진대 내 소생만 공물이요, 전취 소생은 공물이 아니겠소? 아무리 전취 자식이라도 잘 교육하여 국가의 대사업을 성취하면 그 영광이 아마 못생긴 소생 자식보다 얼마쯤이 유조有助하리니, 이 말씀을 우리 여자 사회에 공포하여 그 소위 서자이니, 전취 자식이니 하는 악습을 다 개량하여 윤리상 영원한 행복을 누리게 합시다."

**매경** "자식의 진리를 자세히 말씀하셨으나 그 범위는 대단히 넓다고는 못하겠소. 기왕 자식을 공물이라 말씀하셨으면 공물이 많아야 좋겠소, 공물이 적어야 좋겠소? 공물이 많아야 좋다 할진대 어찌 서자이니 전취 소생이니 그것만 공물이라 하여도 역시 사정私情이올시다.

비록 종의 자식이나 거지의 자식이라도 우리나라 공물은 일반이어늘, 소위 양반이니 중인이니 상한常漢이니 서울이니 시골이니 하여 서로 보기를 타국 사람같이 하니 단체가 성립할 날이 어찌 있겠소? 또 서북으로 말할지라도 몇백 년을 나라 땅에 생장하기는 일반이어늘, 그 사람 중에 재상이 있겠소, 도학군자가 있겠소? 천향이라 하여도 가하니 그 사람 중에 진개眞箇 재상 재목과 도학군자 자격이 없는 것이 아니라, 재상의 교육과 군자의 학문이 없음인지 몇백 년 좋은 공물을 다 버리고 쓰지 아니하였으니 어찌 나라가 왕성하오리까?

이성호 말씀에, 반상을 타파하자, 서북을 통용하자 하여 수천 마디 말을 반복 의논하였으나 인하여 무효하였으니 어찌 한심치 아니하겠소? 평안도의 심의도사 오세양 씨는 그 학문이 우리 동방에 드문 군자라. 그 학설과 이설을 대단히 발표하였건마는 서원도 없고 문집도 없이 초목과 같이 썩어진 일이 그 아니 원통한가?

그 정책은 다름 아니라 서북은 인재가 배출하니 기호畿湖와 같이 교육하면 사환 권리를 다 빼앗긴다 하니 그러한 좁은 말이 어디 있겠소? 사환이라는 것은 백성을 대표한 자인즉 백성의 지식이 고등한 자라야 참여하나니, 아무쪼록 내 지식을 넓혀서 할 것이지 남의 지식을 막고 나만 못하도록 하면 어찌 천도가 무심하오리까?

철학 박사의 말에, 차라리 제 나라 민족에 노예가 세세로 될지언정 타국 정부의 보호는 아니 받는다 하였으니, 그 말을 생각하면 이왕 일이 대단히 잘못되었소.

또 반상으로 말할지라도 그렇게 심한 일이 어디 있겠소? 어찌하다가 한번 상놈이라 패호하면* 비록 영웅 열사가 있을지라도 자자손손이 상놈이라 하대하니 그 같은 악한 풍속이 어디 있으리까? 그러나 한번 상사람 된 자는 도저히 인재 나기가 어려우니, 가령 서울 사람이라 해도 그 실상은 태반이나 시골 생장인즉 시골 풍속으로 잠깐 말하리다. 그 부모 된 자들이 자식의 나이 일고여덟 살만 되면 나무를 하여라, 꼴을 베어라 하여 초등 교과가 꼬부랑 호미와 낫이요, 중등 교과가 가래와 쇠스랑이요, 대학 교과가 밭갈기 논갈기요, 외교 수단이 소장사 등짐꾼이니, 그 총중에 비록 금옥 같은 바탕이 있을지라도 어찌 저절로 영웅이 되겠소? 결단코 그중에 주정꾼과 노름꾼의 무수한 협잡배들이 당초에 교육을 받았으면 영웅도 되고 호걸도 되었으리라 하오.

혹 그 부모가 소견이 바늘구멍만치 뚫려 자식을 동네 생원님 학구방에 보내면 그 선생이 처지를 따라 가르치되, 너는 큰글 하여 무엇하느냐, 계통문이나 보고 취대하기나 보면 족하지. 너는 시부표책하여 무엇하느냐, 〈전등신화〉나 읽어서 아전질이나 하여라 하니, 그런 참혹한 일이 어디 있겠소? 입학하던 날부터 장래 목적이 이뿐이요, 선생의 교수가 이러하니 제갈량 비사맥 같은 바탕이 몇백만 명이라도 속절없이 전진할 여망이 없겠으니, 이는 소위 양반의 죄뿐 아니라 자기가 공부를 우습게 보아서 그 지경에 빠진 것이오. 옛날 유명한 송귀봉과 서거정은 남의 집 종의 아들로 일대 도학가가 되었고, 정금남은 광주 관비의 아들로 크게 사업을 이루었은즉, 남의 집 종과 외읍 관비보다 더 천한 상놈이 어디 있겠소마는 이 어른들을 누가 감히 존중치 아니하겠소?

그러나 무식한 자들이야 어찌 그러한 사적을 알겠소? 도무지 선지라 선각이라 하는 양반이 교육 아니한 죄가 대단하오. 물론 아무 나라하고 상·중·하등 사회가 없는 것은 아니나, 그러나 국가 질서를 유지하려면 불가불 등급이 있어야 문란한 일이 없거늘, 우리나라 경장대신 更張大臣들이 양반의 폐만 생각하고 양반의 공효는 생각지 못하여 졸지에 반상 등급을 벽파劈破하라 하니 누가 상쾌치 아니하겠소마는, 국가 질서의 문란은 양반보다 더 심한 자 많으니 어찌 정치가의 수단이라고 인정하겠소?

지금 형편으로 보면 양반들은 명분 없는 세상에 무슨 일을 조심하리오? 그 행세가 전일 양반만도 못하고 상인들은 요사이 양반이 어디 있어 비록 문장이 된들 무엇하며, 도학이 있은들 무엇하나 하여, 혹 목불식정*하고 준준무식*한 금수 같은 유들이 제 집에서 제 형을 욕하며, 제 부모에게 불효한대도 동네 양반들이 말하면 팔뚝을 뽐내며 하는 말이, 시방 무슨 양반이 따로 있나? 내 자유권을 왜 상관하나? 내 자유권을 무슨 걱정이야? 그러다가는 뺨을 칠라, 복장을 지를라 하면서 무수 질욕하나 누가 감히 옳다 그르다 말하겠소? 속담에 상두꾼에도 수번이 있고, 초라니탈에도 차례가 있다 하니, 하물며 전국 사회가 이렇게 문란하고야 무슨 질서가 있겠소?

갑오년 경장대신의 정책이 웬 까닭이오? 양반은 양반대로 두고, 학교 하는 임원도 양반이며, 학도의 부형도 양반이며, 학도도 양반이라 하고, 학도의 자모도 학부인이라, 내부인이라 반포하면 전국이 다 양반이 될 일을 어찌하여 양반 없이 한다 하니, 사천 년 전래하던 습관이 졸지에 잘 변하겠소? 지금 형편은 어떠하냐 하면 어기어차 슬슬 당기어라, 네가 못 당기면 내가 당기겠다. 어기어차 슬슬 당기어라 하는 이 지경에 한번 큰 승부가 달렸은즉, 노인도 당기고, 소년도 당기고, 새아기씨도 당기어도 이길는지 말는지 할 일이오. 나도 양반으로 말하면 친정이나 시집이나 삼한갑족三韓甲族이로되, 그것이 다 쓸데 있소? 우리도 자식을 공물이라 하면 그 소위 서북이니 반상이니 썩고 썩은 말을 다 그만두고 내 나라 청년이면 아무쪼록 교육하여 우리 어렵고 설운 일을 그 어깨에 맡깁시다."

**금운** "작일은 융희 이 년 제일 상원이니, 달도 그전과 같이 밝고, 오곡밥도 그전과 같이 달고, 각색 채소도 그전과 같이 맛나건마는 우리 심사는 왜 이리 불평하오?

어젯밤이 참 유명한 밤이오. 우리나라 풍속에 상원일 밤에 꿈을 잘 꾸면 그해 일 년에, 벼슬하는 이는 벼슬을 잘하고, 농사하는 이는 농사를 잘하고, 장사하는 이는 장사를 잘한다 하니, 꿈이라는 것은 제 욕심대로 꾸어서 혹 일 년, 혹 수십 년이라도 필경은 아니 맞는 이유가 없소. 우리 한 노래로 긴 밤 새우지 말고, 대한 융희 이 년 상원일에 크나 작으나 꿈꾼 것을 하나 빠짐없이 이야기합시다."

**설헌** "그 말씀이 매우 좋소. 나는 어젯밤에 대한제국 자주독립할 꿈을 꾸었소. '활멸사活滅社'라 하는 사회가 있는데 그 사회 중에 두 당파가 있으니, 하나는 자활당自活黨이라 하여 그 주의인즉, 교육을 확장하고 상공을 연구하여 신공기를 흡수하며 부패 사상을 타파하여 대포도 무섭지 아니하고 장창도 두렵지 아니하여 국가에 몸을 바치는 사업을 이루고자 할새, 그 말에 외국 의뢰도 쓸데없고, 한두 개 영웅이 혹 국권을 만회하여도 쓸데없고, 오직 전국 남녀 청년이 보통 지식이 있어서 자주권을 회복하여야 확실히 완전하다 하여 학교도 설시하며 신서적도 발간하여, 남이 미쳤다 하든지 못생겼다 하든지 자주권 회복하기에 골몰 무가하나, 그 당파의 수효는 전사회의 십 분지 삼이오.

하나는 자멸당自滅黨이라 하니 그 주의인즉, 우리나라가 이왕 이 지경에 빠졌으니 제갈공명이 있으면 어찌하며, 격란사돈이 있으면 무엇하나? 십승지지十勝之地 어디 있노, 피란이나 갈까보다, 필경은 세상이 바로잡히면 그때에야 한림직각을 나 내놓고 누가 하나? 학교는 무엇이야, 우리 마음에는 십대 생원님으로 죽는 대도 자식을 학교에야 보내고 싶지 않다. 소위 신학문이라는 것은 모두 천주학天主學인데 우리네 자식이야 설마 그것이야 배우겠나?

또 물리학이니 화학이니 정치학이니 법률학이니, 다 무엇에 쓰는 것인가? 그것을 모를 때에는 세상이 태평하였네. 요사이 같은 세상일수록 어디 좋은 명당자리나 얻어서 부모의 백골을 잘 면례하였으면 자손이 발음*이나 내릴는지, 우선 기도나 잘하여야 망하기 전에 집안이나 평안하지. 전곡이 썩어지더라도 학교에 보조는 아니할 터이야. 바로 도적놈을 주면 매나 아니 맞지. 아무개는 제 집이 어렵다 하면서 학교에 명예 교사를 다닌다지. 남의 자식 가르치기에 어찌 그리 미쳤을까? 글을 읽어라, 수를 놓아라 하는 소리 참 가소롭데. 유식하면 검정콩알이 아니 들어가나? 운수를 어찌하여? 아무것도 할 일 없지. 요대로 앉았다가 죽으면 죽고 살면 사는 것이 제일이라 하니, 그 당파의 수효는 십분지 칠이요, 그 회장은 국참정이라는 사람이니, 아무 학회 회장과 흡사하여 얼굴이 풍후하고 수염이 많고 성품이 순실하여 이 당파도 좇아 저 당파도 좇아 하여 반박이 없이 가부 취결*만 물어서 흥하자 하면 흥하고, 망하자 하면 망하여 회원의 다수만 점검하는데, 그 소수한 자활당이 자멸당을 이기지 못하여 혹 권고도 하며, 혹 욕질도 하며, 혹 통곡도 하면서 분주 왕래하되, 몇 번 통상회의니 특별회의니 번번이 동의하다가 부결을 당한지라, 또 국 회장에게 무수 애걸하여 미지막 가부회를 독립관에 개설하고 수만 명이 몰려가더니 소위 자멸당도 목석과 금수는 아니라, 자활당의 정대한 언론과 비창한 형용을 보고 서로 기뻐하며 자활주의로 전

수가결되매, 그 여러 회원들이 독립가를 부르고 춤을 추며 돌아오는 거동을 보았소."

**매경** (깔깔 웃으며) "나는 어젯밤에 대한제국의 개명할 꿈을 꾸었소. 전국 사람들이 모두 병이 들었다는데, 혹 반신불수도 있고 혹 수중다리도 있고 혹 내종병도 들고 혹 정충증도 있고 혹 체증 횟배와 귀먹고 눈멀고 벙어리까지 되어 여러 가지 병으로 집집이 앓는 소리요, 곳곳이 넘어지는 빛이라. 남녀노소를 물론하고 성한 사람은 하나도 없더니 마침 한 명의가 하는 말이, 이 병들을 급히 고치지 아니하면 우리 삼천리강산이 빈터만 남으리니 그 아니 통곡할 일이오? 내가 화제 한 장을 낼 것이니 제발 믿으시오 하더니 방문을 써서 돌리니, 그 방문 이름은 청심환 골산이니 성경誠敬으로 위군하고, 정치·법률·경제·산술·물리·화학·농학·공학·상학·지리·역사 각 등분하여 극히 정묘하게 국문으로 법제하여 병세 쾌차하도록 무시복하되\*, 병자의 증세를 보아 임시 가감도 하며 대기大忌하기는 주색잡기·경박·퇴보·태타 등이라.

이 방문을 사람마다 베껴다가 시험할새 그 약을 방문대로 잘 먹고 나면 병 낫기는 더할 말이 없고 또 마음이 청상해지며 환골탈태換骨奪胎가 되는데 매미와 뱀과 같이 묵은 허물을 일제히 벗어버립디다. 대여섯 살 전 아이들은 당초에 벗을 것이 없으나 여덟 살 이상 아이들은 가뭇가뭇한 종잇장 두께만 하고, 열다섯 살 이상 사람들은 검고 푸르러서 장판 두께만 하고, 삼십사십씩 된 사람들은 각색 빛이 얼룩얼룩하여 멍석 두께만 하고, 오십육십 된 사람들은 어룩어룩 두틀두틀하며 또 각색 악취가 촉비하여\* 보료 두께만 하여 노소남녀가 각각 벗을 때 참 대단히 장관입디다. 아이들과 젊은이와 당초에 무식한 사람들은 벗기가 오히려 쉽고, 조금 유식하다는 사람들과 늙은이들은 벗기가 극히 어려워서, 혹 남이 붙잡아도 주고 혹 가르쳐도 주되, 반쯤 벗다가 기진한 사람도 있고 인하여 아니 벗으려고 앙탈하다가 그대로 죽는 사람도 왕왕 있습디다.

　필경은 그 허물을 다 벗어 옥골선풍*이 된 후에 그 허물을 주체할 데가 없어 공론이 불일한데, 혹은 이것을 집에 두면 그 냄새에 병이 복발하기 쉽다 하며, 혹은 그 냄새는 고사하고 그것을 집에 두면 철모르는 아이들이 장난으로 다시 입어보면 이것이 큰 탈이라 하며, 혹은 이것을 모두 한곳에 몰아 쌓고 그 근처에 사람 다니는 것을 금하면 다시 물들 염려도 없을 터이나 그것을 한곳에 모아 쌓은즉 백두산보다도 클 것이니, 이러한 조그마한 나라에 백두산이 둘이면 집은 어디 짓고 농사는 어디서 하나? 그것도 못될 말이지 하며, 혹은 매미 허물은 선퇴蟬退라는 것이니 혹 간기증에도 쓰고, 뱀의 허물은 사퇴蛇退라는 것이니 혹 인후증에도 쓰거니와, 이 허물은 말하려면 인퇴人退라 하겠으나 백 가지에 한 군데 쓸데가 없으며 그 성질이 육기가 많고 와사* 냄새가 많아서 동해바다의 멸치 썩은 것과 방불한즉, 우리나라 척박한 천지에 거름으로 썼으면 각각 주체하기도 경편하고* 또 농사에도 심히 유익하겠다 하니, 그제야 여러 사람들이 그 말을 시행하여 혹 지게에도 져내고 혹 구루마에 실어내어 낙력부절*하는 것을 보았소."

　**금운**　"나는 어젯밤에 대한제국의 독립할 꿈을 꾸었소. 오뚝이라는 것은 조그마하게 아이를 만들어 집어던지면 드러눕지 아니하고 오뚝오뚝 일어서는 고로 이름을 오뚝이라 지었으니, 한문으로 쓰려면 나 오吳 자, 홀로 독獨 자, 설 립立 자 세 글자를 모아 부르면

'오독립'이니, 내가 독립하겠다는 의미가 있고 또 오뚝이의 사적을 들으니 옛날 조그마한 동자로 정신이 돌올突兀하여 일찍 일어선 아이라. 그런고로 후세 사람들이 아이를 낳아서 혹 더디 일어설까 염려하여 오뚝이 모양을 만들어 희롱감으로 아이들을 주니, 그 정신이 오뚝이와 같이 오뚝오뚝 일어서라는 의사라. 우리나라 사람들이 오뚝이 정신이 있는 이는 하나도 없은즉, 아이들뿐 아니라 장정 어른들도 오뚝이 정신을 길러서 오뚝이와 같이 오뚝오뚝 일어서기를 배워야 하겠다 하여, 우리 영감 평양 서윤으로 있을 때에 장만한 수백 석지기 좋은 땅을 방매하여* 오뚝이 상점을 설치하고 각 신문에 영업 광고를 발표하였더니, 과연 오뚝이를 몇 달이 못되어 다 팔고 큰 이익을 얻어 보았소."

**국란**  "나는 어젯밤에 대한제국이 천만 년 영구히 안녕할 꿈을 꾸었소. 석가여래라 하는 양반이 전신이 황금과 같이 윤택하고 양미간에 큰 점이 박히고 한 손은 감중련坎中連하고 한 손에는 석장을 들고 높고 빛나는 옥탁자 위에 앉았거늘, 내가 합장 배례하고 황공 복지하여 내두의 발원發願을 묻는데, 어떠한 신수 좋은 부인 한 분이 곁에 섰다가 책망하기를, 적선한 집에는 경사가 있고 불선한 집에는 앙화殃禍가 있음은 소소한 이치어늘, 어찌 구구히 부처에게 비나뇨? 그대는 적악積惡한 일 없고 이생에도 부모에 효도하며 형제에 우애하며 투기를 아니하며 무당과 소경을 멀리하여 음사 기도를 아니하며 전곡을 인색히 아니하여 어려운 사람을 잘 구제하고 학교에나 사회에나 공익상으로 보조를 많이 하였으니 너는 가위 선녀라 할지니, 그 행복을 누리려면 너의 일생뿐 아니라 천만 년이라도 자손은 끊기지 아니하고 부귀공명과 충신 효자를 많이 점지하리라 하시니, 이 말씀을 미루어본즉 내 자손이 천만 년 부귀를 누릴 지경이면 대한제국도 천만 년을 안녕하심을 짐작할 일이 아니겠소?"

여러 부인 중에 한 부인이 일어나서 말하되,

"나는 지식이 없어 연하여 담화는 잘못하거니와 사상이야 어찌 다르며 꿈이야 못 꾸었겠소? 나도 어젯밤에 좋은 몽사夢事가 있으나 벌써 닭이 울어 밤이 들었으니 이다음에 이야기하오리다."

### 낱말 풀이

**가부 취결** 회의에서 회칙에 따라 의안의 가부를 결정하다.

**가편** 회의에서 안건을 표결할 때 찬성하는 편

**강남해康南海** 캉유웨이(1858~1927)

**거벽** 학식이나 어떤 전문 분야에서 뛰어난 사람

**격란사돈格蘭斯頓** 윌리엄 글래드스턴(1809~1898)

**경편하다** 가볍고 편하거나 손쉽고 편리하다.

**고대광실高臺廣室** 매우 크고 좋은 집

**골생원** 옹졸하고 고루한 사람을 속되게 이르는 말

**광수의** 소매가 넓은 옷

**극난하다** 몹시 어렵다.

**금의옥식錦衣玉食** 비단옷과 흰쌀밥이라는 뜻으로, 호화스럽고 사치스러운 생활을 이르는 말

**낙력부절絡繹不絕** 왕래가 잦아 소식이 끊이지 않다.

**눈결** 눈에 슬쩍 띄는 잠깐 동안

**당삭하다** 임신부가 해산 달을 맞이하다.

**독선기신獨善其身** 남을 돌보지 않고 자기 한몸의 처신만을 온전하게 하다.

**득죄하다** 남에게 큰 잘못을 저질러 죄를 얻다.

**등출하다** 원본에서 베껴 옮기다.

**만좌하다** 여러 사람이 자리에 차서 가득하다.

**면례** 무덤을 옮겨서 다시 장사를 지내다.

**목불식정目不識丁** 정丁 자를 보고도 그것이 '고무래'인 줄을 알지 못하다.

**무시복하다** 때를 정하지 않고 아무 때나 약을 먹다.

**무애희** 무악舞樂의 한 가지

**반구비** 국궁國弓에서 쏜 화살이 높지도 않고 낮지도 않게 적당한 높이로 날

　　　　아가는 일
**발음**  조상의 묏자리를 잘 써서 그 음덕으로 운수가 열리고 복을 받는 일
**방매하다**  물건을 내놓고 팔다.
**번주그레하다**  생김새가 겉보기에 번번하다.
**법국**  프랑스
**봉향**  헌관이 분향할 때 오른편 옆에서 집사관이 향합과 향로를 받들던 일
**부벽주련付壁柱聯**  벽이나 기둥에 붙이는 글자나 그림
**부편**  회의에서 안건을 표결할 때 반대하는 편
**분격하다**  격노하다.
**불심상원不甚相遠**  크게 다르지 않고 거의 같다.
**《비사맥전比斯麥傳》**  독일의 통일을 이끌어낸 비스마르크의 일생을 그린 전기
**사마자장司馬子長**  사마천司馬遷(B.C. 145?~B.C. 86?)의 자字
**사지오관四肢五官**  사람의 두 팔과 두 다리와 5가지 감각 기관(눈, 귀, 코, 혀, 피부)
**사파달**  사파르타Sparta의 음역어
**삼해주**  정월의 세 해일亥日에 만든 술
**생이지지**  스스로 도道를 깨닫다.
**서실**  물건을 흐지부지 잃어버리다.
**성경현전聖經賢傳**  유학의 성현이 남긴 글
**수모**  해파리
**수참하다**  매우 부끄럽다.
**승평무사昇平無事**  나라가 태평하고 아무런 일이 없다.
**시골고라리**  어리석고 고집 센 사람을 놀림조로 이르는 말
**시역하다**  토목이나 건축 따위의 공사를 시작하다.
**신칙하다**  단단히 타일러서 경계하다.
**암매하다**  어리석어 생각이 어둡다.
**어거하다**  거느리어 바른 길로 나가게 하다.
**여룡여호如龍如虎**  용 같고 호랑이 같다.

**연골** 나이가 어려 아직 뼈가 굳지 않은 체질, 또는 그런 사람

**옥골선풍**玉骨仙風 살빛이 희고 고결하여 신선과 같은 풍채

**와사** 가스gas

**용혹무괴**容或無愧 혹시 그런 일이 있더라고 괴이할 것이 없다.

**우심하다** 더욱 심하다.

**유루하다** 빠져 나가거나 새어 나가다.

**유의유식**遊衣遊食 하는 일 없이 놀면서 입고 먹다.

**은휘하다** 꺼리어 감추거나 숨기다.

**의취** 의지와 취향을 아울러 이르는 말

**자고송** 저절로 말라 죽은 소나무

**자산** 춘추시대 정나라의 정치가

**자심하다** 더욱 심하다.

**장진지망**長進之望 앞으로 잘 되어 갈 전망이나 희망

**적공** 많은 힘을 들여 애를 쓰다.

**적악** 남에게 악한 짓을 많이 하다.

**제웅** 짚으로 만든 사람 모양의 물건

**졸연하다** 쉽게 할 수 있는 상태에 있다.

**준준무식**蠢蠢無識 굼뜨고 어리석어 아무것도 아는 것이 없다.

**지나** 중국

**질자배기** 둥글넓적하고 아가리가 넓게 벌어진 그릇

**천지현황**天地玄黃 검은 하늘과 누런 땅이라는 뜻으로 천자문의 첫 사자성어다.

**촉비하다** 냄새가 코를 찌르다.

**토숙탄교** 조로아스터교

**통투** 사리를 꿰뚫어 환히 알다.

**패독산** 강활, 독활, 시호 따위를 넣어서 달여 만드는 탕약. 감기와 몸살에 쓴다.

**패호하다** 좋지 못한 별명이 붙다.

**한퇴지** 한유
**향념하다** 마음을 기울이다.
**회회교** 이슬람교
**휘자** 돌아가신 어른이나 높은 어른의 이름자

이태준의 〈꽃나무는 심어 놓고〉, 〈달밤〉, 〈돌다리〉, 〈어린 수문장〉, 이해조의 〈자유종〉에 나오는 단어를 활용하여 낱말 퍼즐을 풀어 보세요 (낱말 풀이 참조).

## 🗝 가로 열쇠

1. 사람의 두 팔과 두 다리와 5가지 감각 기관(눈, 귀, 코, 혀, 피부)
2. 저절로 말라 죽은 소나무
3. 변리
4. 굼뜨고 어리석어 아무것도 아는 것이 없다.
5. 빠져 나가거나 새어 나가다.
6. 마음에 차지 않아 섭섭하다.
7. 정丁 자를 보고도 그것이 '고무래'인 줄을 알지 못하다.
8. 옹졸하고 고루한 사람을 속되게 이르는 말
9. '천자문'의 준말

## 🗝 세로 열쇠

1. 사마천의 자
2. 잔심부름을 하는 남자 고용인
3. 춘추시대 정나라의 정치가
4. 때를 정하지 않고 아무 때나 약을 먹다.
5. 하는 일 없이 놀면서 입고 먹다.
6. 크게 다르지 않고 거의 같다.
7. 나이가 어려 아직 뼈가 굳지 않은 체질, 또는 그럼 사람
8. 돌아가신 어른이나 높은 어른의 이름자

# 이효석

메밀꽃 필 무렵

사냥

**이효석** 1907~1942년

강원도 평창에서 태어나 1920년 경성제1고보에 입학해 톨스토이, 투르게네프, 체호프 등 러시아 소설을 탐독했으며, 경성제국대학에서 영문학을 공부했다. 1928년 《조광》에 〈도시와 유령〉을 발표하면서 등단했다. 구인회에 참여해 활동했으며, 초기의 신경향파 노선을 벗어나 자연주의와 심미주의 경향의 작품을 발표했다. 그는 아내와 차남의 죽음을 겪은 후 중국과 만주 등지로 떠돌아다녔지만, 여행에서 돌아온 직후 건강이 악화되어 36세의 젊은 나이로 요절했다. 그는 뛰어난 서정성과 심미주의를 통해 반사회적, 반문명적, 반도시적 작품 세계를 구축했다. 특히 1934년 평양 숭실전문대학 교수로 재직하면서 자연과의 교감을 유려한 수필체 문장으로 그려내는 작품을 집필했다.

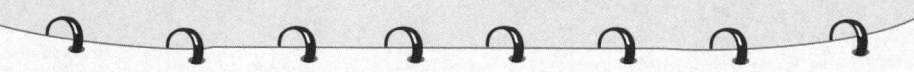

### 작품 해제

**갈래** 순수 소설, 서정 소설
**배경** 1920년대 강원도 봉평 장터에서 대화까지의 밤길
**시점** 전지적 작가 시점
**제재** 떠돌이 장돌뱅이의 삶
**주제** 떠돌이 삶의 애환과 인간 본연의 애정
**출전** 《조광》 12호(1936년 10월)

### 줄거리

허 생원은 젊은 장돌뱅이인 동이가 장터 술집의 충줏집과 어울려 농지거리를 하고 있는 것을 보고는 화가 머리끝까지 치밀어 심하게 나무라고 따귀까지 때려 내쫓아 버린다. 동이는 화를 내며 일어서기는 했으나, 허 생원의 꾸지람에 한마디 대거리도 하지 않고 나가 버린다. 허 생원은 동이의 뒷모습을 보고 측은한 생각과 걱정이 앞서지만, 흠뻑 취해 보고 싶은 생각에 조 선달이 주는 술을 모두 받아 마신다. 이때 동이가 달려와서 허 생원의 나귀가 발버둥 치고 있음을 알려 준다.

그날 밤 허 생원은 다음 장이 서는 대화까지 조 선달과 더불어 밤길을 걸으면서 달빛에 취해, 성 서방네 처녀와 예전에 맺었던 하룻밤의 기막힌 인연을 다시 한 번 들려준다. 조 선달이 장돌뱅이 생활을 그만 두고 정착할 계획을 밝히나, 허 생원은 성 서방네 처녀를 만나기 전에는 죽을 때까지 장터에 남아 있겠노라고 이야기한다. 허 생원은 동이의 집안 사정 이야기를 듣게 되는데, 달도 차지 않은 아이를 낳고 쫓겨났다는 동이의 어머니가 바로 자신이 찾는 성 서방네 처녀가 아닐까 하는 생각을 한다.

동이와 개울을 건너던 허 생원은 갑자기 발을 헛디뎌 물에 빠지고, 동이가 그를 부축해서 업어 준다. 허 생원은 짐작되는 데가 있어 동이에게 물어보고, 그 어머니의 고향 역시 봉평임을 확인한다. 그때 허 생원은 동이가 자신과 같은 왼손잡이라는 것을 알아차린다. 허 생원은 예정을 바꾸어 대화장을 보고 나면 곧바로 동이의 어머니가 산다는 제천으로 가기로 결정한다.

## 메밀꽃 필 무렵

여름 장이란 애시당초에 글러서, 해는 아직 중천에 있건만 장판은 벌써 쓸쓸하고 더운 햇발이 벌여 놓은 전 휘장 밑으로 등줄기를 훅훅 볶는다. 마을 사람들은 거지반 돌아간 뒤요, 팔리지 못한 나무꾼 패가 길거리에 궁싯거리고들* 있으나, 석유 병이나 받고 고기 마리나 사면 족할 이 축들을 바라고 언제까지든지 버티고 있을 법은 없다. 츱츱스럽게* 날아드는 파리떼도 장난꾼 각다귀들도 귀찮다. 얼금뱅이*요 왼손잡이인 드팀전*의 허 생원은 기어이 동업의 조 선달을 낚아 보았다.

"그만 걸을까?"

"잘 생각했네. 봉평장에서 한 번이나 흐붓하게 사본 일 있었을까. 내일 대화장에서나 한몫 벌어야겠네."

"오늘 밤은 밤을 패서 걸어야 될걸."

"달이 뜨렸다."

절렁절렁 소리를 내며 조 선달이 그날 산 돈을 따지는 것을 보고 허 생원은 말뚝에서 넓은 휘장을 걷고 벌여 놓았던 물건을 거두기 시작하였다. 무명필과 주단 바리가 두 고리짝에 꼭 찼다. 멍석 위에는 천 조각이 어수선하게 남았다.

 다른 축들도 벌써 거진 전들을 걷고 있었다. 약빠르게 떠나는 패도 있었다. 어물장수도, 땜장이도, 엿장수도, 생강장수도 꼴들이 보이지 않았다. 내일은 진부와 대화에 장이 선다. 축들은 그 어느 쪽으로든지 밤을 새며 육칠십 리 밤길을 타박거리지 않으면 안된다. 장판은 잔치 뒷마당같이 어수선하게 벌어지고 술집에서는 싸움이 터져 있었다. 주정꾼 욕지거리에 섞여 계집의 앙칼진 목소리가 찢어졌다. 장날 저녁은 정해 놓고 계집의 고함소리로 시작되는 것이다.

 "생원, 시침을 떼두 다 아네…… 충줏집 말야."

 계집 목소리로 문득 생각난 듯이 조 선달은 비죽이 웃는다.

 "화중지병*이지. 면소 패들을 적수로 하구야 대거리가 돼야 말이지."

 "그렇지두 않을걸. 축들이 사족을 못 쓰는 것두 사실은 사실이나, 아무리 그렇다곤 해두 왜 그 동이 말일세. 깜쪽같이 충줏집을 후린 눈치거든."

 "무어 그 애숭이가? 물건 가지고 낚었나부지. 착실한 녀석인 줄 알았드니."

 "그 길만은 알 수 있나…… 궁리 말구 가보세나그려. 내 한턱 씀세."

 그다지 마음이 당기지 않는 것을 쫓아갔다. 허 생원은 계집과는 연분이 멀었다. 얼금뱅이 상판을 쳐들고 대어설 숫기도 없었으나, 계집 편에서 정을 보낸 적도 없었고 쓸쓸하고 뒤틀린 반생이었다.

충줏집을 생각만 하여도 철없이 얼굴이 붉어지고 발밑이 떨리고 그 자리에 소스라쳐 버린다. 충줏집 문을 들어서 술좌석에서 짜장 동이를 만났을 때에는 어찌 된 서슬엔지 발끈 화가 나버렸다. 상 위에 붉은 얼굴을 쳐들고 제법 계집과 농탕치는 것을 보고서야 견딜 수 없었던 것이다. 녀석이 제법 난질꾼*인데 꼴사납다. 머리에 피도 안 마른 녀석이 낮부터 술 처먹고 계집과 농탕이야. 장돌뱅이 망신만 시키고 돌아다니누나. 그 꼴에 우리들과 한몫 보자는 셈이지. 동이 앞에 막아서면서부터 책망이었다. 걱정두 팔자요 하는 듯이 빤히 쳐다보는 상기된 눈망울에 부딪칠 때, 결김에* 따귀를 하나 갈겨주지 않고는 배길 수 없었다. 동이도 화를 쓰고 팩하게 일어서기는 하였으나, 허 생원은 조금도 동색하는 법 없이 마음먹은 대로는 다 지껄였다. "어디서 줏어 먹은 선머슴인지는 모르겠으나 네게도 애비 에미 있겠지. 그 사나운 꼴 보면 맘 좋겠다. 장사란 탐탁하게 해야 되지. 계집이 다 무어야, 나가거라 냉큼 꼴 치워."

그러나 한마디도 대거리하지 않고 하염없이 나가는 꼴을 보려니 도리어 측은히 여겨졌다. 아직도 서름서름한* 사인데 너무 과하지 않았을까 하고 마음이 섬짓해졌다. 주제도 넘지. 같은 술손님이면서두 아무리 젊다고 자식 낳게 되는 것을 붙들고 치고 닦아셀 것은 무어야, 원. 충줏집은 입술을 쫑긋하고 술 붓는 솜씨도 거칠었으나, 젊은 애들한테는 그것이 약이 된다나 하고 그 자리는 조 선달이 얼버무려 넘겼다. 너 녀석한테 반했지? 애숭이를 빨문 죄 된다. 한참 법석을 친 후이다. 담도 생긴 데다가 웬일인지 흠뻑 취해 보고 싶은 생각도 있어서 허 생원은 주는 술잔이면 거의 다 들이켰다. 거나해짐*을 따라 계집 생각보다도 동이의 뒷일이 한결같이 궁금해졌다. 내

메밀꽃 필 무렵 215

꼴에 계집을 가로채서는 어떡할 작정이었누 하고 어리석은 꼬락서니를 모질게 책망하는 마음도 한편에 있었다. 그러기 때문에 얼마나 지난 뒤인지 동이가 헐레벌떡거리며 황급히 부르러 왔을 때에는 마시던 잔을 그 자리에 던지고 정신없이 허덕이며 충줏집을 뛰어나간 것이었다.

"생원 당나귀가 바를 끊구 야단이에요."

"각다귀들 장난이지 필연코."

짐승도 짐승이려니와 동이의 마음씨가 가슴을 울렸다. 뒤를 따라 장판을 달음질하려니 게슴츠레한 눈이 뜨거워질 것 같다.

"부락스런 녀석들이라 어쩌는 수 있어야죠."

"나귀를 몹시 구는 녀석들은 그냥 두지는 않는걸."

반평생을 같이 지내온 짐승이었다. 같은 주막에서 잠자고 같은 달빛에 젖으면서 장에서 장으로 걸어다니는 동안에 이십 년의 세월이 사람과 짐승을 함께 늙게 하였다. 가스러진 목 뒤 털은 주인의 머리털과도 같이 바스러지고, 개진개진 젖은 눈은 주인의 눈과 같이 눈곱을 흘렸다. 몽당비처럼 짧게 쓸린 꼬리는 파리를 쫓으려고 기껏 휘저어 보아야 벌써 다리까지는 닿지 않았다. 닳아 없어진 굽을 몇 번이나 도려내고 새 철을 신겼는지 모른다. 굽은 벌써 더 자라나기는 틀렸고 닳아 버린 철 사이로는 피가 빼짓이 흘렀다. 냄새만 맡고도 주인을 분간하였다. 호소하는 목소리로 야단스럽게 울며 반겨한다.

어린아이를 달래듯이 목덜미를 어루만져 주니 나귀는 코를 벌름거리고 입을 투루루거렸다. 콧물이 튀었다. 허 생원은 짐승 때문에 속도 무던히는 썩였다. 아이들의 장난이 심한 눈치여서, 땀 밴 몸뚱어리가 부들부들 떨리고 좀체 흥분이 식지 않는 모양이었다. 굴레가 벗어지고 안장도 떨어졌다. 요 몹쓸 자식들 하고 허 생원은 호령을 하였으나, 패들은 벌써 줄행랑을 논 뒤요, 몇 남지 않은 아이들이 호령에 놀라 비슬비슬 멀어졌다.

"우리들 장난이 아니우. 암놈을 보고 저 혼자 발광이지."

코흘리개 한 녀석이 멀리서 소리를 쳤다.

"고 녀석 말투가."

"김 첨지 당나귀가 가버리니까 왼통 흙을 차고 거품을 흘리면서 미친 소같이 날뛰는걸. 꼴이 우스워 우리는 보고만 있었다우. 배를 좀 보지."

아이는 앵돌아진* 투로 소리를 치며 깔깔 웃었다. 허 생원은 모르는 결에 낯이 뜨거워졌다. 뭇 시선을 막으려고 그는 짐승의 배 앞을 가리어 서지 않으면 안되었다.

"늙은 주제에 암새를 내는 셈야. 저놈의 즘생이."

아이의 웃음소리에 허 생원은 주춤하면서 기어코 견딜 수 없어 채찍을 들더니 아이를 쫓았다.

"쫓으려거든 쫓아보지. 왼손잡이가 사람을 때려."

줄달음에 달아나는 각다귀에는 당하는 재주가 없었다. 왼손잡이는 아이 하나도 후릴 수 없다. 그만 채찍을 던졌다. 술기도 돌아 몸이 유난스럽게 화끈거렸다.

"그만 떠나세. 녀석들과 어울리다가는 한이 없어. 장판의 각다귀들이란 어른보다도 더 무서운 것들인걸."

조 선달과 동이는 각각 제 나귀에 안장을 얹고 짐을 싣기 시작하였다. 해가 꽤 많이 기울어진 모양이었다.

　드팀전 장돌이를 시작한 지 이십 년이나 되어도 허 생원은 봉평장을 빼논 적은 드물었다. 충주·제천 등의 이웃 군에도 가고 멀리 영남 지방도 헤매기는 하였으나, 강릉쯤에 물건 하러 가는 외에는 처음부터 끝까지 군내를 돌아다녔다. 닷새만큼씩의 장날에는 달보다도 확실하게 면에서 면으로 건너간다. 고향이 청주라고 자랑삼아 말하였으나, 고향에 돌보러 간 일도 있는 것 같지는 않았다. ㉠<u>장에서 장으로 가는 **길**의 아름다운 강산이 그대로 그에게는 그리운 고향이었다.</u> 반날 동안이나 뚜벅뚜벅 걷고 장터 있는 마을에 거지반 가까웠을 때, 거친 나귀가 한바탕 우렁차게 울면…… 더구나 그것이 저녁녘이어서 등불들이 어둠 속에 깜박거릴 무렵이면, 늘 당하는 것이건만 허 생원은 변치 않고 언제든지 가슴이 뛰놀았다. 〔(가)〕

　젊은 시절에는 알뜰하게 벌어 돈푼이나 모아본 적도 있기는 있었으나, 읍내에 백중이 열린 해 호탕스럽게 놀고 투전을 하여 사흘 동안에 다 털어 버렸다. 나귀까지 팔게 된 판이었으나, 애끊는 정분에 그것만은 이를 물고 단념하였다. 결국 도로 아미타불로 장돌이를 다시 시작할 수밖에는 없었다. ㉡<u>짐승을 데리고 읍내를 도망해 나왔을 때에는, 너를 팔지 않기 다행이었다고 **길가**에서 울면서 짐승의 등을 어루만졌던 것이었다.</u> 빚을 지기 시작하니 재산을 모을 염은 당초에 틀리고, 간신히 입에 풀칠을 하러 장에서 장으로 돌아다니게 되었다. 〔(나)〕

　호탕스럽게 ⓐ<u>놀았다고는</u> 하여도 계집 하나 후려보지는 못하였다. 계집이란 좀 쌀쌀하고 매정한 것이었다. **평생 인연이 없는 것**이라고 신세가 서글퍼졌다. 일신에 가까운 것이라고는 언제나 변함없는 한 필의 당나귀였다.

ⓑ그렇다고는 하여도 꼭 한 번의 첫 일을 잊을 수는 없었다. 뒤에도 처음에도 없는 **단 한 번**의 괴이한 인연. 봉평에 다니기 시작한 젊은 시절의 일이었으나 그것을 생각할 적만은 그도 산 보람을 느꼈다.

　달밤이었으나 어떻게 해서 그렇게 됐는지 지금 생각해두 도무지 알 수 없었다. 허 생원은 **오늘 밤도 또** 그 이야기를 끄집어내려는 것이다. 조 선달은 친구가 된 이래 귀에 못이 박이도록 들어왔다. 그렇다고 싫증을 낼 수도 없었으나, 허 생원은 시침을 떼고 되풀이할 ⓒ대로는 되풀이하고야 말았다.

　"달밤에는 그런 이야기가 격에 맞거든."

　조 선달 편을 바라는 보았으나 물론 미안해서가 아니라 달빛에 감동하여서였다. ⓒ이지러는 졌으나 보름을 갓 지난 달은 부드러운 빛을 흔붓이* 흘리고 있다. 대화까지는 칠십 리의 **밤길**, 고개를 둘이나 넘고 개울을 하나 건너고, 벌판과 산길을 걸어야 된다.

　달은 지금 긴 산허리에 걸려 있다. 밤중을 지난 무렵인지 죽은 듯이 고요한 속에서 짐승 같은 달의 숨소리가 손에 잡힐 듯이 들리며, 콩포기와 옥수수 잎새가 한층 달에 푸르게 젖었다. 산허리는 온통 메밀밭이어서 피기 시작한 꽃이 소금을 뿌린 듯이 흐뭇한 달빛에 숨이 막혀 하얬다. 붉은 대궁이 향기같이 애잔하고 나귀들의 걸음도 시원하다.

　ⓔ길이 좁은 까닭에 세 사람은 나귀를 타고 외줄로 늘어섰다. 방울소리가 시원스럽게 딸랑딸랑 메밀밭께로 흘러간다. 앞장선 허 생원의 이야기소리는 꽁무니에 선 동이에게는 ⓓ확적히는 안 들렸으나, 그는 그대로 개운한 제멋에 적적하지는 않았다.

　"장 선 꼭 이런 날 밤이었네. 객줏집 토방이란 무더워서 잠이 들어

야지. 밤중은 돼서 혼자 일어나 개울가에 목욕하러 나갔지. 봉평은 지금이나 그제나 마찬가지나, 보이는 곳마다 메밀밭이어서 개울가가 어디 없이 하얀 꽃이야. 돌밭에 벗어도 좋을 것을, 달이 너무도 밝은 까닭에 옷을 벗으러 **물방앗간**으로 들어가지 않았나. 이상한 일도 많지. 거기서 난데없는 성 서방네 처녀와 마조쳤단 말이네. 봉평서야 제일가는 일색이었지."

"팔자에 있었나부지."

아무렴 하고 응답하면서 말머리를 ⓔ아끼는 듯이 한참이나 담배를 빨 뿐이었다. 구수한 자줏빛 연기가 밤기운 속에 흘러서는 녹았다.

"날 기다린 것은 아니었으나 그렇다고 달리 기다리는 놈팽이가 있는 것두 아니었네. 처녀는 울고 있단 말야. 짐작은 대고 있었으나 성 서방네는 한창 어려워서 들고날 판인 때였지. 한집안 일이니 딸에겐들 걱정이 없을 리 있겠나? 좋은 데만 있으면 시집도 보내련만 시집은 죽어도 싫다지……. 그러나 처녀란 울 때같이 정을 끄는 때가 있을까. 처음에는 놀라기도 한 눈치였으나, 걱정 있을 때는 누그러지기도 쉬운 듯해서 이럭저럭 이야기가 되였네. ……생각하면 무섭고도 기막힌 밤이었어."

(라)

"제천 연지로 줄행랑을 놓은 건 그다음 날이였나?"

"다음 장도막*에는 벌써 왼 집안이 사라진 뒤였네. 장판은 소문에 발끈 뒤집혀 고작해야 술집에 팔려가기가 생수라고 처녀의 뒷공론이 자자들 하단 말이야. 제천 장판을 몇 번이나 뒤졌겠나. 하나 처녀의 꼴은 꿩 궈먹은 자리야. 첫날밤이 마지막 밤이였지. 그때부터 봉평이 마음에 든 것이 반평생을 두고 다니게 되었네. 평생인들 잊을 수 있겠나."

"수 좋았지. 그렇게 신통한 일이란 쉽지 않어. 항용 못난 것 얻어 새끼 낳고 걱정 늘고 생각만 해두 진저리 나지. ……그러나 늘그막 바지까지 장돌뱅이로 지내기도 힘드는 노릇 아닌가. 난 가을까지만 하구 이 생애와두 하직하랴네. 대화쯤에 조고만 전방이나 하나 벌이구 식구들을 부르겠어. 사시장천 뚜벅뚜벅 걷기란 여간이래야지."

ㅁ "옛 처녀나 만나면 같이나 살까. ……난 거꾸러질 때까지 이 길 걷고 저 달 볼 테야."

(마)

산길을 벗어나니 큰길로 틔어졌다. 꽁무니의 동이도 앞으로 나서 나귀들은 가로 늘어섰다.

"총각두 젊겠다. 지금이 한창 시절이렷다. 충줏집에서는 그만 실수를 해서 그 꼴이 되였으나 섧게 생각 말게."

"처 천만에요. 되려 부끄러워요. 계집이란 지금 웬 제격인가요. 자나깨나 어머니 생각뿐인데요."

허 생원의 이야기로 실심해*한 끝이라 동이의 어조는 한풀 수그러진 것이었다.

"애비 에미란 말에 가슴이 터지는 것도 같었으나, 제겐 아버지가 없어요. 피붙이라고는 어머니 하나뿐인걸요."

"돌아가셨나?"

"당초부터 없어요."

"그런 법이 세상에……."

생원과 선달이 야단스럽게 껄껄들 웃으니 동이는 정색하고 우길 수밖에는 없었다.

"부끄러워서 말하지 않으랴 했으나 정말예요. 제천 촌에서 달도 차지 않은 아이를 낳고 어머니는 집을 쫓겨났죠. 우스운 이야기나,

그러기 때문에 지금까지 아버지 얼굴도 본 적 없고 있는 고장도 모르고 지내와요."

 고개가 앞에 놓인 까닭에 세 사람은 나귀를 내렸다. 둔덕은 험하고 입을 벌리기도 대근하여* 이야기는 한동안 끊겼다. 나귀는 건듯하면 미끄러졌다. 허 생원은 숨이 차 몇 번이고 다리를 쉬지 않으면 안되었다. 고개를 넘을 때마다 나이가 알렸다. 동이 같은 젊은 축이 그지없이 부러웠다. 땀이 등을 한바탕 쪽 씻어 내렸다.

 고개 너머는 바로 개울이었다. 장마에 흘러버린 널다리가 아직도 걸리지 않은 채로 있는 까닭에 벗고 건너야 되었다. 고의를 벗어 띠로 등에 얽어매고 반벌거숭이의 우스꽝스런 꼴로 물속에 뛰어들었다. 금방 땀을 흘린 뒤였으나 밤 물은 뼈를 찔렀다.

 "그래 대체 기르긴 누가 기르구?"

 "어머니는 하는 수 없이 의부를 얻어가서 술장수를 시작했죠. 술이 고주래서 의부라고 전망나니예요. 철들어서부터 맞기 시작한 것이 하룬들 편할 날 있었을까. 어머니는 말리다가 채이고 맞고 칼부림을 당하곤 하니 집 꼴이 무어겠소. 열여덟 살 때 집을 뛰여나서부터 이 짓이죠."

 "총각 나쎄론 셈이 무던하다고 생각했드니 듣고 보니 딱한 신세로군."

 물은 깊어 허리까지 찼다. 속 물살도 어지간히 센 데다가 발에 차이는 돌멩이도 미끄러워 금시에 훌칠* 듯하였다. 나귀와 조 선달은 재빨리 거의 건넜으나 동이는 허 생원을 붙드느라고 두 사람은 훨씬 떨어졌다.

 "모친의 친정은 원래부터 제천이였든가?"

"웬걸요. 시원스리 말은 안해주나 봉평이라는 것만은 들었죠."

"봉평, 그래 그 애비 성은 무엇인구?"

"알 수 있나요. 도무지 듣지를 못했으니까."

"그 그렇겠지" 하고 중얼거리며 흐려지는 눈을 까물까물하다가 허 생원은 경망하게도 발을 빗디뎠다. 앞으로 고꾸라지기가 바쁘게 몸째 풍덩 빠져버렸다. 허우적거릴수록 몸을 걷잡을 수 없어 동이가 소리를 치며 가까이 왔을 때에는 벌써 퍽으나 흘렀었다. 옷째 쫄짝 젖으니 물에 젖은 개보다도 참혹한 꼴이었다. 동이는 물속에서 어른을 해깝게* 업을 수 있었다. 젖었다고는 하여도 여윈 몸이라 장정 등에는 오히려 가벼웠다.

"이렇게까지 해서 안됐네. 내 오늘은 정신이 빠진 모양이야."

"염려하실 것 없어요."

"그래 모친은 애비를 찾지 않는 눈치지?"

"늘 한 번 만나고 싶다고는 하는데요."

"지금 어디 계신가?"

"의부와도 갈라져 제천에 있죠. 가을에는 봉평에 모셔 오랴고 생각 중인데요. 이를 물고 벌면 이럭저럭 살아갈 수 있겠죠."

"아무렴, 기특한 생각이야. 가을이댔다."

동이의 탐탁한 등어리가 뼈에 사무쳐 따뜻하다. 물을 다 건넜을 때에는 도리어 서글픈 생각에 좀더 업혔으면도 하였다.

"진종일 실수만 하니 웬일이오, 생원."

조 선달은 바라보며 기어코 웃음이 터졌다.

"나귀야. 나귀 생각하다 실족을 했어. 말 안했든가? 저 꼴에 제법 새끼를 얻었단 말이지. 읍내 강릉집 피마*에게 말일세. 귀를 쫑긋

세우고 달랑달랑 뛰는 것이 나귀 새끼같이 귀여운 것이 있을까. 그것 보러 나는 일부러 읍내를 도는 때가 있다네."

"사람을 물에 빠치울 젠 딴은 대단한 나귀 새끼군."

허 생원은 젖은 옷을 웬만큼 짜서 입었다. 이가 덜덜 갈리고 가슴이 떨리며 몹시도 추웠으나 마음은 알 수 없이 둥실둥실 가벼웠다.

"주막까지 부즈런히들 가세나. 뜰에 불을 피우고 훗훗이 쉬여. 나귀에겐 더운물을 끓여 주고. 내일 대화장 보고는 제천이다."

"생원도 제천으로?"

"오래간만에 가보고 싶어. 동행하려나 동이?"

나귀가 걷기 시작하였을 때, 동이의 채찍은 왼손에 있었다. 오랫동안 아둑시니*같이 눈이 어둡던 허 생원도 요번만은 동이의 왼손잡이가 눈에 띄지 않을 수 없었다.

걸음도 해깝고 방울소리가 밤 벌판에 한층 청청하게 울렸다.

달이 어지간히 기울어졌다.

## 낱말 풀이

**거나하다** 술 따위에 취한 그 기운이 몸에 돌기 시작하는 상태에 있다.
**결김에** 화가 난 나머지
**궁싯거리다** 잠이 오지 않아 누워서 몸을 이리저리 뒤척거리다.
**난질꾼** 술과 색에 빠져 방탕하게 놀기를 잘하는 사람
**대근하다** 견디기가 어지간히 힘들고 만만하지 않다.
**드팀전** 예전에 베, 무명, 비단 따위의 온갖 천을 팔던 가게
**서름서름하다** 사이가 자연스럽지 못하고 매우 서먹서먹하다.
**실심하다** 근심 걱정으로 맥이 빠지고 마음이 산란해지다.
**아둑시니** 어둠의 귀신
**앵돌아지다** 노여워서 토라지다.
**얼금뱅이** 얼굴에 우묵우묵한 마마 자국이 생긴 사람을 낮잡아 이르는 말
**장도막** 한 장날부터 다음 장날 사이의 동안을 세는 단위
**츱츱스럽다** 보기에 너절하고 염치없는 데가 있다.
**피마** 성장한 암말
**해깝다** '가볍다'의 경북 방언
**화중지병畵中之餠** 그림의 떡
**훌치다** 물체가 바람 따위를 받아서 휘우듬하게 쏠리다.
**흔붓이** 마음에 흡족하여 매우 만족스럽게

56. (가)~(마)에 대한 설명으로 적합한 것은?
① (가)는 서술자가 인물에 대해 거리를 두며 논평하는 방식으로 서술하고 있다.
② (나)의 '평생 인연이 없는 것'은 이후에 서술될 '인연'의 의미를 부각시키고 있다.
③ (다)의 '단 한 번'은 '오늘 밤도 또'와 대비되면서 인물 간의 심리적 갈등을 심화시키고 있다.
④ (라)의 '물방앗간'은 과거 상황과 현재 상황의 동질성을 드러내는 장치이다.
⑤ (마)의 인물 간 대화는 불우한 처지를 극복하려는 주인공의 굳은 결심을 부각시키고 있다.

57. 〈보기〉는 위 글을 읽고 '허 생원'에게 '봉평'이 지니는 의미를 파악하기 위해 토론한 내용이다. 적절한 의견으로 묶은 것은?

〈 보기 〉

ㄱ. 허 생원은 줄곧 봉평 인근을 돌아다니고 있어. 심지어 고향인 청주에도 가보지 않은 것 같아. 허 생원에게 봉평은 마음의 구심점인 셈이지.

ㄴ. 허 생원은 달밤이면 언제나 봉평에서 겪었던 무섭고도 기막힌 일을 이야기하고 있어. 달밤의 분위기가 그런 비현실적인 이야기를 하게끔 만드는 거지. 봉평은 허 생원을 현실 너머로 이어 주는 상상의 통로야.

ㄷ. 허 생원은 젊었을 때 모았던 돈을 투전으로 다 날리고 평생토록 가정도 꾸리지 못했어. 허 생원에게 봉평은 젊은 시절의 잘못된 삶을 반성하게 하는 곳이지.

ㄹ. 허 생원은 봉평에서 성 서방네 처녀와 평생 잊지 못할 인연을 맺었어. 허 생원에게 봉평은 가난하고 쓸쓸한 삶을 견디게 해주는 추억이 깃들어 있는 곳이지.

① ㄱ, ㄷ   ② ㄱ, ㄹ   ③ ㄴ, ㄷ   ④ ㄴ, ㄹ   ⑤ ㄷ, ㄹ

58. 〈보기〉에 따라 '이효석 문학제'를 알리는 초청장을 만들려고 한다. 문안으로 가장 적절한 것은? [1점]

〈 보기 〉
- [A]의 분위기를 파악하여, 그것을 작가의 작품 세계가 지닌 특징을 드러내는 데 활용한다.
- 비유를 사용하여 표현 효과를 높인다.

① 역사와 전통 위에 지은 터전, 이효석 문학 마을로 오세요.
② 지친 현대인에게 소박한 농촌의 맛과 인심을 돌려드립니다.
③ 이효석, 그 서정과 낭만으로 빚은 집에 여러분을 초대합니다.
④ 서도의 애수와 가락이 있는 제전, 당신의 의자를 비워 두었습니다.
⑤ 우리들의 잃어버린 고향, 다시 못 갈 그 서러운 곳으로 당신을 초대합니다.

59. 문맥적 의미를 고려할 때, ㉠~㉤에 대한 설명으로 적절하지 않은 것은?
① ㉠의 '길'은 장돌뱅이로 유랑해온 허 생원의 삶의 여정을 드러내는 공간이다.
② ㉡의 '길가'는 허 생원이 비참해진 자신의 처지를 슬퍼하고 스스로를 위로했던 공간이다.
③ ㉢의 '밤길'은 장돌뱅이 생활을 하는 세 인물의 어려움과 암담한 처지를 상징적으로 드러낸다.
④ ㉣의 '길'은 동이가 대화에서 배제되어 허 생원의 이야기를 잘 들을 수 없는 상황을 만들어낸다.
⑤ ㉤의 '길'은 허 생원의 과거와 현재가 길을 매개로 하여 미래로 연결될 수 있음을 암시한다.

60. ⓐ~ⓔ 중 '는'의 쓰임이 다른 하나는? [1점]
① ⓐ   ② ⓑ   ③ ⓒ   ④ ⓓ   ⑤ ⓔ

정답 : 56-②, 57-②, 58-③, 59-③, 60-⑤

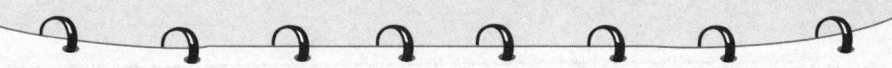

### 작품 해제

**갈래** 순수 소설
**배경** 1930년대 강원도 산골 마을
**시점** 전지적 작가 시점
**제재** 노루 사냥
**주제** 생명에 대한 경외와 생명 경시 풍조 비판
**출전** 《춘추》 13호(1942년 2월)

### 줄거리

　노루잡이에 동원된 학보는 친구들과 함께 산으로 가서 노루를 쫓게 된다. 여러 사람이 무리를 지어 노루 사냥이 시작된다. 학보는 이렇게 노루를 잡는 것이 무의미하고 미친 짓이라고 생각한다. 인간은 자기 생각밖에 하지 못하는 잔인한 동물이고, 노루잡이는 무의미한 연중행사라고 여긴다.
　송아지만 한 노루가 학보 앞으로 달려오다가 달아난다. 친구들은 학보를 비난하고, 학보는 부끄럽게 생각한다. 포수가 잡은 죽은 노루를 보고 학보는 불쾌해진다. 그리고 다시 인간중심주의에 깊은 회의를 느낀다. 한동안 노루 생각에 입맛을 잃었던 학보는 며칠 후 고기를 먹게 된다. 그러나 자신이 먹은 고기가 노루 고기였음을 어머니에게 듣고 짜증을 낸다.

# 사냥

연달아 두어 번 총소리가 산속에 울렸다. 몰이꾼의 행렬은 산등을 넘고 골짜기를 향하여 차차 옴츠러들었다. 발밑에 요란히 울리는 떡갈잎, 가랑잎의 어지러운 소리에 산을 싸고도는 동무들의 고함도 귀밖에 멀다. 상기된 눈앞에 민출한* 자작나무의 허리가 유난스럽게도 희끔희끔거린다.

수백 명 학생들이 외줄로 늘어서 멀리 산을 둘러싸고 골짝으로 노루를 모조리 내리모는* 것이다. 골짜기 어귀에는 오륙 명의 포수가 등대하고* 섰다. 노루를 빼울 위험은 포수 편에 보다 늘 포위선에 있다. 시끄러운 책임을 모면하기 위하여 몰이꾼들은 빽빽한 주의와 담력으로 포위선을 한결같이 경계하여야 된다. 적어도 눈앞에서 짐승을 놓쳐서는 안되는 것이다.

"학년 사이의 연락은 긴밀히! ×학년 우익 급속 전진!"

전령이 차례차례로 흘러온다.

일제히 내닫느라고 산이 가랑잎 소리에 묻혀 버렸다. 낙엽 속은 걷기 힘들다. 숨들이 막힌다.

학년의 앞장을 선 학보도 양쪽 동무와의 간격을 단단히 단속하면서 헐레벌떡거린다. 참나무 회초리가 사정없이 손등과 낯짝을 갈긴다. 발이 낙엽 속에 빠진다. 홧김에 손에 든 몽둥이로 나뭇가지를 후려치기도 멋없다.

"미친 짓이다. 노루는 잡아 무엇 한담."

아까부터―실상은 처음부터 이런 생각이 마음속에 뱅 도는 것이었다. 노루잡이가 그다지 교육의 훈련이 될 듯도 싶지 않으며 쓸모없는 애매한 짐승을 일없이 잡음이 도무지 뜻 없는 일 같다. 원족*이면 원족, 거저 하루를 산속에서 뛰고 노는 편이 더 즐겁지 않은가?

"인간이란 제 생각밖에는 못하는 잔인한 동물이다. 노루잡이는 무의미한 연중행사이다."

기어코 입밖에 내서까지 중얼거리게 되었다. 땀이 내배어 등어리가 끈끈하다.

별안간 포위선의 열이 어지럽게 움직이더니 몽둥이가 날으며 날쌔게들 뛰어든다. 고함소리가 산을 흔든다.

"노루! 노루! 노루!"

"우익 주의!"

깨금나무* 숲에 가리워 노루의 꼴조차 못 보고 어안이 벙벙하여 있는 서슬에 송아지만 한 노루는 별안간 학보의 곁을 쏜살같이 지나 포위선을 뚫었다. 학보는 거의 반사적으로 몽둥이를 휘두르며 쫓았으나 민첩한 짐승은 순식간에 산등을 넘어 버렸다.

"또 한 마리. 놓치지 마라!"

고함과 함께 둘째 마리가 어느 결엔지 성큼성큼 뛰어오다 벼르고 있는 학보의 자세를 보더니 옆으로 빗뛰어가* 이것도 약빠르게 뒷산으로 달아나 버렸다.

　껑충한 귀여운 짐승—극히 짧은 찰나의 생각이나 학보는 문득 놓친 것이 아까웠다. 동시에 겸연쩍고 부끄러운 느낌이 났다. 조롱하는 동무들의 말소리가 얼굴을 달게 하였다.

　"바보, 노루 두 마리 찾아내라."

　이런 말을 들을 때에 확실히 몽둥이로 한 마리라도 두드려 잡았더면 얼마나 버젓하였을까* 하는 생각이 났다. 골 안에는 벌써 더 짐승이 없었다. 동무들의 조롱을 하는 수 없이 참으면서 힘없이 산을 내려가는 수밖에 없었다.

　요행히 잡은 것은 있었다. 망아지만 한 한 마리가 배에 탄창을 맞고 쓰러져 있다. 쏜 포수는 쏠 때의 형편을 거듭 말하며 은근히 오늘의 수완을 자랑하는 눈치였다. 다른 포수들은 잠자코만 있었다. 소득이 있으므로 동무들의 문책은 덜해졌으나 학보는 검붉은 피를 흘리고 쓰러진 가여운 짐승을 볼 때 문득문득 일종의 반항심이 솟아오르며 소득을 기뻐하는 몹쓸 무리가 한없이 미워지고 쏜 포수의 잔등을 총부리로 쳐서 꼬꾸라트리고도 싶은 충동이 솟았다.

　품 안에 들어온 두 마리의 짐승을 놓친 것이 얼마나 다행인가! 위대한 공같이도 생각되었다. 잃어진 한 마리를 찾노라고 애달픈 가족들이 이 밤에 얼마나 산속을 헤매일까를 생각하면 뼈가 저렸다. 인간의 잔인성이 곱절로 미워지며 '인간중심주의'의 무도한 사상에 다시 침 뱉고 싶었다.

죽은 짐승을 생각하고 며칠을 마음이 언짢았다. 삼사 일이 지난 후에 겨우 입맛도 돌아섰다. 때가 유난스럽게 맛났다. 기어코 학보는 그날 밤 진미의 고기를 물어 보았다.
　"장에 났더라. 노루 고기다."
　어머니의 대답에 불현듯이 구미가 없어지며 숟가락을 던져 버렸다.
　"노루 고긴 왜 사요."
　퉁명스런 짜증에 어머니는 도리어 어안이 벙벙한 모양이었다. 학보는 먹은 것을 모두 게우고도 싶었다. 결국 고기를 먹지 말아야 옳을까? 하기는 다시 더 생각이 날 것 같지도 않았다.

### 낱말 풀이

**깨금나무** 개암나무
**내리몰다** 위에서 아래로 몰다.
**등대하다** 같은 자격으로 마주 대하다.
**민출하다** 모양새가 밋밋하고 훤칠하다.
**버젓하다** 남의 시선을 의식하여 조심하거나 굽히는 데가 없다.
**빗뛰다** 자세가 비뚤어지게 뛰다.
**원족** 소풍

# 채만식

미스터 방

이상한 선생님

채만식 1902~1950년

전라북도 옥구에서 태어났다. 중앙고보를 거쳐 일본 와세다대학 영문과를 중퇴하고 귀국한 후에는 《동아일보》, 《조선일보》에서 기자로 활동했다. 1925년 《조선문단》에 〈세 길로〉가 추천되어 등단했다. 그는 풍자와 해학을 중심으로 하는 작품을 주로 발표했다. 이는 비판적인 글에 대한 일제의 검열을 피하기 위해 풍자라는 우회적인 방법을 선택해 현실을 비꼬거나 해학적으로 그려낸 것으로 보인다. 그의 작품에는 실직한 인텔리, 농민, 도시 하층민 들의 궁핍한 생활상을 형상화함으로써 당대 식민지 현실을 적나라하게 드러냈다. 한때 카프 제2차 검거사건이 발생해서 약 2년간 문필활동을 중단하기도 했다.

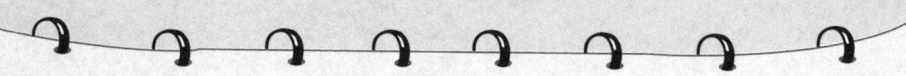

### 작품 해제

**갈래** 풍자 소설, 세태 소설, 사회 소설
**배경** 광복 직후 서울 현저동의 저택
**시점** 전지적 작가 시점
**제재** 사회 변화에 빠르게 적응하는 인물의 삶
**주제** 기회주의적인 인간에 대한 비판과 풍자
**출전** 《대조》 2호(1946년 7월)

### 줄거리

짚신장수의 아들 미스터 방은 삼십을 바라보도록 남의 집 머슴살이로 전전하던 사람으로 코삐뚤이라는 별명을 지니고 있었다. 그러다가 십여 년을 집을 떠나 일본, 중국 등지를 떠돌아다니기도 하다가 처자식을 데리고 서울로 올라왔다. 서울에 와서는 남의 집 행랑방을 얻어 살면서, 처음 1년은 용산에 있는 연합군 포로수용소에 다니며 입에 풀칠을 했고, 다시 1년은 구둣방에도 다니다가 신기료장수로 광복을 맞게 된다.

광복 직후의 혼란을 틈타 귀동냥으로 배운 토막 영어를 밑천 삼아 미군 장교의 신임을 얻어 통역을 맡게 된 뒤로 미스터 방은 벼락 출세를 하게 되고, 각종 이권에 개입하여 큰 돈도 챙기게 된다.

한편 같은 고향에서 내노라하는 집안의 백 주사는 일제시대에 경찰서 경제계 주임인 백 부장의 아버지로서 큰 소리를 치고 살다가 광복을 맞이하여 성난 군중의 습격을 당해 집과 세간을 모두 빼앗기고 가족들은 죽을 매를 맞고 서울로 피신 와 목숨만 우선 보존했다. 분풀이를 계획하던 백 주사는 거리에서 우연히 미스터 방을 만난다. 그의 집에 와서 놀랍게 출세하여 거들먹거리는 미스터 방을 보고는 아니꼽기는 했지만 꾹 참고 머리를 숙이며, 자신의 사정을 이야기하면서 복수를 당부한다.

# 미스터 방

 주인과 나그네가 한가지로 술이 거나하니 취하였다. 주인은 미스터 방方, 나그네는 주인의 고향 사람 백白 주사.
 주인 미스터 방은 술이 거나하여 감을 따라, 그러지 않아도 이즈음 의기 자못 양양한 참인데 거기다 술까지 들어간 판이고 보니, 가뜩이나 기운이 불끈불끈 솟고 하늘이 바로 돈짝만 한 것 같은 모양이었다.
 "내 참, 머, 흰말이 아니라 참, 거칠 것 없어, 거칠 것. 흥, 어느 눔이 아, 어느 눔이 날 뭐라구 허며, 날 괄시헐 눔이 어딨어, 지끔 이 천지에. 흥 참, 어림없지, 어림없어."
 누가 옆에서 저를 무어라고를 하며 괄시를 한단 말인지, 공연히 연방 그 툭 나온 눈방울을 부리부리 왼편으로 삼십 도는 넉넉 삐뚤어진 코를 벌씸벌씸* 해가면서 그래 쌓는 것이었다.
 "내 참, 이래 뵈두, 응, 동양 삼국 물 다 먹어본 방삼복이우. 청얼 뭇허나, 일얼 뭇허나, 영어야 뭐 말할 것두 없구……."

하다가, 생각난 듯이 맥주 컵을 들어 벌컥벌컥 단숨에 다 마신다. 그러고는 시꺼먼 손등으로 입술을 쓱, 손가락으로 김치 쪽을 늘름 한 점, 그러던 버릇이, 미스터 방이요, 신사요, 방 선생으로도 불리어지는 시방도 무심중 절로 나와, 손등으로 입술의 맥주 거품을 쓱 씻고 손가락으로 라조기 한 점을 집어다 우둑우둑 씹는다.

"술은 참, 맥주가 술입넨다……."

어느 놈이 만일 무어라고 시비를 하거나 괄시를 한다면 당장 그 라조기를 씹듯이 우둑우둑 잡아 씹기라도 할 듯이 괄괄하던 결기가, 그러다 별안간 어디로 가고서 이번엔 맥주 추앙이 나오던 것이다.

"술두 미국 사람네가 문명했죠. 죄선 사람은 안직두 멀었어."

"멀구말구. 아직두 멀었지."

쥐 상호의 대추씨만 한 얼굴에 앙상한 노랑 수염 백 주사가, 병을 들어 주인의 빈 컵에다 따르면서, 그렇게 맞장구를 쳐 보비위*를 한다.

"아, 백 상두 좀 드슈."

"난 과해."

"괜히 그리셔. 백 상 주량을 다아 아는데. 만난 진 오랬어두."

"다아 젊었을 적 말이지, 지금은……."

"올에 참 몇이시지?"

"갑술생 마흔여덟 아닌가!"

"그럼 나버담 열한 살 위시군. 그래두 백 상은 안 늙으신 심야. 허허허."

"안 늙는 게 다 무언가. 머리 신 걸 보게!"

"건 조백*이시지."

백 주사는 흔연히 수작을 하면서 내색은 아니하나, 어심於心엔 미스터 방이 괘씸하기 짝이 없었다.

향리의 예법으로, 십 년 장이면 절하고 뵈어야 한다. 무릎 꿇고 앉아야 하고, 말은 깍듯이 공대를 해야 한다. 그 앞에서 주초酒草가 당치 않고, 막부득이한 경우면 모로 앉아 잔을 마셔야 한다. 그런 것을, 마치 제 연갑年甲 친구나 타관 나그네게나 하는 것처럼, 백 상이니, 술 드슈, 조백이시지 하고 말버릇이 고약해, 발 개키고 앉아서 정면하고 술을 먹어, 담배 뻐끔뻐끔 피워, 이런 괘씸할 도리가 없었다.

또 나이도 나이려니와, 문벌이나 지체를 가지고 논한다면, 이건 도저히 용서할 수 없는 일이었다.

이래 보여도 나는 삼 대조가 진사를 하였고(그 첩지가 시방도 버젓이 있다) 오 대조가 호조 판서를 지냈고(족보에 그렇게 분명히 올라 있다) 칠 대조가 영의정을 지냈고(역시 족보에 그렇게 분명히 올라 있다) 이런 명문거족의 집안이었다. 또 내 십이 촌이 ××군수요, 그 십이 촌의 아들이 만주국 ××현 ××촌 촌장이요 하였다. 또 그리고, 시방은 원수의 독립인지 막덕인지 때문에 다 그렇게 되었다지만, 아무튼 두 달 전까지도 어느 놈 그 앞에서 기침 한번 크게 못 하던 백 부장—훈8등에, ××경찰서 경제계 주임이던 백 부장의 어르신네 이 백 주사가 아닌가. 두 달 전 그때만 같았어도

'이놈!'

하고 호통을 하여 당장 물고를 내련만, 그 좋은 세상이 어디로 가고 이 지경이란 말인지 몰랐다.

하여튼 그만치나 혼란스런 백 주사에다 대면 미스터 방의 근지根地야 아주 보잘것이 없었다.

미스터 방의 증조가 타관에서 떠들어온 명색 없는 사람이었다. 그

조부가 고을의 아전을 다녔다. 그 아비가 짚신장수였다. 칠십에, 고로롱고로롱* 아직도 살아 있지만, 시방도 짚신 곱게 삼기로 고을에서 첫째가는 방 첨지가 바로 그였다. 그리고 이 방삼복이는…….

먹고 자고 꿍꿍 일하고, 자식새끼 만들고 할 줄밖에는 모르는 상일꾼(농부)이었다. 그러나마 삼십을 바라보도록 남의 집 머슴살이로, 이 집 저 집 살고 다니는 코삐뚤이 삼복이었다. 물론 낫 놓고 기역 자도 못 그리는 판무식이었다.

상일꾼일 바엔 남의 세토貰土(소작) 마지기라도 얻어 제 농사를 짓는 것이 아니라, 삼십을 바라보도록 남의 집 머슴살이만 하고 다니던 코삐뚤이 삼복이가 하루아침 무슨 생각이 났던지, 돈벌이를 간답시고, 조석이 간데없는 부모에게다 처자식 떠맡기고는 훌쩍 일본으로 떠나버렸다. 그것이 열두 해 전.

떠난 지 칠팔 년을 별반 신통한 벌이도 못 하는지, 돈 한 푼 보내는 싹도 없더니, 하루는 느닷없이 중국 상해에 와 있노라 기별이 전해져 왔다. 그러고는 감감 소식이 없다가 삼 년 만에 푸뜩 고향엘 돌아왔다. 십 여 년을, 저의 말따나 동양 삼국 물 골고루 먹고 다녔으면서, 별로이 때가 벗은 것도 없어 보이고, 행색은 해어진 양복 누더기에 볼 꿰어진 구두짝을 꿰고 들어서는 모양이, 군데군데 김질은 하였으나 빨아 다린 무명 고의적삼을 입고 고향을 떠날 적보다 차라리 초라한 것 같았다.

늙은 에미 애비와 젊은 가속*이 뼈품*으로 버는 것을 얻어먹으며 굶으며 하면서 한 일 년 빈둥거리고 놀더니, 저으기 회심이 들었는지, 이번엔 처자식 데리고 서울로 올라왔다.

서울로 올라와서는 현저동 비탈의 다 찌부러진 행랑방을 얻어 살면서, 처음 일 년은 용산 있는 연합군 포로수용소엘 다니며 입에 풀칠을 하였고—이 동안 그는 상해에서 귀로 익힌 토막 영어가 조금 더 진보되었고.

다시 일 년이나는, 그것 역시 상해에서 익힌 것을 밑천 삼아, 구두 직공으로 구둣방엘 다니며 그럭저럭 살았고. 그러다 일본이 싸움에 지느라고 구두를 너무 해트려* 가죽이 동이 나서 구둣방이 너나없이 문을 닫는 바람에, 할 수 없이 이번엔 궤짝 한 개 짊어지고 신기료장수로 나서고 말았다.

골목골목 돌아다니며 혹은 종로 복판의 행길에 가 앉아 신기료장수를 하자니, 자연 서울 온 고향 사람의 눈에 종종 뜨일밖에. 소식이 고향에 퍼지자, 누구 한 사람 칭찬은 없고 저마다 빈정거리는 소리뿐이었다.

"일본으로, 청국으로, 십여 년 타국 바람 쏘이고 온 놈이 겨우 고거야?"

"부전자전이로구먼. 아범은 짚신장수, 자식은 구두 깁는 장수."

"아마 신발 명당에다 무덤을 썼든감."

이렇듯 근지는 미천하고 속에 든 것 없고, 가랑이가 찢어지게 가난하고, 생화*라는 것이 고작 거리에 앉아 오는 사람 가는 사람 해어지고 고린내 나는 구두짝 꿰매어 주고 징 박아 주고 닦아 주고 하는 천업이고 하던, 그 코삐뚤이 삼복이었다.

'흥, 개구리가 올챙이 적을 못 생각한다더니, 발칙한 놈. 고얀 놈.'

백 주사는 생각하자니 속으로 이렇게 분개스럽지 않을 수가 없었다.

그러나 일변으로는, 그러던 코삐뚤이 삼복이가 그야말로 선영이 명당엘 들었단 말인지, 무슨 조화를 지녔단 말인지, 불과 몇 달 지간에 이렇게 훌륭히 되고, 부자가 되고, 미씨다 방인지 구리다 방인지가 되고 하여 가지고는 가진 호강 다 하며 천하에 무설 것이 없고, 기광*이 나서 막 이러니, 한편 생각하면 신기하기도 하고 부럽기도 하고 또한 안타깝기도 하였다.

'사람의 운수란 참 모를 일이야.'

백 주사는 속으로 절절히 이렇게 탄복도 아니치 못하였다.

코삐뚤이 삼복의 이 눈부신 발신*은, 그러나 백 주사가 희한히 여기는 것처럼 무슨 명당바람이 났다거나 조화를 지녔다거나 그런 신기한 곡절이 있는 바가 아니요, 지극히 간단하고도 수월한 것이었다. 다못* 몸에 지닌 재주 가운데 총기가 좀 좋아서 일찍이 영어 마다나 익힌 것을 잊어버리지 아니하였다는 일종의 특수 조건이 없던 바는 아니지만.

1945년 8월 15일, 역사적인 날.

이날도 신기료장수 방삼복은 종로의 공원 건너편 응달에 앉아서 구두 징을 박으면서 해방의 날을 맞이하였다. 그러나 삼복은 감격한 줄도 기쁜 줄도 모르겠었다. 지나가는 행인이 서로 모르던 사람끼리면서 덥석 서로 껴안고 기뻐하고 눈물을 흘리고 하는 것이 삼복은 속을 모르겠고 차라리 쑥스러 보일 따름이었다. 몰려 닫는 군중이 오히려 성가시고, 만세 소리가 귀가 아파 이맛살이 찌푸려질 지경이었다.

몰려다니고 만세를 부르고 하기에 미쳐 날뛰느라고 정신이 없어,

손님이 없어, 손님이 부쩍 줄었다.

"우랄질! 독립이 배부른가?"

이렇게 그는 두런거리면서 반감이 솟았다.

이삼 일 지나면서부터야 삼복에게도 삼복에게다운 해방의 혜택이 나눠어졌다.

10전이나 15전에 박아 주던 징을, 50전을 받아도 눈을 부라리는 순사를 볼 수가 없었다. 순사가 없어졌다면야, 활개를 쳐가면서 무슨 짓을 하여도 상관이 없고 무서울 것이 없던 것이었다.

"옳아, 그렇다면 독립도 할 만한 건가 보다."

삼복은 징 10개를 박아 주고 5원을 받아 넣으면서 이렇게 속으로 중얼거리기까지 하였다.

그러나 며칠이 못 가서 삼복은 다시금 해방을 저주하여야 하였다. 삼복이 저 혼자만 돈을 더 받으며, 더 받아 상관이 없는 것이 아니라, 첫째 도가都家들이 제 맘대로 재료 값을 올리던 것이었다. 징, 가죽, 고무, 실 모두가 오 곱 십 곱 비싸졌다. 그러니 신기료장수는 손님한테 아무리 비싸게 받는댔자, 재료를 비싼 값으로 사야 하니, 결국 도가만 살찌울 뿐이지, 소득은 전과 크게 다를 것이 없었다.

"이런 옘병헐! 그눔에 경제졘 다 어디루 가 돼졌어. 독립은 우라진다구 독립을 헌담."

석양 때 신기료 궤짝 어깨에 멘 채 홧김에 막걸리청으로 들어가, 서너 사발 들이켜고는 그는 이렇게 게걸거렸다.

그럭저럭 구월도 열흘이 되고, 서울 거리에는 미국 병정이 꼬마차와 함께 그득히 퍼졌다.

그 미국 병정들이, 거리를 구경하면서 혹은 물건을 사려면서 말이 서로 통하지를 못하여 답답해하는 양을 보고 삼복은 무릎을 탁 쳤다.

그러나 슬플진저, 땟국과 땀에 찌든 이 누더기를 걸치고는 가망이 없을 말이었다.

'무슨 도리가 없을까?'

반일을 궁리를 하다가 정오 때에야 한 줄기 서광을 얻었다.

총총히 집으로 돌아가, 마누라를 시켜 구두 고치는 연장 일습과 재료 남은 것에다 이불이며 헌 옷가지 해서 한 짐을 동네 아는 가게에다 맡기고는 한 달 기한으로 돈 백 원을 서푼 변으로 취해 오게 하였다.

그 돈 백 원을 가지고 삼복은 흔한 넉마전*으로 가서, 백 원 돈이 꼭 차는 한도까지에 양복이란 명색 한 벌과 모자를 샀다. 신발은 부득이 안방 사람의 병정 구두 사 신은 것을 이다음 창갈이를 거저 해 주겠다는 조건으로 닷새만 제 것과 바꾸어 신기로 하였다.

이튿날 아침 느지감치, 새로 장만한 헌 양복 헌 모자에 헌 구두로써 궤짝 멘 신기료장수보다는 제법 말쑥하여진 차림을 차리고 마악 나서려는데, 간밤부터 통통 부어 가지고는 시중도 말대꾸도 잘 아니 하던 애꾸장이 마누라가 와락 양복 뒷자락을 움켜쥐고 늘어진다.

"바른대루 대요."

"이게 별안간 미쳤나?"

"요 막난아, 반해 가지군 이력 허구 찾아가는 고년이 어떤 년야? 응?"

"속을 모르거든 밥값을 내지 말랬어, 요 맹추야."

"날 죽이구 가지, 거전 못 가."

"이년아, 너 이랬단, 내 인제 둔 벌문, 증말 첩 얻는다."

"오냐 잘한다. 날 죽여라, 날······."

"아, 이 우라 주리땔 앵길 년이······."

한주먹 보기 좋게 갈겨 넘어뜨리고는, 찌부러진 오두막집을 나서 종로로 향을 잡았다.

노예도 노예 이전이면 상전上典을 선택할 자유를 가지는 수도 있다고.

삼복은 종로서 전차를 내려 동쪽으로 천천히 걸으면서 물색을 하였다. 생김새가 맘씨 좋아 보이고, 여느 병정이 아니라 장교쯤 가는 이라야 할 것이었다.

청년회관 앞에서 담뱃대를 사고 있는 하나가, 몸집이 부대富大하고, 여느 병정은 아닌 듯하고, 얼굴이 자못 선량하여 보이는 게 선뜻 마음에 들었다. 구경하는 체하고 넌지시 그 옆으로 가 섰다.

미국 장교는 담뱃대를 집어 들고 기물스러하면서* 연방 들여다보다가 값이 얼마냐고

"하우 머취? 하우 머취?"

하고 묻는다.

담뱃대장수 영감은, 30원이라고 소래기만 지른다.

알아들을 턱이 없어, 고개를 깨웃거리면서 다시금 하우 머취만 찾는 것을, 기회 좋을시고라고, 삼복이가 나직이

"더티원."

하여 주었다.

홱 돌려다 보더니

"오, 캔 유 시피크?"

하면서, 사뭇 그러안을 듯이 반가워하는 양이라니. 아스러지도록 손

을 잡고 흔드는 데는 질색할 뻔하였다.

 직업이 있느냐고 물었다. 방금 실직하였노라고 대답하였다.

 그럼, 내 통역이 되어 주겠느냐고 물었다. 그러겠노라고 대답하였다.

 이 자리에서 신기료장수 코삐뚤이 삼복은 미스터 방으로 승차를 하여, S라는 미국 주둔군 소위의 통역이 되었다. 주급 15불(210원) 가량의.

 거진 매일같이 미스터 방은 S소위를, 낮에는 거리의 구경으로, 밤이면 계집 있는 술집으로 인도하였다.

 한번은 탑골공원의 사리탑舍利塔을 구경하면서, 얼마나 오랜 것이냐고 S소위가 물었다. 미스터 방은 언젠가, 수천 년 된 것이란 말을 들었기 때문에, 투 따우샌드 이얼스라고 대답하였다.

 또 한번은, 경회루를 구경하면서 무엇하던 건물이냐고 물었다. 미스터 방은 서슴지 않고

 "킹 듀링크 와인 앤드 딴쓰 앤드 씽, 위드 땐써."

라고 대답하였다. 임금이 기생 데리고 술 마시고, 춤추고 노래 부르고 하던 집이란 뜻이었다.

 내가 보기엔, 조선 여자의 옷이 퍽 아름답고 점잖스럽던데, 어째서 양장들을 하는지 모르겠다고 S소위가 물었다. 미스터 방은, 여자들이 서양 사람한테로 시집을 가고파서 그런다고 대답하였다.

 서울역을 비롯하여 거리에 분뇨가 범람한 것을 보고, 혹시 조선 가옥에는 변소가 없느냐고 S소위가 물었다. 미스터 방은, 있기야 집집마다 다 있느니라고 대답하였다.

 썩 좋은 조선 그림을 한 장 사고 싶다고 하여서, 문지방 위에다 흔

히들 붙이는 사슴이 불로초를 물고, 신선이 앉았고 한 것을 5원에 한 장 사주었다.

 제일 재미있고 유명한 소설이 무엇이냐고 물어서, 《추월색》이라고 대답하였고, 그럼 그것을 한 권 사고 싶다고 하여서, 여러 날 사러 다니다 못해, 동네 노마네 집에치를 2원에 사주었다. 이 밖에도 미스터 방은 S소위에게 조선을 소개한 공로가 여러 가지로 많으나 대강은 그러하였다.

 그 공로에 정비례해서, 미스터 방은 나날이 훌륭하여져 갔다. 8·15 이전에 어떤 은행의 중역의 사택이라든 지금의 이 집으로, 현저동 그 집에서 옮아오기는 S소위의 통역이 되는 사흘 후였다. 위아래층을 다 양식 절반 일본식 절반으로 꾸민 호화스런 저택이었다. 정원엔 때마침 단풍과 가을 화초가 아름다웠고, 연못에선 잉어가 뛰놀고 하였다.

 시방 주객이 앉아 술을 마시는 방은, 앞은 노대*가 딸리고 햇볕 잘 들고 밝아서, 여러 방 가운데 제일 좋은 방이었다. 그러나 방 안에는 벽에 그림 한 장 붙어 있는 바 아니요, 방에 알맞은 가구 한 벌 놓여 있는 바 아니요, 단지 방일 따름이어서, 싱겁게 넓기만 하였다. 그렇지만 미스터 방은 실내의 장식 같은 것쯤 그다지 관심할 줄을 아직은 몰랐다.

 처음엔 식모를 두었다. 그다음엔 침모針母를 두었다. 그다음엔 손 심부름할 계집아이를 두었다.

 하루에도 방 선생을 찾는 이가 여러 패씩 있었다. 그들의 대개는 자동차를 타고 오고, 인력거짜리도 흔치 않았다. 그렇게 찾아오는 그들은 결단코 빈손으로 오는 법이 드물었다. 좋은 양과자 상자 밑바닥에는 으레껏 따로이 뿌듯한 봉투가 들었곤 하였다.
 미스터 방의, 신기료장수 코삐뚤이 삼복이로부터의 발신 경로란 이렇듯 심히 간단하고 순조로운 것이었다.

 주인 미스터 방이 백 주사의 컵에다 술을 따르려고 병을 집어 들다가,
 "오이, 기미코."
하고 아래층으로 대고 부른다.
 "심부럼 갔어요."
 애꾸쟁이 마누라의 꼬챙이 같은 대답.
 "안주 어떻게 됐어?"
 "글쎄, 안주 시키러 갔어요."
 "증종 있지?"
 "……."
 층계 밟는 소리가 나더니, 파마넨트한 머리가 나오고, 좁디좁은 이마에 이어서 애꾸눈이 나오고, 분 바른 얼굴이 나오고, 원피스 입은 커다란 젖통의 가슴이 나오고, 마지막 비단양말 신은 두리기둥* 같은 두 다리가 나오고 한다.
 "서 주사가 이거 두구 갑디다."
 들고 올라온 각봉투 한 장을 남편에게 건네어준다.
 "어디?"
 그러면서 받아 봉을 뜯는다. 소절수* 한 장이 나온다. 액면 만 원짜리다.
 미스터 방은 성을 벌컥 내면서

"겨우 둔 만 원야?"

하고 소절수를 다다미 바닥에다 홱 내던진다.

"내가 알우?"

"우랄질 자식, 어디 보자. 그래 전, 걸 십만 원에 불하* 맡아다 백만 원 하난 냉겨먹을 테문서, 그래 겨우 둔 만 원야? 엠병헐 자식, 내가 엠피(MP)헌테 말 한마디문, 전 어느 지경 갈지 모를 줄 모르구서."

"정종으루 가져와요?"

"내 말 한마디에 죽을 놈이 살아나구, 살 놈이 죽구 허는 줄을 모르구서. 흥, 이 자식 경 좀 쳐봐라……. 증종 따근허게 데와. 날두 산산허구 허니."

새로이 안주가 오고, 따끈한 정종으로 술이 몇 잔 더 오락가락하고 나서였다.

백 주사는 마침내 진작부터 벼르던 이야기를 꺼내었다.


백 주사의 아들 백선봉은, 순사 임명장을 받아 쥐면서부터 시작하여 8·15 그 전날까지 칠 년 동안, 세 곳 주재소와 두 곳 경찰서를 전근하여 다니면서, 2백 석 추수의 토지와, 만 원짜리 저금통장과, 만 원어치가 넘는 옷이며 비단과, 역시 만 원 어치가 넘는 여편네의 패물과를 장만하였다.

남들은 주린 창자를 졸라맬 때 그의 광에는 옥 같은 정백미가 몇 가마니씩 쌓였고, 반년 일 년을 남들은 구경도 못 하는 고기와 생선이 끼니마다 상에 오르지 않는 날이 없었다.

××경찰서의 경제계 주임으로 있던 마지막 이 년 동안은 더욱더

호화판이었다. 8·15 그날 밤, 군중이 그의 집을 습격하였을 때에 쏟아져 나온 물건이 쌀 말고도

  광목 여섯 통

  고무신 스물세 켤레

  지카다비* 여덟 켤레

  빨랫비누 세 궤짝

  양말 오십 타

  정종 열세 병

  설탕 한 부대

이렇게 있었더란다. 만 원어치 여편네의 패물과, 만 원어치의 옷감이며 비단과 만 원짜리 저금통장은 고만두고 말이었다.

물건 하나 없이 죄다 빼앗기고, 집과 세간은 조각도 못 쓰게 산산다 부시고, 백선봉은 팔이 부러지고, 첩은 머리가 절반이나 뽑히고, 겨우겨우 목숨만 살아 본집으로 도망해왔다.

일변 고을에서는 백 주사가 자식이 그런 짓을 해서 산 토지를 가지고 동네 사람한테 거만히 굴고, 작인들한테 팔 할 가까운 도지를 받고, 고리대금을 하고 하였대서, 백선봉이 도망해 와 눕는 그날 밤, 그의 본집인 백 주사의 집을 습격하였다.

집과 세간 죄다 부수고, 백선봉이 보낸 통제 배급 물자 숱한 것 죄다 빼앗기고, 가족들은 죽을 매를 맞고, 백선봉은 처가로, 백 주사는 서울로 각기 피신하여 목숨만 우선 보전하였다.

백 주사는 비싼 여관밥을 사먹으면서, 울적이 거리를 오락가락, 어떻게 하면 이 분풀이를 할까, 어떻게 하면 빼앗긴 돈과 물건을 도로 다 찾을까 하고 궁리를 하던 것이나, 아무런 묘책도 없었다.

그러자 오늘은 우연히 이 미스터 방을 만났다. 종로를 지향 없이 거니는데, 지나가던 자동차가 스르르 멈추면서, 서양 사람과 같이 탔던 신사 양반 하나가 내려서더니, 어쩌다 눈이 마주치자
"아, 백 주사 아니신가요?"
하고 반기는 것이었다.
　자세히 보니, 무어 길바닥에서 신기료장수를 한다던 코뻐뚤이 삼복이가 분명하였다.
"자네가, 저, 저, 방, 방……."
"네, 삼복입니다."
"아, 건데, 자네가……."
"허, 살 때가 됐답니다."
　그러고는 내 집으루 갑시다 하고 잡아끄는 대로 끌리어 온 것이었다.
　의표儀表하며, 집하며, 식모에 침모에 기집 하인까지 부리면서 사는 것하며, 신수가 훤히 트여 가지고 말도 제법 의젓하여진 것 같은 것이며, 진소위* 개천에서 용이 났다고 할 것인지.
　옛날의 영화가 꿈이 되고, 일조에 몰락하여 가뜩이나 초상집 개처럼 초라한 자기가 또 한 번 어깨가 옴츠라듦을 느끼지 아니치 못하였다. 그런데다 이 녀석이, 언제적 저라고 무엄스럽게* 굴어 심히 불쾌하였고, 그래서 엔간히 자리를 털고 일어설 생각이 몇 번이나 나지 아니한 것도 아니었다. 그러나 참았다.
　보아하니 큰 세도를 부리는 것이 분명하였다. 잘만 하면 그 힘을 빌려 분풀이와 빼앗긴 재물을 도로 찾을 여망餘望이 있을 듯싶었다. 분풀이를 하고, 더구나 재물을 도로 찾고 하는 것이라면야, 코뻐뚤

이 삼복이는 말고, 그보다 더한 놈한테라도 머리 숙이는 것쯤 상관할 바 아니었다.

"그러니, 여보게 미씨다 방……."
있는 말 없는 말 보태 가며 일장 경과 설명을 한 후에 백 주사는 끝을 맺기를
"어쨌든지 그놈들을 말이네. 그놈들을 한 놈 냉기지 말구섬 죄다 붙잡아다가 말이네. 괴수 놈들일랑 목을 썰어 죽이구, 다른 놈들일랑 뻑다구가 부러지두룩 두들겨 주구. 꿇어앉히구 항복받구. 그리구 빼앗긴 것 일일히 도루 다 찾구. 집허구 세간 처부신 것 말끔 다 물리구…… 그렇게만 해준다면, 내, 내, 재산 절반 노나 주문세, 절반. 응, 여보게 미씨다 방."
"염려 마슈."
미스터 방은 선뜻 쾌한 대답이었다.
"진정인가?"
"머, 지끔 당장이래두, 내 입 한 번만 떨어진다 치면, 기관총 들멘 엠피가 백 명이구 천 명이구 들끓어 내려가서, 들이 쑥밭을 만들어 놓니다, 쑥밭을."
"고마우이!"
백 주사는 복수하여지는 광경을 서언히 연상하면서, 미스터 방의 손목을 덥석 잡는다.
"백골난망이겠네."
"놈들을 깡그리 죽여놀 테니, 보슈."
"자네라면야 어련하겠나."

"흰말이 아니라 참 이승만 박사두 내 말 한마디면, 고만 다 제바리*유."

 미스터 방은 그러고는 냉수 그릇을 집어 한 모금 물고 꿀쩍꿀쩍 양치를 한다. 웬 버릇인지, 하여간 그는 미스터 방이 된 뒤로, 술을 먹으면서 양치하는 버릇이 생겼다.

 양치한 물을 처치하려고 휘휘 둘러보다, 일어서서 노대로 성큼성큼 나간다. 노대는 현관 정통正統 위였다.

 미스터 방이 그 걸쭉한 양칫물을 노대 아래로 아낌없이 좍 배앝는 바로 그 순간이었다. 그 순간이 공교롭게도, 마침 그를 찾으러 온 S소위가 현관으로 일단 들어서려다 말고(미스터 방이 노대로 나오는 기척이 들렸기 때문에) 뒤로 서너 걸음 도로 물러나

 "헬로."
부르면서 웃는 얼굴을 쳐드는 순간과 그만 일치가 되었다.

 "에구머니!"

 놀라 질겁을 하였으나 이미 배앝아진 양칫물은 퀴퀴한 냄새와 더불어 백절폭포로 내려 쏟혀 웃으면서 쳐드는 S소위의 얼굴 정통에 가 좌르르.

 "유 메블!"

 이 기급할 자식이라고 S소위는 주먹질을 하면서 고함을 질렀고, 그 주먹이 쳐든 채 그대로 있다가, 일변 허둥지둥 버선발로 뛰쳐나와 손바닥을 싹싹 비비는 미스터 방의 턱을

 "상놈의 자식!"
하면서 철컥 어퍼컷으로 한 대 갈겼더라고.

## 낱말 풀이

**가속** '아내'의 낮춤말

**고로롱고로롱** 늙거나 오랜 병으로 몸이 약해져서 자꾸 시름시름 앓는 모양

**기광** 극성스레 마구 날뛰는 행동이나 기세

**기물스럽다** 보기에 좋아 보이는 데가 있다.

**넉마전** 낡고 해어져서 입지 못하게 된 옷, 이불 따위를 파는 가게

**노대** 2층 이상의 양옥에서 건물 벽면 바깥으로 돌출되어 난간이나 낮은 벽으로 둘러싸인 뜬 바닥이나 마루

**다못** '다만'의 방언. 다른 것이 아니라 오로지

**두리기둥** 둘레를 둥그렇게 깎아 만든 기둥

**무엄스럽다** 보기에 삼가거나 어려워함이 없이 아주 무례한 데가 있다.

**발신** 천하거나 가난한 처지를 벗어나 앞길이 훤히 트이다.

**벌씸벌씸** 코 따위 탄력 있는 물체가 자꾸 크게 벌어졌다 오므러졌다 하는 모양

**보비위** 남의 비위를 잘 맞추어 주다.

**불하** 국가 또는 공공 단체의 재산을 개인에게 팔아넘기는 일

**뼈품** 뼈가 휠 만큼 들이는 품

**생화** 먹고 살아가는 데 도움이 되는 벌이나 직업

**소절수** 은행에 당좌예금을 가진 사람이 소지인에게 일정한 금액을 줄 것을 은행 따위에 위탁하는 유가 증권

**제바리** 막일꾼들이 자기의 불만을 나타낼 때 하는 말

**조백** 늙기도 전에 머리가 세다.

**지카다비じかたび** (일본 버선 모양의) 노동자용 작업화

**진소위** 정말 그야말로

**해트리다** 해어뜨리다.

### 작품 해제

**갈래** 풍자 소설, 세태 소설
**배경** 일제 강점기에서 광복 직후까지 어느 학교
**시점** 1인칭 관찰자 시점
**제재** 학교 선생님
**주제** 기회주의적이고 순응적인 인물의 부조리한 삶의 모습
**출전** 《어린이 나라》 1호(1949년 1월)

### 줄거리

 뼘박이라는 별명을 가진 박 선생님은 유난히 작은 키에 큰 머리를 가진 이상한 선생님이다. 키가 크고 별로 화를 내지 않는 강 선생님과는 만나기만 하면 싸운다. 박 선생님은 조선말을 사용하는 학생들을 발견하면 일본 말을 사용하지 않는다고 무섭게 혼을 내고 벌을 준다. 그러나 강 선생님은 우리가 조선말을 사용해도 혼을 내지 않고, 우리가 일본 말을 해도 다른 선생님이 없을 때에는 조선말을 한다.
 일본 천황이 항복을 선언하고, 교장 이하 일본 선생님, 친일파인 박 선생님은 기를 펴지 못한다. 강 선생님은 기뻐하며 만세를 부르고, 박 선생님에게 면박을 주다가 함께 만세를 부르자고 한다. 그 뒤로 박 선생님은 일본을 비판하는 발언을 한다.
 강 선생님이 교장이 된 후 박 선생님과의 사이가 안 좋아진다. 강 선생님이 파면된 뒤 박 선생님이 교장이 된다. 박 선생님은 우리나라를 도와준 미국에 대해 알기 위해 미국 말을 열심히 공부한다. 박 선생님은 고마운 나라 미국에 순종해야 한다고 말하고, 우리는 그런 박 선생님을 이상하게 여긴다.

# 이상한 선생님

1

 우리 박 선생님은 참 이상한 선생님이었다.
 박 선생님은 생긴 것부터가 무척 이상하게 생긴 선생님이었다. 키가 한 뼘밖에 안 되는 박 선생님이라서, 뼘생 또는 뼘박이라는 별명이 있는 것처럼, 박 선생님의 키는 키 작은 사람 가운데서도 유난히 작은 키였다. 일본 정치 때에, 혈서로 지원병을 지원했다 체격검사에 키가 제 척수에 차지 못해 낙방이 되었다면, 그래서 땅을 치고 울었다면, 얼마나 작은 키인 것은 알 일이다.
 그런 작은 키에 몸집은 그저 한 줌만 하고. 이 한 줌만 한 몸집의, 한 뼘만 한 키 위에 가서, 그런데, 이건 깜짝 놀랄 만큼 큰 머리통이, 보매 위태위태하게 올라앉아 있다. 그래서 박 선생님의 또 하나의 변명을 대갈장군이라고도 하였다.
 머리통이 그렇게 큰 박 선생님의 얼굴은 어떻게 생겼느냐 하면, 또한 여느 사람과는 많이 달랐다.

뒤통수와 앞이마가 툭 내솟고, 내솟은 좁은 이마 밑으로 눈썹이 시꺼멓고, 왕방울 같은 두 눈은 부리부리하니 정기가 있고도 사납고, 코는 매부리코요, 입은 메기입으로 귀 밑까지 넓죽 째지고 그리고 목소리는 쇠꼬챙이로 찌르는 것처럼 쨍쨍하고.

이런 대갈장군의 뼘생 박 선생님과 아주 정반대로 생긴 이가 강 선생님이었다.

강 선생님은 키가 크고, 몸집도 크고, 얼굴이 너부룻하고, 얼굴이 검기는 하여도 순하지 사남*이 든 데가 없고, 눈은 더 순하고, 허허 웃기를 잘하고, 별로 성을 내는 일이 없고, 아무하고나 장난을 잘 하고……. 강 선생님은 이런 선생님이었다.

뼘박 박 선생님과 강 선생님은 만나면 싸움이었다.

하학*을 하고 나서, 우리들이 청소를 한 교실을 둘러보다가든지, 또는 운동장에서든지(그러니까 우리들이 여럿이는 보지 않는 곳에서 말이다) 두 선생님이 만난다치면, 강 선생님은 괜히 장난이 하고 싶어 박 선생님을 먼저 건드리곤 하였다.

"뼘박아, 담배 한대 붙여 올려라."

강 선생님이 그 생긴 것처럼 느릿느릿한 말로 이렇게 장난을 청하고, 그런다치면 박 선생님은 벌써 성이 발끈 나가지고

"까불지 말아, 죽여놓 테니."

"애야, 까불다니, 이 덕집엔 좀 억울하구나……. 아무튼 담배나 한 개 빌리자꾸나."

"나두 뻐젓한* 돈 주구 담배 샀어."

"아따 이 사람, 누가 자네더러 담배 도둑질했대나?"

"너두 돈 내구 담배 사 피우란 말야."

이상한 선생님

"에구 요 재리*야! 몸이 요렇게 용잔하게* 생겼거들랑 속이나 좀 너그럽게 써요."

"몸 크구서 속 못 차리는 건, 볼 수 없더라."

하나는 커다란 몸집을 해가지고 싱글싱글 웃으면서, 하나는 한 뼘만 한 키에 그 무섭게 큰 머리통을 한 얼굴을 바싹 대들고는 사납이 졸졸 흐르면서, 그렇게 마주 서서 싸우는 모양은 마치 큰 수캐와 조그만 고양이가 마주 만난 형국이었다.

## 2

다른 학교에서도 다 그랬을 테지만, 우리 학교에서도 그때 말로 '국어'라던 일본 말, 그 일본 말로만 말을 하게 하고, 엄마 아빠 할 적부터 배운 조선말은 아주 한 마디도 쓰지 못하게 하였다.

그러나 주재소의 순사, 면의 면 서기, 도 평의원을 한 송 주사, 또 군이나 도에서 연설하러 온 사람, 이런 사람들이나 조선 사람끼리 만나도 척척 일본 말로 인사를 하고 이야기를 하고 하였지, 다른 사람들이야 일본 사람과 만났을 때 말고는 다들 조선말로 말을 하고, 그래서 학교 문밖에만 나가면 만판 조선말로 말을 하는 사람들이요, 더구나 집에 돌아가면 어머니, 아버지, 언니, 누나, 아기, 모두들 조선말로 말을 하고 하였다. 그러니까 우리들도 학교에 가서도, 교실에서 공부를 하고 나와 운동장에서 우리끼리 놀고 할 때에는 암만해도 일본 말보다 조선말이 더 많이, 그리고 잘 나와지고 하였다.

학교에서고 학교 밖에서고 조선말로 말을 하다 선생님한테 들키는 날이면 경을 치는 판이었다. 선생님들 중에서도 제일 심하게 밝히는 선생님이 뼘박 박 선생님이었다. 교장 선생님이나 다른 일본 선생님은 나무라기만 하고 마는 수가 있어도, 뼘박 박 선생님은 절대로 용서가 없었다.

나도 여러 번 혼이 나 보았다. 한번은 상준이 녀석과 어떡하다 쌈이 붙어서 둘이 서로 부둥켜 안고 구르면서 이 자식아, 저 자식아, 죽어봐, 때려봐 하면서 한참 시방 때리고 제기고 하는 참이었다.

그러는 참인데, 느닷없이

"고랏! 조센고데 겡카 스루야쓰가 이루카." (이놈아! 조선말로 쌈하는 녀석이 어딨어.)

하면서 구둣발길로 넓적다리를 걷어차는 건, 정신 없는 중에도 뼘박 박 선생님이었다.

우리 둘이는 그 자리에서 뺨이 붓도록 따귀를 맞았고, 공부 시간에 들어가지도 못하고서 그 시간 동안 변소 청소를 하였고, 그리고 조행*에 점수를 듬뿍 깎이고 하였다.

이렇게 뼘박 박 선생님한테 제일 중한 벌을 받는 것이 무엇이냐 하면, 조선말로 지껄이다 들키는 때였다.

강 선생님은 그와 반대로 아무 시비가 없었다.

교실에서 공부를 할 때 외에는 그리고 다른 선생님—그중에서도 교장 이하 일본 선생님들과 뼘박 박 선생님이 보지 않는 데서는, 강 선생님은 우리들한테 일본 말로 말을 하지 않았다. 우리들이 일본 말로 하여도 강 선생님은 조선말로 하곤 하였다.

우리들이 어쩌다, "선생님은 왜 '국어(일본 말)'로 아니 하세요?" 하고 물으면, 강 선생님은 웃으면서, "나는 '국어(일본 말)'가 서툴러서 그런다" 하고 대답하였다. 그렇지만 우리가 보기에도 강 선생님은 일본 말이 서투른 선생님이 아니었다.

이상한 선생님 259

3

해방이 되던 바로 그 이튿날이었다. 여름방학으로 놀던 때라, 나는 궁금해서 학교엘 가보았다. 다른 아이들도 한 오십 명이나 와 있었다.

우리는 해방이라는 말은 아직 몰랐고, 일본이 전쟁에 지고 항복을 한 것만 알았다.

선생님들이 그중에서도 뺌박 박 선생님이 그렇게도 일본(우리 대일본 제국)은 결단코 전쟁에 지지 않는다고, 기어코 전쟁을 이기고 천하에 못된 미국, 영국을 거꾸러뜨려 천황 폐하의 위엄을 이 전 세계에 드날릴 날이 멀지 않았다고, 하루에도 몇 번씩 그런 말을 해쌓던 그 일본이 도리어 지고 항복을 하다니, 도무지 모를 일이었다.

직원실에는 교장 선생님과 두 일본 선생님과 그리고 뺌박 박 선생님과 이렇게 모여 앉아서 초상난 집처럼 모두 코가 쑤욱 빠져 가지고 있었다.

우리들은 운동장 구석으로, 혹은 직원실 앞뒤로 패패\*로 모여 서서 제가끔 아는 대로 일본이 항복한 이야기를 하고 있었다.

그때에 6학년에 다니던 우리 사촌 언니 대석이가 뒤늦게야 몇몇 동무와 함께 떨떨거리고 달려들었다. 똘똘하고, 기운 세고, 싸움 잘하고, 그러느라고 선생님들한테 꾸지람과 매는 도맡아 맞고, 반에서 성적은 제일 꼴찌요 한 천하 말썽꾼이었다. 대석 언니네 집은 읍에서 십 리나 되는 곳이었고, 그래서 오늘 아침에야 소문을 들었노라고 하였다.

대석 언니는 직원실을 넌지시 넘겨다보더니 싱끗 웃으면서 처억 직원실 안으로 들어섰다.

직원실 안에 있던 교장 선생님이랑 다른 두 일본 선생님이랑은 못 본 체하고 고개를 숙이고 있는데, 뼘박 박 선생님이 눈을 흘기면서 영락없이 일본 말로

"난다?"(왜 그래?)

하고 책망을 하였다.

대석 언니는 그러나 무서워하지 않고 한다는 소리가

"선생님, 덴노헤이카가 고상(천황 폐하가 항복)했대죠?"

하고 묻는 것이었다.

뼘박 박 선생님은 성을 버럭 내어 그 큰 눈방울을 부라리면서 여전히 일본 말로

"잠자쿠 있어 잘 알지두 못하면서…… 건방지게시니."

하고 쫓아와서 곧 한 대 갈길 듯이 을러대었다.

대석 언니는 되돌아서서 나오면서 커다랗게 소리쳤다.

"덴노헤이카 바카!"(천황 폐하 망할 자식!)

"……."

만일 다른 때 누구든지 그런 소리를 했단 당장 큰일이 나는 판이었다. 그러나 교장 선생님이랑 두 일본 선생님은 그대로 못 들은 척 코만 빠치고 앉았고, 뼘박 박 선생님도 잔뜩 눈만 흘기고 있을 뿐이지 아무렇지도 않았다. 그런 걸 보면 정녕 일본이 지고, 덴노헤이카가 항복을 하였고, 그래서 인제는 기승을 떨지를 못하는 모양인 것 같았다.

마침 강 선생님이 땀을 뻘뻘 흘리면서 헐떡거리고 뛰어왔다. 강 선생님은 본집이 이웃 고을이었다.

"오오, 느이들두 왔구나. 잘들 왔다. 느이들두 다들 알았지? 조선

이, 우리 조선이 해방이 된 줄 알았지? 얘들아, 우리 조선이 독립이 됐단다, 독립이! 일본은 쫓겨가구……. 그 지지리 우리 조선 사람을 못 살게 굴구 하시하구 피를 빨아먹구 하던 일본이, 그 왜놈들이 죄다 쫓겨가구, 우리 조선은 독립이 돼서 우리끼리 잘살게 됐어, 잘살게.”

의젓하고 점잖던 강 선생님이 그렇게도 들이 날뛰고 덤비고 하는 것은 처음 보았다.

“자아, 만세 불러야지 만세. 독립 만세, 독립 만세 불러야지. 태극기 없니? 태극기. 아무두 아니 가졌구나! 느인 참 태극기가 어떻게 생겼는지 구경도 못했을 게다. 가만있자. 내, 태극기 만들어 가지구 나올게.”

그러면서 강 선생님은 직원실로 들어갔다.

강 선생님이 직원실로 들어서는 것을 보고, 교장 선생님이랑 두 일본 선생님은 인사를 하려고 풀기 없이 일어섰다.

강 선생님은 교장 선생님더러 말을 하였다.

“당신들은 인제는 일없어. 어서, 집으로 가 있다가 당신네 나라로 돌아갈 도리나 허우.”

“…….”

아무도 대꾸를 못하는데, 뻠박 박 선생님이 주저주저하다가

“아니, 자상히 알아보기나 하구서…….”

하는 것을, 강 선생님이 버럭 큰 소리로 말한다.

“무엇이 어째? 자넨 그래, 무어가 미련이 남은 게 있어, 왜놈들허구 대가리 맞대구 앉어서 수군덕거리나? 혈서로 지원병 지원 한번 더해 보고파 그러나? 아따 그다지 애닯거들랑, 왜놈들 쫓겨가는 꽁

무니 따라 일본으로 가 살게 그려나. 자네 같은 충신이면 일본서두 괄신 아니하리."

"……."

뼘박 박 선생님은 그만 두말도 못하고 얼굴이 벌게서, 어쩔 줄을 몰라하였다. 뼘박 박 선생님이 남한테 이렇게 꼼짝을 못하는 것을 보기는 우리는 처음이었다.

강 선생님은 반지\*를 여러 장 꺼내 놓고, 붉은 잉크와 푸른 잉크로 태극기를 몇 장이고 그렸다. 그려 내놓고는 또 그리고, 그려 내놓고 또 그리고, 얼마를 그리면서, 그러다 아주 부드럽고 조용한 목소리로

"여보게 박 선생?"

하고 불렀다. 그러고는 잠자코 담배만 피우고 앉았는 뼘박 박 선생을 한 번 돌려다보고 나서 타이르듯 말했다.

"내가 좀 흥분해서 말이 너무 박절했나\* 보이. 어찌 생각하지 말게……. 그리구, 인제는 자네나 나나, 그동안 지은 죄를 우리 조선 동포 앞에 속죄해야 할 때가 아닌가? 물론 이담에, 민족이 우리를 심판하고 죄에 따라 벌을 줄 날이 오겠지. 그러나 장차에 받을 민족의 심판과 벌은 장차에 받을 심판과 벌이고, 시방 당장 조선 민족의 한 사람으로 할 일이 조옴 많은가? 우리 같이 손목 잡구 건국에 도움 될 일을 하세. 자아, 이리 와서 태극기 그리게. 독립 만세부터 한바탕 부르세."

"……."

뼘박 박 선생님은 아무 소리도 않고 강 선생님 옆으로 와서 태극기를 그리기 시작하였다.

그 뒤로 강 선생님과 뻠박 박 선생님은 사이가 매우 좋아졌다.

뻠박 박 선생님은 학과 시간마다 여러 가지로 좋은 이야기를 많이 하여 우리한테 들려주었다. 일본이 우리 조선을 뺏어 저의 나라에 속국屬國을 삼던 이야기도 하여주었다.

왜놈들은 천하의 불측한* 인종이어서 남의 나라와 전쟁하기를 좋아하는 백성이라고 하였다. 그래서 임진왜란 때에도 우리 조선에 쳐들어왔고, 그랬다가 이순신 장군이랑 권율 도원수한테 아주 혼이 나고 쫓겨간 이야기도 하여주었다.

우리 조선은 역사가 사천 년이나 오래고 그리고 세계의 어떤 나라보다 못하지 않게 훌륭한 문화가 발달된 나라라고 이야기도 하여주었다.

뻠박 박 선생님은 한편으로 열심히 미국 말을 공부하였다. 그러면서 우리들더러도 졸업을 하고 중학교에 가거들랑 미국 말을 제일 무엇보다도 많이 공부하라고, 시방은 미국 말을 모르고는 훌륭한 사람이 되지 못한다고 하였다.

뻠박 박 선생님은 한 일 년 그렇게 미국 말 공부를 하더니, 그다음부터는 미국 병정이 오든지 하면, 일쑤 통역을 하고 하였다. 중학교에 다닐 때에 조금 배운 것이 있어서 그렇게 쉽게 체득했다고 하였다.

미국 병정은 벼 공출을 감독하러 와서 우리 뻠박 박 선생님을 그 꼬마자동차에 태워가지고 동네동네 돌아다녔다. 뻠박 박 선생님은 미국 양복을 얻어 입고, 미국 담배를 얻어 피우고, 미국 통조림이랑 과자를 얻어먹고 하였다.

해방 뒤에 새로 온 김 교장 선생님이 갈려가고 강 선생님이 교장이 되었다. 강 선생님이 교장이 된 다음부터는, 뻠박 박 선생님은 강 선생님과 도로 사이가 나빠졌다.

우리는 한 번 뻠박 박 선생님이 미국 담배를 피우고 있는 것을, 교장 선생님이

"자넨 그걸 무어라구, 주접스럽게 얻어 피우곤 하나?"

하고 핀잔을 하는 것을 보았다.

강 선생님은 교장이 된 지 일 년이 못 되어서 파면을 당하였다.

어른들 말이, 강 선생님은 빨갱이라고 하였다. 그래서 파면을 당하였느리라고 하였다. 또 누구는, 뻠박 박 선생님이 강 선생님을 그렇게 꼬아댄 것이지, 강 선생님은 하나도 빨갱이가 아니라고도 하였다.

강 선생님이 파면을 당한 뒤를 물려받아 뻠박 박 선생님이 교장 선생님이 되었다. 교장이 된 뻠박 박 선생님은 그 작은 키가 으쓱하였다.

뻠박 박 선생님은 미국을 침이 마르도록 칭찬을 하였다. 이 세상에, 미국같이 훌륭한 나라가 없고, 미국 사람같이 훌륭한 백성이 없다고 하였다. 우리 조선은 미국 덕분에 해방이 되었으니까 미국을 누구보다도 고맙게 여기고, 미국이 시키는 대로 순종해야 하느니라고 하였다.

우리가 혹시 말 끝에 '미국 놈……'이라고 하면, 뻠박 박 선생님은 단박 붙잡아다 세우고 벌을 키우곤 하였다. 전에 '덴노헤이카 바카'라고 한 것만큼이나 엄한 벌을 주었다.

"이놈아 아무리 미련한 소견이기로, 자아 보아라, 우리 조선을 독립을 시켜 주느라구, 자기 나라 백성을 많이 죽여 가면서 전쟁을 했지. 그래서 그 덕에 우리 조선이 왜놈의 압제에서 벗어나서 독립이 되질 아니했어? 그뿐인감? 독립을 시켜 주구 나서두 우리 조선 사

람들 배 아니 고프구, 편안히 잘 살라구 양식이야, 옷감이야, 기계야, 자동차야, 석유야, 설탕이야, 구두야, 무어 죄다 골고루 가져다 주지 않어? 그런데 그런 고마운 사람들더러, 미국 놈이 무어야?"

벌을 세우면서 뺌박 박 선생님은 이렇게 꾸짖곤 하였다.

우리는 뺌박 박 선생님더러 미국에도 '덴노헤이카'(천황 폐하)가 있느냐고 물었다. 미국에도 덴노헤이카가 있지 않고서야 우리 조선 사람을, 그렇게 일본의 '덴노헤이카'처럼 친아들赤子과 같이 사랑하고, 우리 조선 사람들이 잘 살도록 근심을 하며, 온갖 물건을 가져다 주고 할 이치가 없기 때문이었다. (해방 전에 뺌박 박 선생님은 덴노헤이카는 우리 조선 사람들을 일본 사람들과 같이 사랑하고, 우리 조선 사람들이 잘 살기를 근심하신다고 늘 가르쳐 주고 하였다.)

뺌박 박 선생님은 미국에는 덴노헤이카는 없고, 덴노헤이카보다 훌륭한 '돌맹이'라는 양반이 있다고 대답하였다.

우리는 그럼 이번에는 그 '돌맹이'라는 훌륭한 어른을 위하여 '미국美國 신민노세이시'를 부르고, 기미가요 대신 돌맹이 가요를 부르고 해야 하나 보다고 생각하였다.

아무튼 뺌박 박 선생님은 참 이상한 선생님이었다.

### 낱말 풀이

**박절하다** 인정이 없고 쌀쌀하다.
**반지** 얇고 흰 일본 종이
**불측하다** 생각이나 행동 따위가 괘씸하고 엉큼하다.
**뻐젓하다** 남의 시선을 의식하여 조심하거나 굽히는 데가 없다.
**사남** 사납게 행패를 부리는 일
**용잔하다** 못생기고 연약하다.
**재리** 매우 인색한 사람을 낮잡아 이르는 말
**조행** 태도와 행실
**패패** 각각의 여러 패
**하학** 학교에서 그날의 수업을 마치다.

[17~21] 다음 글을 읽고 물음에 답하시오.

역의 대합실은 낮과 아침부터 서울과 부산과 남선이 실어다 부친 승객으로 콩나물 동이를 이루었다. 보퉁이를 깔고 앉아 혹은 가마니폭을 자리삼아 앉았는 사람, 자는 사람, 그 중에도 절창絶唱은 투전판이 벌어져 있는 것이었다.

㉠"저런 걸 보면 조선 사람두 제법 대륙적인 풍모가 있단 말야. 정거장 대합실에서 지리한 차시간을 투전을 뽑으면서 밤을 드새구."

김군의 감상이었다. 호남선은 새벽 다섯 시 반에 있었다.
나는 말할 것도 없지만 김군도 한 번의 경험이 있노라면서 그의 굵은 신경으로도 일찍이 일제 시대의 유치장 잠자리를 방불케 하는 대전 거리의 여관에만은 생의도 아니하였다.

이튿날 새벽 다섯 시. 비는 옷을 적시고도 과할 만큼 내렸다. 밤새껏 떨며 기다리던 이리행의 혼합 열차를 꾸며다 포옴에 대어 놓기는 하였으나 객차 세 칸에 곳간차 열 개가 사람이 열리듯 하였다. 그러고도 태반은 타지를 못하였다.

내남없이 곳간차 꼭대기나마 타지 못한 사람들은 내리는 궂은 비처럼 우울한 얼굴들이었다. 조금 있다가 기관차가 무슨 생각으론지 혼자 달려가더니 난데없이 좋은 객차를 한목 다섯 칸이나 달아 가지고 온다. 처진 승객들은 희색이 얼굴에 넘치면서 다투어 그리로 돌진을 한다.

그러나 허망한지고. 찻간에는 미국 병정이 칸마다 삼사 인 혹은 사오 인씩 한가로이 타고 있었다.

열려 있기로서니 거기를 침노할 용감한 사람도 없으려니와 도시에 승강대의 문들이 굳게 잠기어 감불생심이었다. 차 옆댕이의 '미군전용차' 다섯 자는 누구의 서투른 분필 글씬지.

사람들은 그래도 행여 하는 생각에 이리 닫고 저리 닫고 앞뒤로 끼웃거리면서 그 옆을 분주히 맴돌이하기를 마지 않는다. 아마 구경이 하염직하여서리라. 미국 병정 하나가 닫긴 승강대의 문을 열고 서서 고요히 완상을 하고 있다.

 그러자 촌 반늙은이 하나가 그 앞으로 징검거리고 가더니 예전 같으면 '여보 영감상 우리 좀 탑시다' 하는 째였다. 손으로 자기를 가리키고 다시 찻간을 가리키고 하면서 근천스런 미소와 굽실거리기를 거듭한다. 그에 대하여 미국 병정의 대답은 손가락을 들어 차 꼭대기를 가리키는 것이었다.

 김군과 나는 무심코 발길을 멈추고 서서 보다 문득 ⓐ아니 볼 것을 본 것 같은 회오에 얼른 얼굴을 돌렸다.

 "옛날 상해 공동조계의 공원 문 앞에다 '지나인과 개는 들어오지 마라' 쓴 푯말을 세운 것하구 상거 가 어떨꾸?"

 김군의 중얼거리는 말이고 나는 나대로 중얼거렸다.

 ㉡"마마손님은 떡시루나 쪄 놓고 배송을 한다지만……."

 "찰 저렇게들 타지 못해 등쌀을 댈 것이 아니라 기관차 앞으루 찻길에 가 늘비하니 드러눴어요."

 ㉢"한 파가 기관차 앞에 가 눴은다치면 한 파는 차에 가 올라앉군 할 텐데?"

 "결국 문제는 협조하는 기간 동안 임금을 조금 덜 받아야 하구 소작료를 조금 더 물어야 하구 한다는 문제루 귀착하는 것이니깐, 사세가 차차 더 절박해 가니 돈 몇 천 원이나 벼 몇 섬씩을 애끼다간 민족 천 년의 대계를 그르칠 염려가 있다는 걸 깨달아야 할 텐데. 새로운 역사의 주인 노릇을 할 긍지와 도량으루다 말이지."

 ㉣"사람이 없나 봐. 한 정당 한 정당의 두령 재목은 있어두 민족의 두령 재목은 안직 없는 모양야."

 ㉤"낙심 말게. 이 김 주사 어른이 기시질 않은가."

 비는 오고. 다음 차가 언제 있을지 모르는 차를 우리는 음산한 정거장에서 민망히 기다려야 하였다.

— 채만식의 〈역로〉에서

17. 현실에 대한 작중 인물 '나'의 태도로 가장 적절한 것은?

① 외국의 도움으로 상황이 나아지기를 희망한다.

② 어려운 시국이 점차 나아질 것으로 믿는다.
③ 세상이 어떻게 되든지 상관하지 않는다.
④ 사회적 혼란으로 앞날이 걱정스럽다.
⑤ 민족의 도덕적 타락상이 개탄스럽다.

18. 윗글을 〈보기〉와 같이 해석하고자 할 때, (   )에 가장 적절한 것은? [0.8점]

① 공공 질서 확립   ② 공정한 분배       ③ 경제적 자립
④ 민족 지도자     ⑤ 김 주사 같은 사람

19. 다음 중, 문맥으로 보아 바꾸어 쓸 수 없는 것은?
① 절창絶唱 — 압권壓卷   ② 내남없이 — 너나할것없이
③ 근천스런 — 친근한     ④ 상거 — 차이   ⑤ 등쌀을 — 성화를

20. ⓐ의 이유로 가장 적절한 것은?
① 어떻게든지 기차를 타려고 하는 노인의 모습이 심히 불쾌하여서
② 노인을 공경할 줄 모르는 외국인에 대한 반감을 누를 수 없어서
③ 시대상을 반영하는 눈앞의 광경에 민족적 자존심이 손상되어서
④ 문란해진 질서를 바로잡지 못하는 자신의 처지가 안타깝게 느껴져서
⑤ 공연히 남의 일에 끼어들 필요가 없다는 사실을 알아차려서

21. ㉠~㉢ 중, 윗글의 주제를 암시하는 것들로 묶인 것은? [1.2점]
① ㉠, ㉡, ㉢   ② ㉠, ㉢, ㉣   ③ ㉡, ㉢, ㉣
④ ㉡, ㉣, ㉤   ⑤ ㉢, ㉣, ㉤

# 채만식의 〈역로歷路〉

**작품 해제**

**갈래** 사회 소설, 풍자 소설
**배경** 광복 직후 서울에서 대전까지
**시점** 1인칭 주인공 시점(1인칭 관찰자 시점)
**제재** 서울에서 대전까지의 기차 여행
**주제** 광복 직후 혼란스런 사회상

**줄거리**

　나는 기차 시각보다 세 시간이나 일찍 서울역에 나왔다. 거기서 친구 김군을 만났다. 나는 성질이 고지식한 편이지만 김군은 넉살이 좋은데다 요령꾼이다. 나는 사흘씩이나 여행 준비를 했지만, 그는 불과 몇 분 만에 웃돈을 얹어 주고 차표를 사온다.
　비좁은 열차 안에서 젊은 사람과 늙은 농민이 언쟁을 벌인다. 공산주의를 신봉하는 청년은 토지 개혁을 하여 도지 안 무는 자영농 시대의 도래와 평등한 세상이 올 거라며 농민을 설득하지만 누구도 반응을 보이지 않는다. 오히려 시골 신사가 끼어들어 공산주의는 나라 망치는 지름길이라며 미국식 민주주의를 역설한다.
　열차가 천안에 이르자 부산에서 올라왔다는 월급쟁이가 쌀 보통이를 차창으로 들이밀며 승차한다. 그는 지역마다 쌀값이 엄청나게 차이가 나는 경제 구조를 격앙된 어조로 비판한다.
　이윽고 기차는 대전에 도착하고, 나와 김군은 호남선으로 갈아타기 위해 비 오는 새벽에 열차를 기다린다. 그러나 사람에 비해 객차는 턱없이 부족하여 곳간차 꼭대기에도 사람이 가득 찰 지경이다. 그때 좋은 객차 다섯 칸이 달려 나오고 거기에는 미군들이 한가로이 타고 있었다. 한 늙은이가 함께 타자고 애걸하지만 미군 병정은 무관심한 태도로 차 꼭대기를 가리킬 뿐이다.

정답 : 17-④, 18-④, 19-③, 20-③, 21-③

271

[35~38] 다음 글을 읽고 물음에 답하시오.

　일찍이 윤 직원 영감은 그의 소싯적에, 자기 부친 윤용구가 화적의 손에 무참히 맞아죽은 시체 옆에 서서, 노적이 불타느라고 화광이 충천한 하늘을 우러러,
　"이 놈의 세상, 언제나 망하려느냐?"
　"우리만 빼놓고 어서 망해라!"
하고 부르짖은 적이 있겠다요.
　이미 반세기 전, 그리고 그것은 당시의 나한테 불리한 세상에 대한 격분된 저주요, 겸하여 위대한 투쟁의 선언이었습니다.
　해서 윤 직원 영감은 과연 승리를 했겠다요. 그런데…….
　식구들은 시아버지 윤 직원 영감이 보기가 싫은 건넌방 고씨만 빼놓고, 서울 아씨, 태식이, 뒤채의 두 동서, 모두 안방에 모여 종수를 맞이하는 예를 표하고, 그들의 옹위 아래 윤 직원 영감과 종수는 각기 아랫목과 뒷벽 앞으로 갈라 앉았습니다. 방금 점심 밥상을 받을 참입니다.
　"너 경손 애비, 부디 정신채리라……!"
　윤 직원 영감이 종수더러 곰곰이 훈계를 하던 것입니다. 안식구가 있는 데라 점잖게 경손 애비지요.
　"……정신을 채리야 헐 것이 늬가 암만히여두 네 아우 종학이만 못히여! 종학이는 그 놈이 재주두 있고 착실히여서, 너치름 허랑허지두 않고 그럴뿐더러 내년 내후년이면 대학교를 졸업허쟎냐? 내후년이지?"
　"네."
　"그렇지? 응, 그래, 내후년이면 대학교 졸업을 허구 나와서, 삼 년이나 다직* 사 년만 찌들어 나머넌 그놈은 지가 목적헌, 요새 그 목적이란 소리 잘 쓰더구나, 응? 목적……목적헌 경부가 되야 갖구서, 경찰서장이 된담 말이다! 응? 알겄어."
　"네."
　"그러닝개루 너두 정신을 바싹 채리 갖구서, 어서 어서 군수가 되

어야 않겠냐……? 아, 동생놈은 버젓한 경찰서장인디, 형놈은 게우 군서기를 댕기구 있담! 남 부끄러서 어쩔 티여? 응……? 아 글씨, 군수 되구 경찰서장 되구 허머넌, 느덜 좋구 느덜 호강이지 머, 그 호강 날 주냐? 내가 이렇게 아등아등 잔소리 허넌 것두 다 느덜 위히여서 그러지, 나는 파리 족통만치두 상관없어야! 알어듣냐?"

"네."

마침 이 때, 마당에서 헴헴, 점잖은 밭은기침 소리가 납니다. 창식이 윤 주사가 조금 아까야 일어나서, 간밤에 동경서 온 전보 때문에 억지로 억지로 큰댁 행보를 하던 것입니다.

"해가 서쪽으로 뜨겠구나?"

윤 직원 영감은 아들의 이렇듯 부르지도 않은 걸음을, 더욱이나 안방에까지 들어온 것을, 이상타고 꼬집는 소립니다.

"……멋하러 오냐? 돈 달러러 오지?"

"동경서 전보가 왔는데요……."

지체를 바꾸어 윤 주사를 점잖고 너그러운 아버지로, 윤 직원 영감을 속 사납고 경망스런 어린 아들로 둘러 놓았으면 꼬옥 맞겠습니다.

"동경서? 전보?"

"종학이 놈이 경시청에 붙잽혔다구요!"

"으엉?"

외치는 소리도 컸거니와 엉덩이를 꿍— 찧는 바람에, 하마 방구들이 내려앉을 뻔했습니다. 모여선 온식구가 제가끔 정도에 따라 제각기 놀란 것은 물론이구요.

"종학, 사상 관계로, 경시청에 피검……이라니? 이게 무슨 소리다냐?"

"종학이가 사상 관계로 경시청에 붙잽혔다는 뜻일 테지요!"

"사상 관계라니?"

"그 놈이 사회주의에 참예를……."

"으엉?"

(중 략)

윤 직원 영감은 팔을 부르걷은 주먹으로 방바닥을 땅— 치면서 성난 황소가 영각*을 하듯 고함을 지릅니다.
　"화적패가 있너냐야? 부랑당 같은 수령守令들이 있더냐……? 재산이 있대야 도적놈의 것이요, 목숨은 파리 목숨 같던 말세년다 지내가고오……. 자 부아라, 거리 거리 순사요, 골골마다 공명헌 정사政事, 오죽이나 좋은 세상이여……. 남은 수십만 명 동병動兵을 히여서, 우리 조선놈 보호히여 주니, 오죽이나 고마운 세상이여? 으응……? 제것 지니고 앉어서 편안허게 살 태평세상, 이걸 태평천하라구 허는 것이여, 태평천하……! 그런디 이런 태평천하라구 허는 것이여, 태평천하……! 그런디 이런 태평천하에 태어난 부자놈의 자식이, 더군다나 외지가 떵떵거리구 편안허게 살 것이지, 어찌서 지가 세상 망쳐 놀 부랑당패에 참섭*을 헌단 말이여, 으응?"

　　　　　　　　　　— 채만식의 〈태평천하〉에서

**다직** 기껏　**영각** 황소가 길게 뽑아 우는 소리　**참섭** 남의 일에 참견하여 간섭하는 것

35. 윗글에서 '전보'의 기능에 대한 설명으로 적절하지 않은 것은?
① 작품의 분위기를 전환시킨다.
② 주인공의 운명을 암시해 준다.
③ 서술 시점이 바뀌는 장치로 작용한다.
④ 갈등 구조가 급전急傳하는 계기가 된다.
⑤ 두 사건을 연결하여 긴장감을 유지시킨다.

36. '윤 직원'에 대한 서술자의 태도를 바르게 지적한 것은?
① 적대감을 강하게 드러내고 있다.
② 사건의 전개에 따라 태도가 변하고 있다.
③ 일관되게 우호적인 태도를 유지하고 있다.
④ 중립적인 것처럼 보이지만 사실은 비판적이다.

⑤ 대체로 냉정한 편이지만 때로는 동정하기도 한다.

37. 〈보기〉와 같은 노래의 시적 화자는 '윤 직원'의 어떤 점을 비판하겠는가? [2점]

─〈 보기 〉─

무산자 누구냐 탄식마라.  부귀와 빈천은 돌고 돈다.
감발을 하고서 주먹을 쥐고  용감하게도 넘어간다.
밭 잃고 집 잃은 동무들  어데로 가야만 좋을까 보냐.
괴나리 봇짐을 짊어지고  아리랑 고개로 넘어간다.
― 일제 강점기의 민요 〈신아리랑〉에서

① 왜곡된 현실관    ② 비타협적인 태도    ③ 소극적인 인생관
④ 빗나간 자식 사랑    ⑤ 채신머리 없는 행동

38. 〈보기〉는 윗글에 대한 감상문의 일부이다. 밑줄 친 부분에 들어갈 내용으로 적절하지 않은 것은? [2점]

─〈 보기 〉─

　소설 작품을 읽음으로써 얻을 수 있는 즐거움에는 새로운 사실을 알게 되는 즐거움, 형상화된 세계에 자신을 비추어 봄으로써 자기 자신을 깨닫는 즐거움이 있을 것이다. 채만식의 〈태평천하〉의 경우에는 등장인물을 중심으로 접근해 가면서 이 두 가지 즐거움을 맛볼 수 있었다. 우선 당대의 현실과 관련된 새로운 사실들을 알 수 있었다. 이 작품을 읽기 전에는 일제 강점기를 살아간 사람들은 궁핍한 삶을 영위하고 있었고, 식민지로부터의 해방을 열망하고 있었다고 막연히 생각했었다. 그러나 이 작품은 실상이 그렇지만은 않았음을 말해 주고 있다. 시류에 영합해 자신의 이익만을 추구하고 그것을 만끽하며 살아가는 윤 직원 영감 같은 인물들이 엄연히 존재하고 있었음을 이 작품은 실감나게 전해 주고 있다. 그리고 일제에 대항한 인물들은 무척이나 힘겨운 상황 속에 놓여 있었음

을 짐작할 수 있었다. 다음으로는 이 작품에 내 자신을 비추어 봄으로써 몇 가지 깨달음을 얻을 수 있었다. 그 깨달음은 이런 것들이다. _____
_____

① 윤 직원의 헛된 욕망을 보면서, 새삼스럽게 인간이 추구하는 욕망의 끝은 어디일까 생각해 보았다.
② 지금의 내 성격으로 보아 내가 당대에 태어났다면 종학과 같은 선택을 할 수 있었을까 생각해 보았다.
③ 종학같이 자신의 기득권을 포기하고 일제에 맞서 대항한 인물들이 상당수 있었음을 다른 자료를 통해 확인할 수 있었다.
④ 윤 직원의 소위 '태평천하론'을 접하면서 역사 의식이란 피상적인 이해만으로는 형성될 수 없는 것임을 인식하게 되었다.
⑤ 나는 과연 윤 직원이라는 인물과는 달리 나 자신의 이익이나 사회의 이익을 더 중시하고 있는가 반문해 보았다.

## 채만식의 〈태평천하〉

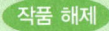

**갈래** 사회 소설, 풍자 소설
**배경** 1930년대 서울 어느 평민 출신의 대지주 집안
**시점** 전지적 작가 시점
**제재** 윤 직원의 가족사
**주제** 윤 직원 일가의 타락한 삶과 몰락

> 줄거리

일꾼이나 하인은 상전을 섬기기만 하고 대가는 바라지 말아야 한다고 생각하는 윤 직원 영감은 인력거를 타고 와서는 그 삯을 깎겠다고 한다. 또한 그는 나이 어린 기생을 데리고 다니면서도 아무것도 주려 하지 않는다. 그러면서도 윤 직원 영감은 자기가 그들에게 은혜를 베푼다고 생각한다. 마찬가지로 소작인에게 땅을 붙여 먹고 살게 하는 것도 무슨 큰 자선 사업이나 되는 것처럼 여긴다.

그런 식으로 부를 축적한 윤 직원 영감에게는 쓰라린 기억이 있다. 출처가 불확실한 돈을 모았던 그의 아버지가 구한말 시절에 화적들의 습격을 받아서 죽었던 것이다. 그런데 일본인이 들어와 불한당을 막아 주고 '천하 태평'을 보장해 주었기 때문에 윤 직원은 진심으로 일본인들을 고맙게 생각한다. 돈을 버는 데는 무엇보다도 권력과의 결탁이 중요하다는 사실을 깨닫게 된다.

또 윤 직원은 양반을 사고, 족보에 도금鍍金한 것으로도 모자라 손자 '종수'와 '종학'이 군수와 경찰서장이 되어 가문을 빛낼 것을 기대하고 있다. 그러나 아들과 손자는 윤 직원의 말을 잘 듣지 않는다. 아들 '창식'은 집을 돌보지 않고 노름으로 밤을 새며 가산만 탕진하고 있고, 군수를 시키려던 손자 '종수'는 아버지의 첩 '옥화'와 정을 통하는 불륜을 저지른다. 며느리나 손자며느리도 고분고분하지가 않고 딸마저 시댁에서 소박맞고 와서 함께 살고 있다.

그래도 윤 직원 영감은 고압적으로 집안 분위기를 억누르고 있던 차에, 마지막으로 기대를 걸고 있던 손자 '종학'이 '사상 관계로 경시청에 피검'되었다는 전보를 받고 충격을 받는다. 윤 직원 영감은 이 태평천하에 부자놈의 자식이 왜 부랑당패에 참여했냐고 하면서 비탄에 잠긴다.

정답 : 35-③, 36-④, 37-①, 38-③

# 현 덕

고구마

나비를 잡는 아버지

하늘은 맑건만

현덕 1909~?

서울에서 태어난 현덕의 본명은 현경윤玄敬允이다. 인천 대부공립보통학교를 중퇴하고, 중동학교 속성과를 마쳤다. 일본으로 건너간 그는 신문배달·페인트공 등 막노동을 하다가 귀국했다. 1932년 《동아일보》 신춘문예에 동화 〈고무신〉이 가작, 1938년 《조선일보》 신춘문예에 소설 〈남생이〉가 당선되어 등단했다. 그의 작품은 사회에 대한 비판의식이 강하게 배어나는데, 어떤 문학 단체에 참여하지 않고 독자적으로 작품 활동을 했다. 등단 이후 2년 동안 단편 소설 8편, 연작 동화 40여 편, 소년소설 10여 편을 발표했다. 1945년 8·15 광복 직후 조선문학가동맹 출판부장을 맡아 소설과 아동문학 분과에서 활동했다. 한국전쟁 중 월북해서 1951년 종군작가단에 참여했다.

## 작품 해제

**갈래** 성장 소설
**배경** 일제 강점기 어느 학교
**시점** 전지적 작가 시점
**제재** 고구마
**주제** 가난한 소년의 비애
**출전** 《집을 나간 소년》(1946년)

## 줄거리

　농업 실습용 고구마가 몇 개 사라지고, 인환은 수만이 범인이라고 생각한다. 아이들은 매일 학교에 일찍 오는 수만을 의심하는 인환의 말에 동조한다. 그렇지만 기수는 수만의 결백을 주장한다.
　수만이 아이들 앞에 나타나는데, 그의 주머니에 무엇인가 들어 불룩하다. 아이들은 그것이 무엇이냐고 묻고, 수만은 운동모자라고 한다. 하지만 당황해하는 수만의 태도에 아이들의 의심은 더욱 깊어진다.
　기수는 수만과 대화하면서 수만이 고구마를 훔쳤다고 생각한다. 수만을 믿고 있던 기수는 실망한다. 아이들은 수만이 도둑이라고 생각하고 수만을 놀린다. 아이들의 눈을 피해 수만이 무엇인가를 먹는 것을 발견한 아이들은 수만의 손에서 그것을 빼앗는데, 고구마가 아닌 눌은밥임을 알게 된다. 기수는 수만에게 미안하다고 말하고 고개를 숙인다.

# 고구마

　농업 실습으로 심은 고구마밭이었다. 더욱이 6학년 갑조 을조가 각기 한 고랑씩 맡아 가지고 경쟁적으로 가꾸는 그 밭 한 모퉁이 넝쿨 밑의 흙이 어지러이 헤집어지고 누구의 짓인지, 못 돼도 서너 개는 고구마를 캐냈을 성싶다.
　"거 누가 그랬을까?"
하고 밭 기슭에 둘러섰는 아이들 등 뒤에서 넘어다보고 섰던 기수가 입을 열자 "흥!" 하고 인환이는 코웃음을 웃으며 다 알고 있다는 얼굴을 한다.
　"누구란 말야?"
　"누구란 말야?"
하고 인환이 편으로 눈이 모이며 아이들은 제각기 한마디씩 묻는다. 인환이는 여전히 그런 웃음을 얼굴에 지으며 말이 없이 섰더니
　"누구긴 누구야."
하고 퉁명스럽게 한마디 하고, 그리고 음성을 낮추어서

"수만이지, 뭐."

"뭐, 수만이야?"

하고 기수는 의외라는 듯 눈을 크게 뜬다.

"그건 똑똑히 네 눈으로 보고 하는 말이냐?"

"보지 않아도 뻔하지, 뭐. 설마 조무래기들이 그랬을 리는 없고 우리들 중에서 그런 짓 할 애가 누구냐. 수만이밖에."

"그렇지만 똑똑한 증거 없인 함부로 말할 수 없지 않어?"

그러나 인환이는 피이 하는 표정으로 입을 삐쭉한다.

"똑똑한 증건, 남 오지 않는 아침에 일찍 학교에 오는 놈이 한 짓이지 뭐야. 어제 난 청소 당번으로 맨 나중에 돌아갈 제 보았을 땐 아무렇지도 않았는데."

하고 인환이는 틀림없이 수만이라는 듯 아주 자신 있는 얼굴을 한다. 그리고 다른 아이들도 인환이 말에 응해서 제각기들 아무도 없을 때 오는 놈이 한 짓이라고 입을 모아 말한다.

하긴 수만이는 매일 아침 교장 선생님 댁의 마당도 쓸고 물도 긷고 하고, 거기서 나는 것으로 월사금*을 내가는 터이라, 남보다 일찍이 학교엘 왔다.

그러나 아이들이 수만이에게 의심을 두기는 다만 아무도 없는 때 학교엘 온다는 이 까닭만이 아니다.

보다는 지나치게 가난한 그 집 형편과 헐벗은 그 주제꼴이 아이들로 하여금 말은 아니하나 까닭 모르게 이번 일과 수만이를 부합해 보게 되는 은근한 원인이 되었다.

그러나 기수만은 아니라는 뜻으로 머리를 젓는다.

"학교엘 먼저 온다는 이유만으로는 정녕 수만이가 그랬단 증거가 못 돼. 그리고 수만이는 내가 잘 알지만 그런 짓 할 애가⋯⋯."
하고 아니라는 말도 하기 전에 인환이는 듣기 싫다는 듯 손을 젓는다.

"수만이를 잘 알긴 누가 잘 알아?"
하고 기수 앞으로 가까이 다가서며

"그 애 집 근처에 사는 내가 잘 알겠니, 한 동네 떨어져 사는 늬가 더 잘 알겠니?"

그리고 인환이는 전에 수만이 누이동생이 남의 집 밭의 감자를 캐는 걸 자기 눈으로 보았다는 것, 또는 남의 것 몰래 훔쳐 가기로 동네에서 유명하다는 등을 말하며 수만이까지 한통으로 몰아 인환이는 얼굴에 업신여기는 표를 짓는다. 그리고

"넌 수만이 일이라면 뭐든지 덮어 주려고만 하니, 그 애가 무슨 네 집 상전이냐? 상전이라도 잘하고 못한 건 가려야지."

"뭐, 수만일 덮어 주려고 그러는 게 아냐. 잘허지 못했단 무슨 증거가 없으니까 허는 말이다. 그리고⋯⋯."
하고 잠시 인환이 얼굴을 쳐다보다가, 기수는 다시 말을 이어

"네 말대루 정말 수만이 동생이 남의 집 밭에 감자를 캤는지 몰라도, 어린애니까 그러기도 예사고, 또 그걸로 오늘 수만이가 고구마를 캤다는 증거가 될 수는 없지 않느냐 말이다."

그러나 아무리 기수의 말이 경우에 옳다 하더라도, 수만이를 의심하는 아이들의 마음을 풀게 하는 힘이 되지는 못했다. 도리어 아이들은 기수가 수만이 허물을 덮어 주려고 그러는 줄 아는 모양, 아이들은 더욱 인환이 편으로 기울어 간다.

그리고 인환이가

"그럼 넌 수만이의 짓이 아니란 무슨 똑똑한 증거가 있니?"

하고 턱을 대는 데는 기수도 할 말이 없었다. 다만
"수만이 그 애의 인격을 믿고 말이다."
"인격?"
하고 여러 아이들의 비웃음을 받고 말았다.

그러나 다음 하학 시간에도 기수는 고구마밭에 헤집어진 자리도 전처럼 매만져 놓고, 그리고 벌써 수만이의 짓이란 것이 드러나기나 한 것처럼 떠드는 아이들의 입을 삼가도록 타이르기에 힘을 쓴다.
"너희들 저렇게 떠들다가 나중에 선생님까지 아시게 되고, 그리고 아니면 어떡헐 셈이냐?"
"겁날 게 뭐야. 수만이가 아닐세 말이지."
"어떻게 넌 네 눈으로 똑똑히 본 것처럼 말하니?"
"그럼 넌 어떻게 수만이가 아닐 걸 네 눈으로 본 것처럼 우기니?"
하고 인환이와 기수는 서로 싸우기나 할 것처럼 붉히며 대들다가 무춤하고 물러선다. 바로 당자인 수만이가 이쪽을 향하고 온다.

아이들은 일시에 조용해졌다. 수만이는 한 손에 찻주전자를 들고 그편으로 고개를 기우듬 땅만 보며 교장 선생님 댁에서 나온다. 그 걸음이 밭 가까이 이르러 아이들 옆을 지나치게 되자, 겨우 얼굴을 들어 어색한 웃음을 지어 보이고는 지나간다. 아이들의 가득하게 의심을 품은 여러 눈은 수만이 한 몸에 모여 아래위를 훑어본다. 그 한편 양복 주머니가 유난히 불룩하다. 겉으로 드러난 것만 보아도 고구마나 거기 가까운 것이 들어 있을 성싶다.

밭두둑을 올라 교실을 향해 가는 수만이 등 뒤를 노려보고 있던 인환이는 갑자기 소리를 친다.
"수만이 너, 주머니에 든 게 뭐야?"

"뭐 말야."

"양복 주머니의 불룩한 것 말이다."

"뭐."

하고 주머니를 굽어보며

"운동모자다."

그러나 운동모자가 아닌 것은 갑자기 얼굴빛이 붉어지는 것이며, 끔찍이 당황해하는 것으로 넉넉히 알 수 있다. 그리고 걸음을 빨리 교실 모퉁이를 돌아가는 등 뒤를 향해 인환이는

"먹을 것이거든 나두 좀 주렴."

그리고 또

"그 고구마 혼자만 먹을 테야?"

하고 소리친다. 수만이는 못 들은 척 대꾸도 없이 피해 달아나듯 뒤도 안 돌아본다.

아이들은 다시 왁자하고 제각기 입을 열어 떠든다.

"틀림없는 고구마지."

"고구마 아니면 뭐야."

"멀쩡하게 고구마를 운동모자라지."

그리고 인환이는 신이 나서

"내 말이 어때. 수만이래지 않았어."

하고 기수를 향해 오금을 주듯 말한다. 그러나 기수는 이번에도 머리를 젓는다.

"설마 고구마라면 양복 주머니에 넣구 다니겠니? 생각해 봐라."

"그럼, 운동모자란 말야?"

"정말 운동모잔지도 모르지."

"운동모자가 그렇게 통통해?"

"그야 운동모자도 들고 다른 것도 들었으면 그렇지 뭐."

"그렇지, 암 운동모자도 들고 고구마도 들고 말이지."

하고 인환이는 빈정거린다. 끝끝내 기수는 말을 하면 할수록 도리어 아이들로 하여금 더욱 수만이를 의심하게 하는 도움이 되게 하고 말았다.

그리고 그다음 운동장에서 수만이를 만나서 기수 자기 역 얼마큼 수만이를 의심하는 눈으로 고쳐 보지 않을 수 없었다. 교실 모퉁이를 돌아 나오는 수만이와 얼굴이 마주치자, 기수는 먼저 수만이 양복 주머니로 갔다. 그리고 기수는 다시금 눈을 크게 떴다.

아까는 통통하던 그 호주머니가 홀쭉해졌다. 그 안에 들었던 걸 꺼낸 모양. 그리고 또 좀 이상한 것은 운동모자 같은 것을 넣었다 꺼냈다면 그다지 어색해할 것이 없을 텐데, 기수의 눈이 자기 호주머니로 가는 것을 알자 수만이는 아주 계면쩍어하며 어색하게도 그 호주머니에 두 손을 찌르고 기수 옆에 와서 모로 선다.

두 소년은 한동안 말이 없이 땅만 내려다보고 섰다. 마침내 기수는 망설이던 입을 열었다.

"너 혹 고구마밭에 누가 손을 댔는지 알겠니?"

"왜?"

하고 수만이는 그걸 왜 내게 묻느냐는 듯한 얼굴을 들더니

"난 몰라."

하고 다시 얼굴을 돌린다.

"누가 서너 개나 캐낸 흔적이 났으니 말야?"

수만이는 고개를 숙인 채 아무 대꾸가 없다. 기수는 다시

"거 누가 그랬을까?"

혼잣말처럼 하고 슬슬 수만이 눈치를 살핀다.

수만이는 여전히 고개를 숙이고 묵묵히 섰다. 차츰 기수는 어떤 의심을 두고 그 수만이 아래위를 흘끔흘끔 본다. 낡고 찌든 양복 주머니에 손을 찌르고 수그린 머리, 약간 찌푸린 미간.

그 언젠가 수만이 누이동생이 남의 고추를 캐다 들키고 주인 앞에 고개를 숙이고 섰던 그 모양과 지금 수만이에게서도 같은 것을 느끼며 기수는

'아무리 집안이 가난하기로 사람이 어쩌면 이처럼 변한단 말이냐.'

하고 자못 업신여겨 보기도 한다.

수만이 아버지가 살아 있고 집안이 넉넉하였을 적 수만이는 퍽 쾌활하고 명랑한 아이였다. 공부도 잘하고 그리고 기수와도 무척 친하게 지냈다. 그러던 아이가 자기 아버지가 다니던 회사에서 나오게 되고, 그리고 그 진티*로 병을 얻어 돌아가시자 갑자기 집안이 어려워져 수만이 어머니는 남의 집 삯바느질이며 부엌일까지 하게 되고, 수만이는 차츰 사람이 달라갔다.

몸에 입은 주제가 남루해지며 따라 풀이 죽어 활기가 없고, 남과 사귀기를 싫어하고 혼자 떨어져 담 밑 같은 데 앉아 생각에 잠기고 하는 사람이 되어 갔다. 그러나 기수만은 전과 다름없이 가까이 대하려 하나 역시 수만이는 벙어리가 된 듯 언제든 다문 입을 열려 하지 않는다.

그래도 지금 자기 옆에 고개를 숙이고 섰는 수만이를 대하고 볼 때 기수는 업신여김이나 미움은 잠시고 보다 가엾은 동정이 앞을 섰

다. 그래 넌지시 지금 남들이 고구마 일설로 너를 의심하는 중이니 조심하라고 일러주고 싶으면서 어떻게 말을 할지 몰라 주저하고 있는데, 마침 인환이를 선두로 여러 아이들이 우르르 몰려왔다.

수만이를 가운데 두고 아이들은 주르르 둘러선다. 잠시 수만이 아래위만 훑어보고 섰더니 인환이는 말을 건다.

"너 혹시 고구마 누가 캤는지 알겠니?"

"어딨는 거 말이냐."

"저 농업 실습 밭의 것 말이다."

"난 그런 것 지키는 사람이냐? 못 봤다."

"아니, 넌 남보다 일찍이 학교엘 오니 말이다."

수만이는 더는 입을 열지 않고 외면을 한다. 그 성난 듯한 말 없는 얼굴을 인환이는 흘끔흘끔 곁눈질해 보고 섰더니, 갑자기 옆에 섰는 한 아이의 양복 주머니를 가리키며

"너 인마, 그 속에 든 게 뭐야?"

"뭐긴 뭐야, 운동모자지."

"운동모자가 그렇게 퉁퉁해. 고구마 아니냐?"

아마 그 아이는 인환이가 정말 그러는 줄 아는 모양, 주머니 속에서 운동모자를 털어 보인다.

"자, 이것밖에 더 있어?"

그러나 인환이는 그걸 날래게 툭 차 쳐들고

"이게 운동모자야? 고구마지. 아, 멀쩡하다."

그리고 또 한 아이가 인환이 손에서 그 운동모자를 가로차 들고

"고구마, 나도 좀 먹자. 너만 먹니?"

하고 그걸 고구마처럼 먹는 시늉을 하며 가지고 달아난다. 그 뒤를

모자 임자가 쫓아 따라가고 잡힐 듯하게 되면 또 다른 아이에게 던져 주고, 그걸 받은 아이가 또

"아, 그 고구마 맛있다."

하고 맛있는 시늉으로 달아나고 이렇게 모자 임자를 가운데 두고 머리 너머로 던지고 받고 하더니, 인환이 손에 들어가자 그걸 수만이에게 던져 주며

"옛다, 너두 좀 먹어 봐라."

그러나 수만이는 어깨 위에 떨어지는 모자를 못마땅한 듯 "쳇!" 하고 혀끝을 차며 땅바닥에 집어 버리고는 어슬렁어슬렁 자리를 피해 간다. 그 등 뒤를 향하고 연해 운동모자가 날아간다.

"옛다, 고구마 너두 좀 먹어 봐라."

"옛다, 고구마 너두 좀 먹어 봐라."

하고 제각기 떠들며 수만이 뒤를 따라간다. 그 꼴을 보다 못해 기수는 선두로 선 인환이 앞을 가로막았다. 그리고 수만이가 듣는 앞에서 소리를 크게

"너희들 가만있는 사람 왜 지근덕거리니*?"

그리고 음성을 낮추어

"아, 글쎄 왜들 떠드니? 증거도 없이."

그러나 인환이는 눈을 부릅뜬다.

"증거가 왜 없어?"

하고 바로 수만이 뒤 책상에 앉은 아이를 이끌어 세우며

"증거는 이 애한테 물어봐라."

하고 득의양양한 얼굴을 한다. 그 아이 말인즉, 수만이 책상 속에 고구마 같은 것이 있는 걸 책상 뚜껑을 열 때마다 보았다는 것이다.

그러나 기수는

"그게 정말 고구마라면 어디다 못 둬서 책상 속에다 두겠니? 고구마 아니다. 아냐."

"책상 속에 못 둘 건 어딨어. 도리어 다른 데 두는 거보다 안전하지."

그래도 기수는 아니라고 머리를 저으니까, 그럼 정말 그건가 아닌가 가서 밝히자고 인환이는 기수의 팔을 잡아끈다. 수만이는 건너편 담 밑에서 양복 주머니에 손을 찌른 그 모양으로 오락가락하며 흘끔흘끔 이편을 본다. 그 수만이가 보는 데서 기수는 그의 책상 뚜껑을 열어 보러 갈 수는 없었다. 인환이에게 팔을 잡아끌리며 주춤주춤하는데, 마침 상학종*이 울었다.

그리고 그다음 점심시간이었다. 아이들은 각기 책상 뚜껑을 열고 벤또를 꺼낸다. 수만이도 책상 뚜껑을 열었다. 그러나 그가 끄집어낸 것은 벤또가 아니다. 남이 볼까 두려워하는 듯 한 번 좌우를 살피고는 검정 책보 밑에서 넌지시 한 덩이 고구마 같은 걸 꺼내 양복 주머니에 넣고는 슬며시 일어난다. 그걸 수만이 뒤에 앉은 아이가 보고 재빨리 인환이에게 눈짓을 한다. 그리고 인환이는 기수에게 또 눈짓을 하고 수만이는 태연히 일어서 교실 밖으로 나간다. 그가 낭하*로 내려서자 인환이가 뒤를 쫓아 나간다. 그리고 그 뒤를 또 기수 또 누구누구 몇 아이도 따르고.

수만이는 소사실 뒤 언덕으로 올라간다. 그를 멀찍이 두고 아이들은 하나둘 뒤를 밟아 간다. 언덕을 올라서 다복솔*밭 사이를 한참 가더니, 수만이는 버드나무 앞에 이르러 두리번두리번 사방을 돌아보고 그 밑에 앉는다. 언덕 이쪽 편 풀섶 사이에 엎드려 거동을 살피는 기수 눈에 돌아앉은 수만이가 무릎 사이에 들고 앉아 먹기 시작한 그것이 정녕 고구마였다. 기수는 자기 눈을 의심할 만큼 놀랐다. 그리고 알 수 없는 노여움에 몸이 떨린다. 그 수만이의 모양이 짝 없이 추하고 밉다. 기수는 자기가 먼저 앞장을 서 나갔다. 그리고 등 뒤에 가까이 이르러

"너 거기서 먹는 게 뭐냐?"

하고 갑자기 소리치자 수만이는 깜짝 놀라 무춤하더니, 얼른 먹던 걸 호주머니에 감추고 입안에 씹던 걸 볼에 문 그대로 고개를 돌린다. 그리고 기수와 인환이 또 여러 아이들의 얼굴을 보자 다시금 놀란다.

기수는 엄한 얼굴로 그 앞에 한 발짝 다가선다.

"너 지금 먹는 거 이리 내놔라."

"……."

"먹던 거 이리 내놔."

수만이는 눈을 끔벅 입안의 걸 삼키고

"대체 뭐 말이냐."

"인마, 저 호주머니에 감춘 거 말야."

하고 인환이가 소리를 친다.

"아무리 먹고 싶어두 인마, 농업 실습으로 심은 고구말 캐 먹어?"

"뭐, 내가 언제 고구말 캐 먹었어?"

"그럼, 저 호주머니에 감춘 건 뭐야?"

"……."

"호주머니에 감춘 건 뭐야?"

"남의 호주머니에 든 게 뭐든 알아 뭐해."

고구마 291

"남의 호주머니?"

하고 인환이는 어이없다는 듯 한 번 웃고

"그 속에 우리가 도둑맞은 물건이 들었으니까 허는 말이다."

"내가 대체 뭘 훔쳤단 말야, 멀쩡한 사람을……"

"뭘 훔쳐? 고구마 말이다. 고구마."

"고구말 내가 훔치는 걸 네 눈으로 봤어?"

"그럼, 저 호주머니에 감춘 건 뭐야."

"……"

"호주머니에 감춘 거 냉큼 못 내놓겠니?"

"……"

"아, 못 내놓겠어?"

수만이는 여전히 입을 봉하고 섰더니, 갑자기 한마디로 딱 끊어서

"못 내놓겠다."

그리고 할 대로 해라 하는 태도로 양복 주머니를 두 손으로 움켜쥔다. 인환이는 좌우로 눈을 찡긋찡긋 군호\*를 하더니 불시에 수만이에게로 달려들어 등 뒤로 허리를 껴안는다.

그리고 우우 대들어 팔을 붙잡고, 다리를 붙잡고, 그래도 몸을 빼치려 가만있지 않는 수만이 호주머니에 기수는 손을 넣었다. 그리고 수만이는 최후의 힘으로 붙잡힌 팔을 빼치자, 동시에 기수는 호주머니 속에 든 걸 끄집어내었다.

그러나 눈앞에 나타난 것은 딱딱하게 마른 눌은밥, 눌은밥 한 덩이였다. 묻지 않아도 수만이 어머니가 남의 집 부엌일을 해주고 얻어 온 것이리라. 수만이는 무한 남부끄러움을 취해 고개를 들지 못하고 섰다.

그러나 그 수만이보다 갑절 부끄럽기는 인환이었다. 아이들이었다. 기수 자신이었다. 손에 든 한 덩이 눌은밥을 그대로 어찌할 줄을 몰라 멍하니 섰더니, 그걸 두 손으로 수만이 손에 쥐여 주며 다만 한 마디 입안의 소리를 외고 그 앞에 깊이 머리를 숙인다.
"용서해라."

## 낱말 풀이

**군호** 서로 눈짓이나 말 따위로 몰래 연락하다.
**낭하** 복도
**다복솔** 가지가 탐스럽고 소복하게 많이 퍼진 어린 소나무
**상학종** 학교에서 그날의 공부 시작을 알리는 종
**월사금** 다달이 내는 수업료
**지근덕거리다** 성가실 정도로 끈덕지게 자꾸 귀찮게 굴다.
**진티** 일이 잘못되어가는 빌미나 원인

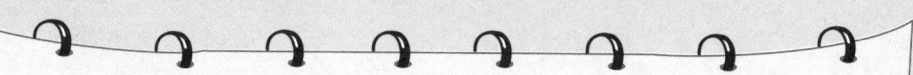

### 작품 해제

- **갈래** 성장 소설
- **배경** 일제 강점기 어느 농촌
- **시점** 전지적 작가 시점
- **제재** 나비를 잡는 아버지
- **주제** 깊고 뜨거운 아버지의 사랑
- **출전** 《집을 나간 소년》(1946년)

### 줄거리

　바우의 심기가 무척이나 좋지 않다. 소학교를 함께 다닌 경환이 여름방학이 되어 집으로 내려온 것이다. 상급 학교를 진학한 경환을 볼 때마다 바우는 속이 상하고, 경환이 나비를 잡는 것을 못마땅하게 여긴다. 나비로 인해 바우와 경환은 말다툼을 하고, 바우는 나비를 잡느라고 소중한 참외밭을 망가뜨린 경환에게 화를 낸다. 바우와 경환은 급기야 몸싸움을 한다.
　바우 어머니는 싸움 때문에 마름집에 불려 가고, 바우 아버지는 바우에게 나비를 잡아 가지고 가서 빌라고 한다. 바우는 자존심 때문에 빌러 가지 않고, 바우 아버지는 바우의 그림 그리는 책을 찢어 버린다. 아버지는 말을 듣지 않는 바우에게 역정을 내고, 바우는 억울해한다.
　바우는 자존심을 세워 주지 않는 부모에 대해 야속함을 느낀다. 집을 나온 바우는 메밀밭 근처에서 나비를 잡고 있는 아버지를 발견한다. 바우는 아버지에 대한 연민과 사랑을 느끼고 아버지를 부른다.

# 나비를 잡는 아버지

황혼의 종로로 방향을 돌려서
버스는 떠난다. 경쾌하게.

건드러진 노랫소리가 푸른 언덕을 넘어온다. 바우는 송아지를 뜯기며 밤나무 그늘에 앉아 그림 그리는 책을 펴 들었다. 송아지가 움직이는 대로 자리를 옮아 앉으며 옆으로 풀을 뜯는 송아지 모양을 그리느라 열심히 들여다보고 연필을 놀리고 하더니 잠시 멈추고 귀를 기울인다. 그리고 "흥!" 하고 빈정거리는 웃음을 한 번 웃고는 그 소리가 듣기 싫다는 듯 그편에 등을 대고 돌아앉는다.
  '겨우 서울 가서 공부한다고 배워 가지고 온 것이 유행가 나부랭이냐. 그리고 나비 잡는 것하구.'
  지난해 봄에 바우와 경환이는 한날에 그곳 소학교를 졸업을 하였다. 그리고 경환이는 서울로 상급 학교를 가고 바우 자기는 집에서 꾸벅꾸벅 땅이나 파며 있지 않으면 아니 될 때 바우는 무척 슬퍼하고 억울해하고 따라서 경환이를 부러워도 하였다. 바우 자기가 값없이 보내는 그 하루하루에 경환이는 좋은 학교, 훌륭한 선생 아래서 날마다 새로워 가고 높아갈 것을 생각할 때 바우는 가만히 있지 못했다. 그 상급 학교에 가지 못하는 벌충을 여기다 하려는 듯이 틈 있는 대로 그림을 그리었고 또 그것으로 즐거움이 되었다.

그리고 얼마 전에 그 경환이가 하기휴가를 하고 서울서 집에 돌아왔다. 그러나 전보다 얼굴빛이 희어지고 바지통이 넓은 양복에 흰 테두리 한 모자를 멋있게 쓴 것이 달라졌을 뿐, 서울이 얼마나 좋고 자기 다니는 학교가 얼마나 훌륭한 곳인가를 자랑하는 것과 또는 활동사진 배우 중 누구는 어떻고 누구는 어쩌고, 그리고 잡된 유행가를 부르며 동네 어린아이들을 몰고 다니며 나비를 잡는 것이 하는 일이었다. 아마 경환이 자기는 이러는 것으로 전일 보통학교 때 늘 바우에게 성적으로 머리를 눌려 오던 분풀이를 하려는 듯이 뻐기며 다니는 것이다. 바우는 그 꼴이 곱게 보일 수 없었다.

　　꽃 피는 남산으로 방향을 돌려서
　　버스는 떠난다, 가로수 그늘.

노랫소리는 점점 가까워 온다. 그리고 잠시 언덕 너머가 떠들썩하더니 호랑나비 한 마리가 피로한 나래로 갈팡질팡 날아와 밤나무 가지에 야트막하게 앉는다. 바우는 그 나비를 쉽게 잡을 수 있었다. 그리고 잠깐 그 호사스런 모양, 찬란한 빛깔을 들여다보다가 도로 날려 보내려 할 즈음, 언덕 위로 동네 아이들의 머리가 불쑥불쑥 나타나며 뒤미처 경환이가 나비 잡는 채를 휘두르며 뛰어 내려온다. 경

환이는 바우가 앉았는 밤나무 그늘로 들어서며

"너, 호랑나비 어디로 날아가는 거 봤니?"

하다가는 바우 손에 잡히어 있는 나비를 보고는 반색을 한다.

"나 다우."

하고 으레 줄 것으로 알고 손을 내미는 것이나 바우는 그 손을 툭 쳐 버리고 몸을 돌린다.

"넌 무슨 까닭으로 어린애들을 몰고 다니며 앰한* 나비를 못살게 하는 거냐?"

"뭐?"

하고 경환이는 뜻하지 않은 말에 잠시 멍하니 바라보다가는

"누가 장난으로 잡는 거냐? 학교서 숙제를 냈어. 동물 표본을 만들어 오라구."

"장난 아니믄, 벌써 너 나비 잡기 시작한 지가 며칠이냐. 그동안에 못 잡아도 백 마리는 잡았겠구나. 거 다 동물 표본 만들고도 모자라서 또 잡는 거냐?"

"모두 못쓰게 잡았으니까 그렇지. 날개가 상하구."

하다가는 경환이는 변색을 하고 한 발자국 다가서며

"넌 남이 나빌 잡건 말건 무슨 상관이냐, 건방지게."

"나두 상관할 만해서 그런다."

"무슨 상관야."

"너 때문으로 해서 담부턴 나비 구경을 못 하게 되겠으니까 허는 말이다."

하고 바우는 경환이 얼굴을 마주 노리다가

"늬가 동물 표본을 만들기에 나비가 필요하다면 난 그림 그리는

데 필요한 나비야. 너만 위해서 생긴 나비는 아니지."

그러나 경환이는 "흥!" 하고 코웃음을 친다. 바우는 한층 음성을 높여 계속한다.

"그리고 어린아이들에게 잡된 유행가는 너 왜 가르치는 거냐? 부르고 싶으면 네나 부르지."

이 말엔 매우 괘씸한 모양, 경환이는 낯을 붉히며 대든다.

"이 동네서 나 하는 거 시비할 사람 없어. 건방지게 왜 이래?"

하는 그 말 속엔 분명 자기는 마름집 외아들로서 지위가 높은 몸, 너 같은 소나 뜯기는 놈에게 시비를 받을 몸이 아니라는 빈정거림이 있다. 바우는 썩 비위가 상해서

"흥!"

하고 마주 코웃음을 치고 그리고 좀더 골을 올리려고 두 손가락에 날개를 접어 쥔 나비를, 이것 너 줄까, 하는 시늉으로 경환이 등을 향해 두어 번 겨누다가 그대로 공중으로 날려 버린다. 나비는, 방향이 없이 어지러이 한 바퀴 맴을 돌더니 언덕 아래로 높았다 낮았다 날아간다. 경환이는 갑자기 몸을 날려 그 나비를 쫓아간다. 그러다가 나비가 아래 논 가운데로 날아가자 뒤돌아서 바우를 무섭게 한번 눈을 흘겨보고 그리고 돌 하나를 집어 근처에서 풀을 뜯고 있는 송아지를 때리고는 언덕 아래로 달아났다.

그러나 경환이의 심술은 이것만으로 고만두지 않았다. 송아지에게 먹을 만치 풀을 뜯기고 언덕 아래로 몰고 내려와 수수밭 모퉁이를 돌아섰을 때 바우는 다시금 놀랐다. 개울 건너 바우네 참외밭에서 경환이란 놈이 나비 잡는 채를 휘두르며 날뛰고 있다. 그까짓 송장나비를 잡으려고 그러는 것이 아닐 텐데 경환이는 그 나비를 쫓아

구두 신은 발로 지금 한창 참외가 열기 시작하는 넝쿨을 함부로 질경질경 밟으며 이리 뛰고 저리 뛰고 한다. 일부러 그러는 것이 분명하다. 나비를 잡는 척 참외밭으로 몰아넣고 참외 넝쿨을 결딴내는 것이리라. 바우는 눈이 뒤집혔다. 더욱이 그 참외밭은 장차 햇곡식 나기 전까지의 바우 집 식구들의 식량을 거기다 예산하고 있는 것이요, 바우 자기도 잘 열면 책 한 권쯤 사 달려려고 벼르고 있던 터다. 바우는 나는 듯 개울을 건너 뒤로 쫓아가 한 번 등줄기를 후리고 그리고

"인마, 눈 없어? 이거 못 봐?"

하고 낭자한* 그 자취를 손으로 가리키며

"넌 남의 집 농사 결딴내두 상관없니, 인마?"

그러나 경환이는

"우리 집 땅 내가 밟았기로 무슨 상관야."

하고 기가 막히다는 듯 피이 하고 고개를 옆으로 돌린다. 그러나 사실 기가 막히기는 바우다.

"우리 집 땅?"

하고 허 참, 하늘을 쳐다보고 탄식하고

"땅은 너이 집 거라두 참이* 넝쿨은 우리 집 거 아니냐. 누가 너이 집 땅을 밟는대서 말야. 우리 집 참이 넝쿨을 결딴내니까 말이지."

그러니 경환이는 머리에 썼던 운동모자를 벗으며 한 발자국 다가선다.

"너이 집 참이 넝쿨은 그렇게 소중히 알면서, 어째 남의 나비 잡는 건 훼방을 놓는 거냐? 나두 장난으로 잡는 건 아냐."

"장난이 아닌지는 몰라도 넌 나비를 잡는 거고 우리 집은 참이 넝

쿨은 거기서 양식도 팔고 그래야 헐 것이거든. 그래 나비가 중하냐, 사람 사는 게 중하냐?"

바우는 팔을 저어 시늉하며 어느 것이 소중하냐고 턱을 대는데 경환이는

"나두 거기 학교 성적이 달린 거야."

하고 피이— 하며 업신여기는 웃음을 짓더니

"너이 집 집안 살림을 내가 알 게 뭐냐."

하고 같은 웃음으로 좌우를 돌라본다. 개울 건너 길가에 동네 아이들이 모여 섰고, 그 뒤로 지게를 진 어른들도 섰다. 바우는 낯이 화끈 달았다.

"뭐, 인마?"

하고 대뜸 상대의 멱살을 잡고

"그래서 남의 참이밭 결딴내는 거냐? 나빈 우리 집 참이밭에만 있구, 다른 덴 없어? 인마."

경환이는 멱살을 잡히고 이리저리 목을 저으며

"이게 유도 맛을 보지 못해 이래. 너 다 그랬니, 다 그랬어?"

하고 어르다가 날래게 궁둥이를 들이대고 팔을 낚아 넘겨치려 하나 그러나 원체 나무통처럼 버티고 섰는 바우의 몸은 호리호리한 경환의 허리 힘으로는 꺾이지 않았다. 도리어 바우가 슬쩍 딴죽을 걸고 밀자 경환이 자신이 쿵 나둥그러졌다. 그러나 쓰러졌다가 다시 일어설 때 경환이는 손에 돌을 집어 들고 그리고 얼굴에 울음을 만들고는

"이 자식아, 남 나비 잡는 사람, 왜 때리고 훼방을 놓는 거야, 왜!"

하고 비겁하게 돌 든 손을 머리 위로 쳐들어 겨누는 것이다. 결국 싸움은 이때껏 아이들 등 뒤에 입을 벌리고 서서 보고만 있던 동네 어

른 하나가 성큼성큼 개울을 건너가 사이를 뜯어 놓고 그리고 경환이를 참외밭 밖으로 이끌어 나간 것으로 끝났으나, 그러나 경환이가 손목을 이끌려 가면서 연해 뒤를 돌아보며 어디 두고 보자고 벼르던 그 말이 허사가 아니었다.

바우가 자기 집 장독간 앞에서 벌통을 들여다보고 앉았는데, 경환이 집에서 부엌 심부름을 하는 계집아이가 왔다. 바우는 까닭 없이 가슴이 성큼했다.

"바우 어머니 집에 있수?"

하고 계집아이는 안방과 부엌을 기웃거리다가 마당에 섰는 바우를 보고

"너 우리 집 서울 학생 때렸니?"

하고 쳐다보다가 대답이 없으니까

"너 야단났다. 우리 집 아씨가 막 역정이 나서 너이 어머니 불러오래, 애."

마침 우물에서 돌아오는 바우 어머니를 보고 계집아이는 다시 한 번 그 말을 옮겨 들리며 함께 문밖으로 사라졌다.

'난 잘못한 거 없으니까.'

하면서 바우는 가슴이 두근거리었다. 일없이 뒤꼍으로 갔다, 마당으로 나왔다 하며 어머니가 돌아올 때를 기다리면서 조마조마한다.

먼저 아버지가 뒷밭에서 돌아왔다. 이맛살을 찌푸린 얼굴로 아버지는 기색이 좋지 못하다. 호미를 마당 가운데 던지더니 아버지는 갑자기 큰 소리를 냈다.

"참이밭에서 누구하구 싸웠니?"

바우는 벌통 앞에 돌아앉아서 말이 없다.

"너두 눈 있거든 참이밭에 좀 가봐. 넝쿨 하나 성한 게 있나. 인마, 그 밭에 도지가 을만지 아니? 벼루 열 말야. 참외는 안 돼두 낼 것은 내야지. 그리고 허구헌 날 먹을 건 먹어야지. 그런 걱정은 없구, 인마, 참이밭에서 싸움이 뭐냐, 싸움이."

바우는 벌통 앞에서 일어서며 볼멘소리로

"누가 싸웠나. 경환이가 나빌 잡는다고 참이밭에서 막 넝쿨을 밟길래 말린 거지."

그러나 아버지는 일층 음성을 거슬렸다.

"내가 뭐랬어. 참이밭 근처서 멀리 떠나지 말고 지키랬지. 그놈의 그림책 이리 내놔라. 그것만 잡고 앉았으면 정신없다가 참이밭을 결딴내는 것두 몰랐지, 인마."

하고 그 그림책을 찾는 것처럼 두리번거리고 뒤꼍으로 가며 아버지는 혼잣말로 서울 가서 공부한 것이 나비 잡는다고 남의 집 참외밭 결딴내는 거냐고 중얼중얼 울타리에서 호박잎을 따고 있다. 아마 부러진 참외 넝쿨을 그것으로 이어 보려는 것이리라. 조금 후 아버지는 호박잎을 따 가지고 나오며

"너이 어머니 어디 갔니?"

그러나 바우는 경환이 집에서 어머니를 불러 갔다는 말은 아니 나왔다. 묵묵히 바우는 대답이 없다. 하지만 아버지는 더 묻지 않아도 좋았다. 바로 그 어머니가 상기한 얼굴로 대문을 들어섰다.

어머니는 다짜고짜로 바우에게로 달려가 등줄기를 후리고는

"자식이 어떻게 했으면 어미 망신을 그렇게 시키니. 어서 나비 잡아 가지고 가서 빌어라, 빌어."

그리고 아버지를 향하고는

"당신도 가보우. 바깥사랑에서 부릅디다."
아버지는 어리둥절하여 바우와 어머니를 번갈아 쳐다보다가
"어떻게 된 일이야, 응?"
그러나 어머니는 바우를 향해서만 또
"남 나빌 잡거나 말거나 내버려 두지 어쭙잖게 왜 다니며 훼방을 놓는 거냐?"
"누가 훼방을 놓았나. 남의 참외밭에 들어가 그러길래 못 하게 말린 거지."
"아, 늬가 밤나뭇골 언덕에서 손에 잡았던 나비까지 날려 보내며 뭐라구 그랬다는데그래."
그리고 어머니는 경환이 집 안주인이 꾸중꾸중하더라는 것, 그리고 바우가 나비를 잡아 가지고 와서 경환이에게 빌지 않으면 내년부턴 땅 얻어 부칠 생각을 말라더란 말을 옮기며 또 바우에게
"어서 나비 잡아 가지고 가서 빌어라, 빌어."
아버지는 연해 끙끙 땅이 꺼지는 못마땅한 소리로 뒷짐을 지고 마당을 오락가락하며 무섭게 눈을 흘겨 바우를 본다. 그리고 바우는 어머니가 등을 미는 대로 부엌으로 뒤꼍으로 피하다가는 대문 밖으로 나갔다. 그러나 담 밑에 붙어 서서 움직이지 않은 바우를 어머니는 쫓아 나와 다조진다*.
"이렇게 고집을 부리고 안 가면 어떡헐 셈이냐. 땅 떨어져도 좋겠니? 너두 소견이 있지."
그러나 바우는 어슬렁어슬렁 길로 나가더니 우물 앞 정자나무 앞에 이르자 걸음을 멈추고 동네 노인들이 장기를 두고 앉았는 것을 넋을 놓고 들여다보고 섰다. 장기가 두 캐가 끝나고 세 캐가 끝나고

모였던 사람이 헤어져도 바우는 자리를 뜨지 않는다.

바우는 다만 자기가 조금도 잘못한 것이 없는 것, 그러니까 누구에게든 머리를 굽힐 까닭이 없다는 고집이 정자나무통만큼 뻣뻣할 뿐이었다.

해가 저물었다. 지붕 너머로 바우 집 굴뚝에도 연기가 오르고 그리고 그 연기가 잦아든 때에야 바우는 슬슬 눈치를 살피며 대문을 들어섰다.

그러나 건넌방 쪽에 눈이 갔을 때 바우는 크게 놀랐다. 아궁이 앞에 위하던 그림 그리는 책이 조각조각 찢기어 허옇게 흩어져 있다. 바우는 그 앞에 이르러 멍멍히 내려다보고 섰는데 등 뒤에서 아버지 음성이 났다.

"인마, 남은 서울 학교 다녀서 다 나비도 잡고 그러는 건데 건방지게 왜 다니며 훼방을 놓는 거냐, 훼방을."

그리고 바우가 그림 그리는 것과 그것은 아랑곳없는 일일 텐데 아버지는

"담부터 내 눈앞에 그 그림 그리는 꼴 보이지 말어라. 네깐 놈이 그림 그걸루 남처럼 이름을 내겠니, 먹고살게 되겠니?"
하고 돌아서 문밖으로 나가려다가 다시 돌아서며 아버지는

"나빈 잡아 갔지?"
하고 다져 묻는다. 바우는 고개를 숙인 채 묵묵하다. 아버지는 기가 막힌 듯 잠시 건너다보기만 하다가 언성을 높였다.

"이때껏 나가서 뭘 했어. 인마, 간 봄에 늙은 아비가 땅 얻어 부치느라고 갖은 애 다 쓰던 것을 네 눈으로도 보았지. 가뜩한데 너까지 말썽일 게 뭐냐. 어서 가서 빌지 못하겠어."

아버지는 담뱃대 끝으로 바우의 수그린 머리를 찌를 듯 겨눈다. 그러는 대로 바우는 무춤무춤 피할 뿐 조금도 걸음을 옮기려지 않는다.

"그래도 네 고집만 실 테냐. 그럴라거든 아주 나가거라. 아주 나가."

하고 아버지는 빗자루를 들고 나섰다. 이런 때 어머니가 방에서 나와 그걸 빼앗아 던져 버리고

"가서 빌기만 허면 뭘 하우. 나빌 잡아 가야지. 그리고 지금은 어둬서 잡겠수. 내일 잡아 가라지."

그리고 어머니는 바우의 등을 밀며

"어서 올라가 저녁이나 먹어라."

하지만 아버지는 여전히 못마땅한 눈으로 흘겨보며

"저런 놈 저녁은 먹여 뭘 해. 아주 내쫓으라니깐그래."

하고 자기가 먼저 문밖으로 나간다. 어머니는 그 아버지가 들어오기 전에 어서 저녁을 먹으라고 권한다.

그러나 바우는 섰는 자리에 그대로 고개를 숙이고 어머니가 달랠수록 더 짜증만 낸다. 한종일 아버지 어머니에게 애매한 미움을 받고 또 그림책을 찢기우고 한 그 억울한 감이 가슴속에 벅차 다른 무엇이 들어갈 여지가 없었다.

이튿날 아침이다. 건넌방 모퉁이서 바우는 아버지와 얼굴이 마주쳤다. 아버지는 어제와 다름없는 그 얼굴 그 음성으로 부엌에서 아침을 짓는 어머니를 향해 소리쳤다.

"오늘도 저놈이 제 고집만 세고 나빌 잡아 가지 않거든 밥 주지 말어."

그리고 바우를 향해서는

"오늘은 나빌 잡아 가지고 가 봐야 허지, 그러지 않으랴거든 영 집에 들어올 생각 말어라, 인마."

그 아버지가 보이지 않는 곳에 이르자 어머니는 부엌에서 나와 작은 음성으로 바우를 달랜다.

"아버지 속상하시게 하지 말고 오늘은 나빌 잡아 가지고 가 봐라. 땅이 떨어지거나 하면 너는 좋겠니? 생각해 봐라."

바우는 여전히 말이 없다. 어머니는 그것을 바우가 순종하는 뜻으로 여긴 모양, 부엌에서 아침을 차리기에 분주하였다.

"얼른 밥 차려 줄게 먹고 나가 봐."

그러나 바우는 어머니가 밥상을 날라 오기 전에 자기가 먼저 슬며시 집 밖으로 나갔다.

밥을 열 끼를 굶는 한이 있더라도 그 경환이 앞에 나비를 잡아 가지고 가서 머리를 숙이기는 무엇보다 싫었다.

아들의 그만한 체면쯤 보아줄 줄 모르고 자기네 요구만 고집하는 아버지가 그리고 어머니까지 바우는 무척 야속했다. 노여웠다.

바우는 동구 밖 아랫마을로 가는 길가 축동*, 버드나무 그늘 밑을 고개를 숙여 생각에 잠기며 걷는다. 아침부터 요란스레 매미는 울고 그리고 속상하게 눈에 보이는 것은 여기저기 풀 위로 너훌거리는 나비다.

바우는 그 나비를 피해 가는 듯 문득 걸음을 바꿔 뒷산으로 올라갔다. 거기서 바우는 일상 하던 버릇으로 풀을 베어 넣고 그 위에 벌렁 나둥그러져 하늘을 쳐다본다. 집에서보다 갑절 어버이에게 대한 야속함과 노여움이 사무친다.

나비를 잡는 아버지

'아버지 말대로 정말 집을 나오고 말까? 그러면 아버지도 뉘우칠 때가 있겠지. 그리고 서울 같은 도회로 나가서 어떻게 고학이라도 해볼까?'

바우는 정말 그렇게 해볼 것처럼 벌떡 일어선다. 그리고 걸음 걸리는 대로 따라 산 아래로 내려간다.

산 중턱쯤 이르렀다. 건너다보이는 맞은편 언덕 너머 메밀밭 두덩에 허연 사람의 그림자가 엎드렸다 일어섰다 하며 무엇을 쫓는 모양으로 움직인다.

'흥! 경환이 저놈이 또 나비를 잡는구나.'

하고 바우는 입가에 업신여기는 웃음을 짓는다. 산을 또 좀 내려와 바라볼 때 경환이로 본 그것은 어른이 분명했다.

'흥! 경환이란 놈이 저이 집 머슴을 시켜 나비를 잡게 하는구나.'

그리고 바우는 또 한 번 같은 웃음을 웃는다.

바우는 산을 내려와 맞은편 언덕 위로 올라섰다. 그리고 가까운 거리에서 메밀밭을 내려다보았을 때 그는 놀라 벌린 입을 다물지 못했다.

경환이 집 머슴으로 본 사람은 남 아닌 바로 자기 아버지였다. 아버지는 농립을 벗어 들고 나비를 쫓아 엎드렸다 일어섰다 하며 그 똑똑지 못한 걸음으로 밭두덩을 지척지척 돌고 있다.

바우는 머리를 얻어맞은 듯 멍하니 아래를 바라보고 섰다. 그러다가 갑자기 언덕 모래 비탈을 지르르 미끄러져 내려가며 그렇게 빠른 속력으로 지금까지 잠기어 있던 어둔 마음에서 벗어나 그 아버지가 무척 불쌍하고 정답고 그리고 그 아버지를 위하여서는 어떠한 어려운 일이든지 못할 것이 없을 것 같고, 바우는 울음이 되어 터져 나오려는 마음을 가슴 가득히 참으며 언덕 아래 메밀밭을 향해 소리쳤다.
 "아버지!"
 "아버지!"
 "아버지!"

### 낱말 풀이

**낭자하다** 여기저기 흩어져 어지럽다.
**다조지다** 일이나 말을 바짝 재촉하다.
**앰하다** 아무 잘못 없이 꾸중을 듣거나 벌을 받아 억울하다.
**참이** '참외'의 사투리
**축동** 물을 막기 위해 크게 쌓은 둑

### 작품 해제

**갈래** 성장 소설
**배경** 일제 강점기 어느 마을
**시점** 전지적 작가 시점
**제재** 도둑질
**주제** 도둑질로 인한 양심의 가책과 솔직함을 통한 갈등 해소
**출전** 《집을 나간 소년》(1946년)

### 줄거리

숙모와 작은아버지의 눈을 피해 숨겨둔 공과 쌍안경이 없어진 것을 발견한 문기는 매우 놀라고, 작은아버지가 회사에서 돌아오면 큰일이 날 것 같아 불안해한다. 고깃간에 숙모의 심부름을 갔다가 문기는 받아야 할 거스름돈의 10배에 해당하는 돈을 받게 된다. 친구 수만이 합세하여 그 돈으로 사고 싶었던 물건들을 사고, 환등 기계를 사서 용돈을 벌 계획을 세운다.

문기는 작은아버지에게 공과 쌍안경을 수만에게 받았다고 거짓말하고, 작은아버지는 꾸지람과 훈계를 한다. 문기는 자신의 잘못을 깨닫고 매우 괴로워한다. 결국 문기는 공과 쌍안경을 길에 버리고, 남은 돈을 고깃간 안마당에 던진다. 수만은 문기의 말을 믿지 못한다.

수만은 문기를 쫓아다니며 괴롭히고, 문기는 장롱에서 숙모의 돈을 훔쳐 수만에게 준다. 그로 인해 누명을 쓴 아랫집 심부름꾼 점순이 쫓겨난다. 문기의 괴로움은 더 깊어진다. 자신의 죄를 고백하기 위해 선생님께 찾아가지만, 말하지 못하고 나오는 길에 자동차 사고를 당한다. 문기는 정신을 차린 뒤 그간의 일을 모두 고백하고 마음의 평화를 얻는다.

# 하늘은 맑건만

중문 안 안반* 뒤에 숨겨둔 공이 간 데가 없다. 팔을 넣어 아무리 더듬어도 빈탕이다. 문기는 가슴이 두근거리기 시작하였다.
'혹 동네 아이들이 집어 갔을까?'
도리어 그랬으면 다행이다. 만일에 그 공이 숙모 손에 들어가거나 했으면 큰일이다.
문기는 아무 일 없는 태도로 전날과 다름없이 안마당에서 화초분에 물을 준다. 그러면서 계속해 숙모의 눈치를 살핀다. 숙모는 부엌에서 저녁을 짓는다. 마루로 부엌으로 오르고 내릴 때 얼굴이 마주치는 것이나 문기는 자기를 보는 숙모 눈에 별다른 것이 없다 싶었다. 문기는 차츰 생각을 고친다.
'필시 공은 거지나 동네 아이들이 집어 갔기 쉽지. 그렇잖으면 작은어머니가 알고 가만있을 리 있나.'
조금 후 문기는 아랫방으로 내려갔다.
그리고 책상 서랍을 열어 보았을 때 문기는 또 좀 놀랐다. 서랍 속에 깊숙이 간직해둔 쌍안경이 보이질 않는다. 그것뿐이 아니다. 서랍 안이 뒤죽박죽이고 누가 손을 댔음이 분명하다.

'인제 얼마 안 있으면 작은아버지가 회사에서 돌아오시겠지. 그리고 필시 일은 나고 말리라.'

문기는 책상 앞에 돌아앉아 책을 펴 들었다.

그러나 눈은 아물아물 가슴은 두근두근 도무지 글이 읽어지질 않는다.

며칠 전 일이다. 문기는 저녁에 쓸 고기 한 근을 사오라고 숙모에게 지전 한 장을 받았다. 언제나 그맘때면 사람이 붐비는 삼거리 고깃간이다. 한참을 기다려서 문기 차례가 왔다. 문기는 지전을 내밀었다. 뚱뚱보 고깃간 주인은 그 돈을 받아 둥구미*에 넣고 천천히 고기를 베어 저울에 단 후 종이에 말아 내밀었다. 그리고 그 거스름돈으로 지전 아홉 장과 그 위에 은전 몇 닢을 얹어 내주는 것이 아닌가. 문기는 어리둥절하였다. 처음 그 돈을 숙모에게 받을 때와 고깃간 주인에게 내밀 때까지도 1원짜리로만 알았던 것이다. 문기는 돈과 주인을 의심스레 쳐다보았다. 허나 그는 다음 사람의 고기를 베느라 분주하다. 문기는 주뼛주뼛하는 사이 사람에게 밀려 뒷줄로 나오고 말았다. 그러나 다시 생각하면 정말 숙모가 1원짜리를 준 것인지 아닌지 모르겠다. 아니라면 도리어 큰일이 아닌가. 하여튼 먼저 숙모에게 알아볼 일이었다. 문기는 집을 향해 돌아가면서도 계속해 고개를 기웃거리며 그 일을 생각하였다. 내가 잘못 본 것인가, 고깃간 주인이 잘못 본 것인가 하고.

골목 모퉁이를 꺾어 돌아섰다. 서너 간 앞을 서서 동무 수만이가 간다. 문기는 쫓아가 그와 나란히 서며

"너 집에 인제 가니?"

하고 어깨에 손을 걸고

"이거 이상한 일 아냐?"

"뭐가 말야?"

"고길 사러 갔는데 말야. 난 1원짜리로 알구 냈는데 10원으로 거슬러 주니 말야."

"정말야? 어디 봐."

문기는 손바닥을 펴 돈과 또 고기를 보였다. 수만이는 잠시 눈을 끔벅끔벅 무슨 궁리를 하는 듯 문기 얼굴을 보고 섰더니

"너 이렇게 해봐라."

"어떻게 말야?"

"먼저 잔돈만 너이 작은어머니에게 주거든."

"그리고 어떡해."

"그리고 아무 말 없거든 내게로 나와. 헐 일이 있으니."

"무슨 헐 일?"

"글쎄, 그러구만 나와. 다 좋은 일이 있으니."

마침내 문기는 수만이가 이르는 대로 잔돈만 양복 주머니에서 꺼내 놓았다. 숙모는 그 돈을 받아 두 번 자세히 세보고 주머니에 넣고는 아무 말 없이 돌아서 고기를 씻는다. 그래도 문기는 한동안 머뭇머뭇 눈치를 보다가 슬며시 밖으로 나갔다. 그리고 문밖엔 수만이가 이상한 웃음으로 그를 맞이하였다.

수만이가 있다던 좋은 일이란 다른 것이 아니었다. 거리에서 보고 지내던 온갖 가지고 싶고 해보고 싶은 가지가지를 한번 모조리 돈으로 바꾸어 보자는 것이다.

그러나 문기는
"돈을 쓰면 어떻게 되니."
"염려 없어. 나 하는 대로만 해."
하고 머뭇거리는 문기 어깨에 팔을 걸고 수만이는 우쭐거리며 걸음을 옮긴다.

하긴 문기 역시 돈으로 바꾸고 싶은 것이 없지 않은 터, 그리고 수만이가 시키는 대로 하기만 하면 남이 하래서 하는 것이니까 어떻게 자기 책임은 없는 듯싶었다. 그리고 수만이는 수만이대로 돈은 문기가 만든 돈, 나중에 무슨 일이 난다 하여도 자기 책임은 없으니까 또 안심이었다. 이래서 두 소년은 마침내 손이 맞고 말았다.

그래도 으슥한 골목을 걸을 때에는 알 수 없는 두려움에 가슴이 두근거리었으나 밝은 큰 한길로 나오자 차차 다른 기쁨으로 변했다. 길 좌우편 환한 상점 유리창 안의 온갖 것이 모두 제 것인 양, 손짓해 부르는 듯했다. 드디어 그들은 공을 샀다. 만년필을 샀다. 쌍안경을 샀다. 만화책을 샀다. 그리고 활동사진 구경도 갔다. 다니며 이것 저것 군것질도 했다.

그리고 그 남저지* 돈으로 또 한 가지 즐거운 계획이 있었다. 조그만 환등기계* 한 틀을 사자는 것이다. 이것을 놀려 아이들에게 1전씩 받고 구경을 시킨다. 그리고 여기서 나오는 것으로 두고두고 용돈에 주리지 않도록 하자는 계획이다. 하고 오늘 저녁부터 그 첫 착수를 하자는 약조였다.

그러나 이 즐거운 계획을 앞두고 이내 올 것이 오고 말았다. 안방에서 저녁상을 받고 앉았던 삼촌은 문기를 불렀다. 두 번 세 번 문기야, 소리가 아랫방 창을 울린다. 방 안에서 문기는 못 들은 양 대답

지 않는다. 그러나 네 번째는 안방 미닫이를 열고 삼촌은

"문기 아랫방에 없니?"

댓돌 위에 신이 놓여 있는데 없는 양 할 수는 없다. 기어이 문기는 그 삼촌 앞에 나가 무릎을 꿇고 앉지 않을 수 없었다. 삼촌은 잠잠히 식사를 계속한다. 그 상 밑에, 안반 뒤에 숨겨두었던 공이 와 있다. 상을 물릴 임시에 삼촌은 입을 열었다.

"너 요새 학교에 매일 갔었니?"

"네."

삼촌은 상 밑에 그 공을 굴려내며

"이거 웬 공이냐?"

"수만이가 준 공예요."

"이것두?"

하고 삼촌은 무릎 밑에서 쌍안경을 꺼내 들었다.

"네."

"수만이란 얼마나 돈을 잘 쓰는 아인지 몰라두 이 공은 50전은 줬겠구나. 이건 못 줘두 1원은 넘겨 줬겠구."

그리고 삼촌은

"수만이란 뭣하는 집 아이냐?"

문기는 고개를 숙이고 앉아 말이 없다. 삼촌은 숭늉을 마시고 상을 물렸다.

"네 입으로 수만이가 줬다니 네 말이 옳겠지. 설마 늬가 날 속이기야 하겠니. 하지만 남이 준다고 아무것이고 덥적덥적 받는다는 것두 좀 생각해볼 일이거든."

삼촌은 다시 말을 계속한다.

"말 들으니 너 요샌 저녁두 가끔 나가 먹는다더구나. 그것두 수만이에게 얻어먹는 거냐?"

문기는 벌겋게 얼굴이 달아 수그리고 앉았다. 삼촌은 잠시 묵묵히 건너다만 보고 있더니 음성을 고쳐 엄한 어조로

"어머님은 어려서 돌아가시구 아버지는 저 모양이시구, 앞으로 집안을 일으킬 사람은 너 하나야. 성실치 못한 아이들하고 얼려 다니다 혹 나쁜 데 빠지거나 하면 첫째 네 꼴은 뭐구 내 모양은 뭐냐. 난 너 하나는 어디까지든지 공부도 시키구 사람을 만들어 주려구 앤데 너두 그 뜻을 받아주어야 사람이 아니냐."

그리고 삼촌은 이렇게 뒤뚝* 맘 한번 잘못 가졌다가 영 신세를 망치고 마는 예를 이것저것 들어 말씀하고는 이후론 절대 이런 것 받아들이지 말라는 단단한 다짐을 받은 후 문기를 내보냈다.

문기는 아랫방에 내려와 혼자 되자 삼촌 앞에서보다 갑절 얼굴이 달아올랐다. 지금까지 될 수 있는 대로 생각지 않으려고 힘을 써오던 그편에 정면으로 제 몸을 세워 놓고 보지 않을 수 없었다. 그러자 자기라는 몸은 벌써 삼촌의 이른바 나쁜 데 빠지고 만 것이다. 그야 자기는 수만이가 시켜서 한 일이니까 잘못이 없다는 것이지만 당초에 그것은 제 허물을 남에게 미루려는 얄미운 구실이 아니고 뭐냐. 그리고 문기는 이미 삼촌을 속이었다. 또 써서는 아니 될 돈을 쓰고 말았다. 아아, 일찍이 어머니를 여의고 아버지란 사람은 일상 천량만량하고 허한 소리만 하면서 남루한 주제에 거처가 없이 시골 서울로 돌아다니는 사람이고, 어려서부터 문기를 길러낸 사람이 삼촌이었다. 그리고 조카의 장래를 자기의 그것보다 더 중히 알고 염려하며 잘 되어주기를 바라는 삼촌이었다. 문기도 그 삼촌의 기대에 어

그러지지 않는 인물이 되어 보이겠다고 엊그제도 주먹을 쥐고 결심하던 문기가 아니냐. 생각할수록 낯이 뜨거워지는 일이다.

 마침내 문기는 공과 쌍안경을 집어 들고 문밖으로 나갔다. 어둑어둑 저물어 가는 한길이다. 문기는 골목으로 들어섰다. 대낮에 많은 사람 가운데서 거리낌 없이 가지고 놀던 그 공이 지금은 사람이 드문 골목 안에서도 남이 볼까 두려워졌다. 컴컴해질수록 더 허옇게 드러나 보이는 커다란 공을 처치하기에 곤란해 문기는 옆으로 꼈다 뒤로 돌렸다 하며 사람의 눈을 피한다. 쌍안경이 든 불룩한 주머니가 또 성화다. 골목 하나를 돌아서 나올 즈음 문기는 모르고 흘리는 것인 양 슬며시 쌍안경을 꺼내 길바닥에 떨어뜨리었다. 그리고 걸음을 빨리 건너편 골목으로 들어간다. 개천가 앞에 이르렀다. 거기서 문기는 커다란 공을 바지 앞에 품고 앉아서 길 가는 사람이 없기를 기다린다.

 자전거가 가고 노인이 오고 동이 뜬* 그 중간을 타서 문기는 허옇게 흐르는 물 위로 공을 던져 버리었다. 이어 양복 안주머니에 간직해 두었던 남저지 돈을 꺼내 들었다. 그것도 마저 던져 버리려다가 문득 들었던 손을 멈춘다. 그리고 잠시 둥실둥실 물을 따라 떠나가는 공을 통쾌한 듯 바라보다가는 돌아서 걸음을 옮긴다.

 문기는 삼거리 고깃간을 향해 갔다. 그리고 골목으로 돌아가 남저지 돈을 종이에 싸서 담 너머로 그 집 안마당을 향해 던졌다.

 그제야 문기는 무거운 짐을 풀어 놓은 듯 어깨가 거뜬했다. 아까 물 위로 둥실둥실 떠가던 그 공, 지금은 벌써 10리고 20리고 멀리 떠갔을 듯싶은 그 공과 함께 문기는 자기의 허물도 멀리 사라져 깨끗이 벗어난 듯 속이 후련했다. 그리고

'다시는 다시는.'

하고 문기는 두 번 다시 그런 허물을 범하지 않겠다고 백번 다지며 집을 향해 돌아간다.

그러나 문기는 그것만으로는 도저히 자기 허물을 완전히 벗을 수 없었다. 그가 자기 집 어귀에 이르렀을 때 뜻하지 않은 것이 기다리고 있다 나타났다.

"너 어디 갔다 오니?"

하고 컴컴한 처마 밑에서 수만이가 튀어나오며 반긴다.

"지금 느이 집 다녀오는 길이다."

그리고 문기 어깨에 팔 하나를 걸고 한길을 향해 돌아서며

"어서 가자."

약조한 환등틀을 사러 가자는 것이다. 극장 앞 장난감 가게에 있는 조그만 환등틀을 오고 가는 길에 물건도 보고 금도 보아 두었던 것이다. 그리고 오늘 낮에도 보고 온 것이언만 수만이는

"그새 팔리지나 않았을까?"

하고 걸음을 재촉한다. 문기는 생각 없이 몇 걸음 끌려가다가는 갑자기 그 팔을 쳐 내리며 물러선다.

"난 싫다."

수만이는 어리둥절해 쳐다본다.

"뭐 말야. 환등틀 사기 싫단 말야?"

"난 인제 돈 가진 것 없다."

"뭐?"

하고 수만이는 의외라는 듯 눈이 둥그레지다가는 금세 능청스런 웃음을 지으며

"너 혼자 두고 쓰잔 말이지? 그러지 말구 어서 가자."

"정말 없어. 지금 고깃간집 안마당으로 던져 주고 오는 길야. 공두 쌍안경두 버리구."

하고 문기는 증거를 보이느라고 이쪽저쪽 주머니를 털어 보이는 것이나 수만이는 흥 하고 코웃음을 친다.

"누군 너만 못 약을 줄 아니?"

그리고 연실 빈정댄다.

"고깃간집 마당으로 던졌다? 아주 핑계가 됐거든."

"거짓말 아니다. 참말야."

할 뿐, 문기는 어떻게 변명할 줄을 몰라 쳐다보기만 하다가 고개를 떨어뜨리고 울상을 한다.

"오늘 작은아버지에게 막 꾸중 듣구. 그리고 나두 인젠 그런 건 안 헐 작정이다."

"그래두 나두 약조헌 건 실행해야지. 싫으면 너는 빠져도 좋아. 그럼 돈만 이리 내."

하고 턱 밑에 손을 내민다.

"정말 없대두 그래."

수만이는 내밀었던 손으로 대뜸 멱살을 잡는다.

"이게 그래두 느물거든*."

이런 때 마침 기침을 하며 이웃집 사람이 골목으로 들어서자 수만이는 슬며시 물러선다. 그러나

"낼은 안 만날 테냐. 어디 두고 보자."

하고 피해 가는 문기 등을 향해 소리쳤다.

이튿날 아침이다. 학교를 가는 길에 문기가 큰 한길로 나오자 맞

은편 판장에 백묵으로 커다랗게 '김문기는' 하고 그 밑에 동그라미 셋을 쳐 '○○○했다' 하고 써 있다. 그리고 학교 어귀에 이르러 삼 거리 잡화상 빈지판*에도 같은 것이 쓰여 있는 것이다. 문기는 이번 에도 무춤하고* 보다가는 얼른 모자를 벗어서 이름자만 지워 버렸 다. 그러는 것을 건너편 길모퉁이에서 수만이가 일그러진 웃음으로 보 고 섰다. 그리고 문기가 앞으로 지나가자

"왜, 겁이 나니? 짓게."

하고 뒤를 오면서 작은 소리로

"그래, 정말 돈 너만 두고 쓸 테냐? 그럼 요건 약과다."

그리고 수만이는 추근추근하게* 쫓아다니며 은근히 골리었다.

철봉틀 옆에 정신없이 선 문기를 불시에 다리오금*을 쳐 골탕을 먹게 하였다. 단거리경주 연습을 하는 척 달음박질을 하다가는 일부 러 문기 앞으로 달려들어 몸째 부딪는다. 그리고 으슥한 곳에서 단 둘이 만나는 때면 수만이는

"너, 네 맘대루만 허지. 나두 내 맘대루 헐 테다. 내 안 풍길* 줄 아니? 풍길 테야."

하고 손을 들어 꼽는다.

"풍기기만 하면 첫째 학교에서 쫓겨날 것이요, 둘째 너희 집에서 쫓겨날 것이요, 그리고 남의 걸 훔친 거나 일반이니까 또 그런 곳으 로 붙들려 갈 것이요."

하고는 또

"풍길 테다."

사실 그다음 시간 교실을 들어갔을 때 문기는 크게 놀랐다. 칠판 한가운데 '김문기는 ○○○했다'가 커다랗게 쓰여 있다. 뒤미처 선

생님이 들어왔다. 일은 간단히 선생님이 한 번 쳐다보고 누구 장난이냐, 하고 쓱쓱 지워 버리고는 고만이었지만 선생님이 들어오고 그것을 지우기까지의 그동안 문기는 실로 앞이 캄캄했다.

그러나 수만이는 그것으로 고만두지 않았다. 학교를 파해 거리로 나와서는 한층 심했다. 두어 간 문기를 앞세워 놓고 따라오면서 연해 수만이는

"앞에 가는 아이는 공공공했다지."

그리고 점점 더해 나중엔 도적질을 거꾸로 붙여서

"앞에 가는 아이는 질적도했다지."

하고 거리거리 외며 따라오는 것이다.

문기 집 가까이 이르렀다. 수만이는 문기 앞으로 다가서며 작은 음성으로 조졌다*.

"너, 지금으로 가지고 나오지 않으면 낼은 가만 안 둔다. 도적질했다 하구 똑바루 써 놓을 테야."

문기는 여전히 못 들은 척 걸음만 옮긴다. 자기 집 마당엘 들어섰다. 숙모는 뒤꼍에서 화초 모종을 하는지 여기 심어라 저기 심어라 하고 아랫집 심부름하는 아이와 이야기하는 소리가 날 뿐 집 안엔 아무도 없다.

그리고 눈앞에 보이는 붙장* 안 앞턱에 잔돈 얼마와 지전 몇 장이 놓여 있다. 그리고 문밖엔 지금 수만이가 돈을 가지고 나오기를 기다리고 섰다. 여기서 문기는 두 번째 허물을 범하고 말았다.

"진작 듣지."

하고 빙그레 웃는 수만이 얼굴에다 뺨을 때리듯 돈을 던져 주고 문기는 달아났다.

급한 걸음으로 문기는 네거리 하나를 지났다. 또 하나를 지났다. 또 하나를 지났다. 걸음은 차차 풀이 죽는다. 그리고 문기는 이런 생각을 하였다.

'자기는 몰래 작은어머니 돈을 축냈다. 그러나 갚으면 고만 아니냐. 그 돈 값어치만큼 밥도 덜 먹고 학용품도 아껴 쓰고 옷도 조심해 입고, 이렇게 갚으면 고만 아니냐.'

몇 번이고 이 소리를 속으로 되뇌며 문기는 떳떳이 얼굴을 들고 집으로 들어갈 수 있을 만한 뱃심\*을 만들려 한다. 그러나 일없이 공원으로 거리로 돌며 해를 보낸다.

날이 저물어서 문기는 풀이 죽어 집 마루에 걸터앉았다. 숙모가 방에서 나오다 보고

"너 학교에서 인제 오니?"

그리고 이어

"너 혹 붙장 안의 돈 봤니?"

하다가는 채 문기가 입을 열기 전에 숙모는

"학교서 지금 오는 애가 알겠니. 참 점순이 고년 앙큼헌 년이더라. 낮에 내가 뒤꼍에서 화초 모종을 내고 있는데 집을 간다고 나가더니 글쎄 돈을 집어 갔구나."

문기는 잠잠히 듣기만 한다. 그러나 속으로는 갚으면 고만이지 소리를 또 한 번 외어 본다.

그날 밤이었다. 아랫방 들창 밑에 훌쩍훌쩍 우는 어린아이 울음소리가 났다. 아랫집 심부름하는 아이 점순이 음성이었다. 숙모가 직접 그 집에 가서 무슨 말을 한 것은 아니로되 자연 그 말이 한 입 건너 두 입 건너 그 집에까지 들어갔고, 그리고 그 집주인 여자는 점순

이를 때려 쫓아낸 것이다. 먼저는 동네 아이들이 모여 지껄지껄하더니 차차 하나 가고 둘 가고 훌쩍훌쩍 우는 그 소리만 남는다. 방 안의 문기는 그 밤을 뜬눈으로 새웠다.

이튿날 아침이다. 문기는 밥을 두어 술 뜨다가는 고만둔다. 그 돈을 갚기 위한 그것이 아니다. 도시 입맛이 나지 않았다. 학교엘 갔다. 첫 시간은 수신修身 시간, 그리고 공교로이 제목이 '정직'이다. 선생님은 뒷짐을 지고 교단 위를 왔다 갔다 하며 거짓이라는 것이 얼마나 악한 것이고 정직이 얼마나 귀하고 중한 것인가를 누누이 말씀한다. 그리고 안경 쓴 선생님의 그 눈이 번쩍하고 문기 얼굴에 머물렀다 가고 가고 한다. 그럴 때마다 문기는 가슴이 뜨끔뜨끔해진다. 문기는 자기 한 사람에게만 들리기 위한 정직이요 수신 시간인 듯싶었다. 그만치 선생님은 제 속을 다 들여다보고 하는 말인 듯싶었다.

운동장에서도 문기는 풀이 없다. 사람 없는 교실 뒤 버드나무 옆 그런 데만 찾아다니며 고개를 숙이고 깊은 생각에 잠기거나 팔짱을 찌르고 왔다 갔다 하기도 한다. 그러다 누가 등을 치면 소스라쳐 깜짝깜짝 놀란다.

언제나 다름없이 하늘은 맑고 푸르건만 문기는 어쩐지 그 하늘조차 쳐다보기가 두려워졌다. 자기는 감히 떳떳한 얼굴로 그 하늘을 쳐다볼 만한 사람이 못 된다 싶었다.

언제나 다름없이 여러 아이들은 넓은 운동장에서 마음대로 뛰고 마음대로 지껄이고 마음대로 즐기건만 문기 한 사람만은 어둠과 같이 컴컴하고 무거운 마음에 잠겨 고개를 들지 못한다. 무엇보다도 문기는 전일처럼 맑은 하늘 아래서 아무 거리낌 없이 즐길 수 있는 마음이 갖고 싶다. 떳떳이 하늘을 쳐다볼 수 있는, 떳떳이 남을 대할 수 있는 마음이 갖고 싶었다.

　오후 해 저물녘이다. 문기는 책보를 흔들흔들 고개를 숙이고 담임 선생님 집 앞을 왔다가는 무춤하고 섰다가 그대로 지나가고 그대로 지나가고 한다. 세 번째는 드디어 그 집 문 안을 들어서서 선생님을 찾았다. 선생님은 문기를 안방으로 맞아들이었다. 학교에서 볼 때 엄하고 딱딱하던 선생님은 의외로 부드러이 웃는 낯으로 문기를 대한다. 문기는 선생님 앞에 엎드려 모든 것을 자백할 결심이었다. 그런데 선생님의 부드러운 태도에 도리어 문기는 말문이 열리지 않았다. 다음은 건넌방에서 어린애가 울어 못 했다. 다음은 사모님이 들락날락하고 그리고 다음엔 손님이 왔다. 기어이 문기는 입을 열지 못한 채 물러 나오고 말았다.

　먼저보다 갑절 무겁고 컴컴한 마음이었다. 도저히 문기의 약한 어깨로는 지탱하지 못할 무거운 눌림이다. 걸음은 집을 향해 가는 것이지만 반대로 마음은 멀어진다. 장차 집엘 가서 대할 숙모가 두려웠고 삼촌이 두려웠고 더욱이 점순이가 두려웠다.

　어느덧 걸음은 삼거리를 건너고 있었다. 문기 등 뒤에서 아주 멀리 뿡뿡 하고 자동차 소리와 비켜라 하는 사람의 소리가 나는 듯하더니 갑자기 귀밑에서 크게 울린다. 언뜻 돌아다보니 바로 눈앞에 자동차 머리가 달려든다. 그리고 문기는 으쓱하고 높은 데서 아래로 떨어져 가는 듯싶은 감과 함께 정신을 잃고 말았다.

　얼마 동안을 지났는지 모른다. 문기가 어렴풋이 눈을 떴을 때 무섭게 전등불이 밝아 눈이 부시었다. 문기는 다시 눈을 감았다. 두 번째 문기는 눈을 뜨자 희미하게 삼촌의 얼굴이 나타나며 그것이 차차

똑똑해지더니 삼촌은

"너 내가 누군 줄 알겠니?"

하고 웃지도 않고 내려다본다. 문기는 이것도 꿈인가 하고 한번 웃어 주려면서 그대로 맑은 정신이 났다. 문기는 병원 침대 위에 누워 있었다. 어디 아픈 데는 없으면서도 몸을 움직일 수는 없다. 삼촌은 근심스런 얼굴로 내려다본다.

"작은아버지."

하고 문기는 입을 열었다. 그리고

"저는 마땅히 받아야 할 벌을 받은 거예요."

하고 문기는 눈을 감으며 한마디 한마디 그러나 똑똑하게 처음부터 끝까지 먼저 고깃간 주인이 1원을 10원으로 알고 거슬러 준 것, 그 돈을 써버린 것, 그리고 또 붙장 안의 돈을 자기가 훔쳐낸 것, 이렇게 하나하나 숨김없이 자백을 하자 이때까지 겹겹으로 몸을 싸고 있던 허물이 한 꺼풀 한 꺼풀 벗어지면서 따라 마음속의 어둠도 차차 사라지며 맑아지는 것을 문기는 확실히 깨달을 수 있었다. 마음이 맑아지며 따라 몸도 가뜬해진다. 내일도 해는 뜨고 하늘은 맑아지리라. 그리고 문기는 그 하늘을 떳떳이 마음껏 쳐다볼 수 있을 것이다.

### 낱말 풀이

**남저지** '나머지'의 방언
**느물거리다** 음흉하고 능청스런 태도로 끈덕지게 굴다.
**다리오금** 무릎 뒤쪽의 오목한 부분
**동이 뜨다** 사이가 조금 생기다.
**둥구미** 짚으로 둥글고 깊게 엮어 만든 그릇
**뒤뚝** 물체가 중심을 잃고 한쪽으로 기울어지는 모양
**무춤하다** 놀라거나 어색하여 동작을 갑자기 멈추다.
**뱃심** 용기
**붙장** 무엇을 보관하는 장의 한 가지
**빈지판** 여러 짝의 문을 차례로 맞추거나 뽑으면서 여닫게 된 문
**안반** 떡을 칠 때 쓰는 두껍고 넓은 나무 판
**조지다** 일이나 말이 허술하게 되지 않도록 단단히 단속하다.
**추근추근하게** 몹시 끈질기게
**풍기다** 소문 내다.
**환등기계** 강한 불빛을 사진 필름에 비추어 확대경을 통해 영상이 크게 보이게 하는 장치

이효석의 〈메밀꽃 필 무렵〉, 〈사냥〉, 채만식의 〈미스터 방〉, 〈이상한 선생님〉, 현덕의 〈고구마〉, 〈나비를 잡는 아버지〉, 〈하늘은 맑건만〉에 나오는 단어를 활용하여 낱말 퍼즐을 풀어 보세요(낱말 풀이 참조).

## 🗝 가로 열쇠

1. (일본 버선 모양의) 노동자용 작업화
2. 술 따위에 취한 그 기운이 몸에 돌기 시작하는 상태에 있다.
3. 개암나무
5. 보기에 좋아 보이는 데가 있다.
6. 2층 이상의 양옥에서 건물 벽면 바깥으로 돌출되어 난간이나 낮은 벽으로 둘러싸인 뜬 바닥이나 마루
7. 같은 자격으로 마주 대하다.
8. 예전에 베, 무명, 비단 따위의 온갖 천을 팔던 가게

## 🗝 세로 열쇠

1. 성가실 정도로 끈덕지게 자꾸 귀찮게 굴다.
2. '다만'의 방언. 다른 것이 아니라 오로지
3. 학교에서 그날의 수업을 마치다.
4. 무릎 뒤쪽의 오목한 부분
5. 극성스레 마구 날뛰는 행동이나 자세
6. 보기에 삼가거나 어려워함이 없이 아주 무례한 데가 있다.
7. 견디기가 어지간히 힘들고 만만하지 않다.
8. 아무 잘못 없이 꾸중을 듣거나 벌을 받아 억울하다.
9. 강한 불빛을 사진 필름에 비추어 확대경을 통해 영상이 크게 보이게 하는 장치
10. 낡고 해어져서 입지 못하게 된 옷, 이불 따위를 파는 가게

# 현진건

## 운수 좋은 날

현진건 1900~1943년

경북 대구에서 태어났다. 일본 도쿄 독일어학교를 졸업하고 중국 상하이 외국어학교에서 공부했다. 1920년 《개벽》에 〈희생화〉를 발표해 등단했지만, 혹평을 받았다. 1922년 이상화, 나도향, 박종화 등과 함께 《백조》 창간 동인으로 활동하기 시작하면서 신문학 운동에 가담했다. 김동인과 함께 근대 단편소설의 선구자로 꼽히고, 염상섭과 함께 사실주의 문학을 개척한 작가로 꼽힌다. 1921년 《조선일보》에 입사했으며, 이후 《시대일보》와 《매일신보》를 거쳐 《동아일보》에서 기자로 재직했다. 1935년에는 일장기 말소사건으로 1년간 복역을 하기도 했다. 그의 작품은 대부분 식민지의 민족적 현실과 고통 받는 식민지 민중의 아픔을 그려냈다.

## 작품 해제

**갈래** 사실주의 소설
**배경** 일제 강점기 어느 겨울날 서울
**시점** 전지적 작가 시점
**제재** 인력거꾼 김 첨지의 하루
**주제** 하층민의 비참한 생활상
**출전** 《개벽》 48호(1924년 6월)

## 줄거리

　인력거꾼 김 첨지는 열흘 동안 돈 구경도 못하다가 이날 따라 운수 좋게 손님이 계속 생겼다. 그의 아내는 기침을 쿨럭거리는 것이 달포가 넘었고 조밥을 해먹고 체해 병이 더 심해졌다. 이날 돈이 벌리자 김 첨지는 한 잔 할 생각과 아내에게 설렁탕을 사주고 세 살 먹은 자식에게 죽을 사줄 수도 있다는 마음에 기뻤다.
　이상할 정도로 다리가 가뿐하다가 집 가까이 오자 다리가 무거워지고 나가지 말라던 아내의 말이 귀에 울렸다. 그리고 개똥이의 곡성이 들리는 듯해 자신도 모르게 멈춰 있다가 손님의 말에 정신을 차리고 다시 가기 시작했다. 집에서 멀어질수록 발은 가벼워졌다.
　그럴 즈음 친구 치삼이를 만나 같이 술을 하게 된다. 그러나 돈을 많이 벌었다는 주정과 함께 돈에 대한 원망도 하다가 자신의 아내가 죽었다는 말을 치삼에게 한다. 치삼이가 집으로 가라고 하자 거짓말이라고 말하고 술을 더 하고 설렁탕을 사들고 집으로 간다. 집에 들어서자 너무도 적막하며 아내가 나와 보지도 않는다고 소리를 지르며 불길함을 이기려 한다.
　방문을 열자 아내는 죽어 있고 개똥이는 울다울다 목이 잠겼고 기운도 없어 보였다. 김 첨지는 닭똥 같은 눈물을 흘리며 제 얼굴을 죽은 아내에게 비비며 "웨 먹지를 못하니…… 괴상하게도 오늘은! 운수가, 좋드니만" 하고 한탄한다.

# 운수 좋은 날

새침하게 흐린 품이 눈이 올 듯하더니 눈은 아니 오고 얼다가 만 비가 추적추적 내리는 날이었다.

이날이야말로 동소문 안에서 인력거꾼 노릇을 하는 김 첨지에게는 오래간만에도 닥친 운수 좋은 날이었다. 문안에 (거기도 문밖은 아니지만) 들어간답시는 앞집 마마님을 전찻길까지 모셔다 드린 것을 비롯하여 행여나 손님이 있을까 하고 정류장에서 어정어정하며 내리는 사람 하나하나에게 거의 비는 듯한 눈길을 보내고 있다가 마침내 교원인 듯한 양복장이를 동광학교東光學校까지 태워다 주기로 되었다.

첫번에 30전, 둘쨋번에 50전. 아침 댓바람*에 그리 흥치 않은 일이었다. 그야말로 재수가 옴 붙어서 근 열흘 동안 돈 구경도 못한 김 첨지는 10전짜리 백동화 서 푼 또는 다섯 푼이 찰깍하고 손바닥에 떨어질 제 거의 눈물을 흘릴 만큼 기뻤다. 더구나 이날 이때에 이 80전이란 돈이 그에게 얼마나 유용한지 몰랐다. 컬컬한 목에 모주 한

잔도 적실 수 있거니와 그보다도 앓는 아내에게 설렁탕 한 그릇도 사다줄 수 있음이다.

그의 아내가 기침으로 쿨룩거리기는 벌써 달포*가 넘었다. 조밥*도 굶기를 먹다시피 하는 형편이니 물론 약 한 첩 써본 일이 없다. 구태여 쓰려면 못 쓸 바도 아니로되 그는 병이란 놈에게 약을 주어 보내면 재미를 붙여서 자꾸 온다는 자기의 신조에 어디까지 충실하였다. 따라서 의사에게 보인 적이 없으니 무슨 병인지는 알 수 없으되 반듯이 누워 가지고 일어나기는새로에* 모로도 못 눕는 걸 보면 중증은 중증인 듯. 병이 이대도록 심해지기는 열흘 전에 조밥을 먹고 체한 때문이다. 그때도 김 첨지가 오래간만에 돈을 얻어서 좁쌀 한 되와 10전짜리 나무 한 단을 사다 주었더니, 김 첨지의 말에 의지하면, 그 오라질년이 천방지축으로 냄비에 대고 끓이었다. 마음은 급하고 불길은 달지 않아 채 익지도 않은 것을 그 오라질년이 숟가락은 그만두고 손으로 움켜서 두 뺨에 주먹덩이 같은 혹이 불거지도록 누가 빼앗을 듯이 처박지르더니만 그날 저녁부터 가슴이 땅긴다, 배가 켕긴다고 눈을 홉뜨고 지랄병을 하였다. 그때 김 첨지는 열화와 같이 성을 내며

"에이 오라질년, 조랑복*은 할 수가 없어. 못 먹어 병, 먹어서 병! 어쩌란 말이야! 왜 눈을 바루 뜨지 못해!"

하고 김 첨지는 앓는 이의 뺨을 한 번 후려갈겼다. 홉뜬 눈은 조금 발라졌건만 이슬이 맺히었다. 김 첨지의 눈시울도 뜨끈뜨끈한 듯하였다.

이 환자가 그러고도 먹는 데는 물리지 않았다. 사흘 전부터 설렁탕 국물이 마시고 싶다고 남편을 졸랐다.

"이런 오라질년! 조밥도 못 먹는 년이 설렁탕은. 또 처먹고 지랄병을 하게."

라고 야단을 쳐보았건만 못 사주는 마음이 시원치는 않았다.

인제 설렁탕을 사줄 수도 있다. 앓는 어미 곁에서 배고파 보채는 개똥이(세 살 먹이)에게 죽을 사줄 수도 있다. 80전을 손에 쥔 김 첨지의 마음은 푼푼하였다*.

그러나 그의 행운은 그걸로 그치지 않았다. 땀과 빗물이 섞여 흐르는 목덜미를 기름주머니가 다 된 왜목수건*으로 닦으며 그 학교 문을 돌아나올 때이었다. 뒤에서 "인력거!" 하고 부르는 소리가 난다. 자기를 불러 멈춘 사람이 그 학교 학생인 줄 김 첨지는 한 번 보고 짐작할 수 있었다. 그 학생은 다짜고짜로,

"남대문 정거장까지 얼마요."

라고 물었다. 아마도 그 학교 기숙사에 있는 이로 동기방학을 이용하여 귀향하려 함이리라. 오늘 가기로 작정은 하였건만 비는 오고 짐은 있고 해서 어찌할 줄 모르다가 마침 김 첨지를 보고 뛰어나왔음이리라. 그렇지 않으면 왜 구두를 채 신지 못해서 질질 끌고, 비록 '고쿠라'* 양복일망정 노박이로* 비를 맞으며 김 첨지를 뒤쫓아 나왔으랴.

"남대문 정거장까지 말씀입니까?"

하고 김 첨지는 잠깐 주저하였다. 그는 이 우중에 우장*도 없이 그 먼 곳을 철벅거리고 가기가 싫었음일까? 처음것, 둘쨋것으로 그만 만족하였음일까? 아니다, 결코 아니다. 이상하게도 꼬리를 맞물고 덤비는 이 행운 앞에 조금 겁이 났음이다. 그리고 집을 나올 제 아내의 부탁이 마음에 켕기었다. 앞집 마마한테서 부르러 왔을 제 병인

病人은 그 뼈만 남은 얼굴에 유일의 생물 같은, 유달리 크고 움푹한 눈에다 애걸하는 빛을 띠며,

"오늘은 나가지 말아요. 제발 덕분에 집에 붙어 있어요. 내가 이렇게 아픈데……."

라고 모깃소리같이 중얼거리며 숨을 그르렁그르렁하였다. 그때에 김 첨지는 대수롭지 않은 듯이,

"아따, 젠장맞일 년, 별 빌어먹을 소리를 다 하네. 맞붙들고 앉았으면 누가 먹여 살릴 줄 알아."

하고 훌쩍 뛰어나오려니까 환자는 붙잡을 듯이 팔을 내저으며,

"나가지 말라도 그래, 그러면 일쯕이 들어와요."

하고 목멘 소리가 뒤를 따랐다.

정거장까지 가잔 말을 들은 순간에 경련적으로 떠는 손, 유달리 큼직한 눈, 울 듯한 아내의 얼굴이 김 첨지의 눈앞에 어른어른하였다.

"그래 남대문 정거장까지 얼마란 말이요?"

하고 학생은 초조한 듯이 인력거꾼의 얼굴을 바라보며 혼잣말같이

"인천 차가 열한 점에 있고 그다음에는 새로 두 점이든가."

라고 중얼거린다.

"일 원 오십 전만 줍시요."

이 말이 저도 모를 사이에 불쑥 김 첨지의 입에서 떨어졌다. 제 입으로 부르고도 스스로 그 엄청난 돈 액수에 놀랐다. 한꺼번에 이런 금액을 불러라도 본 지가 그 얼마 만인가! 그러자 그 돈 벌 욕기*가 병자에 대한 염려를 사르고 말았다. 설마 오늘 내로 어떠랴 싶었다. 무슨 일이 있더라도 제일 제이의 행운을 꼽친* 것보다도 오히려 곱절이 많은 이 행운을 놓칠 수 없다 하였다.

"일 원 오십 전은 너무 과한데."

이런 말을 하며 학생은 고개를 기웃하였다.

"아니올시다. 릿수*로 치면 여기서 거기가 시오 리가 넘답니다. 또 이런 진날에는 좀더 주셔야지요."

하고 빙글빙글 웃는 차부車夫의 얼굴에는 숨길 수 없는 기쁨이 넘쳐 흘렀다.

"그러면 달라는 대로 줄 터이니 빨리 가요."

관대한 어린 손님은 그런 말을 남기고 총총히 옷도 입고 짐도 챙기려 제 갈 데로 갔다.

그 학생을 태우고 나선 김 첨지의 다리는 이상하게 거뿐하였다. 달음질을 한다느니보다 거의 나는 듯하였다. 바퀴도 어떻게 속히 도는지 구른다느니보다 마치 얼음을 지쳐 나가는 스케이트 모양으로 미끄러져 가는 듯하였다. 언 땅에 비가 내려 미끄럽기도 하였지만.

이윽고 끄는 이의 다리는 무거워졌다. 자기 집 가까이 다다른 까닭이다. 새삼스러운 염려가 그의 가슴을 눌렀다. "오늘은 나가지 말아요. 내가 이렇게 아픈데." 이런 말이 잉잉 그의 귀에 울렸다. 그리고 병자의 움쑥 들어간 눈이 원망하는 듯이 자기를 노리는 듯하였다. 그러자 엉엉 하고 우는 개똥이의 곡성도 들은 듯싶다. 딸국딸국하고 숨 모으는 소리도 나는 듯싶다…….

"웨 이리우, 기차 놓치겠구먼."

하고 탄 이의 초조한 부르짖음이 간신히 그의 귀에 들어왔다. 언뜻 깨달으니 김 첨지는 인력거 채를 쥔 채 길 한복판에 엉거주춤 멈춰 있지 않은가.

"예, 예."

하고 김 첨지는 또다시 달음질하였다. 집이 차차 멀어갈수록 김 첨지의 걸음에는 다시금 신이 나기 시작하였다. 다리를 재게 놀려야만 쉴 새 없이 자기의 머리에 떠오르는 모든 근심과 걱정을 잊을 듯이.

정거장까지 끌어다 두고 그 깜짝 놀란 1원 50전을 정말 제 손에 쥐매 제 말마따나 십 리나 되는 길을 비를 맞아 가며 질퍽거리고 온 생각은 아니하고 거저나 얻은 듯이 고마웠다. 졸부나 된 듯이 기뻤다. 제 자식뻘밖에 안되는 어린 손님에게 몇 번 허리를 굽히며

"안녕히 다녀옵시요."

라고 깍듯이 재우쳤다.

그러나 빈 인력거를 털털거리며 이 우중에 돌아갈 일이 꿈밖이었다. 노동으로 하여 흐른 땀이 식어지자 굶주린 창자에서, 물 흐르는 옷에서 어슬어슬 한기가 솟아나기 비롯하매 1원 50전이란 돈이 얼마나 괴이치 않고 괴로운 것인 줄 절실히 느끼었다. 정거장을 떠나가는 그의 발길은 힘 하나 없었다. 온몸이 옹송그려지며* 당장 그 자리에 엎어져 못 일어날 것 같았다.

"젠장맞을 것! 이 비를 맞으며 빈 인력거를 털털거리고 돌아를 간담. 이런 빌어먹을, 제 할미를 붙을 비가 웨 남의 상판*을 딱딱 때려!"

그는 몹시 화증을 내며 누구에게 반항이나 하는 듯이 게걸거렸다*. 그럴 즈음에 그의 머리엔 또 새로운 광명이 비쳤나니 그것은 '이러고 갈 게 아니라 이 근처를 빙빙 돌며 차 오기를 기다리면 또 손님을 태우게 될는지도 몰라'란 생각이었다. 오늘 운수가 괴상하게도 좋으니까 그런 요행이 또 한 번 없으리라고 누가 보증하랴. 꼬리를 굴리는 행운이 꼭 자기를 기다리고 있다고 내기를 해도 좋을 만한 믿음을 얻

게 되었다. 그렇지만 정거장 인력거꾼의 등쌀이 무서우니 정거장 앞에 섰을 수는 없었다. 그래 그는 이전에도 여러 번 해본 일이라 바로 정거장 앞 전차정류장에서 조금 떨어지게 사람 다니는 길과 전찻길 틈에 인력거를 세워 놓고 자기는 그 근처를 빙빙 돌며 형세를 관망하기로 하였다.

얼마 만에 기차는 왔고 수십 명이나 되는 손이 정류장으로 쏟아져 나왔다. 그중에서 손님을 물색하는 김 첨지의 눈엔 양머리에 뒤축 높은 구두를 신고 망토까지 두른 기생퇴물인 듯, 난봉 여학생인 듯한 여편네의 모양이 띄었다. 그는 슬근슬근 그 여자의 곁으로 다가들었다.

"아씨, 인력거 아니 타시랍시오?"

그 여학생인지 뭔지가 한참은 매우 태깔*을 빼며 입술을 꼭 다문 채 김 첨지를 거들떠보지도 않았다. 김 첨지는 구걸하는 거지나 무엇같이 연해연방 그의 기색을 살피며

"아씨, 정거장 애들보담 아주 싸게 모서다 드리겠습니다. 댁이 어데신가요?"

하고 추근추근하게도 그 여자의 들고 있는 일본식 버들고리짝에 제 손을 대었다.

"왜 이래, 남 귀치 않게."

소리를 벽력같이 지르고는 획 돌아선다. 김 첨지는 어렵쇼 하고 물러섰다.

전차가 왔다. 김 첨지는 원망스럽게 전차 타는 이를 노리고 있었다. 그러나 그의 예감을 틀리지 않았다. 전차가 빡빡하게 사람을 싣고 움직이기 시작하였을 제 타고 남은 손 하나가 있었다. 굉장하게

큰 가방을 들고 있는 걸 보면 아마 붐비는 차 안에 짐이 크다 하여 차장에게 밀려 내려온 눈치였다. 김 첨지는 대어 섰다.

"인력거를 타시랍시요."

한동안 값으로 실랑이를 하다가 60전에 인사동까지 태워다 주기로 하였다. 인력거가 무거워지매 그의 몸은 이상하게도 가벼워졌고 그리고 또 인력거가 가벼워지니 몸은 다시금 무거워졌건만 이번에는 마음조차 초조해 온다. 집의 광경이 자꾸 눈앞에 어른거리어 인제 요행을 바랄 여유도 없었다. 나뭇등걸이나 무엇 같고 제 것 같지도 않은 다리를 연해 꾸짖으며 질팡갈팡 뛰는 수밖에 없었다. "저놈의 인력거꾼이 저렇게 술이 취해 가지고 이 진 땅에 어찌 가노"라고 길 가는 사람이 걱정을 하리만큼 그의 걸음은 황급하였다. 흐리고 비 오는 하늘은 어둠침침하게 벌써 황혼에 가까운 듯하다. 창경원 앞까지 다다라서야 그는 턱에 닿은 숨을 돌리고 걸음도 늦추 잡았다. 한 걸음 두 걸음 집이 가까워 갈수록 그의 마음조차 괴상하게 누그러웠다. 그런데 이 누그러움은 안심에서 오는 게 아니요, 자기를 덮친 무서운 불행을 빈틈없이 알게 될 때가 박두한* 것을 두리는* 마음에서 오는 것이다. 그는 불행이 다닥치기 전 시간을 얼마쯤이라도 늘리려고 버르적거렸다. 기적에 가까운 벌이를 하였다는 기쁨을 할 수 있으면 오래 지니고 싶었다. 그는 두리번두리번 사면을 살피었다. 그 모양은 마치 자기 집—곧 불행을 향하고 달려가는 제 다리를 제 힘으로는 도저히 어찌할 수 없으니 누구든지 나를 좀 잡아다오, 구해다오 하는 듯하였다.

그럴 즈음에 마침 길가 선술집에서 친구 치삼이가 나온다. 그의 우글우글 살찐 얼굴에 주홍이 돋는 듯, 온 턱과 뺨을 시커멓게 구레

나룻이 덮였거든, 노르탱탱한 얼굴이 바짝 말라서 여기저기 고랑이 파이고 수염도 있대야 턱 밑에만 마치 솔잎 송이를 거꾸로 붙여 놓은 듯한 김 첨지의 풍채하고는 기이한 대상을 짓고 있었다.
"여보게 김 첨지, 자네 문안 들어갔다 오는 모양일세그려. 돈 많이 벌었을 테니 한잔 빨리게."
뚱뚱보는 말라깽이를 보던 맡*에 부르짖었다. 그 목소리는 몸집과 딴판으로 연하고 싹싹하였다. 김 첨지는 이 친구를 만난 게 어떻게 반가운지 몰랐다. 자기를 살려준 은인이나 무엇같이 고맙기도 하였다.
"자네는 벌써 한잔한 모양일세그려. 자네도 재미가 좋아 보이."
하고 김 첨지는 얼굴을 펴서 웃었다.
"아따, 재미 안 좋다고 술 못 먹을 낸가. 그런데 여보게, 자네 왼몸이 어찌 물독에 빠진 새앙쥐 같은가? 어서 이리 들어와 말리게."
선술집은 훈훈하고 뜨뜻하였다. 추어탕을 끓이는 솥뚜껑을 열 적마다 뭉게뭉게 떠오르는 흰 김, 석쇠에서 뻐지짓뻐지짓 구워지는 너비아니, 굴이며 제육이며 간이며 콩팥이며 북어며 빈대떡…… 이 너저분하게 늘어 놓인 안주 탁자. 김 첨지는 갑자기 속이 쓰려서 견딜 수 없었다. 마음대로 할 양이면 거기 있는 모든 먹음먹이*를 모조리 깡그리 집어삼켜도 시원치 않았다. 하되 배고픈 이는 위선 분량 많은 빈대떡 두 개를 쪼이기로 하고 추어탕을 한 그릇 청하였다. 주린 창자는 음식 맛을 보더니 더욱더욱 비어지며 자꾸자꾸 들이라 들이라 하였다. 순식간에 두부와 미꾸리 든 국 한 그릇을 그냥 물같이 들이켜고 말았다. 셋째 그릇을 받아들었을 제 데우던 막걸리 곱빼기 두 잔이 더웠다. 치삼이와 같이 마시자 원원이* 비었던 속이라 찌르르 하고 창자에 퍼지며 얼굴이 화끈하였다. 눌러 곱빼기 한 잔을 또 마셨다.

김 첨지의 눈은 벌써 개개풀리기 시작하였다. 석쇠에 얹힌 떡 두 개를 숭덩숭덩 썰어서 볼을 볼록거리며 또 곱빼기 두 잔을 부으라 하였다.

치삼은 의아한 듯이 김 첨지를 보며

"여보게 또 붓다니, 벌써 우리가 넉 잔씩 먹었네. 돈이 사십 전일세."

라고 주의시켰다.

"아따 이놈아, 사십 전이 그리 끔찍하냐. 오늘 내가 돈을 막 벌었어. 참 오늘 운수가 좋았느니."

"그래 얼마를 벌었단 말인가?"

"삼십 원을 벌었어. 삼십 원을! 이런 젠장맞일 술을 왜 안 부어…… 괜찮다 괜찮다, 막 먹어도 상관이 없어. 오늘 돈 산데미같이 벌었는데."

"어, 이 사람 취했군, 고만두세."

"이놈아, 그걸 먹고 취할 내냐, 어서 더 먹어."

하고는 치삼의 귀를 잡아채며 취한 이는 부르짖었다. 그리고 술을 붓는 열오육 세 됨 직한 중대가리에게로 달려들며

"이놈, 오라질놈, 웨 술을 붓지 않어."

라고 야단을 쳤다. 중대가리는 히히 웃고 치삼이를 보며 문의하는 듯이 눈짓을 하였다. 주정꾼이 이 눈치를 알아보고 화를 버럭 내며

"네미를 붙을 이 오라질놈들 같으니. 이놈, 내가 돈이 없을 줄 알고."

하자마자 허리춤을 훔칫훔칫하더니 1원짜리 한 장을 꺼내어 중대가리 앞에 펄쩍 집어던졌다. 그 사품*에 몇 푼 은전이 잘그랑하며 떨어진다.

"여보게 돈 떨어졌네. 웨 돈을 막 껴얹나."

이런 말을 하며 치삼은 일변* 돈을 줍는다. 김 첨지는 취한 중에도 돈의 거처를 살피려는 듯이 눈을 크게 떠서 땅을 내려다보다가 불시에 제 하는 짓이 너무 더럽다는 듯이 고개를 소스라치자 더욱 성을 내며

"봐라, 봐! 이 더러운 놈들아! 내가 돈이 없나. 다리 뼉다구를 꺾어 놓을 놈들 같으니."

하고 치삼이 주워 주는 돈을 받아

"이 원수엣돈! 이 육시戮屍를 할 돈!"

하면서 팔매질을 친다. 벽에 맞아 떨어진 돈은 다시 술 끓이는 양푼에 떨어지며 정당한 매를 맞는다는 듯이 쨍 하고 울렸다.

곱빼기 두 잔은 또 부어질 겨를도 없이 말려 가고 말았다. 김 첨지는 입술과 수염에 붙은 술을 빨아들이고 나서 매우 만족한 듯이 그 솔잎 송이 수염을 쓰다듬으며

"또 부어, 또 부어."

라고 외쳤다.

또 한잔 먹고 나서 김 첨지는 치삼의 어깨를 치며 문득 껄껄 웃는다. 그 웃음소리가 어떻게 컸던지 술집에 있는 이의 눈은 모두 김 첨지에게로 몰리었다. 웃는 이는 더욱 웃으며

"여보게 치삼이, 내 우스운 이야기 하나 할까. 오늘 손을 태고 정거장까지 가지 않았겠나."

"그래서."

"갔다가 그저 오기가 안됐데그려. 그래 전차 정류장에서 어름어름하며 손님 하나를 태울 궁리를 하지 않았나. 거기 마침 마마님이신지 여학생님이신지— 요새야 어대 논다니와 아가씨를 구별할 수가 있던가— 망토를 잡수시고 비를 맞고 서 있겠지. 슬근슬근 가까이 가서 인력거 타시랍시오 하고 손가방을 받으랴니까 내 손을 탁 뿌리치고 휙 돌아서더니만 '왜 남을 이렇게 귀찮게 굴어!' 그 소리야말로 꾀꼬리소리지, 허허!"

김 첨지는 교묘하게도 정말 꾀꼬리 같은 소리를 내었다. 모든 사람은 일시에 웃었다.

"빌어먹을 깍쟁이 같은 년, 누가 저를 어쩌나, '왜 남을 귀찮게 굴어!' 어이구, 소리가 채신도 없지, 허허."

웃음소리들은 높아졌다. 그런 그 웃음소리들이 사라도 지기 전에 김 첨지는 훌쩍훌쩍 울기 시작하였다.

치삼은 어이없이 주정뱅이를 바라보며

"금방 웃고 지랄을 하더니 우는 건 또 무슨 일인가?"

김 첨지는 연해 코를 들이마시며

"우리 마누라가 죽었다네."

"뭐, 마누라가 죽다니, 언제?"

"이놈아 언제는. 오늘이지."

"예끼 미친놈, 거짓말 말아."

"거짓말은 웨, 참말로 죽었어, 참말로…… 마누라 시체를 집에 뻐들쳐 놓고 내가 술을 먹다니, 내가 죽일 놈이야, 죽일 놈이야."

하고 김 첨지는 엉엉 소리를 내어 운다.

치삼은 흥이 조금 깨어지는 얼굴로

"원 이 사람이, 참말을 하나 거짓말을 하나. 그러면 집으로 가세, 가."

하고 우는 이의 팔을 잡아당기었다.

치삼이 잡는 손을 뿌리치더니 김 첨지는 눈물이 글썽글썽한 눈으로 싱그레 웃는다.

"죽기는 누가 죽어."

하고 득의가 양양

"죽기는 웨 죽어, 생때같이 살아만 있단다. 그 오라질년이 밥을 죽이지. 인제 나한테 속았다."

하고 어린애 모양으로 손뼉을 치며 웃는다.

"이 사람이 정말 미쳤단 말인가. 나도 아주머네가 앓는단 말은 들었었는데."

하고 치삼이도 어느 불안을 느끼는 듯이 김 첨지에게 또 돌아가라고 권하였다.

"안 죽었어, 안 죽었대도 그래."

김 첨지는 화증을 내며 확신 있게 소리를 질렀으되 그 소리엔 안 죽은 것을 믿으려고 애쓰는 가락이 있었다. 기어이 1원어치를 채워서 곱빼기 한 잔씩 더 먹고 나왔다. 궂은비는 의연히 추적추적 내린다.

김 첨지는 취중에도 설렁탕을 사가지고 집에 다다랐다. 집이라 해도 물론 셋집이요 또 집 전체를 세든 게 아니라 안과 뚝 떨어진 행랑방 한 칸을 빌려 든 것인데 물을 길어대고 한 달에 1원씩 내는 터이다. 만일 김 첨지가 주기*를 띠지 않았던들 한 발을 대문 안에 들여

운수 좋은 날 345

놓았을 제 그곳을 지배하는 무시무시한 정적, 폭풍우가 지나간 뒤의 바다 같은 정적에 다리가 떨리었으리라. 쿨룩거리는 기침 소리도 들을 수 없다. 그르렁거리는 숨소리조차 들을 수 없다. 다만 이 무덤 같은 침묵을 깨뜨리는, 깨뜨린다느니보다 한층 더 침묵을 깊게 하고 불길하게 하는, 빡빡 하는 그윽한 소리, 어린애의 젖 빠는 소리가 날 뿐이다. 만일 청각이 예민한 이 같으면 그 빡빡 소리는 빨 따름이요, 꿀떡꿀떡하고 젖 넘어가는 소리가 없으니 빈 젖을 빤다는 것도 짐작할는지 모르리라.

혹은 김 첨지도 이 불길한 침묵을 짐작했는지도 모른다. 그렇지 않으면 대문에 들어서자마자 전에 없이

"이 난장 맞일 년, 남편이 들어오는데 나와 보지도 않아, 이 오라질년."

이라고 고함을 친 게 수상하다. 이 고함이야말로 제 몸을 엄습해오는 무시무시한 증을 쫓아 버리려는 허장성세인 까닭이다.

하여간 김 첨지는 방문을 왈칵 열었다. 구역을 나게 하는 추기, 떨어진 샷자리 밑에서 나온 먼짓내, 빨지 않은 지저귀에서 나는 똥내와 오줌내, 가지각색 때가 켜켜이 앉은 옷내, 병인의 땀 썩은 내가 섞인 추기*가 무딘 김 첨지의 코를 찔렀다.

방 안에 들어서며 설렁탕을 한구석에 놓을 사이도 없이 주정꾼은 목청을 있는 대로 다 내어 호통을 쳤다.

"이런 오라질년, 주야장천* 누어만 있으면 제일이야! 남편이 와도 일어나지를 못해."

라는 소리와 함께 발길로 누운 이의 다리를 몹시 찼다. 그러나 발길에 차이는 건 사람의 살이 아니고 나뭇등걸과 같은 느낌이 있었다.

이때에 빽빽 소리가 응아 소리로 변하였다. 개똥이가 물었던 젖을 빼어 놓고 운다. 운대도 온 얼굴을 찡그려 붙여서 운다는 표정을 할 뿐이다. 응아 소리도 입에서 나는 게 아니고 마치 배 속에서 나는 듯하였다. 울다가 울다가 목도 잠겼고 또 울 기운조차 시진한* 것 같다.

발로 차도 그 보람이 없는 걸 보자 남편은 아내의 머리맡으로 달려들어 그야말로 까치집 같은 환자의 머리를 꺼들어 흔들며

"이년아, 말을 해, 말을! 입이 붙었어, 이 오라질년!"

"……."

"으응, 이것 봐, 아모 말이 없네."

"……."

"이년아, 죽었단 말이냐, 왜 말이 없어?"

"……."

"응으. 또 대답이 없네, 정말 죽었나 버이."

이러다가 누운 이의 흰창*이 검은창을 덮은, 위로 치뜬 눈을 알아보자마자

"이 눈깔! 이 눈깔! 웨 나를 바루 보지 못하고 천장만 보느냐, 응?"

하는 말끝엔 목이 메었다. 그러자 산 사람의 눈에서 떨어진 닭의똥 같은 눈물이 죽은 이의 뻣뻣한 얼굴을 어룽어룽 적신다. 문득 김 첨지는 미칠 듯이 제 얼굴을 죽은 이의 얼굴에 한데 비비대며 중얼거렸다.

"설렁탕을 사다 놓았는데 웨 먹지를 못하니, 웨 먹지를 못하니……. 괴상하게도 오늘은! 운수가, 좋드니만……."

## 낱말 풀이

**게걸거리다** 상스러운 말로 소리를 지르며 불평스럽게 자꾸 떠들다.
**고쿠라小食** 일본의 고쿠라 지방에서 생산되는 두꺼운 무명 직물
**꼽치다** 곱절을 하거나 곱절로 잡아 셈하다.
**노박이로** 줄곧 한 가지에만 붙박이로
**달포** 한 달이 조금 넘는 기간
**댓바람** 아주 이른 시간
**두리다** '두려워하다'의 준말
**릿수** 거리를 '리'의 단위로 나타낸 수
**맡** '그길로 바로'의 뜻을 나타내는 말
**먹음먹이** 먹음직한 음식들
**박두하다** 기일이나 시기가 가까이 닥쳐오다.
**사품** 어떤 동작이나 일이 진행되는 바람이나 겨를
**상판** '얼굴'을 속되게 이르는 말
**새로에** '고사하고', '커녕'의 뜻을 나타내는 보조사
**시진하다** 기운이 빠져 없어지다.
**옹송그리다** 춥거나 두려워 몸을 궁상맞게 몹시 옹그리다.
**왜목수건** 광목수건. 무명실로 서양목처럼 너비가 넓게 짠 베로 만든 수건
**욕기** 욕심
**우장** 비를 맞지 않기 위해 차려입음. 또는 그런 복장
**원원이** 어떤 사물이 전해 내려온 그 처음부터. 또는 본디부터
**일변** 어느 한편 또는 한쪽 부분
**조랑복** 복을 받아도 오래 누리지 못하는 사람을 두고 하는 말
**조밥** 맨 좁쌀로 짓거나 입쌀에 좁쌀을 많이 두어서 지은 밥
**주기** 술기운

**주야장천**晝夜長川  밤낮으로 쉬지 않고 연달아
**추기**  추깃물. 송장이 썩어서 흐르는 물
**태깔**  교만한 태도
**푼푼하다**  모자람이 없어 넉넉하다.
**흰창**  '흰자위'의 방언. 눈알의 흰 부분

## 단편 소설 수록 국어 교과서 보기

| 지은이 | 작품명 | 교과서 |
| --- | --- | --- |
| 김동인 | 붉은 산 | 중1 국어 |
| 김유정 | 금 따는 콩밭 | 고등 국어 |
| | 동백꽃 | 중1 국어, 고등 국어 |
| | 만무방 | 고등 국어 |
| | 봄봄 | 중1 국어, 고등 국어 |
| 이태준 | 꽃나무는 심어 놓고 | 고등 국어 |
| | 달밤 | 고등 국어 |
| | 돌다리 | 중2 국어, 고등 국어 |
| | 어린 수문장 | 중2 국어 |
| 이해조 | 자유종 | 고등 국어 |
| 이효석 | 메밀꽃 필 무렵 | 고등 국어 |
| | 사냥 | 중1 국어 |
| 채만식 | 미스터 방 | 중2 국어 |
| | 이상한 선생님 | 중1 국어 |
| 현 덕 | 고구마 | 중1 국어 |
| | 나비를 잡는 아버지 | 중1 국어 |
| | 하늘은 맑건만 | 중1 국어 |
| 현진건 | 운수 좋은 날 | 중2 국어 |

중·고등학생이 꼭 알아야 할
교과서 단편소설 읽기 상

김동인 외 지음

발 행 일  초판 1쇄  2011년 1월 31일
         초판 13쇄 2013년 3월 5일
발 행 처  평단문화사
발 행 인  최석두

등록번호  제1-765호 / 등록일 1988년 7월 6일
주    소  서울시 마포구 서교동 480-9 에이스빌딩 3층
전화번호  (02)325-8144(代)  FAX (02)325-8143
이 메 일  pyongdan@hanmail.net
I S B N  978-89-7343-339-1  04810
         978-89-7343-338-4  (세트)

ⓒ 평단문화사, 2011

* 잘못된 책은 바꾸어 드립니다.

이 도서의 국립중앙도서관 출판시도서목록(CIP)은 e-CIP 홈페이지
(http://www.nl.go.kr/ecip)에서 이용하실 수 있습니다.
(CIP제어번호: CIP2011000260)

저희는 매출액의 2%를 불우이웃돕기에 사용하고 있습니다.